U0026672

續古文辭類篹卷

四部備要

集部

中華書局據原刻本校刊

桐鄉陸費逵總勘
杭縣高時顯 吳汝霖輯校
杭縣丁輔之監造

版權所有不許翻印

傳狀類

侯朝宗司成公家傳

侯方域字朝宗號雪苑河南商邱人順治五年戊子副貢生有壯悔堂集

叔父司成公諱恪字若木年二十四登第不肯仕更讀書爲詩賦三歲而方相國從哲賢之以爲翰林院庶吉士然立朝論議終不肯苟同方相國公性寬厚長者嗜飲酒不事生產常家居其門下生董嗣諶爲郡太守宋玫林一杜之徒各宰其旁邑迭請閒願有以爲公壽公固閉閣不與通日召其故人飲酒故人稍稍有言及者益拒卻之更飲以酒數歲以爲常以故歷從官通顯矣而析產不輒豐公爲詩推杜甫而洛陽人王鐸者後公舉進士能爲詩既第家貧甚公更推薦之鐸以此得入館後卒以詩名當世自唐杜

甫沒大雅不作至明乃復振雖李夢陽何景明倡之
得鐸益顯公之力也天啓間公爲編修而宦者魏忠
賢竊政日殺僇士大夫不附己者公心重楊漣而與
繆昌期友漣指忠賢二十四罪條上之天子不能用
反爲忠賢所害昌期亦坐死尋有言忠賢二十四罪
章者故昌期傳趣公代具藁忠賢大怒坐曲室中深
念欲殺公而其假子金吾將軍田爾耕顧素知公進
曰是人頗以詩賦謬名公卿間而能書米芾書翁必
無意曲赦之耶忠賢仰視屋梁日影移晷不語良久
乃顧謂爾耕兒試爲我招之爾耕退詣公話故舊因
佯言我之游魏翁者欲爲士大夫地也非得已者公
大悅呼酒與飲輒慷慨指當世事爾耕默不得語居
數日又詣公則益爲款言伺公嬉笑飲酒酣乃促膝
附公耳言公且以楊繆故重得罪我爲公畫計某月

珍倣宋版印

日乃吾魏翁誕辰公自爲詩書之言未得竟公大怒推桉起酒羹覆爾耕衣上淋漓爾耕低頭慙恧已而乃大發怒去適南樂魏廣微者亦忠賢之假子也以大學士掌貢舉而公爲其下校官廣微心嗛公公所薦取士鄭友元宋玫輒有意摧抑之以語挾公公力與爭曰人生貴識大義恪豈戀旦夕一官負天下賢才哉語侵廣微而忠賢里人子御史智鋌廉知之乃力劾公罷官忠賢積前恨更矯傳上旨奪所賜誥而令公養馬公即日脫朝冠自杖策出長安南門而其門下生二十三人者追止於蘆溝橋共置酒觴公公飲酣遍顧二十三人者曰吾歸矣幸無靦顏以羞諸生諸生第識之異日有言諸生爲好人者乃吾弟子也誠不願諸生爲好官二十三人者皆泣下而宋玫終工部侍郎仗節死友元以御史直諫謫當世名公

爲知人。公既歸。則益召其生平故人者。與痛飲。不事
事。而里人鄧生者。妄人也。搆小釁詬公。謂若乃養馬
而我職弟子員。冠儒冠公門下。奴客忿欲毆鄧生。公
大笑。悉召之與飲。皆醉。鄧生乃免。當是時。忠賢實欲
殺公不已。會誅死。而公復起爲庶子。鄧生大懼。更詣
公。汗浹背。前匍匐謝。公又大笑。掖起之。徐飲以酒。一
無所問。鄧生亦醉。公爲人和易有容。不修苛節。見人
無貴賤。皆與飲酒。然遇有所不韙者。輒義形於色。屹
不可奪。以庶子遷爲南雍祭酒。太學諸生聞之曰。是
故與南樂相爭鄭友元宋玫者耶。願入成均近萬人。
明興三百年未之有也。滿歲。以病請歸。公生平善爲
詩。每賦詩輒飲。而前後慮天下事。有不當意。則又感
憤。日夜縱飲。久之積病。竟以卒。年四十二。天下皆以
公有宰相器。深痛惜之。當崇禎十一年。公之爲庶子也。

職記注有浙人温體仁者揣天子意自爲書訟言羣
臣朋黨得召對對時體仁鉤挑詬誶數睨望顏色伏
叩頭爲側媚曲謹狀天子大悅趣立以爲相公跪墀
下纖悉疏其醜而出賜言於朝體仁病之數曲懇公
願稍得改易公固不肯而謂人曰體仁之姦過李林
甫而僞强介若盧杞果執政天下且亂吾所以賜言
者冀天子神明一聞而感悟耳體仁聞恐遂言之乃
出公於南京云初文相國震孟爲吳門孝廉年五十
餘老矣以書謁公於史館公一見稱之曰子愼自愛
終當輔天子子必勉之其後十餘歲震孟與體仁同
執政以爭諫臣許譽卿事不勝去而體仁終相位者
八年卒亂天下焉公著遂園詩二十卷李自成破宋
子方岳從賊中搜得之負以過河公六子方鎭方岳
方巖方聞方隆方新而方鎭城破死有才名別傳

侯朝宗寧南侯傳

寧南侯者姓左氏名良玉字曰崐山遼東人也少起軍校以斬級功官遼東都司苦貧嘗挾弓矢射生一日見道傍馳槖馳馬刼取之乃錦州軍裝也坐法當斬適有邱磊者與同犯願獨任之良玉得免死旣失官久之無聊乃走昌平軍門求事司徒公司徒公嘗役使之命以行酒冬至讌上陵朝官良玉夜大醉失四金巵旦日謁司徒公請罪司徒公曰若七尺軀豈任典客哉吾向誤若非若罪也會大凌河圍急詔下昌平軍赴救榆林人尤世威者爲總兵官入見司徒公曰大凌河當天下勁兵處圍不易解世威當行今旣以護陵不可公且遣將誰當往者中軍將王國靖書生也左右將軍更不可任司徒公曰然則誰可世威曰獨左良玉可耳顧良玉方爲走卒柰何帥諸將

司徒公曰良玉誠任此吾獨不能重良玉乎卽夜遣世威前諭意漏下四鼓司徒公竟自詣良玉良玉初聞世威往以爲捕之繞牀語曰得非邱磊事露耶走匿牀下世威排闥呼曰左將軍富貴至矣速命酒飲我引出而諭以故良玉失色戰慄立移時乃定跪世威前世威且跪且掖起之而司徒公至乃面與期詰旦會轅門大集諸將以金三千兩送良玉行賜之卮酒三令箭一曰三卮酒者以三軍屬將軍也令箭如吾自行諸將士勉聽左將軍命左將軍今已爲副將軍位諸將上吾拜官疏夜卽發矣良玉既出而以首叩轅門墀下曰此行倘不建功當自刎其頭已而果連戰松山杏山下錄捷功第一遂爲總兵官良玉自起謫校至總兵首尾僅歲餘年三十二是時秦寇入豫良玉當往剿見司徒公司徒公曰將軍建大功殊

不負我欲有言以贈將軍將軍奚字良玉曰無也司徒公笑曰豈有大將軍終身稱名者哉良玉拜以爲請司徒公曰卽崑山可矣自此乃號爲崑山良玉長身赬面驍勇善爲左右射每戰身先士卒既至豫則向所苦賊帥一斗穀蝎子塊滿天星等皆平最後戰懷慶與督府意不合乃歎曰吾卽盡賊安所見功乎遂陰縱之而寇患始大熊文燦者繼爲督府嘗受賊金而脫其圍良玉尤輕之以至楊嗣昌以閣部出視師倚良玉不啻左右手九調而九不至嗣昌怏怏死丁啓睿代督師則往來依違於其閒爲良玉調遣文書未始自出一令時人謂之左府幕客然良玉立功最早威名重一時强兵勁馬皆在部下流賊憚之呼爲左爺爺壬午大出兵與李自成戰朱仙鎭三日夜而敗良玉還軍襄陽初良玉三過商丘必令其下曰

吾恩府家在此敢有擾及草木者斬入城謁太常公拜伏如家人不敢居於客將朝廷知之乃以司徒公代丁啓睿督師良玉大喜踴躍遣其將金聲桓率兵五千迎司徒公司徒公既受命而朝廷中變乃命距河援汴無赴良玉軍良玉欲率其軍三十萬覲司徒公於河北司徒公知糧無所出乃諭之曰將軍兵以三十萬稱盛然止四萬在額受糧實又未給度支今遠來就我固善第散其衆則不可若悉以來而自謀食咫尺畿輔將安求之卒不得與良玉軍會未幾有媒孽之者司徒公遂得罪以呂大器代良玉慍曰朝廷若早用司徒公良玉敢不盡死今又罪司徒公而以呂公代是疑我而欲圖之也自此意亦離遂往來江楚爲自豎計盡取諸鹽船之在江者而掠其財賊帥惠登相等皆附之軍益强又嘗稱軍飢欲近南京

就食移兵九江兵部尚書熊明遇大恐請於司徒公以書諭之而止朝廷不得已更欲爲調和計封良玉爲寧南侯而以其子夢庚爲總兵官良玉卒不爲用燕京陷江南立弘光帝馬士英阮大鋮亂政良玉乃興兵清君側欲廢弘光帝立楚世子至九江病死而英王師尾其後夢庚以其軍降初尤世威爲總兵時往謁薊遼督府曹文衡文衡尊嚴不少假更謁司徒公司徒公諭令勿長跪相見如弟子禮世威感悅願效死後司徒公行邊至黃花鎮上遇火砲災司徒公壓於敵樓下背上積二十二死人世威震而仆五里外起立卒不肯去號而呼求司徒公復至敵樓適有電光照司徒公世威乃趨而抱之而以手起其二十二死人者火及冠脫其冠及袍脫其袍遂燒其鬚及其左耳世威堅不動竟袒而負司徒公以出行四十

里抵於山下邊人謂之尤半耳云邱磊者既坐斬繫刑部獄十三年良玉每一歲捐萬金救之得不死卒受知司徒公後爲山東總兵官（按良玉援大凌河時已先復官進秩其事迹應以明史爲據此傳所言未盡實取其文可也）

汪苕文乙邦才傳（汪琬字苕文號鈍翁江蘇長洲人順治乙未進士康熙己未舉博學鴻辭官編修有堯峯文鈔）

乙邦才字奇山山東青州人明愍帝時以隊長從監軍太監擊賊河南江北閧主者未之奇也總兵黃得功與賊戰於霍山得功乘勝舍其大軍單騎前逐賊陷淖中賊圍之數重射殺得功所乘馬得功亦仰面射賊洞胸與之相持會天欲暮所餘二矢耳得功自分必不免而邦才適自別道馳還登高望見之識其胄曰黃總兵也大呼復馳之賊散走得功乃自拔出邦才授以己馬分箙中矢與之步從得功且走且反

射凡殺追騎十餘人始得及其大軍於是得功德邦才以語主者主者始大奇之稍拔爲標下材官而是時有張衡者從總兵劉良佐亦以驍勇知名賊兵圍六安危甚提督馬士英帥軍救之始至立斥其左右副將而號於諸軍曰孰爲乙邦才張衡者入見兩人廷謁卽牒補副將以其兵授之出文書曰爲我入六安取太守結狀以報兩人則應曰諾卽出簡壯士二百騎與之約使人持一角十人共建一纛夜趨賊營突貫賊陳遂入城周城而呼曰大軍至矣城中人大喜合譟兩人者促太守具食食已揮太守曰署狀急懷其狀復引騎冒圍出賊大驚已而知其邦才衡也皆止不敢偪旣得報竟不亡失一騎自兵興之後頻壽六安霍山諸州縣數被寇邦才常在其閒大小十餘戰破圍陷陳所俘馘無算主者或攘其功或移諸

珍倣宋版印

他將者數矣同列爲邦才不平時時諷之使言輒謝曰此我衆不惜死耳我一人何能爲終退讓不自言也宏光帝卽位史公可法督師願得邦才與俱以總兵官駐揚州未幾　大清兵至而邦才戰敗死矣邦才形貌僅及中人白皙坳準猿臂而蠭腰善投壺本不知書而進止安雅敬禮士大夫與潁州劉子公勇善。原集傳後有論楊性農選本刪去今從之

汪苕文申甫傳

申甫雲南人任俠有口辯爲童子時嘗係鼠嬰於途有道人過之教甫爲戲遂命拾道旁瓦石四布於地投鼠其中鼠數奔突不能出已而誘貍至貍欲取鼠亦訖不能入貍鼠相拒者良久道人乃耳語甫曰此所謂八陣圖也童子亦欲學之乎甫時尚幼不解其語卽應曰不願也道人遂去天啟初甫方爲浮屠往

來河南山東閒無所得入嵩山復遇故童子時所見道人乞其術以師禮事之道人瀕行投以一卷書遽別去不知所之啓視其書皆古兵法且言車戰甚具甫遂留山中習之逾年不復爲浮屠學矣已而瘞其書嵩山下出游潁州客州人劉翁廷傳所劉翁故潁州大俠也門下食客數百人皆好言兵然無一人及甫者劉翁資遣甫之京師甫數以其術干諸公卿嘗不見聽信愍帝即位我　太宗兵自大安口入遽薄京師九門皆晝閉庶吉士劉公之綸金公聲知事急遂言甫於朝愍帝召致便殿勞以溫旨甫感泣叩首殿墀下呼曰臣不才願以死自效遂立授劉公爲協理戎政兵部右侍郎金公以御史爲參軍而甫爲京營副總兵然實無兵予甫聽其召募越三日募卒稍集率皆市中窶人子不知操兵者而甫所授術又長

珍倣宋版印

於用車卒不能辨方擇日部署其衆未暇戰也當是時權貴人俱不習兵與劉公金公數相左又忌甫以白衣起用謀先委之嘗敵日夜下兵符促甫使戰而會武經略滿桂敗歿於安定門外滿桂者故大同總兵官宿將知名者也以赴援至京師愍帝方倚重之既敗京師震恐甫不得已痛哭夜引其衆縋城出未至蘆溝橋衆竄士略盡甫親搏戰中飛矢數十遂見殺於是權貴人爭咎甫而譏劉公金公不知人及北兵引歸竟無理甫死者距甫死數日劉公復八路出師趨遵化獨率麾下營孃孃山遇伏發督將士殊死戰逾一晝夜諸路援兵不至亦死之

汪子曰當是時士大夫往往訐申甫之學又責其不善用師說以予所聞核之皆非也夫毆烏合之士以臨彊盛之敵其勢已不能相當而諸文法吏又欲引

切繩墨以持之甫雖祈不死豈可得哉善乎馮唐之告漢孝文曰陛下法太明罰太重蓋自古歎之矣予所敘甫事得之劉子體仁體仁得之其父廷傳云

丁葯園前明寧前兵備張公傳（丁澎字葯園浙江仁和人順治乙未進士官禮部郎中）

張公諱春陝西同州人少慷慨負大節起家鄉舉策仕有能名稍遷寧前兵備道副使時遼瀋連陷邊兵益濅弱不能守公甫下車繕城堡儲糧糗修戰具規畫少定崇禎十一年爲　太宗文皇帝改元之三年統軍帥祖大壽師潰退保大凌河勢皇劇二衞所部不及蓐食城門啓公單騎突圍出戰敗爲數健兒所執擁至帳中　上方踞坐公不屈據地瞋目叱吒左右捽公頸投地相脇爭持久　上笑釋其縛欲降之公躍起奪旁侍者胯下刀大呼速殺我聲震山野目

眦盡裂。上益奇之。終不可屈。令安置三清觀。得如宋劉韐故事。公意姑不死以偵其變。自秋徂冬。足不履戶外。坐立必西嚮。每月朔。仰天而泣。具衣冠朝拜成禮。一日升東階。趨不拜。見者訝之。乃新設御額於座。及撤去。復伏謁如常。上屢召。不奉詔。或時遣使慰勞。稱朝廷意。佯驚曰。域中有兩朝廷邪。但呼部領。不稱名。其倨侮嫚傲類如此。不之罪也。居數年王師分道出圍連塔下。寧錦松山失陷。諸將吏降者稍稍衆。檻車至西載門。爭引佩刀自沒其髮。趣走伏馬下。頓之諸將吏各將上意過慰公。公裂裾爲誓曰。咄。諸君諦視吾頸。尚在。髮可斷乎。衆皆俯泣數行下。以故行閒有大期會。必相戒曰。毋令張兵道知。先是。航海初歸命者。得稱舊人。比名王君長下甚貴盛。念與公舊。常分牛羊頭畜醪糒餉公。悉謝勿與通。曰

怒馬豈與豚犢共槽櫪哉及　上盡招遼西地賜大
酺牛酒召羣臣令公俱來使三返是時諸降者新拜
爵皆冠赤幘衣復陶衣銀貂珠韎赫奕羅拜呼萬歲
遙望見公從輦道入衣冠甚偉鬚眉戟戟欲動咸目
送之不敢仰視　上南嚮坐公東嚮坐羣臣席氍毹
且笑且睨之觴三舉揖而退終無所言　上罷酒起
舞顧近臣曰有公等百不如一春矣既有人掠得盧
龍生口爲公同里言夫人聞公虜知必死囑家人曰
某婦人當殉地下家人謂公未死柰何夫人泣曰公
虜卽我死時竟自經公聞狀喜是真張春婦也知觀
請爲夫人薦士　上使賷白金賚之公揮使謝曰欲
紀年於牒士且勿歆況生者乎　上然之以乃公倔
彊毋溷公爲也值歲除雪　上憫公苦寒以錦繡段
四爲衣裝還報曰將貽我折腰邪許毋謝乃納而勿

珍倣宋版印

服。大抵公居東六載。齒髮雖改。而未嘗有挫折。遼人咸服其誠。忽　上欲幸公所。預戒侍臣往覘公所爲。入閤端坐。勿爲禮。衞士環立問起居。亦不應。衆怒罵曰。　上來何倨乎。捉其衽。拔劍。公起仰迎之。　上大笑。躬自挹持。叱扈者下。曰。姑以試卿耳。時關東悉定。

上猶以請和爲意。使人微偵公曰。大人思故鄉耶。老矣。留何益。請具車騎供帳送汝歸。公默然。踰月。病死。　上頗惜之。嘗問榜式范公文程曰。朕見中原名將。虎視角出。迨勢絀計困。倒戈歸命。如摧敗朽。文臣一豎儒。往往不易屈。何也。程對曰。讀聖賢書。忠孝名節。生平所學。故危不愛身。　上曰。爲臣子不可不讀書。於張春乃信。由是悉令諸王貝勒旂下子弟皆遣就學。以公始。公死後。　詔禮葬於千山之南。爲建石塔。表其墓。使後世知有張春云。所作有不二歌。隨自

削稾不傳公死一年李自成陷京師明亡

論曰余過營州之墟得聞張公抗節事甚晰野夫牧豎皆能言之皎皎昭日月也苗知觀譙明每向余述其事必泫然流涕或謂公陷後曾代上書請款有愧夫人翟氏嗟乎公不竟死獨磨淬有以自見烈矣微

文皇之培養成就惡能至是哉語曰匹夫之志勇於奪帥其公也夫按明史忠義張春傳云春及參將張洪謨等三十三人俱被執諸人皆行臣禮春獨植立不跪令薙髮不從居古廟服故衣冠迄不失臣節而死初敗書聞以春守志不屈遙還右副都御史恤其家春妻翟聞之慟哭六日不食死當春未死時我大清有意議和春為言之於朝朝中譁然誠意伯劉孔昭遂劾春降敵不忠乞削其所授憲職朝議雖不從而有司繫其二子死於獄可以觀當時之是非矣

宋潛虛王養正傳

王養正字聖功一字蒙修鳳陽泗州人也舉崇禎戊辰進士官至建昌兵備副使歲乙酉 大兵破建昌

聚珍倣宋版印

養正被執不屈死養正自成進士至乙酉死國難中
閱凡十八年其宦游大半在江西而江西號文章節
義之鄉一時名宿如姜曰廣袁繼咸楊廷麟黃端伯
皆天下有道高名之士養正嘗從之游養正初授海
鹽令以父喪不果行服闋知秀水秀水大縣田六十
一萬八千餘畝豪有力者多據沃壤隱丁賦而貧弱
者往往困徭役養正爲之正經界均田賦賦役始平
而豪有力者以是側目遂中傷養正左遷以去士何
陞襄陽府推官是時羣盜張獻忠馬守應等引衆數
十萬據穀城僞降於制府熊文燦文燦信之全楚兵
吏皆以爲不可文燦不聽養正出入賊中知賊降非
實不敢與撫賊功已而賊果叛久之遷刑部主事再
晉員外郎是時天子綜核羣臣惴惴每有大獄輒懸
揣意旨或持兩端相避就不敢爭而養正獨多所執

奏奉命恤刑江西巡歷十三郡多所平反既還朝擢知南康府九江土賊鄧毛溪熊高聚衆山谷間南康人恇懼議請兵養正移疾閉閤臥陰遣閒說鄉兵殺賊居數日賊盡殲暇時輒與諸生講論道義修復白鹿洞學舍黃端伯與養正同年友善設精舍廬山下日與往復議論諸生多所興起甲申春三月李自成犯京師莊烈帝死社稷南中立君以養正備兵建昌養正抵建昌部署既定而　大清兵已渡江遣降將金聲桓定江西江西諸郡皆望風潰養正歔泣誓師堅城拒守聲桓遣其精兵來攻養正以鄉兵敗其前軍會所徵滇兵叛內應因襲陷建昌執養正赴武昌見主兵者過南康南康人號泣隨之養正謝曰父老良苦然吾有死所矣臨難之日主兵者再三說養正使降養正卒不屈奮首大罵遂死時乙酉八月二十

珍倣宋版印

一日也。是年。黃端伯盡節于南京。明年。袁繼咸死于燕市。楊廷麟守贛州。城破死。又二年。姜曰廣起兵南昌。戰敗自殺。

贊曰。余嘗讀先生詩文。蓋其孫贊化所刻四逸園集者是也。余既已爲之序。而復書其事如此。嗚呼。淮泗之閒。高皇帝之所以起也。當其初起。雲蒸龍變。一時將相。皆出於其閒。而及其亡也。一二孤忠。閒出斷脰決腹。一瞑而萬世不視。觀明之所以起。與其所以亡。而淮泗之盛衰。亦可以考見焉。

宋潛虛一壺先生傳

一壺先生者。不知其姓名。亦不知何許人。衣破衣。戴角巾。徉狂自放。嘗往來登萊之閒。愛勞山山水。輒居數載。去久之復來。其蹤迹皆不可得而知也。好飲酒。每行以酒一壺自隨。故人稱之曰一壺先生。知之者。

飲以酒。即留宿其家。閒一讀書。戲欷流涕而罷。往往不能竟讀也。與即墨黃生。萊陽李生者。善兩生知其非常人。皆敬事之。或就先生宿。或延先生至其家。然先生對此兩生。每瞠目無語。輒曰行酒來。余爲生痛飲。兩生度其胸中有不平之思。而自放於酒。嘗從容叩之。不答。一日李生乘馬山行。望見桃華數十株盛開。臨深谿。一人獨坐樹下。心度之。曰其一壺先生乎。比至。果先生也。方提壺飲酒。下馬與先生同飲。醉而別去。先生蹤迹既無定。或留久之乃去。去不知所之。已而又來。康熙二十一年。去即墨久矣。忽又來居一僧舍。其素所與往來者視之。見其容貌憔悴。神氣惝怳。問其所自來。不答。每夜半即放聲哭。哭竟夜。閱數日竟自縊也。

贊曰。一壺先生。其補鍋匠。雲菴和尚之流亞歟。吾聞

珍倣宋版印

其雖行遁而酒酣大呼俯仰天地其氣猶壯也久之忽悲憤死其故何哉李生曰先生卒時年已垂七十

宋濳虛畫網巾先生傳

順治二年　大兵既定江東南明唐王自立于福州其泉國公鄭芝龍陰受督師洪承疇旨棄關撤守備七閩皆沒而新令薙髮更衣冠不從者死于是士民以違令死者不可勝數而畫網巾先生事尤奇先生者其姓名爵里皆不可得而知也攜僕二人皆仍明衣冠匿迹于邵武光澤山寺中事頗聞于外光澤守將吳鎮使人掩捕之逮送邵武守將池鳳陽鳳陽皆去其網巾留于軍中戒部卒謹守之先生既失網巾盥櫛畢謂二僕曰衣冠者歷代各有定制至網巾則我太祖高皇帝創爲之也今吾遭國破即死詎可忘祖制乎汝曹取筆墨來爲我畫網巾額上于是二僕

爲先生畫網巾畫已乃加冠二僕亦互相畫也日以爲常軍中皆譁笑之而先生無姓名人皆呼之曰畫網巾云當是時江西福建閒有四營之役四營者曰張自盛曰洪國玉曰曹大鎬曰李安民先是自盛隸明建武侯王得仁爲裨將得仁旣敗死自盛亡入山與洪國玉等收召散卒及羣盜號曰恢復衆且踰萬人而明之遺臣如督師兵部右侍郎揭重熙詹事府正詹事傅鼎銓等皆依之歲庚寅夏四營兵潰于邵武之禾坪池鳳陽詭稱先生爲陣俘獻之提督楊名高名高視其所畫網巾班班額上笑而置之名高軍至泰寧從檻車中出先生謂之曰若及今降我猶可以免死先生曰吾舊識王之綱當就彼決之王之綱者福建總兵破四營有功者也名高喜使往之綱所之綱曰吾固不識若也先生曰吾亦不識若也今特

就若死耳之綱窮詰其姓名先生曰吾忠未能報國留姓名則辱國智未能保家留姓名則辱家危不即致身留姓名則辱身軍中呼我爲畫網巾卽以此爲吾姓名可矣之綱曰天下事已大定吾本明朝總兵徒以識時變知天命至今日不失富貴若一匹夫倔彊死何益且夫改制異服自前世已然因指其髮而詬之曰此種種者而不肯去何也先生曰吾于網巾且不忍去況髮耶之綱怒命卒先斬其二僕羣卒前捽之二僕瞋目叱曰吾兩人豈惜死者顧死亦有禮當一辭吾主人而死于是向先生拜且辭曰奴等得事掃除泉下矣乃欣然受刃之綱復謂先生曰若豈有所負耶義死雖亦佳何執之堅也先生曰吾何負負吾君耳一籌莫効而束手就擒與婢妾何異又以此易節烈名吾笑夫古今之循例而赴義者故恥不

自述也出袖中詩一卷擲于地復出白金一封授行刑者曰此樵川范生所贈也今與女遂被戮於泰寧之杉津泰寧諸生謝韓葬其骸於郭外杉窩題曰畫網巾先生之墓而歲時上冢致祭不輟當四營之旣潰也楊名高王之綱復追破之死逃略盡而敗將有願降者率兵受招撫於邵武行至朱口一卒獨不肯前伸項謂其伍曰殺我殺我其伍怪之且問故曰吾熟思之累日夜矣終不能俯仰事降將寧死汝手其伍難之乃奮袂裂眥抽刃相擬曰不我殺者今當殺汝其伍乃揮涕斬之埋其骨而去揭重熙傅鼎銓先後被獲不屈死張自盛曹大鎬等後就縛於瀘溪山中

贊曰自古守節之士不肯以姓字落人間者始于明永樂之世當是時一夫守義而禍及九族故多匿迹

而死以全其宗黨迨崇禎甲申而後其令未有如是之酷也而以余所聞或死或遁不以姓名里居示人者頗多有使弔古之士莫能詳焉豈不可惜也夫如畫網巾先生事甚奇聞當時軍中有馬耀圖者見而識之曰是爲馮生舜也至其他生平則又不能言焉余疑其出於附會故不著於篇

宋濳虛薛大觀傳

薛大觀字爾望雲南昆明人其先江南無錫人洪武中遷雲南大觀有妻曰楊氏生子二女一其長子曰之翰之翰之妻曰孟氏大觀父子爲諸生能文章重然諾以氣節重於滇南崇禎末羣盜張獻忠陷四川已而 大兵討張獻忠破殺之於鹽亭其將孫可望李定國等走滇滇人多附可望得官而大觀父子名士或勸之出大觀曰此孫氏之官賊官也余義弗爲

當是時永明王即位於廣東可望陽臣明實不用其命而李定國與可望共迎王入滇可望走北降滇人之前不附可望者皆爭出自表異或又勸大觀大觀曰此李氏之官非明官也於是挈家隱居城北之黑龍潭潭上有觀曰龍泉觀有樓曰魚樓大觀父子讀書其閒誓弗出歲戊戌　大兵破李定國軍尋至滇永明王出奔緬甸大觀聞之嗚咽流涕謂之翰曰國君死社稷臣死君義也今日之事雖天命不可以力爭顧獨不可效死一戰乃崎嶇域外依小夷求須臾活耶吾書生不能徒手搏敵計惟有一死汝其勉哉之翰泣對曰父爲國死兒安敢不爲父死大觀曰汝死誠善第汝母及汝妻將柰何當是時楊氏孟氏皆在傍乃曰君父子爲國死吾姑婦獨不能爲君父子死耶而旁有婢曰鎖兒者抱大觀幼子在懷聞諸人

珍倣宋版印

語乃前曰主等死有名婢子何以處此大觀曰婢爲主死亦義也於是相率登魚樓大觀夫婦上坐子婦拜鎖兒亦拜拜畢攜手下樓俱赴黑龍潭死明日屍相牽浮水上幼子在婢懷兩手抱如故道旁人舉而瘞之先是大觀之女適同縣鄒生是日隨其夫避亂西山距魚樓數十里兵至火起其夫復他逃女曰嗚乎吾一婦人將安逃脫辱身非義不如死也遂赴火而死

贊曰自神宗以來天下多故行閒大吏惟有逃耳一逃而廣寧失再逃而流寇猖又逃而金陵亡而閩亡而滇黔亡嗚呼東南諸王之死視烈皇帝之死爲何如也大觀諸生以其家死無子遺焉余讀其臨死之語尤悲之

姚姬傳朱竹君傳

朱竹君先生名筠大興人字美叔又字竹君與其弟石君珪少皆以能文有名先生中乾隆十九年進士授編修進至日講起居注官翰林院侍讀學士督安徽學政以過降級復爲編修先生初爲諸城劉文正公所知以爲疏儁奇士及在安徽會　上下詔求遺書先生奏言翰林院貯有永樂大典內多有古書世未見者請開局使尋閱且言搜輯之道甚備時文正在軍機處顧不喜謂非政之要而徒爲煩欲議寢之而金壇于文襄公獨善先生奏與文正固爭執卒用先生說上之四庫全書館自是啓矣先生入京師居館中纂修日下舊聞未幾文正卒文襄總裁館事尤重先生先生顧不造謁又時以持館中事與意迕文襄大憾一日見　上語及先生　上遽稱許朱筠學問文章殊過人文襄默不得發先生以是獲安其後

珍倣宋版印

督福建學政。逾年　上使其弟珪代之。歸數月。遂卒。
先生爲人內友於兄弟。而外好交游。稱述人善惟恐
不至。即有過。輒覆掩之。後進之士多因以得名。室中
自晨至夕未嘗無客。與客飲酒談笑窮日夜。而博學
彊識不衰。時於其閒屬文。其文才氣奇縱。於義理事
物情態無不備。所欲言者無不盡。尤喜小學。爲學政
時。遇諸生賢者。與言論若同輩。勸人爲學先識字。語
意諄勤。去而人愛思之。所欲著書皆未就。有詩文集
合若干卷。

姚鼐曰。余始識竹君先生。因昌平陳伯思。是時皆年
二十餘。相聚慷慨論事。摩厲講學。其志誠偉矣。豈第
欲爲文士已哉。先生與伯思皆高才耽酒。伯思中年
致酒疾。不能極其才。先生以文名海內。豪逸過伯思。
而伯思持論稍中焉。先生暮年賓客轉盛。入其門者

皆與交密然亦勞矣余南歸數年聞伯思亦衰病而先生沒年才逾五十惜哉當其使安徽福建每攜賓客飲酒賦詩游山水幽險皆至余閒至山中厓谷輒遇先生題名爲想見之焉

姚姬傳張逸園家傳

張逸園君者諱若瀛字印沙曾祖兵部尚書諱秉貞祖諱茂稷考諱廷瑑皆贈左都御史廷瑑三子長若溎仕至左都御史而君其季也都御史爲人端凝樸慎而君慷慨彊果自其兄弟少時里人皆異之矣君始以諸生爲書館謄錄敘勞授主薄借補熱河巡檢熱河今爲承德府君仕時未設府縣以巡檢統地逾百里歲爲　天子巡駐之所四方民匯居其閒君以嚴能治辦姦蠹屏除留守內監爲僧者曰于文煥君一日行道見其橫肆立呼至杖之於是熱河內府總

珍倣宋版印

管怒奏君擅杖近御直隸總督亦劾君　上聞之顧喜君彊毅不之罪而以劾君者爲非其後爲良鄉知縣順天府南路同知有旗民張達祖居首輔傅忠勇公門下始有地數百頃賣之民矣久而地値數倍達祖以故値取贖搆訟經數官不敢爲民直君至傅忠勇頗使人示意君也君告之以義必不可卒以田歸民畿南多回民久聚爲竊盜不可勝詰君多布耳目得其巨魁或親捕之凡半年獲盜百餘盜畏之甚乃使一回民僞來首云有某人至其家巨盜也及捕之至卽自首某案己所爲盜有贓在京師禮拜寺君使兵役偕之至禮拜寺則反與閧鬬至刑部訊以某案事與此人無與以君爲誣良議當革職既而　上見君名疑部議不當召君令軍機處復問減君罪發甘肅以知縣用是時　上意頗嚮君然卒降黜者大臣

固不助君也在甘肅二年嘗爲張掖復營兵所奪民渠水利又以張掖黑河道屢遷所過之田爲沙礫數百頃而歲輸糧草未除力請於總督奏除之時甘肅官相習僞爲災荒請賑而實侵入其財自上吏皆以爲當然君獨不肯爲其後爲者皆敗於是世益推君君引疾去甘肅里居數年會兄都御史已進用 上數顧問君狀君乃復出補直隸撫寧知縣其勤幹如昔然君年已六十餘矣以子鴻恩爲兵部郎中受封朝議大夫例不爲知縣遂去歸里又數年卒君居里爲園時遊之名之曰逸園言己不得盡力爲國勞而苟逸也故人以逸園稱君

姚鼐曰余家與君世姻好君爲丈人行所謂逸園者負城西山面郊余先世亦園址也君數飲余於是自述平生爲吏事奮髭抵掌氣勃然誠充其志所就可

珍倣宋版印

量哉君在里建毓秀書院爲族人設藝局以養貧者親姻婚喪急難每賴其施以濟君士久矣人方思之不能忘也然余尤偉君杖內監僧及不爲傅忠勇曲論民田事爲有古人剛毅之風故爲著傳君能著於世矣才節遇知 天子而仕抑屈於縣令惜哉命爲之耶抑古之道終不合於今乎君長子鴻肇爲戶部員外郎先卒次鴻恩爲福建延平府知府次鴻磐

姚姬傳張貞女傳

昔歸熙甫作貞女論謂女在父母家不應以身屬人所許嫁者士而爲終守不合於義吾謂熙甫是言過矣今律與人約婚而中背者有刑而晉王褒以其壻葬父洛陽即以其女別嫁以今律論褒爲甚不誼以褒之賢衡今之法則制刑非矣然而皆不然者古今情事殊也且伊尹五就桀柳下惠不羞汙君而伯夷

非其君不事季歷文武興周室而泰伯逃隱夷齊叩
馬而諫士各行其志所安耳君子亦仁而已何必同
吾近覽鄉曲之事高貞女之節悲傷其志以謂靡病
於古詎焉張貞女者父曰張裕昌其五世祖爲明末
山東左布政使秉文殉難於濟南者也貞女許嫁之
夫曰葉孝思孝思父母皆老病將死獨有孝思一子
又病瘵甚篤欲迎張氏待其父母疾張氏親戚皆難
之貞女曰旣以身許人奈何聞其病篤安坐以待其
死乎卽布衣乘輿入葉氏視其公姑及夫疾晝夜不
怠一年而舅姑及孝思皆死僅有屋三閒張氏迎父
弟共處以屋居父而己所處幾於不蔽風雨時爲父
浣炊爲弟縫紉晝夜營女工以爲生及父死而治其
喪立族子友賢爲子聘姪張氏爲婦得孫曰傳與一
年而友賢又死其婦亦能效其姑立節槩焉貞女自

珍倣宋版印

十九歲守節至今五十四。而葉孝思之族祖曰蔭寰。聘妻胡氏。蔭寰失愛於繼母悲憤以死胡氏農家女也聞而誓必爲夫守父母不能奪即送至持喪。其夫伯母楊氏。亦寡婦。憐胡氏。與同寢處。其姑久亦愛焉胡氏今年四十餘守節三十年矣。其居皆在縣城內之西。又有周氏者。居縣城東百四十里。許配法洪山章彌六年十五而彌六死請於父母來夫家服喪遂不返其夫家爲立嗣撫之至有元孫年九十三去歲冬歿乾隆五十五年也鄉俗焚葦輿以送終章氏數千人見其焚煙上徹聚爲白鶴久乃滅云而桐城城內。又有馬鳴玉之聘婦方氏。鳴玉死方氏居父母家極窮困然守而不嫁至老先周氏二年死始馬氏諸子疑方氏初未即至夫家不敢迎入門至其老將死乃服其節請於官而旌之。嗟乎行必久而後信女子

固然非耄期不亂者曷以爲士乎哉

吳殿麟黃烈女傳

明正德閒歙程公子然未婚之妻曰黃氏同縣富人黃某之女也公子之父忠節公材嘗爲言官屢疏劾諸執政及太監劉瑾馬永成谷大用輩言甚力瑾畏之忠節死瑾追論前疏矯旨徙其家並逮其二子然胥役日相望也是時然歲十三女歲十四然之母以然寄于黃令匿之而黃某懼禍及私詣有司自之女乘父出疾至公子所排闥呼曰公子行矣捕者且至矣公子驚然未知所往女潛引公子至舍後園啓門出之公子裵回門內外以所佩囊示女曰囊無一錢安行乎女笑曰我固慮之矣因出袖中金贈之戒曰若行矣毋多言然以是得脫而女念己未爲婦私見男子且餽遺之越禮也反室不見父母而死其後

珍倣宋版印

瑾敗。有旨宥程某家。又八年。然舉正德丙子鄉試弟
四人。世宗卽位。上書訟父冤。詔賜祭葬。予謚。一時稱
公子孝子。而是時公子年踰三十。日夜念黃氏。不欲
娶也。都御史曹公祥。有女賢。欲妻公子。謀諸夫人。夫
人曰。程公子長。且聘有女矣。女死而以吾女繼之。得
毋傷女心乎。女微聞母言。曰。是何傷哉。昔吾兄深甫
登第。卽率同第進士。陳瑾逆狀于朝。天子命跪午門
五日。辭卒不屈。朝臣震動。今公子之父忠。公子孝。正
吾門耦也。曹公喜。令媒妁請於公子。兄默強之。乃聽
命。無何。然歿。無子。默以季子應會爲然後。曹氏諭應
會世祠黃氏焉。

贊曰。黃氏以一小弱女子。而脫其未嫁之夫於危。其
智勇豈顧問哉。顧自以爲羞見其親。而殉之以死。又
何其審於廉耻之防如此也。嗟乎。耻之於人大矣。彼

女子以死明其志所遭之變也悲夫夫其賢於齊君王后者不亦遠乎

張皐文先府君行實（張惠言字皐文江蘇武進人嘉慶己未進士官編修有茗柯文編）

先府君諱蟾賓字步青號雲墀姓張氏其先自宋初由滁遷常州常州之張多由滁譜牒廢世不可紀其後曰端當明宏治中居南門德安里是爲大南門張氏張氏非大南門不共譜端孫欽欽生洲洲生宏道萬厤中舉於鄉官開封府通判生典典生以鼎以鼎生銘傴銘傴生采采生金第娶於白生府君自典至金第皆補郡縣學生有文章名世以教授爲事而銘傴當明之士獨不爲制舉業云府君生九歲而孤有兄曰思楷弟曰瑞斗家貧日不得再食奉白孺人教兄弟相厲以儒學補府學生試高等廩膳常教授鄉

珍倣宋版印

里閈其後游沅州一歲得疾歸遂卒年三十有八府君既不得志於世無所表見又不獲永其年充所學以致不朽所論著皆未就其卒時惠言方四歲翊遺腹四月而生凡其言行可紀者弗得聞聞之於人所傳又弗敢審而府君之執友湯先生賓輅鄭先生夢楊篤行君子也知府君深守道德不毀譽輒著其言以爲府君行實焉湯先生曰君好學深思不事穿鑿善爲詩及制舉文操紙筆立就性沈摯寡欲少言尤不喜說人過與人交不設城府久而能敬鄭先生曰薛心筠董仲容湯賓輅君兄弟總角交也賓輅抗希古人好考核故事不輕出門戶君兄弟與仲容則常集於薛氏予亦時時在坐雍容出論議率常連日夜君色温而恭言簡而中余心敬賓輅而酷愛君謂兩人於入道近也篤於孝友平生未嘗與人迕人亦未

嘗迓君。或問之。曰。天壤間何處可使性氣其爲人如此。鄭先生又言。府君有異表。中夜目光閃閃。或一二尺許。嘗自言秋夜偶翫月。見河漢間雲鱗鱗。士女數十人。雲裳霞佩。執諸樂器。飄飄過太虛。膚髮纖悉可辨云。湯先生名修業。鄭先生名環。皆常州武進人。意境如雲羅在空。輕微淡眇。

張皋文先妣事略

先妣姓姜氏。考諱本維。武進縣學增廣生。其先世居鎮江丹陽之滕村。遷武進者四世矣。先妣年十九。歸我府君。十年。凡生兩男兩女。殤其二。惟姊觀書及惠言在。而府君卒。卒後四月。遺腹生翊。是時先妣年二十九。姊八歲。惠言四歲矣。府君少孤。兄弟三人。資教授以養先祖母。先祖母卒。各異財。世父別賃屋居城中。府君既卒。家無一夕儲。世父曰。吾弟不幸以歿。兩兒未成立是我責也。然世父亦貧。省嗇口食。常以歲時減分錢米。而先妣與姊作女工以給焉。惠言年九歲。世父命就城中與兄學。逾月時乃一歸省。一日暮歸。無以爲夕餐。各不食而寢。遲明。惠言餓不能起。先妣曰。兒不慣餓憊耶。吾與而姊而弟時時如此也。惠言泣。先妣亦泣。時有從姊乞一錢買糕。啗惠言。比日昳。乃貰貸得米爲粥而食。惠言依世父居讀書四年。反。先妣命授翊書。先妣與姊課鍼黹。常數綫爲節。每晨起。盡三十綫。然後作炊。夜則然一燈。先妣與姊相對坐。惠言兄弟持書倚其側。鍼聲與讀聲相和也。漏四下。惠言姊弟各寢。先妣乃就寢。然先妣雖不給於食。惠言等衣履未嘗不完。三黨親戚吉凶遺問之禮。未嘗闕。鄰里之窮乏來告者。未嘗不佽恤也。先是。先祖早卒。先祖妣白太孺人。恃紡績以撫府君兄弟至於成人教之以禮法孝弟甚備里黨稱之以爲賢及先妣之艱難困苦一如白太孺人時所以教惠言等者人以爲與白太孺人無不合也先妣逮事白太孺人五年嘗得白太孺人懽於先後委宛備至於人無所忤又善教誨人與之居者皆悅而化姊適同邑董氏其姑錢太君與先妣尤相得虛其室假先妣居先妣由是徙居城中每歲時過故居里中諸母爭要請致殷勤惟恐速去及先妣卒內外長幼無不失聲及姻親之臧獲皆爲流涕先妣以乾隆五十九年十月十八日卒年五十有九以嘉慶二年正月十二日權葬於小東門橋之祖塋俟卜地而窆焉府君姓張氏諱蟾賓字步青常州府學廩膳生世居城南郊德安里惠言乾隆丙午科舉人翊武進縣學生爲叔父後觀書之壻曰董達章國子監生嗚呼先妣自府君卒

珍倣宋版印

三十年。更困苦慘酷。其可言者止此。什伯於此者。不可得而言也。嘗憶惠言五歲時。先妣日夜哭泣數十日。忽蒙被晝臥。惠言戲牀下。以爲母倦哭而寢也。須臾族母至。乃知引帶自經。幸而得蘇。而先妣疾。惠言在京師。聞狀馳歸。已不及五十一日。嗚呼。天降罰於惠言。獨使之無父母也耶。而於先妣何其酷也。

錢新梧搖全哥傳（錢儀吉。字新梧。浙江嘉興人。嘉慶戊辰進士。官給事中。有衎石齋記事稾。）

明京衞經歷搖士忠之女子子曰全哥。蕭山人也。母氏曰鮑。全哥麗容而慧解。有兩弟一妹。皆秀穎。皆不及全哥。全哥鍼繡籑紡不習而能。觀書偶講析必出常意。父母絶憐愛之。尤莊默退讓。日勤業。未嘗有惰容。士忠性剛急。有拂意。全哥每柔顏侍旁。從容婉譬以諷諫。事大小。輒中條理。士忠怒爲霽。當崇禎之末全哥年及笄矣而李自成入京師賊有僞權將軍者入其室欲得全哥全哥瞋目叱之曰頭可斷身不可辱賊使人執持全哥而盡縛其父母弟妹以劫全哥曰若從我皆免否即死於是士忠慷慨顧其妻子女而曰使吾女辱生猶死也吾本意當死今日吾與若曹俱死死得其正幸已衆皆曰諾全哥大哭曰生不能孝父母友弟妹今以我一人而斬揺祀天乎何其窮也亟觸柱求死賊又持止之全哥遂絕不飲食期必死賊乃日笞箠其父母弟妹於全哥前冀全哥不忍見或改意而全哥輒號慟求死會賊以事出防稍弛全哥曰可矣於是士忠鮑全哥及其弟妹亟求繩帛巾帶之屬以縊一弟繫絕墮而逸薄暮賊歸見五人者皆懸死矣賊亟下全哥全哥之縊也繩上於會厭未殊頃而蘇焉賊大喜過望顧全哥曰天也今將

珍倣宋版印

柰我何方是時全哥氣息僅屬手不任舉則曰若能厚葬我父母弟妹者惟命賊曰諾於是厚葬其父母弟妹全哥亦稍稍飲食既葬全哥盛服至其父母冢前拜跪忽起出所藏利刃亟刺賊罵曰畜產今日乃知搖氏女也賊驟且怒而奪刃斫全哥全哥死

論曰搖之先出東越王搖句踐之裔也句踐深謀忍辱卒存其國若女子守身誠不可依回父義子孝俱獲死所烈已嗚呼天之監觀人其必不遠焉搖女一呼天而其弟竟逸遂存搖祀豈不信哉豈不信哉

梅伯言黃个園家傳

君諱至筠字个園甘泉人父牧趙州時生君十四歲孤人沒其遺產年十九策驢入都得父友書見兩淮鹽政某公與語奇其材以爲兩淮商總時嘉慶初軍興事方亟兩河決口丁夫楗石之費戶部以正供入

不足充募富民出錢榮以職君首輸爲衆倡前後數十萬由府道加鹽運司銜入都祝 嘏圓明園聽戲賜克什長子次子皆郎中當是時上至鹽政下至商一視君爲動靜販夫走卒婦孺乞丐揚人相與語指首屈必及君而是時承 純皇帝六十年豐豫之後商人皆席富厚樂驕逸詠調舞歌窮園林亭沼倡優巧匠之樂流馳居積惟主計者可否割朘日深名贏實虧而私商朋與官吏益放手湖北岸費銀百五十萬鹽政又務進奉冀久任進奉無現銀俵虛數於商以取息於是庫額增而所納益不足而商人始困也及道光時裁鹽政淮北改票鹽而商總權絀人得見運使人自言事利各私己而仍委其重於君而商總始困然君自以受 國恩深且於諸商爲丈人行不與較長短代償官銀自取多數而視衆商之殷瘠

珍倣宋版印

差所代多寡皆聽命集事每奏銷時君入運使署定議肩輿出人撫掌曰奏銷過矣道光十八年七月君卒其時諸舊商大抵皆敗新進多文巧機利乾沒而不顧後私小智破大體爲之首者縮蓄深閉莫肯任患而奏銷始失期運使乃檄吏督之吏滋不公受賕任情入貲者引身惜財者倍償於是羣情渙離營巧謀退庫引懸而無商綱運減數而　國課虧鹽法益壞不支而當事者議變法矣蓋君之爲商總者四十餘年支拄救敗者又十餘年卒五年而庫始有懸引減運綱又七年爲道光三十年而淮南之票鹽興綱商廢而昔之忌君畏君有不足於君者皆慨然思君以爲無復有斯人也

梅伯言總兵劉公家傳

公諱清字天一貴州廣順人以拔貢生歷官布政使

終總兵然人皆呼為劉青天從其官四川縣令時民所稱也嘉慶元年達州王三槐以教匪倡亂時公以縣丞遷知縣數以鄉兵破賊於南充廣元閬公撫民及士卒皆以兒子畜之人樂為死賊自為民時知公名戰人莫為用故遇公輒逃　睿皇帝知之由南充縣驟遷至建昌道　賞戴花翎後屢起屢躓先是上以賊久未平有進招撫之說者試行之經略大臣念撫賊莫如公宜隻身入賊營數返三槐遂降而冒功者詭言生得之三槐誅他賊首疑憚不出故功不時就而官兵持勦撫兩端戰不力然賊卒深信公前後降黨與二萬人及行堅壁清野議　上命經略大臣一委公賊卒由是破散捕餘匪裁撤鄉勇公功為多八年大功告成入覲　賜詩取民所呼青天者以為句由四川按察使改山西遷布政使以屬吏事責

珍倣宋版印

授刑部員外郎轉山東鹽運使時嘉慶十七年矣逾年而教匪朱成良陷曹縣定陶公自請從戎以官兵五百敗賊於髣山復定陶又敗之於韓家廟殺賊二千餘賊保扈家集於曹縣樹土牆荊棘四周公自定陶攻其東縱火拔柵賊突出多死稍逸者南北官兵至合擊之誅賊首朱成良王奇山賊在山東者皆盡而河南賊自滑縣奔定陶者亦殲於公十一月賊平公之破扈家集也　上諭曰劉清年逾六旬且係文職能身率士卒取賊巢勇敢可嘉　賞布政使銜及玉䩞大小荷包至是遂授雲南布政使旋以二品頂帶留山東鹽運使任二十一年八月改登州鎮總兵復改曹州鎮總兵　今上卽位二年以疾乞休在籍食全俸七年終於家　上深惜之子廷榛先候選知縣乃官其孫熾昌兵部主事瑩舉人尋賜祭葬

論曰。國朝漢總督以武起家者二人。岳公鍾琪。楊公遇春也。布政使改總兵。惟公一人。公軍中久。坦率厭苛禮。改是官。未必非意所便也。然復定陶時專將有功。亦不能無中於上官之忌云。

龔定盦宋先生述

君姓宋氏。諱璠。字魯珍。浙江嚴州府建德縣人。曾祖載。祖紀勳。父圻。安選拔貢生。自祖以上仕否。及妣氏族。俱未詳。弗可述。君幼以孝聞。力於學。其治經也。總羣書並進。天曰而起。漏四下而寢。不接賓客。瘁志纂述。大書如棋子。小書如蚊腳。墨書或濃或澹。朱書如桃華。日罄五七十紙。如是者不計年。當可得百餘萬言。扃一敝箱中。不知果成書與否。又不知欲成何等書。身後無可問者。嘉慶七年。以選拔貢生來京師。主刑部員外郎戴公家。以戴公薦。來主吾家。訓自珍以敬順父母舉嘉慶九年順天鄉試十五年歲庚午卒年三十三無子浙中傳君晚年信疑龍家書還家兆手一卷書督畚鍤有自眥起地中觸君身而死其誣與其有之與吾家自賓客羣從逮老僕婢至今皆稱之曰宋先生嘉慶丙子春武英殿校錄副榜貢生弟子龔自珍謹述兀傲可喜

吳南屏程日新先生家傳

余幼時聞諸父兄言里中程日新先生先輩讀書誠長者而未及請問其行事近以訊之從甥程禮明禮明曰我高祖也以老儒終鄉里以篤行高年鄉黨宗敬之其言行之詳遠矣莫能多道之也僅一二事識於家人代傳之相訓厲不敢志者非曰奇節異行也然固常人之所難者祖公少讀書而家極貧年十六即爲人課童子師里胡氏請之以歲俸八金公諾之

矣他家聞而爭請二胡氏之奉或勸公遷就之公曰吾貧金多固善顧吾已諾胡氏且吾始出而誘於利利可盡乎竟館胡氏主人高其義歲增其奉學徒益進卒以教讀致有薄產遺之子孫今百餘年矣公應試於府列名首縣士聞父病不待竟後場而歸父尤之命復往則已畢試矣太守嗟異之明歲更新守公又試得首以入學焉此二事者雖微見問禮明固願有謁儻蒙賜爲之文推揚其先世之美以永詔其後嗣其可乎余聞而稱曰吾里中昔時讀書長者之行有如是哉而何今者之不見乎夫不以利傷信而師者利之所便居也不以名志親而親又甚樂其子之有名也世世之人苟名利之在不必其有辭有辭焉藉之無問矣若先生之行微獨吾里中不復見之凡吾所見於今之人皆不然也禮明之稱其先世約而知

要書而論之不惟程氏之傳亦使學者習聞舊儒之風而信於得失之命也先生諱煌日新其字年九十一乃卒妻賀氏年八十七夫婦偕及見元孫子孫繁盛多能繼儒業者原注李習之自言敘高愍女楊烈婦不後班堅習之文高妙微至尚非班氏所及僕此傳及書義猴殆欲步其後塵矣

吳南屏先考行狀

先考研田府君既歿之二十年不肖中子敏樹欲有表於其墓既以請於戶部郎中上元梅先生伯言而許爲之文矣謹具列里居世次先人之性行事迹大略如狀我吳氏上世明初曰伏一公者始自南昌徙來巴陵之南鄉十有四傳而至府君我高大父府君諱書泰曾大父府君諱宅揆大父府君諱傳經是生先考研田府君兄弟二人府君次居長始吾家故貧先大父之世起有貲產爲里中富家府君始讀書即

篤信宋儒之學。期必行之於身。嘗扁於其塾曰學四字而爲之序。以自勵。取朱子淳熙入對時答人語也。爲文章。理致深厚。樸而不華。試有司輒不利。年三十。尚困童子試中。時昆明錢公澧爲湖南學使。待士嚴。府君嘗入場。人擁失屨。覓屨乃復入。錢公怒其遲退之。不令入。既而召之。府君歎曰。所以就試者。爲進其身也。豈可受辱如此哉。而先大父年且老。家務多。府君遂棄舉子業。佐大父治家。家益起。初府君年九歲。而先大母胥太孺人卒。繼大母孫太孺人。又繼大母李太孺人。府君事之。皆盡誠孝。而大父昆弟三人。仲季兩大父皆早卒。府君待諸孤弟尤有恩禮。然自敏樹生時。府君年已五十有一。其前者皆不得見而盡知之矣。顧自其微有知識之日。日趨侍府君於家。而仰其容貌。則見其溫然以和。又儼然以莊也。其於兄弟也與吾仲父異母以生同居以及老未嘗有一言之相責望也吾季父早世季母守節嫠居其於府君未嘗有一事之不然於其意者也其於子孫也愛而教之加意以撫之然未敢有不恭敬於其側者也其日接於鄉之人也雖妾少年未有不肅然於其坐者也嗚呼此其外之大略可見者也抑其行事猶有能道者焉吾鄉家有贏穀者多積頭穀頭穀者人質貸其穀加息以償至來歲春夏閒除其息仍以本穀貸而吾家所積頭穀蓄盈萬石矣嘉慶癸酉之秋府君與仲父謀曰吾田產足可業也而積穀又多遂積而不已以多財遺子孫吾懼其爲不義也今歲頗不登貸者艱償不如放之此兩利也仲父以爲然而所貸出穀萬石盡放出不復收然府君平時治家纖嗇不忍妄費一錢人或疑其吝及是放穀萬石一鄉盡驚

有稱頌於府君前者則徐應之曰吾年老力衰計自逸耳然自後府君果益少事唯觀覽書史自娛尤喜鈔書積巨冊首尾端楷若一無違誤者素善飲酒乃益召諸昆弟歡飲未嘗至甚醉酒後滋益恭時時自鋤菜畦樹瓜果及課傭人治田必盡其法子孫讀書訓課甚勤不多望以進取敏樹年十七時補縣學生訓之曰汝今爲學校中士人矣士者行義必可觀也可不勉乎臨終戒子孫曰願後世不失爲讀書善人富貴非所望也自府君之歿二十年閒鄉之人往往有歎而言者曰厚矣夫先生之教我也我奉其教以有今日之安也又有言者曰某某婚喪不舉往貸於先生必得所求焉不以其貧故疑難之也某與某訟以厚質請貸則不得焉又力勸諭而已之凡先生之行皆此類也又有言者曰昔先生之存鄉之長者常

珍倣宋版印

有所聽聞善言以教戒其子弟少年之爲非者不敢肆今不然矣嗚呼此皆府君之實也府君諱達悳字懷新別自號曰研田太學生按察司照磨職銜以子敏樹候補教諭得贈修職郎生於乾隆乙亥八月二十二日歿於道光乙酉正月二十日享年七十有一即以其年十一月初五日葬橫板橋之新阡直家南十里府君元配吾前母羅太孺人生吾伯兄友樹附貢生繼配吾母徐太孺人生吾姊適劉氏次即敏樹道光壬辰舉人大挑二等候補教諭次吾弟庭樹縣學生孫男八人昌烈昌煜昌燿昌煇貽孫慶孫似孫爾孫曾孫男十二人坦堅均圭墉垣垕堂城坤域堪今吾伯兄與吾弟皆已卒世敏樹幸侍養老母無能進取以圖顯揚惟思託賢人之文章垂先型於不朽謹狀其實以俟文焉道光二十四年十二月十二日

不肖中子敏樹謹狀。梅伯言曰。不虛美。不繁稱。能信其親於人者也。

曾滌生廣東嘉應州知州劉君事狀

曾祖永昌。皇贈武功將軍。祖開泰。康熙甲午科舉人。皇贈武功將軍。父文燦。雍正甲辰科武進士。山東兗沂鎮總兵。君諱廷枏。字讓木。河間獻縣人。縣學廩生。乾隆四十五年舉於鄉。五十二年丁未成進士。時大學士和珅當國。有中貴人與君同里同姓。來告曰。相國知子。欲一燕見。能往。吾導子。詞曹可致也。君謝不能。卒以知縣歸班候選。嘉慶二年。謁選得廣東信宜縣。明年之官。五年。攝惠州河源縣事。河源藍阿和。博羅陳爛屐四。永安曾鬼六。聚徒煽亂。君至縣三月。即擒阿和。且請於惠州知府伊秉綬及總督吉慶曰。陳曾不靖。時日久矣。今阿和就擒。翦其左翼。賊所負恃。以羅浮山為窟耳。若裹糧入山。窮力四捕。陳曾

珍倣宋版印

可弋也不聽後二年遂有陳爛屐四曾鬼六之亂總督歆酖死知府擬遣戍而君以前請得不坐六年量移潮州揭陽縣揭亦劇邑也莠民何阿常李阿七倡爲天地會聯八十餘鄉分爲兩股各二萬人君單騎赴賊中以編查保甲爲名暗圖其山川形勢出入門戶夜宿賊巢示以不疑八年正月二日率兵討阿常賊徒七千人屯於赤巖頭我兵裁五百去賊五里而營夜聞吹螺四面衆譁曰賊至矣君令曰敢動者死闃無聲影賊不知虛實竟引去旦日率所部登山適於弇中設子母礮佐以鳥鎗近則發擊之翳人與火會他軍亦至乘勝追奔焚賊三巢阿常投首阿七聞之益糾餘孽謀再舉君從健卒六十餘人四晝夜馳行九百里追及長樂擒之其年八月又擒海盜姚阿麻於是有送部引　見之命矣大抵嶺以南物產蕃

皇風氣殊於中土諸洋互市環貨日至姦民逐利起
徒手至百萬者往往而有奇技妖物旁出不窮乾嘉
之閒淫侈亡等矣猶有不逞之徒乃爲盜賊以自恣
小者劫奪大者叛亂窮則入海亡命爲吏者莫敢誰
何苟以諱飾偷安羣盜無憚日以充斥故君官廣東
所至以緝捕爲先而大吏亦倚君如左右手引　見
之命既下大吏以捕務孔棘留不得行又二歲勦獲
潮陽鄭阿明陸豐李崇玉乃行阿明會匪衆號四萬
人崇玉海盜號二萬也入　見以功升知州歸復任
揭陽十四年徙知南海縣是時兩廣總督百公齡治
尚威猛懲刈姦宄夜半召君入密室告曰吾欲有所
縛子能之乎君曰何也百公曰洋商吳阿三阿二二者
大猾貲積巨萬多干國紀君歸寅夜部勒胥役不告
所之曰從余行余曰取取之曰斬斬之至破門擒阿

珍倣宋版印

三。比還署。關說者數輩。賂金三萬。至雞鳴。增五萬。平明。十萬。不可。卒致阿三於法。張保之寇海也。自嘉慶初年始也。後與其黨郭學顯內噬。學顯來降。保亦思歸義。首鼠進退。百公欲遣使納降。君請行。百公曰。多與爾衞。辭曰。彼眞降。使者無害。其僞也。雖衞何益。從二僕。棹小舟徑至海口。賊數百艘。交刃成列。保出衆叱曰。跪吾王。曰。吾 天子命吏。豈屈若曹。且編民之不得。何王也。即睨保曰。吾以女爲海上豪傑。乃效匹夫怒目恐人。劉某畏死者。不來此矣。保立起揖君。即屏左右。因語之曰。十年來粤中巨寇。若藍阿和。何阿常。鄭阿明之屬。海盜若姚阿麻。李崇玉。今有存焉者乎。保默然。曰。士有然。今日柰何。崇玉以殺掠平民之故。尚伏天誅。況保縱橫海上十餘年。殺二總兵。一參將。三游擊。罪在不逭。今棄衆內首。則魚肉耳。曰。汝何慮之淺也。朝廷并包海外。荒類萌生。削逆育順。以勸來者。猶懼不繼。若革面自效。不訾之慶也。學顯貸死。有明徵矣。且知莫大於知幾。行莫虧於食言。禍莫酷於殺已降。女視劉某豈誘人徼功者哉。吉之與凶。在此須臾。保再拜曰。謹受教。乃泣送君歸。七日而張保降。十九年。補嘉應州知州。墟枯養瘠。相濡以澤。二十四年。攝廉州知府。節法阜施。一如嘉應。君子於是知君之爲政。又能視地強弱。以時其威愛也。嘉慶二十五年。年六十八。以疾卒。子六人。曰鳳翽。曰一士。曰鳳翼。曰書年。今官翰林院編修。曰逢年。曰其年。今官翰林院庶吉士。謹具歷官行義。牒付史館。俾傳循吏者采覽焉。

曾滌生國子監學正劉君家傳

余既銘劉君椒雲之墓。其兄子世墀復寓書抵余季

珍倣宋版印

父之行義。蒙甄敘。大凡其爲學之次第。不幸遺書未成。世墀之愚。不可驟曉。其孤世圭尤幼。卽他日長大。終無以窺尋先人甘苦。季父執友。莫篤先生。先生若哀吾昆弟。卽別爲家傳。鑴諸家牒。所以不死季父。而旣我劉宗。益厚無已。蓋椒雲之學之自得於中者。有不可褫諸文字者矣。其致功之迹。國藩實親見之。而親討之。稱述以詔其諸子。吾之職也。始椒雲嘗治方輿家言。以尺紙圖一行省。所隸之地。墨圍界畫。僅若牛毛。縣以圓圍。府以叉牙交錯成圍。不爲細字識別。晨起指誦。曰此某縣也。於漢爲某某縣。此某府某州也。於漢爲某郡國。凡三四日而熟。一紙易他行省亦如之。其於字書音韻。及古文家之說。亦皆刺得大指。其後益及天官推算。日夜欲求明徹。銳甚。適會喪婦。勞憂致疾。乃稍稍自惜。慨然有反本務要之思矣。竊嘗究觀夫聖人之道如此其大也而歷世令辟與知言之君子必奉程朱氏爲歸豈私好相承以然哉彼其躬行良不可及而其釋經之書合乎天下之公而近於仲尼之本旨者亦且獨多誠不能違人心之同然遽易一說以排之也自乾隆中葉以來世有所謂漢學云者起自一二博聞之士稽核名物頗拾先賢之遺而補其闕久之風氣日敝學者漸以非毀宋儒爲能至取孔孟書中心性仁義之字一切變更舊訓以與朱子相攻難附和者既不一察而矯之者惡其恣睢因並蔑其稽核之長而授人以詬病之柄皆有識者所深憫也椒雲初從事於考据即已洞知二者之弊既更憂患之餘尤自斂抑退然若無以辨於學術也者默識而已矣於是以道光二十八年二月棄其所官之國子監學正決然歸去以從政於門內積其

珍倣宋版印

謹以嚴父母之事以達於凡事無所不嚴積其誠以推及父母之所愛若所不愛無不感悅其又不合則考之禮經覈之當世之會典以權度乎吾心自然之則必三善焉而後已病中爲日記一編記日日之細故自責絕痛將卒又爲遺令處分無憾蓋用漢學家之能綜核於倫常日用之地以求一得當於朱子後之覽者可以謂之篤志之君子邪抑猶未邪國藩爲發其擇術之意既告其諸子亦與異世承學者質證焉

曾滌生歐陽氏姑婦節孝家傳

節母蔡氏生三歲而室於歐陽事玉光府君家微也姑劉孺人端嚴匡敕無所假借節一朝之食分之二日併三人之事責之一手舉家事精麤劇易壹委節母不以何問他人節母則先雞鳴而興豫其未至後

斗轉而息補其闕遺箕拘無塵井汲無濡半米寸薪
必珍必戒諸娣姒次第入門節母躬其難者讓其易
者自親舍及衆私室衣垢則澣之綻裂則補綴初不
問其所自來羣從子女寒則衣之飢則慈以甘餈就
湢浴爲之潔除羣從或忘其母而母節母節母亦忘
其非己出也乾隆三十年乙酉舅席珍府君卒明年
玉光以毀死劉孺人大戚節母於時年二十有八長
子惟本甫三歲少者成材未期耳入則泣血柴立茹
蘗自盟出則抱子奉姑怡聲亹亹益屏去華飾先姑
意之未發而從事約其口與體以及其孤子女無所
不約勤其力以率其妯娌與其子姓傭奴各有專職
土無寸曠人無晷暇俛拾仰取賓祭有經豬雞肥碩
蔬果怒生方節母事姑之初歲入穀二十石逮姑之
暮年穀近千石惟本讀書屬文試於郡縣有聲矣年

珍倣宋版印

二十七歲而卒婦蔡氏亦以節著

節婦蔡氏少歸歐陽惟本節母之冢婦也乾隆四十三年戊戌歲大饑節婦將嫁其父輔世貧不能具禮宗族或助之結褵之資凡得錢三千有奇父爲裝遣之節婦陰返其錢置稈薦中而繫鑰匙其端父歸而室無見糧引鑰則錢在焉泣曰孝哉吾女留此以活我也惟本沒時節婦亦二十八歲由是捐棄萬事壹從節母求所以事祖姑劉孺人之法黎明劉孺人與節母執笄侍左節婦自右約之及盥節母奉水節婦奉槃及食婦具饌母侑之及寢三世聯牀聽於無聲劉孺人卽怒節母負牆竦懼節婦從容孜爲以適厥指卽疾病婦責藥母嘗而後進夜則番宿遞侍衣不解帶一夕節母起墮牀折脇二骨節婦號泣就援之母戒屛息無令劉孺人得聞知也劉孺人晚而喪明

手足痿痹挽箯輿日游庭中節母肩前節婦肩後其
後劉孺人九十而終節母且六十矣二脇骨者竟無
恙其後二十餘年盜入室刦母衣刃傷節婦指及肘
創甚亦不醫而竟無恙論者以爲孝徵神或相之云
道光九年節母歿實年九十有六二十三年節婦歿
實八十有三其前五年歲在己亥均
旌表節孝如例
前史官曾國藩曰節婦之孫女子四人次二者歸於
我外舅福田先生篤行君子也數爲余誦述兩世事
狀余昔官禮部見各行省題旌婦女凡烈婦殉夫者
別具一疏　高宗皇帝常下　詔非之不予旌表以
爲行不貴苟難也然末俗士論往往以矯激卓絕之
行爲難觀歐陽姑婦之節亦似庸行無殊絕者而純
孝兢兢事姑至六十年五十年之久而不渝天下之

珍倣宋版印

至難孰踰是哉從禮記內則運化而出浸潤於經者至深

續古文辭類纂卷二十三

碑志類

施愚山神岡山廟碑

施閏章。字尚白。號愚山。安徽宣城人。順治己丑進士。初任江西參議。裁缺歸。康熙己未。舉博學鴻辭。官侍讀。有學餘堂集。

盧陵之南十里。曰神岡山。其廟曰惠祐。祀太守彭城劉公。山故名翠峯。以其廟神之孔赫也。相與神之。僉謂之神岡云。公諱竺。仕陳爲盧陵太守。政洽於郡人。既卒。其民悲思叫呼。謂公嘉惠我邦。吾儕小人弗敢忘。其擇地祠之。作廟於山之岡。雨暘之不若。百穀之不堅實。疾病之不時去。凡有冀而不獲。它無可告則惟神是歸。先時。邑人龍昌裔家積粟。利在歲饑。以涌其糶。會旱。私丐神。請更彌月勿雨。是日輒大雨。雷震昌裔死廟下。視其髮中。得禱旱之詞。于是民有懷慝不仁者。心掉魂奪。亟走去。不敢入廟。其神大顯。南唐保大中贈工部尚書明惠侯宋宣和中賜惠佑廟額紹興三年封嘉應侯徐鉉胡銓先後紀其事其山拳曲而憑江水清林茂山川雲物之美具可登望余閒從賓僚往遊顧廟碑石壞闕文字謂廬陵縣令于君藻曰劉公澤在民廟食斯土禱之輒應又能奮餘怒擊頑貪震悚觀聽補吏職所不逮惠且能義今碑版缺剝即事存傳記來觀之人猝無徵覽奚以顯神德而禁民非于君曰請具石公其撰詞于是大書其事系之歌以享神其詞曰

山之椒雲油油公駕遊兮赤虬鞭斥猛獸兮俾我以休山之阿楓冥冥公其降兮霓旌膏我黍苗兮甘雨以零擊鼉鼓兮薦江芷公弭節兮歆食燕喜山有岡兮水有涯公揭而去兮來何遲生我牧兮殁我師疇敢不率兮公知之

姜湛園安城楊君墓誌銘

姜宸英字西溟號湛園浙江慈谿人康熙丁丑進士官編修有湛園未定稿

康熙二十八年己巳春車駕南巡至蘇州有紹興人士楊賓及其弟寶以父得罪徙寧古塔久泣血奔叩行在願身率妻子代父戍　上駐輦問之以其罪名重非祖制不允又沿　御舟行數百里呼號竄突騎從閑人馬蹂踐衞士執鞭箠雨下賓兄弟出彊辭與抗幾斃終不得達由是見者皆感泣稱爲孝子孝子旣而諗知其父得罪狀又有可憐者賓父以壬寅冬徙塞外其行述所謂安城府君者也君旣謫塞外是時賓年纔十三後二十八年賓始得往視之又二年辛未冬十一月某日君竟歿於戍所君所坐於國法不得還葬妻隨行者例留之賓聞赴衰服跪刑部兵部門凡四百五十有五日號泣陳訴垢形骨立酸動

行路當事者憐之爲求比例遂得請蓋　上之曲成
人孝如此今年九月某日寶扶柩抵潞河毋范孺人
亦隨到賓與余族弟寓節菴數爲余述其賢既聞余
在都則泣請曰吾父以徇友譴死非子寵之銘不足
以慰吾親于地下銘曰
君諱春華越其更名友聲其字居越安城晚遂自號
不忘所生父蕃業儒既而不就累官總兵副鎮京口
君年十七補博士員適當明季厭經生言散金結客
豪俠滿門卒以賈禍亦不言冤君之得禍以友滋蔓
友亦被牽密書屬援爲邏者獲友固弗承君謂我出
事始得明國有常憲棄友于市處君末減南冠而縶
君初出塞雪花如掌朔風狂吹指墮馬上渡混同江
那木色齊種種惡道及諸阿機萬木排比仰不見天
老根亂石斷冰結連不受馬蹏起踣其閒異鳥怪獸

珍倣宋版印

叢哭林嘷同侶失色百聲號咷君獨凝睇山川阨塞
詭形殊勢筆之于冊忽然長嘯攬轡支策掉頭吟詠
不爲戚戚人傳君貌有頎而黑修髯大聲雙眸電射
至則謾罵其守士士彼愕不知或瞠而視時法初立
漢人罕至至輒爲傭犬彘之飼君教入山斫木爲屋
蔽以木皮炕銼具足以我所攜布帛絲枲易其魚皮
人稍知市爲賈而豐教以字書禮讓蔚興藹藹邨墟
贖諸罪隸生者養之死給之轉婚喪以時不足爭助
後則爲恥曰不可見楊馬法矣長老之稱馬法是云
馬法旣死哭聲田田柩所過道設祭魚飧綿壽七十
子三賓寶季名曰寵女二孫九女孫亦二幼尚未字
初君之出其色揚揚視死與生如去來常況死而歸
先壟是依是惟有子以釋君悲子也式穀守爾初服
銘勒諸幽允臧墨卜 魏叔子云以銘辭敘生平不漏不支妥帖排奡蓋上揜荆公下

軼時賢者也。

姚姬傳光祿大夫刑部尚書贈太傅錢文端公墓誌銘 幷序

刑部尚書。嘉興錢公。登朝爲名卿。老而告歸。上承
聖人之殊眷。下爲海內文學之士宗仰爲耆碩者。又
二十餘年。乾隆三十九年正月辛酉。薨於里。疏聞
上悼惜甚至。製詩哀之。命贈太傅。祀於賢良祠。諡之
曰文端。 賜祭葬如制。特予銀千兩治喪。其子汝誠
以是年十二月。葬公武原生坊南化城。請予爲銘。按
狀。公諱陳羣。字主敬。明給事中。贈太常卿徽者。公六
世祖也。曾祖諱陛。祖諱瑞徵。考諱綸光。三世皆以公
貴。贈光祿大夫。妣皆一品夫人。公之少也。讀書穎悟
過人。未二十遊京師。則已與諸名士論文唱和相得。
時言才士。即曰錢君。康熙四十年。公成進士。改庶吉

珍倣宋版印

士授職編修　世宗時三進官至侍讀學士充日講
起居注官直南書房今　上登極擢通政使司右通
政四進官至刑部侍郎以疾歸里公當事持大體守
成法爲編修時嘗爲陝西宣諭化導使在事稱爲能
及久任刑部讞獄剖晰得情甚稱職然　上尤愛公
詩文之美嘗與考論今古稱爲故人公之歸也
上每思見之公以所作詩奏進　上覽之未嘗不稱
善也公歸後五年　上南巡賜在家食俸後三年
皇太后慈壽七十公入都慶祝　命加尚書銜與
九老之會圖形禁中後又兩值　南巡加命以刑部
尚書致仕晉太子太傅至　皇太后壽八十公再入
都年八十六矣猶健步　上見公益喜　賜騎馬紫
禁城再與九老之會公子汝誠爲戶部侍郎侍養於
家及是隨公入朝父子卿貳持杖扶攜出入宮苑禁

闤之中觀者以爲榮其歸也又　賜詩以寵其行公
嘗一爲會試總裁三典鄉試再提督學政及年益高
天下文士翕然趨之公亦和易與後進談說往復論
難不厭吟誦詩章音節抑揚要眇說先朝故事歷歷
首尾如披史傳聽者每至中夜忘疲是時長洲沈文
慤公在吳公在嘉興天下以爲齊名雖　上亦稱爲
二老也文慤既歿後四年公亦亡於是上自　九重
下洎朝士以及閭閻識與不識莫不歎息悲傷謂東
南耆舊盡矣公年八十又九再娶皆俞氏皆一品夫
人與公祔葬子七長侍郎汝誠次汝恭汝慤汝隨汝
豐汝弼公以汝弼嗣弟界後幼子汝器　上南巡爲
公　賜汝器爲舉人女九孫男十五曾孫二銘曰
多士雲興蔚此昌時孰爲魁英備履福祺秀水之郭
鴛湖之湄公起登朝作吏之儀歸樂太平爲羣士師

珍倣宋版印

上與　天子賡和其辭衆望裒然既老不衰我嘗識之丹頰白髭飲酒笑談寡怒多怡國有上瑞匪鸞匪芝進觀公貌退讀公詩詩則永留貌不可追刻示後來吾言不欺

姚姬傳袁隨園君墓誌銘 幷序

君錢塘袁氏諱枚字子才其仕在官有名績矣解官後作園江甯西城居之曰隨園世稱隨園先生乃尤著云祖諱錡考諱濱叔父鴻皆以貧遊幕四方君之少也爲學自成年二十一自錢塘至廣西省叔父於巡撫幕中巡撫金公鉷一見異之試以銅鼓賦立就甚瑰麗會開博學鴻詞科即舉君時舉二百餘人惟君最少及試報罷中乾隆戊午科順天鄉試次年成進士改庶吉士散館又改發江南爲知縣最後調江甯知縣江甯故巨邑難治時尹文端公爲總督最知

君才君亦遇事盡其能無所迴避事無不舉矣既而去職家居再起發陝西甫及陝遭父喪歸終居江甯君本以文章入翰林有聲而忽擯外及爲知縣著才矣而仕卒不進自陝歸年甫四十遂絕意仕宦盡其才以爲文辭歌詩足迹造東南山水佳處皆徧其瑰奇幽邈一發於文章以自喜其意四方士至江南必造隨園投詩文幾無虛日君園館花竹水石幽深靜麗至櫺檻器具皆精好所以待賓客者甚盛與人留連不倦見人善稱之不容口後進少年詩文一言之美君必能舉其詞爲人誦焉君古文四六體皆能自發其思通乎古法於爲詩尤縱才力所至世人心所欲出不能達者悉爲達之士多效其體故隨園詩文集上自朝廷公卿下至市井負販皆知貴重之海外琉球有來求其書者君仕雖不顯而世謂百餘年來

珍倣宋版印

極山林之樂獲文章之名蓋未有及君也君始出試
爲溧水令其考自遠來縣治疑子年少無吏能試匿
名訪諸野皆曰吾邑有少年袁知縣乃大好官也考
乃喜入官舍在江甯嘗朝治事夜召士飲酒賦詩而
尤多名蹟江甯市中以所判事作歌曲刻行四方君
以爲不足道後絕不欲人述其吏治云君卒於嘉慶
二年十一月十七日年八十二夫人王氏無子撫從
父弟樹子通爲子既而側室鍾氏又生子遲孫二曰
初曰禧始君葬父母於所居小倉山北遺命以己祔
嘉慶三年十二月乙卯祔葬小倉山墓左桐城姚鼐
以君與先世有交而鼐居江甯從君遊最久君殁遂
爲之銘曰
粤有耆龐才博以豐出不可窮匪雕而工文士是宗
名越海邦蘙如其沖其產越中載官倚江以老以終

兩世阡同。銘是幽宮。

姚姬傳中憲大夫雲南臨安府知府丹徒王君墓誌銘 并序

君諱文治字禹卿丹徒人自少以文章書法稱於天下中乾隆二十五年一甲三名進士授編修爲壬午科順天鄉試同考官癸未科會試同考官其年 御試翰林第一擢侍讀署日講官旋 命爲雲南臨安府知府數年以屬吏事鐫級去任其後當復職矣而君厭吏事遂不復就官 高宗南巡至錢塘僧寺見君書碑大賞愛之內廷臣有告君招君出者君亦不應君之歸也買僮教之度曲行無遠近必以歌伶一部自隨其辨論音樂窮極幽渺客至君家張樂共聽窮朝暮不倦海內求君書者歲有餽遺率費於聲伎人或諫之不聽其自喜顧彌甚也然至客去樂散默

珍倣宋版印

然禪定夜坐脅未嘗至席持佛戒日食蔬果而已如是數十年其用意不易測如此君少嘗渡海至琉球琉球人傳寶其翰墨爲文尚瑰麗至老歸於平淡其詩與書尤能盡古今之變而自成體君嘗自言吾詩字皆禪理也余與君相知旣久嘉慶三年秋過丹徒訪君君邀之涉江風雨中登焦山東昇閣臨望滄海邈然言蟬蛻萬物無生之理自是不復見君今君子來訃以嘉慶七年四月二十六日趺坐室中逝矣妻女子孫來訣不爲動容問身後事不答然則君殆莊生所謂遊方之外與造物爲人者耶著作文藝雖工妙特君寄迹而已況其於伎樂遊戲之事乎君年七十三夫人黃氏生子槐慶女四壻曰溧陽狄某丹徒陳某商邱陳杲長洲宋懋祁孫男六將葬君某所鼐爲之銘以代送窆鼐爲王氏秀山阡表具君世矣故

不復述銘曰

茫乎其來何從乎芴乎其往何終乎嗟吾禹鄉乎生而燕樂與世同乎名表於翰墨之叢乎骨蛻於黃壤之宮乎脩乎寥乎憑日月之光而遊天地之鴻蒙乎

銘辭高絕邈然難攀

姚姬傳四川川北道按察副使鹿公墓誌銘并序

公諱邁祖字紹聞定興鹿氏始明監察御史久徵有直諫名久徵生正明熹宗時嘗營救左魏諸君子之難天下稱爲鹿太公者也太公生太常少卿繼善殉節死謚忠節忠節子曰化麟舉鄉試第一居父喪歿人謂之孝子孝子之子諱盡心公之曾祖也爲安邑令公祖諱賓仕 本朝爲陝西道監察御史考諱聖權 封奉政大夫公雍正八年庶吉士授編修以四川川北道按察副使罷官乾隆二十九年十二月十

珍倣宋版印

四日。卒於家。年六十夫人王氏。先卒。子二。琪。廩膳生。次頎。早卒。以乾隆三十二年某月日。葬公及夫人於江村祖塋之側。銘曰。

鹿氏在明。忠孝久稱。有肖無替。累以世嗣。巍副使公。彪文緝質。始作詞臣。究通經術。匪曰能言。而允行之。以學事君。在心不欺。命作御史。有辭謇謇。君子所予。小人所憚。巡察帝城。周閱殷廣。閉杜謁言。搜邪伐黨。給事於中。掌禮吏科。審較牘奏。詳而不苛。轉運奉使。湘湖之南。羣吏放手。民則弗堪。覈正斗甬。公以躬監。正稅罔贏。誅責貪惏。有盜殺人。吏論如法。撫軍卻之。謂不當執。罷按察使。而令公攝。將骫律令。意授威慴。或旁諷公。公曰不可。佑賊詭正。甯禍及我。言忤上官。解其柄持。改任川北。畀以疲羸。親入山林。掘盜根株。哀問民生。慰恤瘠枯。直時軍興。征金川醜。以馬濟軍。

百城交走或應於前而乏之於後歸罪邑令大吏藉口
公曰憊矣非令之咎予以身任遂遭彈奏吏籍其家
儆几故書怨嫉之徒媿慼嗟吁　詔荷公校以重軍
罰大吏憐公勸使私脫公曰詔乎脫余則爲苟非君
命敢奸以欺卒朝夕荷西師隨罷旣有定功公亦蒙
赦公之在官嶷嶷剛毅公之在家愉愉孝弟歸遺父
喪以毀受病秉道終身卒斃於正有懿夫人飭身約
己佐公清節誼不爲後同穴江村高墳磊砢我銘直
諒以厲媕婀

姚姬傳汪玉飛墓誌銘 幷序

汪生行忠信而立志甚高不與今世士同流謂士舍
宋儒程朱之所道以爲學舉不足云學也晝動而暮
休必考一日所爲得失離合悉書於一冊以自爲戒
勸事其父兄撫其妻子交其師友循今世之禮通以

珍倣宋版印

古人之意見者未嘗不以爲當於人心爲今世場屋之文必求發古聖賢之旨而不爲苟美余主鍾山書院生以上元學生來爲弟子余德薄不足爲生益然生親余尤至相見論說依依者幾三年而生遽死生故有咯血疾而爲學研思不懈余時戒之乾隆五十六年秋冬閒忽大甚至失音余方歸里亟以爲憂其次年春正月疾進時時念余遂卒余復至遂不見生嗟乎使生不死必追逮古賢人必有立於天下不幸亡學未成行未著知其異於今世學者惟余而已生年二十六其父七十餘子雲官甫六歲妻楊氏剴肱療生不愈終爲嫠而守之余爲擇攝山東南故曇花寺址右阜葬生而爲銘曰

古秣陵明南畿粵汪生挺產茲名兆虹字玉飛聖不作望縉哉負有轍崇有階逴勸志胡弗幾抗發塗蹶

駿材芷天乎理則乖痛無沫伐石埋綮姚鼐綴此辭

吳殿麟鄭用牧先生墓誌銘

先生休甯人也休甯與歙境相鄰而先生產于兩縣人文最盛之日當是時以考訂之學名天下者有戴東原程易田金蘂中以古文名者有吳蕙川以制舉之文名者則有潘在瀾胡澹中胡珮聲胡授轂方兩三方睎原以逮先生先生與此數君皆友善數相過從各以所長相攻錯然是時漢儒之學盛行求其於四子六經之書力宗程朱之釋而不可有片語之違者則惟先生故先生雖與諸君子相得甚歡及講論經義常至於不合而爭嗚呼觀先生志趣所嚮往者如是則其行可知矣夫以君子之論觀之宗程朱者貴宗其道也宗其道卽宜宗其言固也然有其言雖善而或揆之立言者之旨偶未之符不惟不足貽玷

高賢亦不必爲高賢蓋藏也後之人苟克窮思研慮契聖人之謦欬於微茫而不敢盡與之比附吾知程朱公天下萬世之心且欣然樂與之也必一言一字阿所好而從之末矣然當此過崇漢學以抑宋賢之世如先生者蓋可多得哉先生諱牧字用牧年七十有□以歲貢生終子五人曰珠曰文皆縣學生將以某年月日葬先生於某里之原而乞銘于予予素善君者乃爲之銘曰

亹亹乎其行修郁郁乎其文工然而不可挽者君命之窮嗚呼於命爲窮於道爲通君又奚恫

吳殿麟翰林院修撰金先生墓誌銘

先生姓金氏諱榜字蘂中一字輔之晚更號檠齋先世自杭州徙歙北呈坎二十二傳徙郡城又六傳而先生之曾祖五聚徙歙北趙邨祖公著乃自趙邨復

徙嚴鎭今爲嚴鎭人乾隆戊辰進士官吏部稽勳司主事諱長溥者先生之父也以翰林官御史出爲浙江督糧道諱雲槐者先生之兄也先生少負偉志思博學深造爲通儒而不屑溺沒聰明於科舉之學受經學於江永愼修暨戴震東原學詩古文辭於吾師劉大櫆耕南學科舉之文於方楘如朴山數君子者各以所長擅天下先生或師之或友之而皆得其宗故其學偉然爲江南魁俊嘗語定曰予之獲師友此數公者生平之幸也吾聞猿得木而捷魚得水而鶩士之有明師賢友也猶百鳥依鸞皇而毛羽因之改色也君子其急求天下士廣交之乎年三十一 高宗南巡以詩賦蒙 恩擢受中書舍人越七年成進士殿試一甲第一人官翰林院修撰嘗一出爲山西副考官以父喪歸遂不出邃于經尤深于三禮自江

珍倣宋版印

愼修開經學之宗先生暨東原皆其弟子由是新安
經學遂冠於時桐城姚姬傳嘗曰　國家經學之盛
在新安古文之盛在桐城識者以爲知言所著有禮
箋一書詳稽制度卓然可補江戴之缺而尾隨之必
傳於後無疑也始先生登第時齒盛名高扶掖者衆
乃獨浩然勇退杜門深山沈浸於著述有諷先生復
登朝者先生笑曰富貴者一日之榮也所謂夏日之
裘冬日之箑時過則無所用之者也君子縱不獲爭
光日月或者猶得比壽丘陵乎嗚呼此其見卓矣曩
先生嘗招定館于其塾訓其少子童孫漏三下往往
猶相與講學論文不輟甚相得也而今乃濡淚銘先
生先生以嘉慶六年六月十一日卒年六十有七始
娶吳氏續娶洪氏汪氏子二人應瑭太學生應琛郡
庠生孫四人銘恩培恩達恩炳恩曾孫一人希曾將

珍倣宋版印

以某年月日葬先生于某鄉某原定老矣豫爲之銘曰

赫赫榮名世莫匹兮衆羣豔之中心折兮先生曰嘻電飄瞥兮龍蛇蚯蚓同埋沒兮繄惟名山之藏顯億祀兮彌光

惲子居太子少師體仁閣大學士戴文端公神道碑銘惲敬字子居江蘇陽湖人乾隆癸卯舉人官瑞金縣知縣有大雲山房集

嘉慶十有六年四月戊申朔太子少師體仁閣大學士戴公薨事聞　皇上軫悼己酉榮郡王奉　命奠甲寅　皇上親臨喪次奠爵三戊午贈太子太師謚文端祀賢良祠壬申禮部遵行　諭祭禮是年十二月甲子公之喪至南昌越一年十一月甲□公之子嘉端遵行　諭葬禮葬公于南昌岡前嶺之兆立祭葬碑如令式而神道之左禮宜銘先是公以省墓

歸南昌敬見於丙舍公慨然久之仰視日舉酒曰吾
身後文屬子矣子無辭時敬起立負牆曰願吾師爲
富鄭公文潞公曾幾何時公遽捐館舍言之爲憮然
然敬與弟子籍最先在京師視公含斂今復襄窀穸
之事其敢自外謹次公之事如左公諱衢亨字荷之
一字蓮士曾祖時懋由江都遷大庾 誥贈通奉大
夫 累贈光祿大夫曾祖妣傅氏周氏梁氏 誥贈
夫人 累贈一品夫人祖佩 贈官如曾祖祖妣温
氏 贈封如曾祖妣父第元太僕寺少卿 誥授通
奉大夫 累贈光祿大夫妣彭氏 誥封夫人 累
贈一品夫人公年十七本省鄉試中式二十二應天
津 召試 欽賜內閣中書直軍機處乾隆四十三
年公年二十四會試中式 賜一甲一名進士及第
授翰林院修撰旋充湖北正考官復 命後奉 旨

仍直軍機處。充江南副考官。督山西學政。繼丁內外
艱。服闋。充湖南正考官。督廣東學政。升右中允累擢
侍講左庶子侍講侍讀學士。嘉慶元年。 皇上登極。
凡大典禮諸巨製。悉出公一人。公之受 深知膺
殊眷內贊緝熙之業。外宣康定之猷。蓋于是乎始。二
年。 賜三品京卿銜。隨軍機大臣學習。轉少詹事。升
內閣學士。補禮部右侍郎。轉戶部。四年。 高宗純皇
帝賓天。 朝廷黜陟誅賞之事。甚殷。公夙夜攀慕。且
趨事。遂疾。乞假。假滿。兼吏部左侍郎。五年。轉戶部左
侍郎。六年。教習庶吉士。升兵部尚書。十二月。教匪平。
加太子少保。世襲雲騎尉。八年。調工部。十年。調戶部。
充會試總裁。直 南書房。十二年。協辦大學士。充
經筵日講起居注官。翰林院掌院學士。充順天府鄉
試正考官。十三年。奉 命視南河。予假省墓。十四

珍倣宋版印

年　皇上五旬萬壽加太子少師十五年授體仁閣
大學士管理工部事務十六年三月　皇上以綏懷
西北屬國幸五臺公扈從臨發送敬于正寢之門復
理前丙舍語敬愕然不敢對辭去閏月回蹕公途次
得疾至正定疾甚奉　命歸京師治疾馳至　圓明
園邸第敬往問公不語二日矣是日遂不起年五十
有七敬允惟唐宋以來羣輔肩背相望然或賢矣而
不得其時則節耀而功不暨得其時矣而不得其主
則業豐而禮不終若夫功暨禮終朝野動色而世有
先賢之狀家藏舊事之錄褒揚過溢漸至攘誣斯亦
古者大臣之心所必不敢承者也惟我　聖清一家
作述　太祖　太宗肇造丕基　世祖　聖祖弁包
寰海　世宗　高宗以勤以養訖于無外歷溯　國
家創業守成諸大臣皆黽黽粥粥如不勝衣其庥懿

之謨鴻議之論敷陳密微者 朝廷時布之遠邇以爲天下光蓋有道之世進退之權毀譽之柄皆自上操之道固如此前教匪戡定 皇上以公知無不言言無不盡 詔天下公薨復申繹之而公所面取進止雖同直勳舊大寮及公之親屬無有能知其說者於是而知公之爲 國家非淺近所能測識不可沒也公性清通無聲色之好朝退四坐皆士大夫言人人殊公不置可否而 朝廷設施有見之數月數歲之後者其燕閒之論則以爲先代黨禍皆驟加摧落有激而成若以事漸去之必無他變論度支主減費守常賦論治河主謹隄防不改道而論三省教匪則以爲小醜跳梁無遠略當以忠勇將帥驅殄之勿使文臣支格其閒此即公立 朝大旨也公娶陶夫人子一嘉端徐宜人出年始十一 欽賜舉人世襲騎

都尉銘曰

王澤之和萬物承之芃芃盎盎在于所施河收其洶山斂其崿篤生哲輔如磨如錯始對大策遂冠仙瀛出驅使車入奉　樞廷　皇上龍飛試之心膂操圓循規引方合矩蕩乎而升芒乎而作景星在天青猨自落雲駛月運舟行岸移扁之當楣爲萬事儀如何徂謝曾不崇朝丹旐南來霜洌風蕭兼金之純大玉之粹巧鏤萬變其眞則貴九州四隩視此刻辭後世之公敢告不欺文非絕至而規撫整肅實爲神道碑銘正格

錢新梧士姑蒯君夫人墓誌

儀吉第七姑適蒯氏善繪事自吾高祖母陳太夫人粥畫以炊教成我曾大考褒顯於　高宗遂以畫名天下百年矣姑畫出人皆以爲能繼太夫人嗚呼繼之者畫邪其有由然者邪我錢之先自明中葉仕者

五六世及明亡或奔走障海或遯迹於鄙家往往破矣康熙中我五世祖鶴薺府君教諭西安質田治行高祖廉江府君侍左右不忍離而屬家政于太夫人太夫人乃留居所謂南樓晚以自號者也樓在海鹽中錢里朽甍敗瓦矗立村野中竝港南北屋數十星散處皆吾宗也大抵耕桑不自給嘑號塞聽太夫人則存恤之甚厚外釁非意平心慎慮從容以應而以其閒俯仰晨夕察時物之變態見天地之生意得之心而寓之於畫當是時從父少宗伯公幼太夫人卽教之畫及姑問畫於少宗伯公公遂言曰妹亦知太夫人之德蓋所處至艱難而詩禮之氣常怡然有以自樂者邪六十二歲文端始登第有祿以養太夫人猶藉畫補不足其後孫曾科目繼起盛矣然載固知老人作畫時有未嘗望及此者蓋種德者之於天豈

珍倣宋版印

其有所望而且以自必邪矧夫繼之者積或厚其或否將無復有所以天者邪妹其思之姑乃僾乎追慕題所居曰仰南樓時端坐卷舒遺翰如見太夫人而思其用心故姑之事舅姑也以孝聞子之幼也即授之小學成照芬既同舉京兆試歸常令之靜坐曰養汝生機則理可明矣撫庶生甚有恩待人靡不厚事雖可危可忿無所于迫激謂儀吉曰我之於家也若種樹然深根勤漑以俟其天而已蓋所得于家學者如此多見元明名蹟閒論其工拙厚薄之故皆有理詣始病痁聞儀吉言事奪俸肖鷹以賜振其志遂爲絶筆諸子將卜葬屬爲銘嗚呼先考同氣十有一人十數年來惟我姑獨存而姑又沒矣至哀無文其何以辭謹質書其世出嬗屬忌日曰

噫乎斯丘之藏是爲故江南安慶府江防同知嘉興

錢府君諱某之幼女諱與齡字九英大考爲太傅文端公妣歸安沈氏封宜人所生陸氏貤贈孺人始生在沭陽縣廨十二歲失怙恃十七歲陸孺人卒二十而嫁爲前權廣西太平府明江同知吳江蒯君嘉珍妻生四男晉保闢保成照芬一女夢蘭嘗從蒯君入京師西踰鬱林南觀濤江年六十有五棄堂帳于棃里之居時則道光七年秋七月庚午也

梅伯言光祿大夫經筵講官禮部尚書李公墓碑

光祿大夫經筵講官禮部尚書李公以道光二十六年葬山陽縣郭南十五里曰高梁咸豐五年二月十九日清明節門下士南河總督楊以增署江甯布政使何俊以牲牢樽俎奠祭於墓及禮部員外赫特赫訥前戶部郎中梅曾亮亦與焉皆門下士也既禮畢周覽兆域追維教思外碑巍然文字未琢僉喟然曰

珍倣宋版印

吾師有碑。不宜無詞。以屬曾亮。乃謹譔曰。公山陽人。
姓李氏。諱宗昉。字靜遠。亦號芝齡。曾祖諱培。祖諱慶
曾。考諱崇德。皆贈光祿大夫。妣皆贈一品夫人。公以
嘉慶六年辛酉拔貢舉於鄉。壬戌進士第二人及第。
授編修。充　實錄館纂修。　文穎　國史兩館協修。
甲子。陝甘鄉試正考官。己巳會試同考官。十六年大
考。　賞大段。遷贊善。中允。任貴州學政。歷侍講。侍讀。
庶子。國子監祭酒。旋改侍讀學士。授浙江學政。還少
詹事。充　日講起居注官。還京。稽察覺羅學。遷詹事。
內閣學士。兼禮部侍郎銜。道光元年辛巳。監臨順天
鄉試。稽察中書科。補禮部左侍郎。充壬午會試副總
裁。　殿試讀卷官。江西鄉試正考官。接任學政。回京
自戶部左侍郎。調工部。戶部右侍郎。兼管錢法。充
經筵講官。戊子。順天鄉試副考官。己丑會試副總裁。

朝考閱卷官教習庶吉士兼管國子監順天府府
尹署吏部右侍郎以失察戸部書吏僞照降三品留
任再署吏部侍郎充辛卯順天鄉試副考官壬辰浙
江正考官 賞還二品服調吏部右侍郎母憂服闋
補吏部左侍郎擢都察院左都御史父憂服闋署兵
部尚書補原官充武 殿試讀卷官 賜紫禁城騎
馬升禮部尚書兼署兵部尚書以疾乞休二十六年
四月十日薨年六十八所著有妙香室詩集十二卷
文集十九卷經進集五卷詞一卷金石存十五卷黔
記四卷致用叢書十七卷應場屋詩賦文若干卷配
沈夫人先卒以弟子鼎琛嗣其詞曰
公爲世瑞文華道豐天衢揚光攬輝八紘西北之英
東南之美輶車風馳入我包匭成均大師六館詠歌
秋賦春闈頻繁主科謂公得士述德未備其於民瘼

靡不軫計。黔撫見功。請丈匿田。瘠土增賦。利一害千。當乾隆初。議此被駮。公持往告。撫乃大覺。豫章有饑。畺吏束手。甚之成規。民活升斗。建此兩利。皆以學臣。循分婾婀。孰此比倫。公有幼弟。年減三十。不慢以童。翼教惟式。公有年友。宦蹇而終。恤孀教孤。俾以仕通。神明內含。不億人詐。告匱拯窮。答過所望。嗚呼我公。殁爲人思。況門下士。厚蒙恩私。輕重泯懷。不以勢差。扶其蹎顛。完其痏痍。誰無門牆。孰如公師。憶春載陽。養堂致壽。公侍尊前。羣士拜後。羔雁委積。垂纓佩珂。擁戶交階。綷縩聲磨。榮親致歡。威儀之多。盛事如在。流光逝波。刻文此碑。以永摩挲。

梅伯言誥授朝議大夫貴州遵義府知府胡公墓誌銘

君姓胡氏。諱鍾。字山音。又字蘭川。後自號晚晴居士。

江甯人其先自婺源以明末來居數世有隱德不仕
君性孝友博學多能書畫尤工年十六補邑庠生應
乾隆丁酉科拔貢以是科舉於鄉以四庫會要 內
廷方略兩館謄錄議敘授雲南太和縣歷任至貴州
遵義府知府以嘉慶九年致仕歸始在雲南時靖變
民嚴苞苴立學校卓卓可紀述而家居不一語人鄉
里善事銳身堅行與後進均勞逸當事者知君署可
輒行而平居不一至官府自學士大夫老親流輩新
進小生至山僧羽士無不交茂樹幽石寂寥莽蒼之
墟無不遊州閭聚會文酒之盛事人必引之以爲名
而未嘗辭以事古今圖書錢鼎畫印其姸媸眞僞有
問者必告以誠所作丹青眞行篆隸無疏戚爲之必
盡其技然常退然若無能和平齋莊以一律持物不
見其待富貴貧賤迹者二十年而不衰七十七歲而

珍倣宋版印

卒。嗟夫。士君子度其身其時其地。有可以裨國家庇民人者。則出可也。不自苦其心。而逍遙無爲以適己。則處可也。使君乞身之時。不早。志不堅。以增其祿位榮寵。卽優游彊健之樂。亦時有兼得者。而必有所棄以全之。可謂能尊生矣。君卒於嘉慶二十四年十二月二十一日。後二年。而配盧恭人卒。以道光某年月日。合葬於聚寶門外某鄉。子濚。湖南候補縣丞。徵嘉慶癸酉科舉人。充鑲紅旗官學教習。沛縣學生。女三人。適張。適藍。適汪。孫男八人。女孫六人。凡婚嫁皆仕族。雍雍可風。銘曰。

騁高衢。日未晡。忽解轡。肆嬉娛。眺嶽岑。水舒舒。古官人。爲民癯。昧其艱。謂退愚。明古義。先生歟。銘其質。奠幽墟。

龔定盦武進莊公神道碑銘

卿大夫能以學術開帝者下究乎羣士俾知今古之故其澤五世十世學足以開天下自韜汚受不學之名爲有所權緩亟輕重以求其實之陰濟於天下其澤將不惟十世以學術自任開天下知古今之故百年一人而已矣若乃受不學之名爲有所權以求濟天下其人之難或百年而一有或千載而不一有亦或百年數數有雖有矣史氏不能推其迹門生學徒愚子姓不能宣其道若是謂之史之大隱有史之大隱於是奮起不爲史而能立言者表其灼然之意鉤日於虞淵而懸之九天之上俾不得終隱焉而已矣大儒莊君諱存與江南武進人也幼誦六經尤長於書奉封公教傳山右閻氏之緒學求二帝三王之微言大指閔秦火之鬱伊悼孔澤之不完具悲漢學官之寡立多廢懲晉代之作僭與僞恥唐儒之不學見

紿大笑悼唐以還學者之不審是非雜金玉敗革於一術而不知賤貴其罪至於褻帝王誣周孔而莫之或禦蓋公自少入塾而昭昭審别擇矣既壯成進士闇氏所廓清已信於海內江左束髮子弟皆知助闇氏言官學臣則議上言於朝重寫二十八篇於學官頒賜天下考官命題學僮諷書僞書毋得與將上矣公以翰林學士直　上書房爲師傅聞之忽然起逌然思鬱然歎慨然而寤謀方是時　國家累葉富厚
主上神武大臣皆自審愚賤才智不及　主上萬
一公自顧以儒臣遭世極盛文名滿天下終不能有所補益時務以負庥隆之期自語曰辨古籍真僞爲術淺且近者也且天下學僮盡明之矣魁碩當弗復言古籍墜湮什之八頗籍僞書存者什之二帝冑天孫不能旁覽雜氏惟賴幼習五經之簡長以通於治

天下昔者大禹謨廢人心道心之旨殺不辜甯失不經之誡亡矣太甲廢儉德永圖之訓墜矣仲虺之誥廢謂人莫己若之誡亡矣說命廢股肱良臣啓沃之誼喪矣旅獒廢不寶異物賤用物之誡亡矣冏命廢左右前後皆正人之美失矣今數言幸而存皆聖人之眞言言尤痾癢關後世宜貶須臾之道以授肄業者公乃討其委曲思自晦其學欲以借援古今之事勢退直　上書房日著書曰尚書既見如干卷數數偁禹謨虺誥伊訓而晉代劉拾百一之罪功罪且互見公是書頗爲承學者詬病而古文竟獲仍學官不廢公中乾隆乙丑科進士以一甲第三名授翰林院編修累遷至禮部右侍郎　誥授資政大夫周時有仕爲漆園吏著書內外篇者其祖也曾祖諱某祖諱某考諱某妣氏某某皆封如公官妣封夫人子□人某

珍倣宋版印

某述祖以文學最有聲孫□人某某綬甲最有聲公以乾隆□年卒於官年□十有□以嘉慶□年葬某山某原公它所著尚有周官記六卷公性廉鯁典試浙江浙巡撫餽以金不受遺以二品冠受之及塗從者以告曰冠頂眞珊瑚也直千金公驚馳使千餘里而返之爲講官日　上御文華殿同官者將事　上起講儀畢矣公忽奏講章有舛誤臣意不謂爾也因進琅琅盡其指同官皆大驚　上竟爲少留頷之是二事者於公爲細節謹附書銘曰

大儒莊君既士粤嘉慶二十有三年綬甲始爲書測君志以告綬甲友其友籀其詞肯銘乃克銘君於武進之阡

龔定盦海門先嗇陳君祠堂碑文

開國以降奇杰之士達節之民挺瓌怪之姿躬湻古

之行生而魁於凡民沒而當祭於社者不有文事其無稱乎先齊陳君厥諱朝玉字曰璞完江南某縣人也幼而異稟膚色黝黍臍窪若白環要有白文其圓中規相人者言是爲玉帶圍當奇異稍長衎然魁頎故其鄉之人嘗已疑其神年十二讓產伯兄鴻騫鳳逝去之無迹是時 皇政熙清后祇效靈海之君王來獻土壤以福吾黎元通州常孰閘東地望洋無極潮退沙見豁然劃然亙二百里君履其側四無居人蒼茫獨覽曰吾當屋於是率妻來遷搠草屋斲木爲耜冶釜爲犁夫任半耦婦任半耦一耦之力旬有五日水鹹者立甘沙疏者立堅沙膚窊者立厚秸苗既成龜魚大上不封不爵樂衎自保於是遠近之民聞之僉曰神哉稚請於長長請於老莫不削薪以爲之耜投刃以爲之犁賣縢以求牛懷穜稑儲瓶缶挈大

珍倣宋版印

男。祚幼女。效君而歸君。願爲海農。洋洋載道。於是稚
請於長。長請於老。老謁於正。正謁於吏。吏白於大吏。
天子。籍其地。以爲海門廳。不十年。羣姓益衆。皆造
瓦屋。炊烟起如海雲。　國家歲入地丁漕米。累千近
萬。爲江海大聚。君生康熙某年。卒乾隆某年。年七十
四。婦劉。年九十。君之屋於海也。幾六十年。不蓄墨楮。
結繩而治。歲終。夫婦解繩之紒以計事。事纖芥無忘
失。壽考以爲常。君卒將百年。君之曾孫貢生奐以經
明聞於時。元孫翰林院編修兆熊。餔祿於朝。乃召其
鄉之人而謀之曰。古者伊耆氏始爲蜡。饗農先農也。
先嗇司嗇。皆農之配也。今法。凡城郭大聚。皆得立蜡
祠。吾祖宜爲先嗇。始吾祖刈殺此土。以利後之人。生
有奇異。如天之公侯。今海門廳士姓。無吾陳氏舊。且
大宜爲祠。祠吾祖。皆曰。田父老之志也。於是既爲祠

奐兆熊以狀謁內閣中書龔自珍請書於其祠之榜又因以爲樂石之文龔自珍則大書之如是狀又稱君不知書乃能作書點畫英頎神明所流匪道匪藝不可得而詳也頌曰生爲功民衆疑以爲神沒爲功神尚其福吾民琴瑟士女以招君兮豆觥明粢以報君兮文此樂石以震耀君兮以大旌於海濱且以勸田

曾滌生國子監學正漢陽劉君墓誌銘

道光二十有八年九月十八日吾友漢陽劉君卒於家年三十有一踰月訃至京師國藩爲位哭於舍旁道院遂徧告諸友皆相弔哭有失聲者明年某月某日葬於某山某里劉氏先隴之次國藩乃爲銘伐石於都下寓舟浮江以達於漢既不及事則追而埋諸墳之趾君之爲學其初熟於德清胡渭太原閻若璩

珍倣宋版印

二家之書。篤嗜若渴。治之三反。既與當世多聞長者游。益得盡窺　國朝六七鉅儒之緒。所謂方輿六書九數之學。及古號能文詩者之法。皆已規得要領。采名人之長義。與己所考證。雜載於書冊之眉。旁求祕本鉤校。朱墨竝下。達旦不休。久之。稍損心氣。又再喪婦。遂疾作。不良食飲。君自傷年少羸弱。又所業繁雜。無當於身心。發憤歎曰。凡吾之所爲學者。何爲也哉。舍孝弟取與之不講。而旁騖瑣瑣。不以傎乎。於是痛革故常。取濂洛以下切己之說。以意時其離合而反覆之。先是君官國子監學正。薄有祿入。而婦翁鄧氏資之數千金。歲益饒給。至是盡反金鄧氏。而移疾罷官。將家居食力以爲養。蓋浩然自得以歸。歸未數月。而奄及於死。可哀也。始君之歸。嘗語國藩。沒世之名不足較。君子之學。務本焉而已。吾與子慠精於雠校。

費日力於文辭以中材而謀兼人之業徼倖於身後不知誰何者之譽自今以往可一切罷棄各敦內行沒齒無聞而誓不復悔國藩敬諾其後君歸果黽勉孝恭族黨大悅規畫家政條議麤具而君遽卒命之永不永不足憾獨其事親從兄之志之美且堅而不克竟其事茲其可悲者也而國藩之無似不克踐死別之約以一塞故人地下之望此又余所深恥而切痛者也君諱傳瑩字椒雲曾祖良琨祖方仍世有隱德父正柏以君官封徵仕郎母葉氏封孺人始娶湯繼娶陳皆前卒終娶鄧氏君之反婦家金鄧贊成之無子以兄子世圭嗣君之學業其考核載於書冊之眉者與其詩古文皆不以刊布惟搜得朱子所輯孟子要略一書國藩爲校刻行於世修君志也銘曰

竝吾之世江漢之濱有志於學者一人其體魄藏於

珍倣宋版印

此士其魂氣之陟降將游乎在天諸大儒之門敢告三光幸照護乎茲墳

曾滌生劉母譚孺人墓誌銘

國藩不肖幸得內交於當世之通才碩學仁人君子不爲不多而莫夙於里中劉蓉孟容誼亦莫隆焉以是褻於人人亦褻之以謂兩人者天下之至愛也自余挂名朝籍待罪六官去父母之邦十有四年孟容之巾屨儀度不可接於吾之目其語笑不可際於吾之耳僅以書問勞遺然且闊絕或朞甚私怨喁喁咸豐二年六月先太夫人棄養孟容亦以五月二十八日喪母國藩匍匐來歸兩人者相遇於縣門斬焉對泣自傷老大又離凶疚而是時粤中逆賊方渡湖而北聯巨艦數十里旌旗蔽江譌言雷動其後遂破漢陽陷武昌明年又殘九江掠安慶入江甯揚州而據

之烽火達於淮徐天下震駴國藩以　天子命治團練於長沙挾孟容以俱出苦語窮日夜相與悲憤追憾誠不意世變遽已抵此患氣之積有自來也五月辛亥孟容將葬母於樂善里莧衝山之陽乃不敢自致謹致其太公之命曰四方多難而陵谷有不可知汝旣獲私於曾君葬有日宜從曾君謀所以識於葬者遂督銘銘曰

譚有淑妃衞姜之姨仍世不墮名媛紹之來室於劉莫逮先姑繼姑曰謝投温承愉胡洪胡瑣室事敦我未匱先防有置無頗夫子人傑是名振宗畸以平劑如羽諧宮廣賚窮民鄉亭大悅身無華御終年補綴魚菽尸祭蠲饎必躬孝婦篤敬遂與天通篤生五子長其蓉也徑睎淵騫吾見亦寡二仲並殤化爲黃土次葵次蕃驂駕如舞三女婉娩皆嫁士人兩孫葩茁

珍倣宋版印

玉立振振長曰培基幼者培垕女孫惟四不書誰某

乾隆辛亥託生十月六二春秋返其大宅受形之初

萬邦太和畢命之歲天地干戈生死盛衰難究難詳

感慨汾銘以詔茫茫

曾滌生畢君殉難碑記

自楚軍之興忠武公塔齊布實始以勇名天下楚人

剽悍者率低首塔公亦豔稱雲南畢君塔公每臨敵

負鎗挾弓矢又令二卒樹長矛執曳馬繩竿以從其

爲器也四畢君每臨敵負鎗腰五十矢又令卒手蛇

矛持八尺刀以從其爲器也亦四塔公躍馬飆馳瞋

人追從從輒返鞭之畢君怒馬直穿賊陣戒後者無

得妄從我人亦自不敢從也畢君名金科字應侯雲

南臨沅人以征開化苗匪功敘藍翎外委署臨沅鎮

標外委咸豐四年隨副將王國才赴湖北軍營破賊

於天門丁司橋累敘至花翎都司十一月國藩檄令
隨塔公攻圍九江明年正月賊犯武昌王國才回軍
援鄂畢君遂爲塔公所留其後塔公物故畢以驍勇
冠潯軍逆酋石達開之寇江西也連陷瑞州臨江等
八府數十州縣畢君所至常陷陳克捷旋爲他部牽
率失利終不得獨錄其功自九江奉檄而南以五年
十二月破賊於樟樹鎮明年二月軍敗失之自南昌
而東以六年五月破賊於饒州之章田渡六月郡城
陷失之畢君自痛爲他部所累益發憤募死士再入
饒州誓衆曰今日上岸破賊不捷吾不復歸舟矣一
鼓克復府城饒之耆黎婦孺見聞者與不見聞者皆
曰畢君功也由是　賞加呼爾察巴圖魯名號補臨
沅鎮都司升用游擊名譽大振而忌君者日以次骨
飛謀薦謗迭相汚染君提千餘人當四戰之地索餉

珍倣宋版印

不至。又惡忌者出己上。中夜鬱鬱不自得。常思立奇功以自雄異。會徽池之賊大至。歲暮。士有飢色。有司者責君能破景德鎮。軍食可圖也。君以正月二日出師。初四日驟攻景德鎮。入市乃無一賊。別挈十人搜勦。後街賊蜂起。從卒士七人傷三人。君縱橫擊刺踐血而出。最後賊以噴筒環攻君於王家洲。隕焉。年二十五歲耳。閱十有八日。前從傷卒三人者收得遺屍又三載。咸豐九年。予弟國荃破賊景德鎮。憑弔畢君殉難之所。而壯士則既死矣。功名之際。有天有人。在己者獨足恃哉。於是伐石以表遺蹟。聲之銘語。俾行路歌之。以永饒人之思。銘曰。

橫目蚩蚩。同出一冶。衆雌無雄。誰是健者。塔公首出。次乃畢君。軀幹雖小。陳安之倫。匹馬斫陣。萬夫莫當。人心之賊。一矢或傷。內畏娼疾。外偪彊寇。進退靡依。

忍尤叢詬鬱極思伸矯首舐天徒飛無翼或墜於淵淵則有底憤則無已萬代千齡哀此壯士

曾滌生林君殉難碑記

嗚呼自余倡率楚師轉戰荆揚二州之域其閒相從死事者不可勝道或貞白無他誓不相背棄而慷慨一瞑志不得少伸名不褋於當世愛之而莫能收焉者尤可悲也林君源恩字秀三四川達州人道光丁酉科拔貢生癸卯順天鄉試舉人咸豐元年選湖南平江縣知縣二年粵賊洪楊之屬圍長沙其冬瀏陽匪徒爲亂明年春通城匪徒爲亂三縣者皆與平江壤接君詰姦守隘如防禦水截然不得蟄溢江忠烈公才君之爲既保奏以同知直隸州補用又以書播告士友道林君堪軍旅也會國藩治舟師檄君募平江勇五百人以從四年三月賊自鄂中南犯君禦之

平江九嶺果大捷同官有忌君者功不得敘又別摭
他事中之君悒悒內不能堪而口獨重滯嘗發憤欲
一廷辨宿戒設辭甚具至則爲衆所噤害卒不得發
或反引咎自責是歲十月追隨國藩於九江軍次造
次欲有所申理亦不竟白也明年春檄君治湘軍糧
臺歸自廣信又治塔軍門忠武公糧臺又佐理鄱湖
水師營務十一月又攝理陸軍於廬山之麓姑塘之
南而江西巡撫文公聞君賢飛檄調至南昌付以所
新募之平江營者君在廬山與一二武人爲儔折節
內交武人益不遜嫚辭侵侮或稱書生跬步矍矍焉
知戰事君既痛其獷又口重滯卒無以折之獨夜歎
曰丈夫壹死彊寇耳終不返顧矣及至南昌領新軍
乃稍自喜是時劇賊石達開犯江西連陷八府五十
餘州縣六年丙辰三月李元度次青率師自湖口南

來君與鄧輔綸彌之自南昌而東兩軍會於撫州壘戰皆捷人心始定賊亦糾合列郡醜類更番搦戰我軍輒卻之又至又大創之疲極不得休息秋九月分軍出攻崇仁宜黃適會援賊大至君竟以十七日戰敗死之始君嘗誡其下曰好相保吾與若共命於茲也至是衆知君不屈相從死者三百餘人君歿二歲咸豐八年四月官軍克復撫州又明年國藩師次於此弔君殉難之所尋逝者之白骨邈然其不可復識矣於是爲立石以表遺蹟綴以銘詩以告於不知紀極之世之一二君子以達余之耿耿銘曰

胡古胡今疆吞弱伏佞者刀椹訥者魚肉文吏賊深
武夫悍激訥者避之負牆屏息忽入戰場萬馬辟易
士固難料理固難推災祥顯晦孰執其機昔聞人述
言出君口我不知戰但知無走平生久要臨難不苟

大信不盟堅可鍥金澆俗所侮鬼神所欽精魂遠矣
北斗帝鄉遺骨莫辨蔓草芷芷有欲求之環此石旁

曾滌生何君殉難碑記

嗚呼軍興十載士大夫君子橫死者多矣獨吾友何
君丹畦尤深痛不忍聞自近古以來未有行善獲禍
如是之烈者也豈不悲哉君以咸豐四年五月由翰
林院侍講　上書房行走出爲安徽徽甯池太廣兵
備道時則安慶暨濱江府縣淪沒賊中廬州新立行
省亦陷於賊副都御史袁公軍臨淮提督和公巡撫
福公軍廬州君當之官不克南渡袁公欲資君以兵
西會楚師福公亦具疏留君江北檄君募勇出征公
私匱乏沮傷百端最後得二百餘人率之以西至霍
山徵集潰兵團勇三千餘人推誠獎勵遂以十月二
日大破捻匪李兆受於城東追至麻埠又五日至流

波礲檄商城固始團練堵其北金家寨團丁禦其東而自率所部遏其西捻黨洶懼李兆受與馬超江等相繼投誠挺散脅從遠近大說環三四縣皆輸豬雞糗糧金錢之屬聲終宵不絕先是大府帥檄君救援廬江檄未至而城先陷至是奉被劾革職之 命軍士懷不能平雖百姓亦惘惘也方楚師之出岳州而東也克武昌下黃州破田家鎮水陸電邁席卷千里其後塔齊布羅澤南兩軍由黃梅南渡以圍九江賊循北岸而上復陷蘄黃竄武漢自長淮以南天柱內外所在蜂屯君以孤軍流離西與楚師不相聞東與廬州大府隔絕朝不謀夕嚙指誓衆五年正月進攻蘄水克之又分軍克復英山又殲劇賊田金爵大府帥以君西征有效疏令留駐英山君出師至是凡八閱月僅支見銀三百兩士卒及民團相從者增至三

珍倣宋版印

千人。又益以李兆受新降之衆。無以為食。居無帳幕。兩無薪。村郭無居民。遠近無援。傷士無以為卹。始什人賦麵一斤。繼而削減半之。既又半之。而賊來益盛。日提飢卒。轉戰不得休。五月十二日。軍敗。徒行泥淖中。鄉民或哀而進食。君雖彊自振厲。然憊甚。瘴癉發體。氣亦少餒矣。李兆受者。故反側持兩端。感君忠勤不忍遽背負。絕糧既久。怪君無以活之。意望甚。又同時降人馬超江為匪徒所殺。怨官不能捕誅以抵罪也。則大戚。議為超江復仇。設位受弔。捻黨畢集。於是安徽河南兩省。皆以兆受復叛入告。而縣令亦懸賞購兆受頭千金。兆受益不自安。匍伏詣君自陳無他。君撫慰稍稍綏定矣。會大府帥有密書抵君。教以圖翦叛賊。毋後人發。為兆受所得。遂陽為置酒高會。而伏兵戕君於英山之小南門。遺骸殘燬。同遇難者四十七人咸豐五年十一月初三日也君諱桂珍字丹畦雲南師宗人道光甲午科舉人戊戌進士翰林院編修丙午提督貴州學政旋晉侍講入直　上書房數抗疏陳軍事得失推本君德又采朱子眞西山大學之說傅以己意引申條例手繕成帙隨疏奏進君之意嘗以爲聖人者無不可爲功無不可就獨患人不自克不能竭其心與力之所竟耳及君出而莅事飢餓經年而百戰不息儻所謂自克者耶竭吾心與力而不遺者耶卒其獲禍如是之烈而或不免身後之餘責然則爲善者何適而不懼哉咸豐十年國藩屯軍江北詢君患難馳驅之所乃立石英山綴以銘詞俾來者有考焉銘曰

飢寒逼身難顧廉恥聖主不能安其民慈母不能撫其子況於揭竿烏合之徒亡命歸誠之始倏順忽逆

珍倣宋版印

朝人暮豕封豕負塗積疑張弧鋸牙鉤爪殪我閎儒
赤舌燒城死有餘議羣毀所歸天地易位悠悠之口
難可遽勝我銘諸石少待其定上訊三光下訊無竟

曾滌生翰林院庶吉士遵義府學教授莫君墓表

君諱與儔字猶人一字傑夫貴州獨山人先世居江南上元縣有名先者明宏治時從征都勻苗因留守家焉三傳至如爵累官游擊君高祖也祖嘉能考強州學附生兩世皆以君貴　敕封文林郎翰林院庶吉士妣皆封孺人君少隨兄與班讀書發聞兄沒持期服不與有司之試旋以州學廩生中嘉慶三年舉人明年己未成進士改翰林院庶吉士爲紀文達公及洪編修亮吉所器異六年散館改知縣署四川茂州事徙鹽源縣知縣縣俗富人好買無征之田貧人鬻產售九存一仍輸全賦久輒逃亡君按籍責賦富

人而貫其隱占之罪河西有甯遠子稅所府隸横征
君上言稅所非經病民得裁去木裹喇嗎左所有山
產銀銅郡守徇奸民之求請布政司符縣開礦君持
不可上狀以爲木裹喇嗎去鹽源且二千里　朝廷
特羈縻之非真利其土也彼土菽糧不足於食朝定
開廠暮聚萬人運夫倍之不幸鑪礦寡耗衆散爲盜
非土司受其殃則吾蜀承其敝且奸民所呈地圖開
礦去左所經堂甚遠今得左所人訊之銅礦得十分
二銀者卽經堂山也貪小利賈大釁事誠不便大吏
韙君狀檄君往左所覆勘春暮鏟雪而行至則礦山
者果在其經堂右其衆嚴兵以待既瞻君貌又聆溫
語乃皆解甲羅拜謝使君幸奠我居世世不敢忘行
事縣令入土司境戶率錢二百五十雜市雞豚百物
居有供行有餽君盡卻其物又懸之禁比還老幼遮

珍倣宋版印

道獻酒其酋項克珠進銅佛爲壽塡咽苦不得前由是舉治行卓異政以大成充甲子科鄉試同考官以父憂去職服闋母張太孺人年七十餘矣遂以終養請凡事母十有四年入則牽衣索棗栗聽於無聲出則生徒雲從多文而栗既除母喪吏部檄之復起君北行至襄陽歎曰吾壯也猶不能枉道事人今能老而詭隨耶立歸請改教職選遵義府學教授遵義之人習聞君名則爭奏就而受業學舍如蠭房又不足乃僦居半城市日暮進諸生而詔之學以盡其下焉者而已上焉者聽其自至可也程朱氏之論窮神達化乃不越灑掃應對日用之常至六藝故訓則 國朝專經大師實邁近古其偁易惠氏書閻氏詩陳氏禮江氏說文詁釋有段氏王氏父子蓋未嘗隔三宿不言言之未嘗不津津聽者雖愚滯未嘗不恰如旱苗

之得膏雨也久之門人鄭珍與其第五子友芝遂通許鄭之學充然西南碩儒矣道光二十一年七月二十二日卒官春秋七十有九將絶戒曰貧不能歸葬葬吾遵義可也其明年十二月二日葬縣東青田山配唐氏繼配李氏子九人希芝次殤次方芝州學增生秀芝友芝辛卯科舉人庭芝拔貢生瑤芝生芝州學附生祥芝湖南候補縣丞女七人孫十一人曾孫五人君所爲書有二南近說四卷仁本事韻二卷詩文雜稿爲族子攜至廣西佚去友芝掇輯編爲四卷友芝又別記君言行爲過庭碎錄十二卷既葬十有八年友芝以書抵國藩乞爲文表其墓當乾隆之季海內矜言考據宗尚實事求是之説號曰漢學嘉慶四年　仁宗親政大興朱文正儀徵阮文達以巨儒爲會試總裁是科進士如姚文田秋農王引之伯申

珍倣宋版印

張惠言臯文郝懿行蘭臯皆以樸學播聞中外科目得人可云極盛君於是時寂寂無所知名及君出而爲吏恩信行於異域退而教授儒術興於偏陬校其所得與夫同年生之炳炳者孰爲多寡未易遽定也余爲表章一二士之孤行而憂無和者可自壯也

曾滌生鄧湘臯先生墓表

先生新化鄧氏諱顯鶴字子立晚歲學成遠近稱爲湘臯先生先生自甫掇科名卽已厭薄仕進愼然有志於古之作者與同里歐陽紹洛磵東以詩相厲客游燕齊淮陽嶺南所至悲愉抑塞一寓於詩覼幽刺怪遏之使平終歲顓顓誓不履近人之藩而又恥不逮古人每有篇什輒就磵東與相違覆引繩落斧剖晰毫釐書問三反或終不得當交嘲互訟神囚形瘁已而窒極得通則又互慰大歡以爲解此者天下之

至豪也。先生以嘉慶九年甲子科舉於鄉。道光六年。大挑二等。官甯鄉縣訓導。凡十有三年。引疾歸。其遺外時榮而有事著述。與礀東略同。然礀東持律矜嚴。體勢稍褊。先生則波瀾益壯。跌宕昭彰。礀東牆宇自峻。與人少可。先生則闡揚先達。獎寵後進。知之惟恐不盡。傳播之惟恐不博。且久用是門庭日廣。而纂述亦獨多。詩歌所不能表者。益爲古文辭以彰顯之。其於湖南文獻。搜討尤勤。如飢渴之於食飲。如有大譴隨其後。驅迫而爲之者。以爲洞庭以南。服嶺以北。旁薄清絕。屈原賈誼傷心之地也。通人志士。仍世相望。而文字放佚。湮鬱不宣。君子懼焉。於是搜訪濱資郡縣名流佳什。輯資江耆舊集六十四卷。東起灘源。西接黔中。北匯於江。全省之方輿略備。鉅製零章。甄采略盡。爲沅湘耆舊集二百卷。徧求周聖楷楚寶一書。

聚珍倣宋版印

匡謬拾遺爲楚寶增輯考異四十五卷繪鄉郵經緯圖以詔地事詳述永明播越之臣以雄忠烈爲寶慶府志百五十七卷武岡州志三十四卷衡陽王夫之明季遺老國史儒林傳列於冊首而邦人罕能舉其姓名乃旁求遺書得五十餘種爲校刻者百八十卷瀏陽歐陽文公元全集久佚流俗本編次失倫爲覆審補輯若干卷大儒周子權守邵州錄其微言副以傳譜之屬爲周子遺書若干卷所至釐定祀典褒崇節烈爲召伯祠從祀諸人錄一卷朱子五忠祠傳略考證一卷五忠祠續傳一卷明季湖南殉節諸人傳略二卷嗚呼可謂勤矣蓋千秋者人與人相續而成焉者也惟衆人甘與草木者伍腐而腐耳自稍有智識即不能無冀於不朽之名智尤大者所冀尤遠焉人能宏道無如命何或碌碌而有聲或瓌材而蒙詬

或佳惡同時同位同而顯晦迥別或覃思孤詣而終古無人省錄彼各有幸有不幸於來者何與先生乃舉湖南之仁人學子薄技微長一一掇拾而光大之將非長逝者之所託命耶何其厚也先生生於乾隆四十二年十二月十六日卒於咸豐元年閏八月二十五日春秋七十有五曾祖元臣祖勝達父長智妻曹氏仁厚淑慎里黨欽之妾何氏子二琳廩貢生候選訓導前卒琮道光丁酉科拔貢生癸卯科舉人父歿後一月以毀終女子子三人孫四光黼光緗光紱光組曾孫大程自先生以名儒篤行昌其家羣從子姓皆孝友力學兄子瑤尤賢而能文章先生之書其不係於湖南文獻者又有南邨草堂詩鈔二十四卷文鈔二十卷易述八卷毛詩表二卷校勘玉篇廣韻札記二卷自訂年譜二卷瑤皆敬謹弆藏其未刻者

珍倣宋版印

皆寫定可傳於世先生內行完粹教澤在人瑤所爲
行狀甚詳茲故不著獨著其治詩之精與其有功於
鄉先哲者揭於墓道以式鄉邦而訊異世

曾滌生季弟事恆墓誌銘

同治元年十一月十八日丙寅我季弟歿於金陵軍
中逾月喪過安慶國藩設次哭奠如禮遣之反葬弟
名國葆字季洪後更名貞幹字事恆少則落落自將
脫去町畦視人世毀譽及書史褒譏嫉惡不甚厝意
不隨衆爲疑信時或詰難參伍大破羣惑嘗應縣試
及學政試再冠其曹已而厭薄舉業不肯竟學咸豐
三年國藩奉　詔討賊召募水陸諸軍季弟挈六百
人以從提督楊載福侍郎彭玉麟始皆客季弟所爲
僚佐季亟薦此二人爲英毅非常器己願下之四年
三月岳州兵敗季又亟自諸將無罪己願獨坐之其

後楊彭二人果以水師雄視東南而諸將亦次第登用掇取高官大名獨季弟黯黮歸去築室紫田山中柴門絶人事身與世若兩不相收八年十月母弟國華戰歿三河季則大慟誓出殺賊以報兄仇而雪前恥鄂帥胡文忠公方廣求將材命季分領千人自黃州建旆而東十年正月連克太湖潛山三月始與叔弟國荃會師以圍安慶十一年八月克之明年爲今皇帝元年弟以正月師次三山三山者宣池羣賊四萃之區軍入援絶寇十倍我乃以計招降三縣義民之陷賊者噢咻而厲使之得四千人編伍約法用破魯港克繁昌下南陵蕪湖而國荃亦以是時克東西梁山銜和州當塗奪采石兄弟復會師進薄金陵之雨花臺江東久虐於兵沴疫繁興將士物故相屬弟病亦屢瀕於危定議假歸養疾適以援賊大至彊

珍倣宋版印

起戰守四十六日。賊退而疾甚。不可復治矣。季弟初以功敍儒學訓導。加國子監學正銜。克復安慶。晉秩同知。　賞戴花翎。厥後連克繁昌三縣。　天子雖以國藩前有辭賞之奏。猶　特賜迅勇巴圖魯名號。至大破援賊。晉階知府。　命下而弟不及見矣。事聞。遂追贈按察使。照軍營病故例議卹。　詔書謂朝廷早欲擢用。特以國藩懇辭留以有待。嗚呼。　聖主之於臣家。　恩寵不訾。獨惜　國家欲大用吾弟。與吾弟欲得當以報　國。兩相須於微莫之中。而卒不克少待以竟厥志。嗚呼。茲所謂命焉者非耶。季弟生以道光八年九月二十日。春秋三十有五。曾祖諱竟希。妣彭氏。祖諱玉屏。妣王氏。父諱麟書。妣江氏。三代皆封光祿大夫。妣皆一品夫人。配鄧氏。先弟十月卒。兄弟五人。自仲氏國潢外。四人者皆從事戎行。季無子。以

國潢子紀渠嗣同治二年某月某日甲子葬於某里某山之陽輒敘次事狀繫以銘語以寫吾哀銘曰

智足以定危亂而名譽不竝於時賢忠足以結 主知而褒寵不逮於生前仁足以周部曲而妻孥不獲食其德識足以袪羣疑而文采不能伸其說嗚呼子季缺憾孔多天乎人乎歸咎誰何矢堅貞而無怨儻彌久而不磨

曾滌生仁和邵君墓誌銘

位西仁和邵氏諱懿辰與國藩交二十餘年矣咸豐十年二月賊入杭州五日而復七月位西訪余祁門軍次語余以城破時盡室陷賊中賊退乃挈家東徙紹興與老母考終麤得盡禮欲乞師以援兩浙不果遂別去明年十一月杭州再陷位西之妻余恭人二子順年順國轉徙滬上余聞而迎致之安慶順年語余

以城破時盡室飢困其父麾家人出避圖延宗祀亦詭詞自稱將出遂泣別不復相聞國藩心知位西烈士也必不苟免其家固知之以無定問不敢發喪同治三年二月杭州克復順年奔哭周詢具得三日不食罵賊遇害狀實以十一年十二月朔日殉難於是始除次執喪赴告遠近浙江巡撫上其事 天子下詔褒䘏然後知親在則避親歿則死賢者遭難如是其不苟也位西之學初以安溪李文貞公桐城方侍郎爲則擯斥近世漢學家言爲文章務先義理不事縟色繁聲旁徵雜引以追時好厥後以舉人仕京師爲內閣中書刑部員外郎入直軍機處與上元梅曾亮伯言臨桂朱琦伯韓數輩遊處博覽國故朝章其文益奧美盤折亦頗采異己之說以自廣詢訪高才秀士折節造請交譽互證酣恣而不厭狎習而彌虔

然位西性故戇直往往面折人短以謂書籍所無公何得漫爾不應再糾焉猶不獲三諫焉無問新故疏戚貴賤時否一切蹙頞相繩人不能堪終以此取戾於世大學士琦善公在獄嘗發十九事難之大學士賽尚阿公視師廣西手疏七不可諍之諸公貴人病其陗直由是齮齕焉不得安其位咸豐四年坐濟甯防河無效吏議鐫職位西既罷歸則大潭思經籍纂著尚書通義孝經通義詩古文若干卷飢餓圍城之中猶著禮經通論誦聲錚然徹於巷外亂後僅得禮經一卷文三十餘首刻之淮安蓋不能什之一二餘則散佚矣位西之曾祖王父寶勤王父又曾父宗贄本生父鳳儀世著清德有兄懿藩早喪無子以順年後之有女二人順年歸自杭州未得父尸大痛遘疾同治四年六月十三日歿於金陵余恭人少而封股療

親晚而事姑有聲既痛其夫又悲其子七月十二日亦卒嗚呼傷已國藩於是命順國與其壻鄭與儀具位西衣冠葬之西湖二龍山以余恭人及順年祔順年之妻伊氏前死賊中至是亦以衣冠祔葬銘曰城有時而爲湖海有時而成田物固有非常之變烏可以常理測彼昊天善不必福久矣曾不自夫子而始然愍東南之大戾仁聖與螻蟻而同捐著述盡其蕩盡僅弔煨燼之殘編文之精者不復存存者又未必果傳獨其耿耿不磨之志與日星而長懸魂無遠而不之魄則依妻子以全庶上爲神祇所許而下爲百世學者之所憐

曾滌生郭依永墓誌銘

依永名剛基一名立篪姓郭氏吾友筠仙中丞嵩燾之子而國藩之第四女壻也少而羸弱善病就學數

歲猶戒其師無過督責年十四五筠仙奉　命巡撫廣東依永從親於南海使院遜志研求學以大進其後從親還湘益有慕乎古人述作之林自場屋經義律賦試帖以至唐人楷法名家繪畫皆窺其藩而究其趣而於古近體詩爲之尤勤同治七年以試藝冠其曹補縣學生員父兄或詔以專事科舉之業而於詩姑輟焉依永以爲志廣塗遠安能敦敦獨事舉業退輒矯首長吟叢稿滿室有龍光輔樹棠者老僧東林者年皆六十與爲忘年交時時相從倡和不厭或騎駿馬挾一僮薄暮游古寺覓句以歸用是自適依永之詩嵯峨蕭瑟如秋聲夜起萬彙傷懷又如閱盡陵谷千變了知身世之無足控摶者長老皆怪名門少年不應有此東林亦嘗詰之依永則自謂吾每爲詩百感中來不可遏抑竟以同治八年十二月四日

珍倣宋版印

病卒年才二十有一曾祖某祖某皆以篤仙貴　誥
贈榮祿大夫曾祖妣氏某祖妣氏某妣氏陳皆　誥
贈一品夫人子二本含本謀女生月餘而殤疾革援
例爲員外郎同治九年某月某甲子將以品官禮葬
於某縣某山嗚呼衰齡而哭子仁慧而不壽皆人世
所謂不幸然聖賢有遭之者矣豈天之所可否與人
間所稱善惡禍福其說絕不類邪抑人事紛紜萬變
造物者都不訾省一任其殃慶顛倒漫無區別邪天
人感應之故自昔久無定論依永之生其詩已頗知
一得喪齊彭殤之旨今其既死殆將沛然而大覺矣
於是述吾所聞爲之銘辭以質幽遐亦塞篤仙之悲
銘曰
吾聞君子之畏天命有如孝子之事庭闈苟遭禍謫
敬受不疑恭若申生順若伯奇又聞道家之言與化

推移縱心任運有若委衣雖宗旨之各別要安命而無違覽依永之詩篇似多見道之詞胡含愁而鬱鬱豈其中有不自持脩德之報或爽雖神聖不能測其微主之人者爲吾能爲主之天者吾安敢與知等死生於晝夜信長短之有涯存者抑情而復禮逝者奠魄而承綏

曾滌生苗先麓墓誌銘

君諱夔字先麓肅甯苗氏自幼讀書即異常童不好爲科舉文藝而竊耆上八書形聲之學讀許氏說文若有夙悟精研而力索滯解而趣昭已又得顧處士炎武音學五書慕之彌篤曰吾守此終身矣年二十餘即篹毛詩韻訂繼又篹廣籀一書授徒窮鄉制藝試帖之屬不中有司程度學子稍稍引去君益冥心孤往子焉寡儔閉之河閒城外得漢時君子館塼又得

珍倣宋版印

開元瓦於獻王墓旁私獨欣喜以爲神者餉我以慰寂寞久之道光十年縣令王君聞而敬異聘君主講翼經書院明年爲學使沈侍郎維鐈所知舉辛卯科優貢生高郵大儒王氏念孫父子聞君之說禮先於君遂與暢論音學源流由是譽望日隆督學使者爭欲致之幕下與共衡校初隨編修汪君振基衡文山西繼隨祁文端公寯藻衡文江蘇所至甄拔宿儒周覽山水又以其暇編摩譔述從事於其所謂聲韻之學道光二十一年祁公還京師乃醵金刻君所著說文聲訂若干卷說文聲讀表七卷毛詩韻訂十卷建首字讀一卷君以爲許叔重遺書多有爲後人妄刪或附益者乃訂正說文聲類八百餘事顧氏音學所立古音表十部宏綱已具然猶病其太密而戈麻既離西音不應別立一部於是併耕清及蒸登於東冬

部。併歌戈於支脂部。定以七部。隱括羣經之韻書出識者歎其精審。又數年。侍讀馮君譽驥。視學山東。國藩薦君偕往。役未畢而先歸。於是君亦齒衰而倦游矣。道光之末。京師講小學者。鄉貳則祁公。及元和吳公鍾駿。庶僚則道州何紹基子貞。平定張穆石舟。晉江陳慶鏞頌南。武陵胡焯光伯。光澤何秋濤願船。君既習於祁公。又與諸君傾抱寫誠。契合無閒。子貞嘗命工圖己及石舟及君三人。貌蓑笠而處田閒。蓋三人者。皆同年優貢。又皆有逸士之風。謂宜與負耒者伍也。君既泊然無營。暇則徒步造訪諸君。與辨論前世音學。暨近人江戴段孔諸家部分之多寡意指之得失。褒譏亭決。窮日夜不倦。閒亦過余劇談。歸自山東。余從容問。東士亦有孳究說文者乎。有得見吾子著述者乎。曰。有之。何以知之。曰。吾書中有自稱孳按

珍倣宋版印

云者東人稱引及焉曾不知夔之爲誰氏名也則相與拊掌大笑君徐又曰吾家有戇僮昨者日晏吾責豎子何不具食僮輒報以錢物罄矣欲以何具吾柔聲謝之僮乃不遜竟去吾今方躬治爨耳則又相與大笑蓋君處困約有以自怡如此他日君又語余曰吾窮於世久矣甘之若飴死無所恨獨平生著書尚有數種未及刊刻不能無耿耿於懷自余咸豐初出京展轉兵間至同治七年重入都門昔之與君遊者十人蓋八九死君之嗣子玉璞來告君以咸豐七年五月初七日逝矣春秋七十有五抱君所著書曰說文聲讀考者曰集韻經存者曰韻補正者曰經韻鉤沈者述君遺命謂當送國藩觀覽且以銘墓之文相屬君且死戒其子必葬我衆書叢中其子乃擇君生平尤嗜之書納諸棺中以徇嗚呼斯亦篤古之徵已

銘曰

視以多歧而瞢。聽以雜奏而聾。技之精者不能兩工。苦思專壹可與天通。課形而得聲。勘異而得同。黜陟百氏惟許君是崇。胡學之旁達。而遇之不豐。抱此孤賞永奠幽宮。

曾滌生戶部員外郎彭君墓表

君諱永思號兩峯世居湖南長沙少而峻整自將恂恂縝栗吶吶如不能語事至則剖晰毫釐枝分縷解辨窮萬變而斷以片言長老往往驚異以爲吏才天所授也年三十二以嘉慶五年庚申舉於鄉十四年己巳成進士卽用知縣明年署雲南嵩明州知州斷獄八百民謷翔洽徙補楚雄縣楚雄故附郭劇邑君至一以治嵩明者治之訟牒入立判紙尾期以某日質訊出則聽民遮道自言停輿研鞫前者辭窮後者

大畏或就逆旅操筆定讞且判且詰決遣如神尤善爲離參之法離參者如欲知豆價則先以麥問甲次以稻問乙次以粱問丙離其事異其人而旁參之然後進退以定豆價百不失一君用此術多奇中他人效之亦不能得民情僞也大吏以君既政成常使兼聽鄰縣之訟大姚有辥繼賢者殺人獄成省中覆覈則詭辭翻異問官數易爰書數十易終不能決君訊之七晝夜卒以參鞫其子乃得情實論決如律某官解餉銀至省發封則失銀而得數石以獄屬君君察石有蟲齧痕非道途間物因問輦運之卒甯覺馱負左右欹乎頗憶欹側始何日乎卒對某日過某店始覺右欹君自省返楚雄挾此獄與卒與石俱行途中雜采羣石較之皆不類至某店得石與蟲齧者類一鞫而伏遂抵旅店主人於法五侯神者不知所起淫

祀也士民與江西客商爭祀搆訟數十年君以贖祭
宿獄終無已時令舁神像至縣庭取筆判八字曰爾
像不滅訟端不絕立飭吏卒捽而毀之兩造相顧愕
眙而散蓋君之明而能斷類如此嘉慶十七年大姚
令上變告烏龍口有衆數千嘯聚爲亂郡守夜召君
問策君立與區畫草數書抵旁縣戒勿輕動遣數人
僞與賊暱者風使解散而潛發輕兵掩捕擒七十人
罪數人而事定於是遠近又歎君才堪濟變也在滇
六年凡三署大姚四署廣通兩署南安州再爲鄉試
同考官上官方以治行卓異薦君而君以父命不樂
久爲吏遂援例改就京職官戶部員外郎貴州司行
走兼管廣東司議蠲逋賦釐定鹺政多所匡贊道光
二年丁家艱歸自是山居二十載養母教子收族振
貧祭田義渡凡諸善舉皇然如有失而急圖之陶然

珍倣宋版印

與販夫農父相狎自忘其爲宰官之身人亦忘之亦
愈敬之道光二十二年八月二十一日以疾卒春秋
七十有四曾祖從美祖必化　貤贈奉直大夫考勝
桂　誥封奉政大夫以五世同堂獲旌於　朝祖妣
氏范妣氏黄皆封宜人君之配黄恭人以賢孝特爲
舅姑所倚嘗一從夫雲南官舍而未及從宦京師凡
綜理彭氏家政七十餘年敕始毖終內外秩秩室靡
棄物里無違言姒婦有先亡者叔早逝者撫其諸子
女公早寡者撫其孤甥曲有恩紀齒逾八十猶篝鐙
紡績不倦同治元年閏八月二日告終蓋九十有六
矣子申甫道光乙未科舉人候選通判婦陶氏安化
文毅公女也女三皆適士人孫樹森同治甲子科舉
人志本序本豐本孚本孫女十二申甫以道光壬寅
九月某甲子葬君於長沙之文家段蓮花台同治壬

戌閏八月某甲子葬恭人於木魚山墳壠相望約二
百步而近屬國藩表其墓於是敘述大節而綴以銘
銘曰
流水不腐古傳斯語賢侯之明積勤所補壽母之壽
本諸勞苦居上而逸天所不許降福者天宰天者人
治獄陰德恆大厥門科名賡續有子有孫更千萬禩
長裕後昆

曾滌生新甯劉君墓碑銘

君諱時華字廷材號寶泉先世自江西徙湖南之新
甯曾祖有義祖儒禹府學增生父世貴太學生家貧
爲商賈化居以自給君生有至性不忍其父久勞市
廛乃跪請曰大人宜少休兄學且有成弟弱兒願代
父勞而服賈矣遂遊資於江漢之閒量物度時廣取
而節用後人而往先人而歸家用阜康親以大悅父

珍倣宋版印

病在視終宵醫者言瘀鹹可生淡則死君輒以手承瘀嘗之味淡因大哭父歿母亦前卒則推其所以事父者以事繼母繼母歸自武昌繼母不懌長跪自陳遲歸之咎繼母病服勞達旦營治藥物必自其手不自他人繼母沒則推其所以事親者以事長兄而蓄季弟兄病調護年餘兄卒弟後卒則又推恩以恤其嫠以鞠其孤子厥後兩家孤兒皆成立兩嫠皆 旌表於
朝壽皆七十八十涕泣頌君之德不敢忘云新甯山邑也僻在楚南黔粵之交巨嶺層巒穹窿雜襲鬱撓而不得少舒自古未聞偉人傑士出於其閒亦乏甲乙科第居民治生纖嗇有唐魏之風獨君與江太公一峯輕財好義不屑屑於自殖江君之子諡忠烈者仕至安徽巡撫而君之子蔭渠今爲直隸總督並有勳伐爲時名臣蓋褊陋之俗一變而山川之氣昌矣

當君初賈異縣頗求饒益以娛親心既而經紀有方
智足以擴其業利足以仁其三族所得資財隨手散
去壹以濟物爲功息秏都不訾省鄉里除道成梁捐
金錢惟恐不贍施藥療疾惟恐不周嘗遇益陽大水
買小舟拯百人藁葬數百人新甯大饑餼鄰里親舊
粟日半升全活無算又嘗修育嬰堂建忠義節孝祠
皆縣中前此所無自君創之城東北有義冢歲歲常
以冬春培其隴塋而植其仆碑城南有義塾器物缺
乏常於君家取給焉人或謂君歲入幾何施諸人者
什七而自謀不及什三後將難繼何不頗買田宅爲
子孫稍立基業君笑謂家有薄田自足供蔬食焉用
多爲吾以人情爲田以培養士類爲種耕不計年穫
不計世庸詎知留貽子孫者不更大乎逮君沒而門
內鼎興君子四人長名長佑即蔭渠也以拔貢生歷

官廣西巡撫兩廣總督直隸總督加兵部尚書銜次長佐某官次長伸長健某官孫某某曾孫永祚永祺

天子褒長佑功贈君暨君之祖父皆爲光祿大夫君配鄭氏暨祖妣某氏妣李氏曾氏皆爲一品夫人蓋君言於是果驗爲善之報抑何捷也鄭太夫人恭儉寬仁悉秉夫教姒婦娣婦寡居敬之終身有恩紀君卒以道光三十年六月十四日壽六十有一太夫人先三日卒壽五十有九是歲十二月某甲子合葬新甯西鄉楊溪村之鸞嶺昔道光丁未戊申閒江忠烈公嘗爲余稱道蔭渠之賢兼述其世德及蔭渠入京聞親之訃求余文銘其墓展轉兵閒久疏文字越今十有七年始得表而銘之銘曰

舉世奔利獨行抱義庸德庸言感格天地外救飢溺內撫諸孤仁心難慊百憂一愉孰云不顯在幽彌馨

孰云無報如影隨形神覿在室奇福在庭郎君崛起
為國干城削平寇亂鼎祭鐘銘自天錫寵褒榮先隴
夫彝之南萬山環拱我表其阡來者欽竦

曾滌生江忠烈公神道碑銘

公諱忠源號岷樵新甯江氏曾祖登佐太學生祖獻鵬父上景歲貢生母陳太夫人生子四公其長也少而豁朗英峙以縣學附生選為道光十七年丁酉科拔貢生旋中是科鄉舉久客京師以大挑得教職與曾國藩陳源兗郭嵩燾馮卓懷數輩友善嘗從容語國藩新甯有青蓮教匪亂端兆矣既歸二年而復至京余戲詰公青蓮會匪竟如何何久無驗也公具道家居時陰戒所親無得染彼教團結丁壯密繕兵仗事發有以禦之逮再歸而果有雷再浩之變公部署夙定一戰破焚其巢誘賊黨縛再浩磔之湖廣總督

上其功賞戴藍翎以知縣用公入都謁選又語國藩前事雖定而大吏姑息不肯痛誅餘黨難猶未已踰年而復有李沅發之變又踰年而廣西羣盜蠭起洪秀全楊秀清之徒出大亂作矣公爲縣令浙江歲餘咸豐元年丁家艱歸大學士賽尚阿公督師廣西馳疏調公赴粵既至則大爲副都統烏蘭泰公所賓敬事無巨細必再諮而後行人無疏戚貴賤必察公意嚮而薄厚之敘公之勞請擢同知直隸州換戴花翎公亦竭誠贊畫募楚勇五百人助戰湖南鄉勇出境討賊自此始也烏公慷慨負氣與提督向公榮積有違言公以書曉譬烏公禮下之已甚冀感動向公卒不能得逮圍賊於永安復代爲一書抵向公力諫圍師缺隅之說請合圍而盡殲之又不能得因引疾歸歸而永安賊出大敗官軍遂至桂林公聞警募勇

倍道赴援將終佐烏公以平嶺表未至而烏公陣沒自是獨領一隊賊中往往指目江家軍矣既解廣西之圍旋大捷於蓑衣渡賊不得掠舟而北衡永以安賊攻長沙公與力爭南門天心閣築堅壘據要害長沙以完賊之渡洞庭而東也實惟咸豐二年十月之杪旌旗帆檣蔽江而下公痛時事之益壞怨吾謀之不見納悵然不復欲東巡撫張公亮基亦奏公留守湖南是冬破賊目晏仲武於巴陵剿平徵義堂會匪於瀏陽明年春署湖北按察使剿叛民劉立簡於通城膊陳北斗於崇陽皆以疲卒千餘盪寇數萬 天子褒歎由是有幫辦江南軍務之 命公拜疏將赴金陵中途聞廣濟宋關佑爲亂移師討之事甫定而朝廷命公速救鳳陽不數日而江西巡撫檄公速援南昌公曰金陵鳳陽雖有 朝命然殘破之區效

遲而事易江西雖無　朝命然完善之上禍急而事
難吾當先其難者遂挈師由九江踔四百里夜入南
昌翼日賊至則設施略備上下恃以無恐賊晝夜環
攻闕地十道分擾旁郡以眩我謀終不得窮公方略
凡九十餘日而圍解　上嘉公功　賞二品頂戴
賜翎管班指諸物厥後田家鎮失利上疏自劾　詔
旨雖許鐫四級然旋有安徽巡撫之　命又　詔公
楚皖一體當相緩急爲去留不必拘於成命蓋　聖
主倚公辦賊不復中制而海內企踵喁喁亦咸知非
公莫屬也公以爲武昌差足自保廬州新立行省危
在旦夕法宜經營淮南以分吳楚賊勢遂拜疏自鄂
之皖蹟雨而行將卒終歲奔命道病公亦病至六安
病甚六安吏民遮道請留不許舁疾竟達廬州部分
未定而賊大至公設策應敵一如守長沙南昌時而

城無見糧。藥鉛罄竭。元從之士。不滿千人。諸軍屯四十里外。觀望莫救。公弟忠濬自楚來援。爲賊所梗。咫尺不得通問。公病益困。不食數日矣。城陷。發憤投水死。咸豐三年十二月十七日也。春秋四十有二。越八日。募人入賊中。負公尸以出。事聞。 天子震悼。追贈總督。賜祭葬。 命廬州及湖南江西。皆立專祠。褒公三代如其官。 予謚忠烈。咸豐五年。劉公長佑閉關歸公喪新甯。六年某月。葬於某里某山。公弟三人。仲卽忠濬。以兵事積功至道員。歷官安徽四川布政使。次忠濟。戰功最偉。殉難岳州。 予謚壯節。次忠淑。縣學附生。保敘知府。夫人陳氏。無子。以弟子孝椿爲嗣。妾楊氏。公旣沒而生子孝棠。國藩昔與公以學行相切劘。 文宗御極。薦公以應求賢之詔。公嘗疏請三省造舟。練習水師。又嘗寓書國藩。堅囑廣置礮船。肅

珍做宋版印

清江面以弭巨禍其後國藩專力水軍幸而有成從公謀也自公之薨忠濬等數乞余文表公墓道大義相許神人共鑑余其敢讓軍興以來死事者多矣或邂逅及難而倖廁忠義之林何可勝道當公赴江西之急有　詔令至金陵及赴廬州之急有　詔且留楚中宜可少安以惜有用之身而公必蹈危地甘死如飴但求無疚於神明豈所謂皎然不欺者耶嗚呼忠已余既揭其用兵始末乃並述他行義聲之銘詩用告異世治國聞者銘曰

儒文俠武道不並張命世英哲乃兼厥長惟公之興頹俗實匡明明如月肝膽芬芳有師鄧君有友鄒子臥病長安朝夕在視亦有曾生燕南旅死謀歸二喪反葬萬里兩以躬致義泣鬼神近古之俠孰與比倫作宰吳越風教露養秀水振饑翼民以長蘇其枯胔

衣以文穟儒吏之風竝時無兩蘊此兩美風雷入懷
砰然變化陰闔陽開宜戡大難重奠九垓半駕而稅
天乎人哉楚師東征倏逾十秋三十萬人金甲貔貅
死者半之白骨嵩邱人懷忠憤如報私仇千磨百折
有進無休終殄元惡盡復名城天河盪穢海宇再清
公刱其始不觀其成九原可作慰以茲銘

曾滌生羅忠節公神道碑銘

公諱澤南字仲嶽號羅山湘鄉羅氏咸豐四五年閒公以諸生提兵破賊屢建大勳朝野歎仰以爲名將而不知其平生志事裕於學者久矣公之學其大者以爲天地萬物本吾一體量不周於六合澤不被於匹夫虧辱莫大焉凜降衷之大原思主靜以研幾於是乎宗張子而著西銘講義一卷宗周子而著人極衍義一卷幼儀不愼則居敬無基異說不辨則謬以

千里。於是乎宗朱子而著小學韻語一卷。姚江學辨二卷。嚴義利之閑。窮陰陽之變。旁及州域形勢百家述作。靡不研討。於是乎有讀孟子劄記二卷。周易本義衍言若干卷。皇輿要覽若干卷。詩文集八卷。其爲說雖多。而其本躬修以保四海。未嘗不同歸也。始公家世貧甚。曾祖王父日阮。王父拱詩。皆以公貴。 贈通奉大夫。父嘉旦。公沒後 賞加頭品頂戴。曾祖王母蕭氏。王母賀氏。母蕭氏。皆贈夫人。公少就學。王父屢典衣市米。節縮於家。專餉於塾。年十九。卽藉課徒取貲自給。喪其母。又喪其兄。旋喪王父。十年之中。連遭期功之戚十有一。嘗以試罷。徒步夜歸。家人以歲饑不能具食。妻以連哭三子喪明。公益自刻厲。不憂門庭多故。而憂所學不能拔俗而入聖。不恥生事之艱。而恥無術以濟天下。其後年逾三十。乃補學官附生逾四十乃以廩生舉孝廉方正假館四方窮年汲汲與其徒講論濂洛關閩之緒瘏口焦思大暢厥旨未幾兵事起湘中書生多拯大難立勳名大率公弟子也咸豐二年粤賊攻圍長沙縣令召公練鄉勇以備不虞省城解圍明年春巡撫張公亮基檄公帶勇至長沙維時國藩奉　命督治團練因與公講求束伍技擊之法晨夕訓練擊土寇於桂東捦逆黨於衡山其夏賊圍江西省城乃益募湘勇二千輔以新甯之勇鎭筸之兵檄公赴援南昌湘軍越境討賊自此始矣既解南昌之圍復破賊於安福歸及衡州殲土匪於永興四年春湖北之賊大舉南侵官軍失利於岳陽克捷於湘潭提督塔齊布公追賊至岳州余檄公與李公續賓佐之公扼大橋以遏其衝凡七戰而羣賊潰岳州平乘勝逐北連復三縣將攻武昌公手

珍倣宋版印

一圖就余決策師出兩路以塔公進洪山一路而自
請攻花園一路當其堅者如其策果克武昌漢陽兩
城賊既東奔追及於興國大膊於田家鎮公提卒二
千禦數十倍之寇蹙之江濱罣石墜崖死者萬計而
水師亦斷橫江鐵鎖燔賊舟數千當是時公名震天
下前此累功保至道員花翎至是有甯紹台道之
命加按察使銜既而引兵北渡克廣濟黃梅　賞葉
普鏗額巴圖魯名號又引兵南渡攻圍九江進規湖
口賊堅守不可遽下適會水師分兵入宮亭湖江上
之軍不利而湖北諸軍屢敗賊自黃梅長驅西上武
昌再陷公太息深憂歎世變之未已也益討部衆而
申儆之或解說周易以自遣云時別賊陷饒州弋陽
公入江西援剿大戰弋陽克之賊陷廣信又戰信州
克之又以其閒收復德興景德鎮東路甫定而義甯

復陷。公軍渡湖漢而西。至則示形杭口而暗進鼇嶺。屯高峯以瞰敵。設三伏以要之。四戰而賊大潰。義甯既克。有　詔加布政使銜。公以書抵國藩具論吳楚形勢。欲取九江湖口。法當先圖武昌。欲取武昌。法當先清岳鄂之交。於是馳疏以公回援武漢。　朝廷嘉焉。遂略通城。克崇陽。挫衂於濠頭堡。大捷於蒲圻。將達武昌。巡撫胡文忠公。歡迎勞問。凡事咨而後行。城外賊壘。鏟除略盡。殄滅有緒矣。公以霧中搏戰中鎗子傷創甚。咸豐六年三月初八日卒於軍。春秋五十。事聞。　天子震悼。照巡撫例賜卹。二子皆賞給舉人、三省建立專祠。予謚忠節。公在軍四載。論數省安危。皆視爲一家骨肉之事。與其所注西銘之指相符。其臨陣審固。乃發。亦本主靜察幾之說。而行軍、好相度山川脈絡。又其講求輿圖之效。君子是以知公之功

珍倣宋版印

所蓄積者夙也非天幸也配張氏誥封夫人妾周氏子兆作配胡氏兆升配曾氏國藩第三女也余與公以學行相勖又相從於金華中之以婚姻迺撫其大節銘諸墓道銘曰

漸車之澗積潦縱横崇朝卽涸卷勢收聲大江西來其源萬里澤溥寰區不矜厥美無本者竭有本者昌羅公淵默所蓄孔長洞徹天人潛晞往聖一物未康終虧吾性提師苦戰荆揚二州斧彼凶豎爲民復讎矯矯學徒相從征討朝出壘兵暮歸講道洛閩之術近世所捐姚江事業或邁前賢公愼其趨既辨其詭仍立豐功一雪斯恥大本内植偉績外充兹謂豪傑百世可宗

曾滌生李忠武公神道碑銘

公諱續賓字迪庵湘鄉李氏湘軍之興威震海内創

之者羅忠節公澤南大之者公也咸豐三年賊圍江
西省城國藩募湘勇三千往援公隨忠節公以行初
至失利右營主者戰沒公代領其衆自是忠節公將
中營公將右營所向有功在江西克復太和安福歸
至湖南克復永興明年粵賊犯岳州忠武公塔齊布
率師禦之余檄忠節公與公助之所部僅千人耳賊
衆數十倍塔公控其東湘軍扼其西盛暑鏖兵出奇
制勝凡兩旬而岳州平轉戰而北連下三城八月進
攻武昌漢陽克之十月大戰於田家鎮破之田家鎮
者江流盤折逼隘之處其南岸為半壁山峭壁斗絕
賊以鐵鎖横江萬舟翔集氣銳甚公手刃怯卒三人
士皆殊死戰連破賊壘而水師亦乘機斷鐵鎖焚賊
舟好事者至摩崖以紀績公前以累功保至直隸州
知州至是記名以知府用　賞給摯勇巴圖魯名號

珍倣宋版印

旋有安慶府之　命矣先是湖南水師中江而下陸師趨江之南岸湖北陸師趨江之北岸南軍屢捷羣寇蜂屯北岸於是公輩引兵北渡掃蕩廣濟黃梅之賊既又南渡會攻九江郡城之賊城堅不可遽下又議分兵先剿湖口梅家洲之賊無何累攻不克水師失利北軍撓敗金陵逆渠益縱羣凶西上武昌漢陽再陷南軍孤立潯陽國藩以爲大戚公亦深憂之痛世亂之靡有屆也五年二月信州告警公與忠節公自潯馳援迭克廣信府城及弋陽等四縣東路甫定遂建西援武昌之議大捷於義甯小挫於通山下崇陽略通城蹴羊樓峒擣蒲圻掇咸甯次第戡定乃以十一月杪師次武昌巡撫胡文忠公林翼大喜事無鉅細唯忠節公與公言是聽忠節挈持大綱其戰守機宜胥公主之公含宏淵默大讓無形稠人廣坐終

日不發一言。遇賊則以人當其脃。而已當其堅。糧仗則予人以善者。而已取其窳者。士卒歸心。遠近慕悅。咸豐六年三月。忠節公中鎗不起。公接統全軍。衆志愈厲。剷平城外悍賊之壘。卻劇寇石達開來援之衆。周城掘塹。引江水入湖。困以長圍。十一月。再克武昌漢陽。天子偉其功。賞加布政使銜。記名以按察使用。未幾。提兵而東。再薄九江。九江賊酋林啓榮者。堅忍得衆。內與小池口湖口梅家洲諸城首尾相拔。外與皖廬之賊互爲聲援。公旣掘長塹以圍潯。又分軍援剿江北。舟載奇兵。夜襲湖口之背。遲明水師至。而陸軍伏發。立克兩城。事聞。拜浙江布政使。明年四月。卒克九江。殄滅無遺。天下快之。賞穿黃馬褂。加巡撫銜。公每建一功。晉一秩。數省官民。歡抃稱道。若寵榮之在躬。或歌誦戰狀以爲樂。傳播中外。浙人仕

京朝者。疏請　敕公東兵以救浙難。而胡文忠公以
皖中糜爛請留公軍圖皖而固鄂。天子許之。公乃
整旅入皖。踰月。連下潛山太湖桐城舒城四縣。師次
三河。毀賊九壘。而逆酋陳玉成等四面來援。截我糧
路。我軍銳氣日渫。師少而半潰。公力戰終日。自度事
不可為。夜半。怒馬陷陳死之。咸豐八年十月初十日
也。諸將堅守營壘。又三日而俱敗。又六日而桐城守
兵亦敗。前後死者殆六千人。無苟活者。疏入。文宗
震悼。手詔曰。惜我良將。不克令終。尚冀其忠靈不昧。
他年生申甫以佐予也。　追贈總督湖北江西安徽
湖南立祠。　予諡忠武。賞騎都尉兼一雲騎尉世職。
公之先人世有令德。曾祖本桂。祖詩。白。皆以公貴。
贈榮祿大夫。父登勝。公沒後。特恩加封光祿大夫。
曾祖妣張氏。賀氏。王氏。祖妣戴氏。母蕭氏。皆封一品

夫人公端凝敦篤愛人不尚美言而意溢於色色餘於辭雖他軍之將士逃難之流民皆歸之若父兄聞其死哭之皆慟至不忍聞同治二年　朝廷遣官賜祭三年克復金陵　推恩有功之臣賞二等輕車都尉世職配謝夫人子三其二殤亡光久　欽賜舉人引　見賞六部員外郎又以兼襲二世職併爲男爵孫二人某某咸豐九年葬公於湘鄉四十三都黃牯沖星子山之陽同治八年某月某日改葬某鄉某山丐余文其墓道之碑余既臚敘戰績乃兼述其懿德而系以銘銘曰

器有洪纖因材而就次者學成大者天授嶽嶽李公表裏完好匪琢匪追動合大道羅公講學遠紹洛閩公分其緒摳衣恂恂出而禦寇戎馬艱辛入而問道克己求仁誰侮誰尤責躬獨厚胸劈衆流曾不出口

珍倣宋版印

負重含汙浩如山藪險趨人先利居衆後豈無贏財不卑我私不忍己飽而人獨飢分餉諸軍蘇槁嘘骴返自潯陽少憩武昌將請於　朝覲親還湘王事有嚴離局匪遑斯願不遂茹涕闇傷遣將分兵助我東征擇良而予出以至誠四分五剖精銳星散自攜部曲疲羸居半損己濟物近古無倫終焉師殲以仁隕身行類大愚乃動鬼神公功久著爛若三辰德或不顯考此銘文

曾滌生李勇毅公神道碑銘

公諱續宜字克讓號希庵兄弟五人忠武公諱續賓次居四公其季也余既銘忠武公之墓茲不復具其家世公少好深湛之思彊探力索洞徹幽微師事羅忠節公澤南嘗以躬行不逮爲恥咸豐三年羅公募勇援救江西公遂參軍事以功累晉知縣同知賞

戴花翎而名顧不顯六年冬湘軍再克武昌漢陽巡撫胡文忠公奏公有勞特爲兄續賓所掩耳有　詔以知府選用　賞加道銜旣而隨兄圍攻九江明年以事省余瑞州軍中遂偕諸軍圍攻瑞州會皖北羣賊上竄蘄黃公乃自瑞挈千七百人回救湖北師至黃州與胡文忠公並轡謀野周覽形勢自巴河蘄水廣濟黃梅六戰破賊壘無算遂會克小池口由是公之威名與忠武公差頡頏矣公率所部旣集九江忠武公乃得以其閒分兵克復湖口連下彭澤小孤梅家洲諸城公又以偏師卻湖口之賊禦竄陷麻城黃安之寇忠武公乃得專力破滅九江皆公之助也湖北事已大定胡文忠公以皖中久困水火奏請　敕忠武公廓清皖北而留公以固楚疆　天子亦南憂江淮絕重李氏昆季矣無幾何而有舒城三河之變

珍倣宋版印

忠武公殉難將士死者六七千人天驚地岌公在黃州哀迫之際經緯萬端入則損食悲咽出則拊循潰卒思鄉者遣歸願留者編伍哺粟賜衣接以溫語差討諸將之罪而簡用其良部署麤定適胡文忠公以母喪奉　詔起復相與申儆簡練而湘軍復振明年夏劇賊石達開竄擾湖南圍攻寶慶公時新奉荆宜施道之　命統兵自鄂援湘　朝廷壯之師抵長沙進自資水之西四戰而解寶慶之圍圍中官軍三萬與飢困之民一時得蘇衆聲大和論功　賞加布政使銜當是時余與胡公方議併力規取安慶省城余弟國荃與將軍多隆阿分圍安慶桐城公自湖南東還駐軍兩路之中曰青草塥者大敗逆酋陳玉成於挂車河布陳之廣近世罕聞旋拜安徽按察使十一年又有安徽巡撫之　命公具疏以謂逆酋圖解安

慶之圍悉銳西竄必犯湖北以攻我之所必救湖北
爲衆軍根本臣宜提師回援不能遽受皖撫之事比
公馳抵武昌而賊已犯黃州德安兩府五縣其別賊
自江西至者又陷興國大冶等縣公經營七月始將
列城恢復安慶亦藉以告克而胡公薨於位　文宗
亦晏駕八音遏矣　今上嗣位　褒安慶功　賞穿
黃馬褂調補湖北巡撫既又　命移撫安徽公初涖
安慶繼駐六安屢奉　密詔以苗沛霖叛服無常詢
問劉撫機宜公覆疏謂苗沛霖官至道員公犯不韙
圍撫臣於壽州陷其城屠其衆乃復詭言求撫此豈
足信不過假稱反正號召近縣養成羽翼若正彼叛
逆之名人人得而誅之而寬其黨與使爲我用彼勢
日孤終成禽耳　天子韙之公又以時解潁州之圍
克霍邱之城綏撫各圩陰散逆黨選任賢吏安民墾

珍倣宋版印

田功緒漸彰矣　詔授爲欽差大臣而公適聞訃丁
母憂不克受事　朝廷命仍署理巡撫三疏陳謝始
奉　命賞假百日回籍治喪公旣以苦思遘病徹夜
不寐夙患咯血至是增劇歸里後六奉　詔旨起復
墨經視師公以哀慕未忘而嬰疾轉篤請假四十日
調養旣而輿疾就道又請假四月併開巡撫之缺
朝廷鑒其至誠所請未嘗不許而以淮南事棘又未
嘗不敦促上道　詔召相銜至冬初再疏自陳病狀
公亦自知不起遂以同治二年十月二十八日卒於
家春秋四十有一　敕照總督例賜卹三省建立專
祠予謚勇毅配彭氏子光英特　賞直隸州知州同
治三年某月某甲子葬某處某山八年某月某甲子
改葬某山公與忠武公皆負重名淡於榮利昆弟同
之忠武好蓋覆人過公則嫉惡稍嚴忠武戰必身先

驍果縝密。公則規畫大計。而不甚校一戰之利。至其臨陣百審一發。發無不捷。成功一也。余不詳敘戰狀。而略述公言以綴之銘。銘曰。

凡戰有機。鬼神翕闢。靜如山寒。終日闃寂。動若雷飛。百霆齊擊。蓄勢宜久。氣囂宜淳。此公之言。吾耳所聆。凡公勳績。好謀乃成。博籌多算。終格神明。匪直戰事。學道亦然。精思力踐。誠可達天。立功雖偉。公不自賢。立德未竟。齎志九泉。我銘昭之。永詔萬年。

曾滌生唐確慎公墓誌銘

公諱鑑。號鏡海。唐氏。先世自江西豐城徙居湖南之善化。四傳至諱煥者。以舉人官至山東平度州知州。公之祖也。生子仲冕。以進士即用知縣。官至陝西布政使。公之父也。平度君以子貴。誥贈通奉大夫。配李氏。譚氏。俱封夫人。譚夫人歿而葬於山東之肥城。

布政君及配甯夫人皆瘞葬肥城公以父命徙籍山東故又爲肥城人焉少而邁異精勤嗜學如渴以廩生入貲爲臨湘縣訓導嘉慶十二年舉於鄉十四年成進士改翰林院庶吉士又二年授職檢討又六年補浙江道監察御史充甲戌科會試同考官戊寅科順天鄉試同考官坐論淮鹽引地一疏吏議鐫級以六部員外郎降補會 宣宗登極詔中外大臣各舉所知諸城劉文恭公鐶之薦公由是有廣西知府之命厥後再爲平樂府知府一爲安徽徽甯池太廣道量移江安十府糧道拜山西按察使遷貴州按察使擢浙江布政使遷江甯布政使歷於外蓋二十年其守平樂也亭平民猺之獄而解其仇屢磔劇盜境內肅然是時布政君解組東歸僑居金陵公聞母病卽引疾去官省覲江南旣遭內外之艱皆北葬肥

城盧墓讀禮服闋以例仍發廣西再守平樂道光十二年廣東湖南生猺爲亂公出防邊圍內譏奸宄往來富川賀縣安撫熟猺獸擾而兒蓄之設立五原學舍延師教讀羣猺大悅擒郡中煽亂者譚於先等十餘人立斬以徇而貰其脅從千餘火其名籍一無所問其按察貴州也平反疑獄歸美令長曰非吾能正之某縣尹來省自易之耳其在江甯拯災修廢百度畢張時總督陶文毅公澍寢疾公代行使院政事文牘如山賓僚塡咽昧爽而勤職丙夜而不休忘寢輟餐形神交瘁而言者乃刻其多病近藥廢閣公事又雜摭他端以相呰毁　朝廷遣使者按問率無左驗

宣宗知公端謹一切弗論忌者或憚其方嚴未幾內　召爲太常寺卿道光二十年四月也公潛研性道宗尚洛閩諸賢所至以是敎其躬亦以牖於人亦

珍倣宋版印

時時論著以垂於後在翰林時著有朱子年譜考異省身日課畿輔水利等書在廣西著讀易反身錄居喪著讀禮小事記官平樂時延納人士入署親與講授設立義塾誨誘寒畯官貴州時亦如之官江甯亦如之及入爲九卿又著易牖學案小識等書扶掖賢俊倡導正學時如今相國倭仁艮峯侍郎吳廷棟竹如侍御竇垿蘭泉何文貞公桂珍輩皆從公考德問業國藩亦追陪几杖商搉古今觀其陋室危坐精思力踐年近七十斯須必敬蓋先儒堅苦者亞時賢殆不逮也已而致仕南歸主講金陵書院　文宗踐阼有詔召公赴闕凡進對十有五次中外利弊無所不罄　諭旨以其力陳衰老不復強之服官令還江南矜式多士公至金陵學徒益盛以賊犯湖南急欲歸展先塋咸豐三年乃自浙還湘卜居於甯鄉之善嶺

山深衣蔬食泊然自怡晚歲著讀易識編次朱子全
集别為義例以發紫陽之蘊十一年辛酉正月十八
日疾卒春秋八十有四其家函封遺疏郵寄東流軍
中國藩以聞　天子軫悼予諡確慎配王氏楊氏皆
封夫人前卒無子以弟子爾藻嗣女四人適某某孫
男三人某某孫女三人某年月日葬公某縣某鄉某
山又八年國藩始追為之銘銘曰
俗學徇時行與名釣孰捐其華而練其要唐公翼翼
與世殊趨懼明戒旦篤信程朱有譏其隘或諷以迂
浩然不顧履我康衢　顯皇初政詔徵國老造膝前
陳嘉謨要道願致吾　君上躋軒昊進退以禮斂茲
宏抱宦遊所至我求童蒙晚居京國羣彥景從何才
不育有金皆鎔以善孳善偕之大同播此芬馥昭示
無窮

曾滌生誥封光祿大夫曾府君墓誌銘

咸豐七年二月初四日我顯考曾府君卒於湘鄉里第春秋六十有八男國藩謹視含斂男國藩降服男國華自江西瑞州軍營聞訃男國荃自吉安軍營聞訃皆奔喪來歸　天子廣錫類之仁賜銀四百兩經理喪事閏五月初三日癸未卜葬於二十四都周壁衝山內從形家言丙山壬向去先世舊廬六里而強去梁江新宅八里而近國藩少長至冠未離親側讀書識字皆我君口授自竊祿登朝去鄉十有四年逮待罪戎行違晨昏者又五年府君之至言懿行不可得而盡識僅從季父驥雲所泣問近事而昆弟子姓諸姑姊妹亦稱述音容往往而悉其述府君侍先大父疾病至難能矣道光二十六年八月大父病痿痹動止不良明年冬疾益篤喑不能言即有所需

以頤使以目求即有苦蹙額而已府君朝夕奉事常先意而得之夜侍寢處大父雅不欲頻煩驚召而他僕殊不稱意前後溲益數一夕六七起府君時其將起則進器承之少間亦如之聽於無聲不失分寸嚴寒大溲則令他人啓移手足而身翼護之或微沾汚輒滌除易中衣拂動甚微終宵惕息明旦則季父入侍奉事一如府君之法久而諸孫孫婦內外長幼感化訓習爭取垢汚襦袴澣濯爲樂不知其有臭穢或挽篗輿游戲庭中各有常程大父病凡三載有奇府君未嘗得一安枕愈久而彌敬是時府君年六十矣吾曾氏家世微薄自明以來無以學業發名者府君積苦力學應有司之試十有七始得補縣學生員不獲大施則發憤教督諸子國藩以進士入翰林七遷而爲禮部侍郎歷官吏部兵部刑部工部侍郎遭逢

珍倣宋版印

兩朝推恩盛典褒封三世曾祖諱竟希　誥贈光祿大夫曾祖妣彭氏　誥贈一品夫人祖諱玉屏累贈光祿大夫祖妣王氏　累贈一品夫人府君諱麟書字竹亭　誥封中憲大夫疊晉榮祿大夫光祿大夫妣江氏　誥封一品夫人小子非材微府君厚澤曷克成立以蒙茲光顯於是泣述一二幷列刻系屬敬銘諸幽若其懿德純行宜傳不朽者將以俟諸知言君子銘曰

西望新居東望舊廬此焉適中羣山所都我先人之靈其尚妥於斯斯而永於斯乎嗚呼

曾滌生大界墓表

王考府君以道光二十九年十月四日棄養倏歷二十三年當初葬時吾父以書抵京師命國藩爲文紀述先德揭諸墓道國藩竊觀王考府君威儀言論實

有雄偉非常之概而終老山林曾無奇遇重事一發其意其型於家式於鄉邑者又率依乎中道無峻絕可驚之行獨其生平雅言有足垂訓來葉者敢敬述一二以示後昆府君之言曰吾少耽游惰往還湘潭市肆與裘馬少年相逐或日高酣寢長老有譏以浮薄將覆其家者余聞而立起自責貨馬徒行自是終身未明而起余年三十五始講求農事居枕高嵋山下壠峻如梯田小如瓦吾鑿石決壤開十數畛而通爲一然後耕夫易於從事吾昕宵行水聽蟲鳥鳴聲以知節候觀露上禾顛以爲樂種蔬半畦晨而耘吾任之夕而糞庸保任之入而飼豕出而養魚彼此雜職之凡菜茹手植而手擷者其味彌甘凡物親歷艱苦而得者食之彌安也吾宗自元明居衡陽之廟山久無祠宇吾謀之宗族諸老建立祠堂歲以十月致

珍倣宋版印

祭自國初遷居湘鄉至吾曾祖元吉公基業始宏吾又謀之宗族別立祀典歲以三月致祭世人禮神徼福求諸幽遐吾以爲神之陟降莫親於祖考故獨隆於生我一本之祀而他祀姑闕焉後世雖貧禮不可隳子孫雖愚家祭不可簡也吾早歲失學壯而引爲深恥既令子孫出就名師又好賓接文士候望音塵常願通材宿儒接迹吾門此心乃快其次老成端士敬禮不怠其下泛應羣倫至於巫醫僧徒堪輿星命之流吾屏斥之惟恐不遠舊姻窮乏遇之惟恐不隆識者觀一門賓客之雅正疏數而卜家之興敗理無爽者鄉黨戚好吉則賀喪則弔有疾則問人道之常也吾必踐焉必躬焉財不足以及物吾以力助焉鄰里訟爭吾嘗居閒以解兩家之紛其尤無狀者厲辭詰責勢若霆摧而理如的破悍夫往往神沮或具尊

酒通殷勤一笑散去君子居下則排一方之難在上則息萬物之嚚其道一耳津梁道塗廢壞不治者孤嫠寡疾無告者量吾力之所能隨時圖之不無小補若必待富而後謀則天下終無可成之事蓋府君平昔所恆言者如此國藩既稔聞之吾父暨叔父又傳述而告誡數數矣府君諱玉屏號星岡聲如洪鐘見者憚懾而溫良博愛物無不盡之情其卒也遠近感唏或涕泣不能自休配我祖妣王太夫人孝恭雍穆娣姒欽其所爲自酒漿縫紉以至禮賓承祭經紀百端曲有儀法虔事夫子卑詘已甚時逢愠怒則竦息滅食甘受折辱以迴眷睞年逾七十猶檢校內政絲粟不遺其於子婦孫曾羣從外姻童幼僕嫗皆思有惠逮之權量多寡物薄而意長閱時而再施太夫人道光二十六年九月十八日卒春秋八十葬於木兜

珍倣宋版印

沖其後三年而府君卒春秋七十有六葬於八斗沖
遷太夫人之柩祔焉其後十年爲咸豐九年己未十
二月均改葬於大界府君之先六世祖曰孟學初遷
湘鄉者也曾祖曰元吉別立祀典者也祖曰輔臣考
曰竟希曾祖妣氏曰劉祖妣氏曰蔣曰劉妣氏曰彭
以國藩忝竊祿位府君初 貤封中憲大夫後累贈
爲光祿大夫大學士兩江總督祖妣初封恭人後累
贈爲一品夫人 聖朝推恩追而上之竟希公累贈
光祿大夫妣彭氏亦贈一品夫人府君生吾父兄弟
三人仲父上台早卒季父驥雲無子以吾弟國華爲
嗣孫五人軍興以來惟國潢治團練於鄉四人者皆
託身兵閒國華貞幹沒於軍國藩與國荃遂以微功
列封疆而膺高爵而高年及見吾祖者咸謂吾兄弟
威重智略不逮府君遠甚也其風采亦可想已曾孫

七人元孫七人凡茲安居足食列於顯榮者緊維祖德是賴於是敘其大致表於斯阡令後嗣無忘彝訓亦使過者考求事實知有衆徵無虛美云惟古于辭必己出

曾滌生台洲墓表

嗚呼惟我先考先妣既改葬於台洲之十三年小子國藩始克表於墓道先考府君諱麟書號竹亭平生困苦於學課徒傳業者蓋二十有餘年國藩愚陋自八歲侍府君於家塾晨夕講授指畫耳提不達則再詔之已而三覆之或攜諸途呼諸枕重叩其所宿惑者必通徹乃已其視他學童亦然其後教諸少子亦然嘗曰吾固鈍拙訓告若輩鈍者不以爲煩苦也府君既累困於學政之試厥後挈國藩以就試父子徒步槖筆以干有司又久不遇至道光十二年始得補縣學生員府君於是年四十有三應小試者十七役

珍倣宋版印

矣吾曾氏由衡陽至湘鄉五六百載曾無人與於科目秀才之列至是乃若創獲何其難也自國初徙湘鄉累世力農至我王考星岡府君乃大以不學爲恥講求禮制賓接文士教督我考府君窮年磨厲期於有成王考氣象尊嚴凜然難犯其責府君也尤峻往往稠人廣坐壯聲訶斥或有所不快於他人亦痛繩長子竟日嗃嗃詰數愆尤閒作激宕之辭以爲豈少我邪舉家聳懼府君則起敬起孝屏氣負牆踧踖徐進愉色如初王考暮年大病痿痺瘖啞起居造次必依府君暫離則不怡有請則如響然後知夙昔之備責府君蓋望之厚而愛之篤特非衆人所能喻耳咸豐二年粵賊竄湘攻圍長沙府君率鄉人修治團練戒子弟講陣法習技擊未幾國藩奔母喪回籍奉命督辦湖南團練明年又奉　命治舟師援剿湖北

府君僻在窮鄉志存軍國初令季子國葆募勇討賊
既又令三子國華四子國荃募勇北征鄂東征豫章
麤有成效而府君遽以咸豐七年二月四日棄養閱
一年而國華殉難於三河又四年而國葆病歿於金
陵 朝廷褒卹并予美謚而國藩與國荃遂克復安
慶江甯兩省雖事有天幸然亦賴先人之教盡驅諸
子執戈赴敵之所致也初國藩以道光閒官京師恭
遇 覃恩封王考暨府君皆爲中憲大夫祖妣暨先
母皆爲恭人逮咸豐閒四遇 覃恩又得封贈三代
皆爲光祿大夫妣皆一品夫人 今上嗣位四遇
覃恩又以戰績兄弟謬膺封爵於是曾祖府君儒勝
王考府君玉屏暨府君皆封爲大學士兩江總督一
等侯爵曾祖妣氏彭祖妣氏王先妣氏江仍封一品
夫人嗚呼叨榮至矣江太夫人爲湘鄉處士沛霖公

女來嬪曾門事舅姑四十餘年饎爨必躬在視必恪賓祭之儀百方檢飭有子男五人女四人尺布寸縷皆一手拮据或以人衆家貧爲慮太夫人曰某業讀某業耕某業工賈吾勞於內諸兒勞於外豈憂貧哉每好作自强之言亦或諧語以解劬苦咸豐二年六月十二日疾卒九月二十二日葬於下要里宅後府君以七年閏五月初三日葬於周壁沖至九年八月某日并改葬於台洲之貓面腦府君有弟二人仲曰上台年二十有四而歿府君視病年餘營治醫藥旁逮達旦季曰驥雲推甘讓善老而彌恭無子以國華爲之嗣後府君三年而歿女四人其二先卒其二繼逝諸子今存者惟國藩與國潢國荃三人諸孫七人曾孫七人於是略述梗概以著先人懿德垂蔭無窮而小子才薄能鮮忝竊高位兢兢焉惟不克負荷是

懼云・

左季高敕修西嶽廟碑

同治元年・華渭回亂糾鬬隴種族與民鬨・遂戕王官・陷城邑・　朝命誅梟桀宥連者・回不用靈阻兵安忍・自外覆載・西師以勦・　帝曰吁哉・其曷可赦・命臣宗棠總師西討・六年持節入關・過華陰・尋嶽廟故址・則毀於火五年矣・與前巡撫使者臣典謀復之・召知縣瞿良份董其役・經始六年十月・訖九年十月・都用銀二萬九千兩有奇・金工木工石工陶者漆者・都一十萬有奇・今巡撫使者臣志章・攷落上其事・財用輸將・無耗帑藏・工作和雇・無勞里垠・而新廟渾堅完整・憑山帶河・規制宏肅・神奠民誠・會戎事漸平・秦圉孔固・靈夏戡定・　皇威鬯焉・五氣來備・年穀順成・祀事孔明・登俎攸序・權潼商道方鼎錄・請刻諸石・維華嶽位

珍倣宋版印

西神惟蓐收金神司兵主義刑義殺廟成亂亂熄殆其徵也文曰　帝命率師捕不道嗜亂者亡終莫保西戎用格　帝所矜　赦弗究武窮誅討芟夷遷徙化無心用愛用威天再造始知太平幸民樂各幼而幼老而老歲時香幣薦新宮於萬斯年永祈禱

趙菁衫代閻丹初丁文誠公墓誌銘

同治七年春捻匪張總愚擁逆數萬自晉而豫漸犯畿疆北蹂定州燬及保定勢且燎原去　禁輦僅二百里　朝廷震動至遣宿衛之旅出　國門備寇當是時有越境聞警炳燭會軍僚號所部騎武兼郵入援一日夜數百里猝出賊前轉戰雄任祁高肅之交復饒陽城倥偬之際其他將帥多得詰讓而一軍北上首先奮勇勇往迅速保衛近畿之褒不絕於驛詔凡七下聲赫中外則山東巡撫丁公也八年秋有

樓船銜尾自潞津來泝運河南下旗繒殊異侶偉都
甚力人健師歌兒浮屠詭處其閒奪觀駭聞嘶呼佚
揚所經爲之下無敢發者蓋安得海以太監稱有密
遣而山東巡撫執而鞫之謂大臣未聞有命汝曹私
出制令所無必詐無疑奏言置於法亦丁公也公諱
寶楨字穉璜貴州平遠州人曾祖考公俊生員祖考
必榮四川昭化縣知縣考世棻鎮遠府訓導祀鄉賢
以公　封皆光祿大夫曾祖妣李祖妣黃妣諶魏皆
一品夫人鄉賢四子公第三魏夫人出少能文有操
略道光二十三年舉於鄉咸豐三年成進士改庶吉
士會母喪里居遵義楊龍喜造亂蔓平遠公起毀家
練鄉兵衆始難之公曰賊至家豈吾有耶募壯士出
奇計戰漸及遠龍喜平當事奏留公黔軍給其餉
朝廷嘉公行閒除編修異數也公之能軍自此始既

珍倣宋版印

簡湖南岳州府知府遣所練待饟金十餘萬籌者以爲憂公取五百集而謂之曰遭時變亂而累父老子弟協力捍閭里恍惚十年死者已矣予與諸君幸無恙今被　命將行庫饋不給其何以爲情視諸君徒手歸則皆泣下曰公破家急難吾衆亦以義起必有求乎公行矣公亦泣下即日而別蓋供億之少解旋之易軍興以來未嘗有也抵岳州粵賊石達開方寇楚而陳玉成由金陵上竄鄂諸南岸州縣盡陷賊岳不守者四公至以死誓方略堅密民悉返城以完越歲爲同治元年調長沙嘗值客軍數千將不在鼓噪來公請於大府貸發二萬金斬其倡五人頭刻而定旋擢山東按察使晉布政使躋巡撫始至東用兵者六年善恤將士能推有功賊往來剽忽公乃卷甲窮驅人樂爲之急又銳於乘勢不主畫疆自守而與跨

壞諸連帥和衷勠力其後諸軍會聚先後殲羣賊任杜賴文洸張總愚逆酋悉平皆於山東中原肅清暇嘗東登蓬萊歎息而返於是盡整吏事礪僚屬務持大體不爲刻覈而器量恢豁廉剛有威苟遇暖宂之夫猥緩之政則必痛摘深剔事之所繫在國與民則必行其志而後已黃河入東其始決侯家林及賈莊也東南幾爲澤國羣工集議莫敢當公慨焉自請植立沙干冰雪中費不半原估卒以集事撫東且十年吏治稱於天下光緒二年擢四川總督公在東久故視蜀中百務皆窳墮嶄然設施人不能堪謗至京師
朝廷知公深不爲動公得畢其力無鉅細必舉復都江故隄還民田數十萬畝裁減夫馬民困大蘇川鹽久敝利官胥 國家歲失成利百餘萬公創滇邊黔邊官運法悉收復之計自通籍至兼圻初治軍旅

珍倣宋版印

繼任封疆迭以殊勞　賞孔雀翎一品冠帶　太子
少保　紫禁城騎馬　恩大寵濃功偉績張而未嘗
以一好自娛一息弛學問凡有興革不避怨嫌奏議
諮牘動數百千言不手假於人其皭然不欺其毅然
不撓其知有國而不知有身其天性然也督川亦十
年光緒十二年四月二十一日薨於位春秋六十有
七遺表　聞　九重悼惜　贈太子太保　予諡文
誠　賜祭葬祀賢良祠併建祠山東行省　朝廷亦
知公於山東朱邑之桐鄉也者初公夫人卒黔亂不
獲歸請於　朝葬山東歷城縣華山之陽至是　詔
仍葬公於東喪之歸郊野祭弔相屬奔者望者悲者
歎者則有述軼事者曰公始至東忠親王方壓淄川
賊王嚮見督撫兩司不設坐公至門謂同役　國家
事坐則見不然勿通左右大驚王聞之遽加禮焉聞

者稱公弁賢王也其實徵公無以成王之賢也然以
余觀公生平處大事無所趨避多矣此又足道哉娶
譙夫人男子五體常山西河東道體勤直隸永平府
通判體仁候選知縣體成光緒九年進士刑部陝西
司主事俱嫡出勤仁成先卒體晉　恩賞郎中女子
五適黃桂棻適陳洵慶俱嫡出適吳以業未字者二
孫道臣道源道津道敏俱體勤出以公故　旨均俟
及歲引見公薨之次年體常等將以九月二十五日
葬公於前阡而以銘幽之文不可缺也乞敬銘爲之
嗚呼余忝知公公之德不以人言充歉者也雖不文
又焉辭銘曰
萬物自柳之浮萍賢者自松之茯苓巨人自人之列
星噫嘻文誠惟公之生其氣英英惟公之沒遺疏在
闕其光烈烈烈烈川亦匪遙山亦匪高惟公之靈驅瀾

亙霄。孰黔之西。孰魯之北。其精在天。是安其魄。辭雖未甚矜鍊。而格律精嚴。氣勢軀邁。實古文家不易至之境。

孫琴西袁篤臣墓表 孫衣言。字劭聞。號琴西。浙江瑞安人。道光庚戌進士。官至江甯布政使。有遜學齋文鈔。

嘉道以來。天下無事久。吏治日趨於文。達官大僚務貴倨爲威重。羣下望風而靡。外官尤甚。及咸豐軍興。吏道益雜。望彌輕。體亦益卑。自兩司至道府。階級稍殊。則儀制異甚。凡趨蹌應對。及班行次序。苟毫髮有不合。輒顏色立變。或羣齮齕之。使不得出氣而後已。於是輕儇者投隙競進。而嶔奇磊落有志之士困矣。予友袁君篤臣以高科爲曹郎。喜讀儒書。有志於經世大事。尤慕其鄉先輩呂甯陵湯睢州之爲學。束身自好。不肎苟促隨俗。已而奉 特旨發往山東以知府候補。當是時。關中閻公爲巡撫。稱當世賢者。極欲華靡風而承平痼習猶在牢不可解篤臣在山東數年以功得道員道府皆四品而儀節殊異凡公事期集不同次舍由知府得道員當綴兩司班後然必逡遁再三俟藩司再三請乃敢即次以爲謙讓有禮篤臣在府廳班久已鬱鬱及是不俟藩司請徑入班坐藩司某深嗛之先爲道員者亦慍遇事與齟齬而篤臣素氣盛好論議無所回避同官益不喜所以陵折之萬方篤臣久始覺已無可如何其後上官數易人皆知篤臣才而無一人右篤臣與篤臣傫然處羣閧中益寂寥無與語欲棄官去未能堅決而馬端敏公由浙撫擢督兩江遂奏調篤臣來兩江差遣是時予亦以端敏公疏起先至金陵後數月篤臣亦來篤臣既得端敏公則意氣益發舒知無所不言端敏公尤傾下之初端敏公虞楚軍不可獨用奏調淮北舊部

珍倣宋版印

將召標兵三千置營金陵教練之卽以篤臣盡護諸將復令赴上游疏通官鹽篤臣能洞見利弊有所罷行端敏公無不以爲善其大指在簡易核實無文具篤臣既爲大府重賓客輻輳日盛而篤臣獨暱就予予亦樂親篤臣閒數日一視篤臣卽出所著書視予多切近中理如呂叔簡薛文清兩家之言篤臣好論天下事視同時人無甚當意者予嘗微語之曰以子之才無所不可然宜益就靜深以觀世變必是非可否之理盡於吾心而後可以決爲而無悔否則浮動傾仄之徒將有以中之篤臣以爲然越明年七月端敏公遇賊暴卒金陵城中大擾予方提調鄉試將入闈卽語諸淮將曰各速歸守壘備非常徒效兒女子聚哭幕府無益衆愕然獨篤臣以爲是又謂篤臣曰今賊幸就擒宜及其惶遽未定嚴刑掠治務得其本

諜若稍縱示賊易與則玩不吐實矣篤臣尤然予言其後治賊者率惡言用刑獄遂不能竟已而　朝廷亦以爲疑出大臣覆治大臣至欲用尋常殺制使例爲速了卽弁髦予暨篤臣同讞冀無他言予復語大臣曰賊既承爲粵逆黨矣倖脫不誅死復敢爲此與叛逆何異今卽不能鞫得實宜棄常例用重典東南大亂初定不可遷就損國威大臣尤不悅卽具獄欲奏上予遂不書諾篤臣亦不書諾當是時獨篤臣與予議合端敏公既卒文正曾公再督兩江素賢篤臣令治營政如故及文正公卒香山何公權總督尤謂篤臣幹力無習氣既而予由鹽道擢皖臬卽奏以篤臣署鹽道予既來皖篤臣時時寄書相策勵人由金陵來皆極稱篤臣治狀時開縣李公來制兩江文正高弟而端敏同年也予謂篤臣雖不得端敏公然上

官相繼皆賢者其必有以盡篤臣之才矣而竟以癸
酉六月二十一日卒嗚呼此豈獨篤臣之不幸也哉

張廉卿誥贈奉政大夫山東長山縣知縣黎府君墓
表

君諱安理字履泰號靜圃姓黎氏先世自蜀之廣安
遷貴州遵義爲遵義人考諱正訓廩貢生以君子貴
贈奉直大夫妣鄒氏贈宜人君生而家窶貧繼祖母
悍戾無人理嘗取毒蠱內君口又誘之溪旁推置水
中皆瀕死獲救蘇贈君既以不容常外出後遂遠館
四川灌射洪鄒宜人亦逐居母家君齒甫十歲獨留
繼祖母所督課之過於成人晝則刈薪芻刃傷指幾
斷夜使舂舂不舉繩碓首挽踏之刻宵盡米三舀乃
罷日食恆不飽泣諸鄰鄰惻然飯之已少長鄒宜人
乃復歸則日從宜人齋栗事祖考及繼祖母祖考古

質木彊老人也繼祖母又益責君備稍不合詈楚隨下君屏息竦待益謹以邀恬無怨言鄒宜人既歸而僨憊益甚所居室榻連於爨轉側不容足重積勞嬰錮疾尤苦操作君常分任勞辱以貧故復躬負販供羞膳又以其閒習舉子業多授徒至數十人稍閒輒歸佐治家事左右往來周章恆挾一冊就薪火或置郄閒誦之庭無缺供館無廢業閒值嘉會燕御親賓獨身佐鄒宜人代治菓脯飲饌之屬米鹽淩雜條次無遺如是者歷三十四年用能得祖考歡訖祖考卒殫力營葬鬒髮爲白至乃繼祖母之歿侍疾連晝夜不倦治喪事一無闕違人人歎息稱願以爲至難能者也贈君之館於灌也竟客死葬焉君於祖父母既以尊親之故無敢疾怨又絕痛父母遭值屯艱所不忍言私獨銜恤飲恨贈君既卒歲時走灌縣終日繞墓

彷徨夜則臥墓側時時悲號泣下惻感行路又以兩弟遨放不返士不知所如鄒宜人以爲大戚君則徒步走數百千里出入黔蜀歷二十餘郡縣卒迹仲弟得之而其季竟不歸遺一子愚甚三年不能識一字而君撫之如己子其後鄒宜人瘉病困夜不能寐爐火坐達旦以爲常服食臥起一自君調護親意所需冥會逆合未發輒喻乃益具酒食召宗親相過從晤語以順適親指妻妻道往事至有可傷者鄒宜人泣君亦泣侍坐皆相顧泫然如是者又數年而鄒宜人卒君於是精力瘁敝志亦益恫矣君生平遘遇不幸人倫之變毒酷慘絕之境萃於一身而處之壹無不盡如史傳所記孤臣孽子奇節至性稱於當時而傳誦於百世其困躓危苦或未至若是此天下之至行也君以乾隆己亥舉於鄉嘉慶戊辰大挑教諭永從

復選授山東長山縣知縣越四年告歸己卯十一月辛未年六十有九卒道光元年十二月甲申葬下沙灘大林山君長身鐘音讀書目數行下貧無所得書書皆出手寫於經易史通鑑尤致精制舉之文上逼國初諸老爲人方直剛毅鄉邑以爲模楷歸田後里中無少長咸稱之曰長山公其令長山著稱廉明家居惠澤周於閭里尤憙急難從兄某以事罹法君往救出之道墜崖幾死友人厄遠所求援君立馳赴迫夜困極遂宿亂冢閒不悔亦不德也諸所爲世或以此稱君然於君抑末已君所爲書曰四書蒙講夢餘筆談鋤經堂詩文集合若干卷藏於家配楊宜人子二恂嘉慶甲戌進士雲南巧家廳同知愷道光乙酉舉人貴陽府開州訓導皆有潛德遂學女子六長適周善萃次適縣學生張顯謨次適鄭文清次適國子

監生詹祖欒次適舉人吳朝東次適張欽昊孫九人兆勳湖北隨州州判兆熙國子監生兆祺軍功保舉候選知州加知府銜　賞戴花翎兆銓雲南姚州知州　賞戴花翎兆普翰林院待詔銜庶壽咸豐辛亥舉人庶蕃壬子舉人兩淮候補鹽大使庶昌以諸生獻書於　朝特予知縣分發江蘇保擢直隸州知州庶諴從九職銜多以文行知名曾孫十七人其賢者曰汝謙好古學光緒乙亥舉人烏乎由君之爲報施之說信有不誣者黎氏之大孰知其所極至哉君歿且六十年而墓刻有待庶昌故與裕釗友善又有新特之好狀君行義來告曰有若吾祖之德泯不昭於紀載誰謂世有醇懿卓絕若是者乎於是獨論君之至孝大節殊特古今者使揭於阡訊於永永無極之世武昌張裕釗表

張廉卿唐端甫墓誌銘

今年夏。友人唐端甫以疾卒於金陵書局。裕釗既往哭。越三月。孤子嘉登將以其喪歸葬於某所。於是爲之銘以歸之。曰。端甫姓唐氏。諱仁壽。浙江海甯州人。考諱鳳林。國子監生。家故高貲富商。及端甫生而穎異絕人。年十四歲。補學官弟子。有神童之譽。是時嘉興錢警石先生以宿學官海甯州學訓導。喜獎掖後進。晚年得端甫。及濮陽彝齋春泉。則大異之。兩人皆從錢先生游。端甫既負異稟。又其家故饒於財。大購書累數萬卷。往往多祕笈珍本。乃益發憤鑽研。尤究心於六書音訓之學。讎校經史文字。疏譌舛漏。毛髮差失。皆辨之。由是名譽益聞。其後屢應鄉舉不得志。及咸豐八年。粵賊躪擾浙中。端甫奔走流離。田宅財物。掃地剗絕。所購書亦蕩盡。端甫又善病。既經喪亂。

珍倣宋版印

志意蕭然與少年時敻絕矣然端甫故處之恬如好讀書如其故所詣日以邃性靜正不以喜怒隨人與人相對或移晷無一語獨善食酒引滿連數十不亂酒後輒面赭乃頗振厲談噱亦時爲感慨不平之鳴其介特故內函罕有知者篤於古誼今之人有不能及也與君同處金陵書局德清戴子高望者死而無子死後無一不賴端甫力者端甫及戴君皆曾文正公所招致也端甫來金陵以同治四年越八年而文正公薨其明年戴君死又四年而端甫卒實光緒二年六月十四日自同治三年大軍克金陵曾文正公及今合肥相國李公相繼總督兩江始開書局於冶城山校梓羣籍延人士司其事文正公尤好士又益以懿文碩學爲衆流所歸於是江甯汪士鐸儀徵劉毓崧獨山莫友芝南匯張文虎海甯李善蘭及端甫

德清戴望寶應劉恭冕成蓉鏡四面而至而文正公幕府辟召皆一時英俊並以學術風采相尚暇則從文正公游覽燕集邕容賦詠以爲常十餘年之閒文正公既薨逝劉毓崧莫友芝戴望諸人皆先後凋喪汪士鐸已篤老自引杜門不復出張文虎亦謝去其他或散走四方及是而端甫又以死金陵文采風流盡矣　國家自　聖祖天縱睿知右文稽古　列聖相繼益紹明制作廣厲學官鴻生鉅儒應期並出度越百代而吳越爲尤最際會者或被　殊恩蒙　渥賚遺聞盛事爲藝林傳說及乾隆中葉以還薄海熾豐　天子命建三閣於杭鎮揚諸郡　頒四庫書庋其中而江浙所至家尚藏書刊布珍冊流衍海內絃誦相聞其封圻大吏若阮文達畢尚書等尤憙招延文儒之士一時號稱極盛逮咸豐初兵起區寓糜沸

東南尤被其毒諸人士死亡轉徙典籍焚燬蕩焉無遺學者亦益廢壞物盛而衰乃至於此其後雖以曾文正公削平寇亂興起儒學然薨逝曾不數年而人物蕩然豈人文與時興廢固天實主之而不可彊者邪余既以悲端甫之故因并有感於今昔之事於是遂備論之抑以明端甫所以至是故時與命則然其聚散存亡之數亦非獨一人之可爲悼慟也端甫娶莊氏早卒子一即嘉登女一未嫁端甫之卒年四十八矣其生平所爲書皆未就獨有詩若干卷藏於家

銘曰

嗚呼端甫子墓吾銘吾獨子悕子而有知其唯吾詞

張廉卿莫子偲墓誌銘

子偲姓莫氏諱友芝自號郘亭晚號眲叟世居江南之上元明宏治中其遠祖曰先者從征貴州都勻苗

遂留居都勻至高祖雲衢又遷獨山州自是爲獨山
州人曾祖嘉能祖强州學生皆以君考貴　贈如其
官考與儔嘉慶己未進士翰林院庶吉士改官爲四
川鹽源縣知縣再改官爲貴州遵義府學教授曾文
正公表其墓曰教授莫君者也教授故名進士日以
樸學倡其徒教其子弟子偲獨一意自刻厲追其志
而從之當是時遵義鄭子尹珍亦從教授君游與子
偲相劘以許鄭之學積五六年所詣益邃黔中官師
徒友交口推轂莫子偲鄭子尹而兩人名遂冠西南
子偲之學於蒼雅故訓六經名物制度靡所不探討
旁及金石目錄家之說尤究極其奧賾疏導源流辨
析正僞無銖寸差失所爲詩及襍文皆出於人人而
於詩治之益深且久又工真行篆隸書求者肩相摩
於門子偲癯貌玉立居常好游覽善談論遇人無貴

賤愚智。一接以和。暇日相與商較古今。評騭術業高下。正論詼嘲閒作。窮朝昏不勌。自通州大邑。至於山陬嶺海。公卿鉅人。學士大夫。咸推子偲以爲不可及。下逮武夫小吏。閭巷學徒。語君名字無不知。及其他嘗與君晤。無不得其意以去者。然君雖樂易而中故介然有以自守。自道光辛卯舉於鄉。其後連歲走京師。朝士貴人爭欲與之交。然君必愼擇其可。有權貴介君友求書辭。不應。某相國欲招致授子弟讀。婉謝之。既屢試禮部不得志。以咸豐八年截取知縣。且選官。顧君意所不樂。弃去不復顧。以其年六月出都門從胡文忠公於太湖。明年復從曾文正公安慶。越四年。又從至金陵。胡文忠曾文正公皆君嘗所與游舊知君者也。及今合肥相國李公巡撫江蘇。請州縣吏於 朝。而是時中外大臣嘗密薦學問之士十有四

人。詔徵十四人往。君其一也。於是文正公暨李相
國及諸朋好。爭要君出仕。敦勸甚至。君一辭謝不就。
攜妻子居金陵。時獨出往來於江淮吳越之交。子偲
既好游。而東南故多佳山水。又儒彥勝流往往而聚。
迺日從諸人士飲酒談詠。所至忘歸。同治七年冬。余
與子偲。自金陵偕送文正公於邗上。返過維揚登焦
山。道丹徒至吳門。並舟行者累月。日日接膝談語。十
事而合者七八。余尋別子偲赴杭州。明年復來吳。與
子偲盍買舟徧覽靈巖石樓石壁之勝。觀梅於鄧尉。
越日。至天平山。謀且上其巔。子偲苦足力乏。坐寺中
待余。余乃獨從一小童。攀籐葛。淩怪石陟絕頂。以望
太湖。既下。子偲迎余而笑。相詫以爲極一時之樂。距
今忽忽四五年。日月夢想。屢欲尋舊游。不復果。而子
偲則且卒矣。子偲之卒。以同治十年九月辛丑。春秋

六十有一生平所爲書曰黔詩紀略三十三卷遵義府志四十八卷聲韻考略四卷過庭碎錄十二卷郘亭詩鈔六卷樗繭譜注二卷唐本說文木部箋異一卷其編訂未竟者尚有詩八卷郘亭文影山詞郘亭經說古刻鈔書畫經眼錄宋元舊本書經眼錄舊本未見書經眼錄資治通鑑索隱梁石記各若干卷藏於家配夏孺人子彝孫附貢生先一歲卒繩孫兩淮候補鹽大使女二人孫一人尚幼子偲兄弟九人多有名於時子偲旣卒其季弟祥芝官江甯知縣者請假於大府以十一年二月與繩孫載其柩歸於貴州卜六月壬申葬於遵義縣東八十里青田山先塋之次且行徵銘於余余與子偲故相得也旣踰月爲之銘而歸之其辭曰

烏乎子偲迹半天下名從之馳卒歸藏於故邱無所

不慊矣。其又何悲。

張廉卿雲貴總督岑襄勤公神道碑

公諱毓英。字彥卿。姓岑氏。其先蓋漢舞陰壯侯彭之裔。宋皇祐中。有仲淑者。從狄武襄平儂智高。留知永甯軍。遂家焉。其地於今為廣西之南甯。後徙泗城。由泗城再徙西林。故今為西林人。曾祖諱某。祖諱某。考諱某。文學生。三世皆以公貴。　贈如公官。妣皆一品夫人。文學贈君有子四人。公為長。次毓祥。次毓寶。次毓琦。並以材能著稱。而公尤為魁倫。年十七。試於縣府及提學使。皆第一。補學官弟子。咸豐初。廣西亂起。倡團擊土寇有功。議敘候選縣丞。於是雲南回寇方倣擾。六年。以縣丞率義勇入雲南。從克趙州賊巢。將攻宜良之湯池。破之。遂克宜良。會參將何自清擊路南賊。大破之路南。自克宜良。當事者察公謀勇堪兵

珍倣宋版印

事且任治民卽檄署宜良復檄攝路南督兵攻澂江又兼行澂江府事先後以功　賞戴藍翎留滇以知縣用擢同知直隸州加運同銜丁大母鄧太夫人承重憂奏留給假治喪仍辦軍務尋奉檄入回衆說馬如龍如龍心折公卽來歸盡獻其所據城邑公益推誠相與結如龍委心至於其後雖或入讒搆尋復感寤卒得其力用同治元年代理布政使事加按察使銜換花翎無何回弁馬榮賊殺總督據省城反公與諸弟率所部千餘人保藩署及城東南陬而密馳書如龍激以大義趣赴援如龍遂以夜至內外夾擊盡殪諸賊獨馬榮遁走曲靖而省城復安堵公旣已定省城之亂乃西出師當是時滇中回寇充斥其杜文秀尤凶狡爲諸賊最憑蒼洱上下關之險而竊據大理爲巢窟嘯召數十萬人悖逆恣睢放爲不道千里

咸被其毒公師出行攻取諸近縣首路楚雄而東路
告警卽以兵東指克霑益平彝仍西攻楚雄克之益
西克定大姚諸州縣至鶴慶浪穹且進規大理而馬
榮與回酋馬聯陞再陷霑益犯馬龍東路復告急公
不得已復還大破賊聯陞及榮得誅之遂克曲靖迤
東大郡也又糧運所由既克公則大喜而楚雄以西
諸所克城邑復皆淪陷公乃壹志經營曲靖籌軍食
簡兵馬爲重固不可拔與省城相輔近峙東偏隱然
重鎮矣於是公乃以迤西巨寇延蔓猝不可爬梳自
亂起以來當事者謀不素定東瞻西失此捷彼挫從
賊而與爲奔命故訖無成功今宜專意東討先治黔
中豬拱箐之賊綏定邊境稍以次討平迤東南諸寇
東方靖而後楚雄以西乃可圖也會勞文毅公崇光
自兩廣改督雲貴行次平彝公迎謁文毅詢滇兵事

具以其意對文毅則大韙之於是乃遣馬如龍出西路而專屬公以豬拱箐之役豬拱箐者居貴州威甯州境其近接者曰海馬姑皆穹山巉峻幽阻險絕苗衆十餘萬穴其中時出攻剽滇黔蜀三省之閒屢合軍攻討不能克夙以為患公既受任且發而鎮雄降賊叛據州城師出東道應時討破先是公已累功升用道員矣既克曲靖晉布政使銜　賞勉勇巴圖魯名號及是歲同治五年補授迤南道明年正月補授雲南布政使二月公師次豬拱箐所部五千人黔楚諸軍之先至者望見之以謂與賊衆懸絕若是且立殲必無幸也衆相與目笑之公則堅壁休士而日密與諸將謀計設閒窺覘形得其瑕釁一日縱奇捷出罙入其胸腹萬衆崩沸自二月始至訖六月凡百二十有四日而豬拱箐海馬姑之賊一剷殄絕諸軍訖服

相顧愕然捷聞　賜頭品頂戴於是公且班師還而
省城之急聞先是如龍兵出失利杜文秀知公之遠
出也悉衆東犯連陷數十城邑進薄省城人大恐公
聞急馳還道宜良七旬以趨省城所過連破賊壘數
十斬獲萬計至則益遣師出攻澂江及城西南州縣
皆立破而馬如龍亦來會驩然相約戮力破賊賊爲
氣奪然環城賊壘尚棋布如故皆錮若金鐵阻若阱
擭牢堅不可撼重援賊飈至豕突震蕩不可常我軍
盡銳力攻死傷相繼而卒無可如何諸將苦之公知
賊狡悍難驟與力搏非旁出以撓之勢不可戢也既
以七年三月拜雲南巡撫之　命乃分遣諸將出賊
後直搗迤西益約結騰越永昌麗江諸豪傑與相援
應螘午騰擊更進並舉賊惶駭不知所爲公乃督將
士亟攻城外諸壘應手迸破悍酋劇寇二十餘萬人

珍倣宋版印

壹彌薙無遺類。公威震遠近。坐澂江復陷。降二級留
任。是時公已命諸將進攻迤西。而自督軍攻迤東南
諸賊。日漸有緒矣。及賊復陷澂江。乃進攻澂江圍其
城。九年秋。以鄉試還省城。事已。仍往攻。十年春克之。
仍進討諸賊。越十一年而迤東南悉平。而前所遣出
迤西諸軍。亦已先後克永昌鄧川浪穹趙州雲南永
平蒙化諸城。進據上下關。以逼大理。公聞。以十一月
馳赴大理。躬督諸軍環城力攻。文秀出戰敗還。走入
城飲藥。未即死。其黨以獻。立斬之軍前。大理平。明年。
順甯騰越雲州諸賊。復以次悉殄滅。全滇底定矣。奏
入。　賞穿黃馬褂。並　賞給騎都尉世職。已而復晉
太子少保銜。其騎都尉改一等輕車都尉。開復降二
級留任處分。兼署總督。自咸豐之初。粵賊肇禍。其後
捻寇回寇羣不逞之徒。相繼蠭起。　國家徵兵轉餉。

龕除中土大難摶精殫力僅而克濟其雲南懸隔西
南萬里之外承歷久凋敝之餘兵弱而莫之助餉盡
而莫之繼亂瘉益滋日進無已公起諸生閒關羈旅
洊膺艱鉅乃始統規全局謀定後動益蹈難感激躬
履行間率先士衆危困艱阻出入百死之中卒翦巨
憝奠定全省以有成功故自軍興以來論邊地人才
九牧同聲推公爲冠以繼母鄧太夫人憂去官光緒
五年服闋入　覲授貴州巡撫加兵部尚書銜七年
改福建督辦臺灣海防尋改署雲貴總督九年遂拜
爲真於是越南法蘭西之釁作公誓師請出關於時
和戰尚未有定局進次興化以須旋奉　詔命節制
關外粵楚諸軍統歸調度公方具疏固辭而他軍遽
潰走興化孤軍無繼糧又盡則以便宜退保保勝復
坐鐫二級留任居無何有　詔與法決戰命至公立

珍倣宋版印

督軍進力戰於宣光大捷於臨洮前後攻取越南八城破殺法衆萬餘人斬法酋數十人獲輜重兵械至不可數方部署諸將渡河以規北圻諸省會和議定罷還初公復出 天子閔塞外用兵之勞重嘉公不避艱險 詔開復前處分 璽頒尚方珍物藥餌以勞勤苦既還奉 詔嘉予加一雲騎尉世職頃之奉
皇太后詔頒內帑銀五千兩以 賜南征將士而論者亦以謂法人之亂諸軍苦鬬於霪雨毒霧之中傾命搏戰以死相貿爲內地所未有然諒山澎湖基隆皆有利鈍而滇軍始終無撓且以雲南極徼之區而著績若是故尤以爲難能然公亦以瘴癘洊侵嬰茲貞疾矣十五年春用 歸政大典晉太子太保銜越五月薨於位享年六十有一疏入 天子痌傷贈太子太傅 賜祭葬 予謚襄勤 命建專祠雲南

諸子孫　推恩賞官有差。而貴州及泗城府屬復從疊吏之請。並建祠祀。公先夫人同邑江氏。後夫人連平賴氏。皆先公卒。江夫人生子春榮。山西即用道春暄。知府銜選用同知。賴夫人生子春煦。工部主事升用郎中春萱。國子監生。妾周氏生子春蔭。女六人。孫凡人。諸弟皆以從公立功致通顯。毓祥按察使銜分省補用道。毓寶雲南按察使。毓琦分省補用道。十六年閏月十四日。葬公於臨桂縣東之堯山高嶺江夫人祔。公既平滇亂。先後經畫善後事宜及撫貴州福建。皆具著功績。生平於鄉里宗族朋友故舊恩誼尤篤。俸入所餘。不留私囊。以行德惠。其善治懿行不可殫述。獨述公之偉烈。系安危之大者。具綜其始末而聲以詩。其辭曰。

黑水洪波。滔天羣飛。豺虺貙貐。搖毒爭歸。莽莽六詔。

珍倣宋版印

一方而犇犄歟岑公其守洸洸崒如一柱持我危疆爰公始迹聲自宜良雷厲四征遂度瀾滄千艱萬扤有奮無恇奠彼虣虓謐若金湯氐猓讙謠童耋相羊島夷不譓聘我南徼　帝命公往是征是擾鳶跕之鄉毒淫所湊曳足觀賊桀欲長嘯餐參寢蠡爭命於寇卒其憤發羣衆志死一決罔顧萬酋崩阤封狼讋慄徐帖其耳最其功伐疇歟公比惟是害殄浸淫被體疾疢用淹躬瘁名偉臨桂之邑堯山之原伐石紀績惟以萬年

薛季懷誥授朝議大夫運同銜山東候補知州賀君墓表

薛福保。字季懷。江蘇無錫人。生員。保舉知府。有青萍軒文錄。

光緒五年夏吾友賀君慶餘自成都使院以病歸德陽未幾喪其長子源溶源溶婦不食死長兄逢世又死君慟甚遂卒數日次女暴疾死凡四十餘日而五

殯在堂君母劉太恭人年八十有二杖而大號慟
不可爲懷知君者皆以君孝友隆至不宜罹禍如是
之酷且死生短長之故不足道既死而孝子之志不
能無憾於冥漠之中此天下之至悲而知命者無以
爲君解也君諱逢吉慶餘其字先世自江西蓮花廳
遷四川之簡州考有榮又遷德陽遂爲德陽人君以
咸豐辛酉拔貢 朝考授七品小京官分刑部轉主
事改山東候補知州州數年以憂歸又客今四川總督
丁公幕府配金恭人子源溶舉人分發補用知縣源
清源濬源澈女三最幼者存孫一孫女一君歿以五
年七月十二日年四十有六以七年正月十九日葬
德陽縣東柿子溝之新阡君忱恂慎畏衷褆完好至
其銳身赴人之急則又豁然無町畦類俠者徒也居
官尤以謹力自將山東兩塞河決君所督護尤劇每

珍倣宋版印

暴汎挾大風雨俱至役夫夜呼庸穿坊齧能鼈驕豪聲勢震撼天地若將席卷原隰而東浮於海君堅立不讓尺寸部分精嚴萬指駿作卒完不圮攝鄆城縣有所董勸徵發未嘗以文告吏民或夜分白事直趨君寢呼君起君處分竟無不滿意去移汶上縣兼攝東平州又攝莒州皆未滿歲治尤辦往余客山東雅重君治行然未相識也及來成都君視余逆旅中語畢去客或謂余曰嗟哉若人令德而不阜其年其氣先覩矣余默然不應甫期歲而其言竟驗悲夫

澤雅堂集

施均甫戴子高墓表

施補華字均甫浙江烏程人同治庚午舉人官山東補用道有

同治十二年二月國子監典籍銜候選訓導戴君卒于金陵其年七月海甯人唐仁壽以其柩歸湖州十月歸安丁寶書烏程施補華卜葬君于仁皇山之東

麓去其先塋一里而近既葬補華爲表其墓曰君諱望字子高先世德清名族至君之曾祖諱某始遷郡中君祖銅士先生諱銘金以詩詞名嘉道閒有三子皆俊才而伯叔早殞仲氏諱福謙字琴莊中道光丁酉舉人君之考也君生四歲其考復歿于京師當是時君之曾祖年八十餘祖五十餘皆在母及諸母皆寡三世煢煢抱一孺子而泣而君生有奇慧六七歲時讀書日數十行人謂戴氏垂絕而續矣而曾祖與祖殂謝相繼家貧歲飢益無依賴於是君挾冊悲誦寡母節衣縮食資君以學時時空無相對啜泣然君雖孤貧荏弱端緒則見烏程程君可大樸學至行君奉爲師而友丁君及予晨夕淬厲不懈益勤十數年中君之學凡三變始爲詞章之學已爲性理之學最後至蘇州謁陳徵士奐而請業焉遂專力于考据訓

詁學未大成而庚申之亂作亂之初作也君奉寡母
避之城南東林山久而飢困無所得食其至戚方官
閩中寡母命君往依之明年遂至閩中　今上之元
年君自閩中歸思迎其母而湖州已覆君聞仰天長
號傴仆數四已而出入豺虎之叢以尋其母暮行晝
伏神咨鬼諏淹旬滯月卒無所遇遇予賊中執手慟
哭而去三年官軍復湖州君歸省其祖父之墓復與
予遇由是佐幕蘇州校書金陵至痛在心未壯而艾
時時寄書述其病苦然君於顛頓狼狽呻吟哭泣之
時獨不廢學學能進而益上由考據訓詁之精以通
古人微言大義斐然有述作之志爲戴氏論語注若
干卷輯習齋顏氏學記若干卷校正管子若干卷又
爲尚書述未成而病以亟矣蓋君自至金陵數病病
稍閒卽著書復作乃止如是六七年至於不可爲以

卒無子以族子後之嗚呼噫嘻君自始生以至旣卒三十七年之中無一日不可哀傷惻怛者造物者之於君可謂酷矣豈所謂命也耶而學術以成就如此卓卓又似不偶然者豈於此有所予必於彼有所奪耶然前世學人福澤壽考時有兼得之者又豈君適丁是艱耶三世煢煢望于君者何如而君則旣歿矣君之學術山陰趙之謙錄入續漢學師承記所著詩文亦爲琹刻今不詳敘敘其區區僅有之者致窮于天如此與天下學人共惜之吳桐雲云末路往復嘅歎聲淒以悲神理極似六一子高傳矣

王晉卿王曉峯先生墓表王樹枏字晉卿直隸新城人光緒丙戌進士四川銅梁知縣有文莫室文鈔

新城士夫以詩書授讀起其家者余王考竹溪公及曉峯先生二人爲最著王考自爲秀才迄成進士以

珍倣宋版印

教讀終其身著弟子錄者凡數千人先生老於諸生
亦以教讀終其身著弟子錄者亦不下數十百人王
考之爲教也不責人以繁節碎目視其資賦高下靈
鈍學詣之淺深詳詔曲譬窮日夜不厭聽者往往舞
躍怡懌如饑者之得正味迷於行者之獲昌途以去
也故人皆樂其教之寬而受益常無窮先生之爲教
也衣服飲食進退言語皆有常制犯者過雖細不貸
成人以上往往責跪於庭終日立課程期之必行無
敢有跬步尺寸逾法式干先生怒者故人皆喜其教
之嚴而受益亦無窮王考初食貧田不過三十畝歲
以脩脯所入市甘旨養其親以逮其子孫及其沒也
田逾千畝富甲一鄉之內爲世所稱慕先生初食貧
田不過百畝歲以脩脯所入市甘旨養其親以逮其
子孫及其沒也田逾數千畝富甲一鄉之內爲世所

稱慕今夫師弟之際以道相授非以利相受也然束
脩之禮聖人所不廢禁士之居窮教士以此代其耕
而贍其身者自秦漢以來未之絕也降而逮於今師
道乃至敗壞如商賈負販之行較量財幣視多寡豐
薄以爲去就甚至從學數年或至戚若故好一旦不
繼即屏棄以爲其人不可教而富豪子弟往往以多
金夷視其師寒畯之子至以此廢學不獲進取於世
王考教讀五十年從游者量其家之有無以爲贄貧
而志於學者終身不取其尤者或助之貲先生爲王
考高第弟子其設教一以王考爲法故從學者多而
家亦以此致饒裕焉先生自奉儉約而豐於事親厚
於待人嘗因歲饑出貲市穀設義倉建置義學以教
里士之不能自給者命門人歲主其事喪妻不再娶
無婢妾侍榻側日與門人子弟朝夕討論所以讀書

珍倣宋版印

及爲人之法。孳孳以爲樂事。王考嘗曰。竭志人己。敦行不怠者。曉峯一人而已。光緒十二年三月二十九日。先生年六十九。卒於京師。其子工部宅中。某月某日。葬于先塋之兆次。先生沒後。門弟子念先生學行。懼遂滅沒。無以彰於時。乃持狀屬樹枏爲文揭諸墓上。樹枏念先生。父執也。不敢固辭。爰攝先生教世大凡。以詔當世之有先生之責者。先生姓王氏。諱岳。字曉峯。其先自古北口外小興州來居新城。數傳至其祖諱百齡。父諱建極。皆有隱德不仕。先生始發憤讀書。教其子毓芝。成進士。於是王氏始大。光緒某年覃恩封中憲大夫。配周氏。封恭人。周氏有淑行。先六年卒。年六十有四。子二人。毓芝。現官工部主事。毓荃。縣學生。女一人。適雄縣拔貢生署四川東鄉縣知縣郭錫齡。早卒。孫男二人。孫女幾人。光緒十三年七月

續古文辭類纂卷二十四

雜記類

湯潛庵石塢山房圖記

湯斌字孔伯號潛庵河南睢州人順治壬辰進士初任江西嶺北道告歸康熙己未舉博學鴻辭官至工部尚書諡文正從祀孔廟有湯子遺書

吳郡山水之佳爲東南最而堯峯名特著者則以汪鈍翁先生結廬故也鈍翁文章行誼高天下嘗辭官讀書其中四方賢士大夫過吳者莫不願得其一言以自壯而鈍翁常杜門謝客有不得識其面者則徘徊澗石松桂之閒望煙雲杳靄悵然不能去也以此鈍翁名益重然亦有病其過峻者矣王子咸中舊家吳市有亭臺池館之勝一日攜家卜隣構數椽於堯峯之麓曰石塢山房日與鈍翁掃落葉烹苦茗嘯歌晏息乎塢中鈍翁亦樂其恬曠數賦詩以贈之稱相得也鈍翁應　召入都咸中復從之舍舟登陸千里

黃塵追隨不少倦蓋其有得于鈍翁者深矣余嘗過吳門晤鈍翁于城西草堂讀其所爲堯峯山莊諸詩慨然欲往游不果至京師始與咸中相見叩其所學大約以鈍翁爲宗閒出其山房圖請記余既心儀其爲人而又自悔不獲身至堯峯以觀其所謂文石乳泉者猶喜得于圖中想見其藤門蘿徑芒鞋竹杖相過從吟咏時也乃撫卷太息者久之昔王摩詰輞川別業山水據終南之勝時有裴迪以詩文相屬和至今覽其圖畫所謂斤竹嶺華子岡彷彿猶想見其處摩詰在開元天寶閒立身不無可議徒以文詞之工猶爲後人所豔慕如此鈍翁品行之高潔學術之正大有非摩詰所敢望者咸中志趣卓然其所進未可量或亦非僅僅裴迪比其見慕于後人更當何如也故爲之記

朱竹垞杭州洞霄宮提舉題名記

宮觀之設其初本崇奉道士之教玉清昭應宮使趙安仁王旦丁謂領之景靈宮使寇準馮拯領之會靈觀使王欽若李迪領之眞宗嘗以命王曾曾辭不居仍以讓欽若得毋恥以宰臣主道院事與仁宗手詔有云老臣朕之所眷禮也故于引年辭疾者從其請增其秩給其奉加恩及其子孫遇大禮許綴舊班失儀勿劾宋之敬大臣體羣臣可謂至矣舊制在京曰內祠以前宰執留京師及見任使相充使次充提舉下此提點主管判官都監各有分職元豐再定官制緣祖宗所設不廢居是位者食有奉衣有綾絹羅緜僉有餐錢相循爲佚老優賢之典焉杭州洞霄宮自熙寧初設有提舉高宗南渡特改內祠崇其體貌以提舉受祠祿歲有其人稽之國史合之野紀其先後

倫序爵里姓名猶可得而考也康熙癸酉九月予尋大滌洞天閱鄧牧心所撰志建炎以後主是祠者前言往行均未之載幷爵里姓名士之堂中止設昭武李公新安朱子二主因語道紀司遺獻不宜湮沒許爲補錄書之壁歲華荏苒一十四年乃始具錄寄之自建炎迄咸淳凡一百一十五人嗚呼漢之丞相遇日蝕星變輒行策免或以微罪下獄致自殺其得安車駟馬賜金歸里者幾人哉南宋諸公獲退保祠祿不可謂非厚幸然迹其避賢者路未必皆安于義命有再出而僨師辱國者百世而下公非公是之心人皆有之安能箝天下之口而淆亂其功罪易之傳曰窮大者必失其居升而不已必困君子所貴乎知進退存亡而不失其正也若夫趙嶫胡交修李正民以徽猷閣待制季陵以右文殿修撰衞膚敏沈晦以集

珍倣宋版印

英殿修撰法原以顯謨閣待制紀傳概書曰提舉竊疑所充乃提點主管之職與提舉蓋有別矣至于文公當日第主管崇道沖祐雲臺崇福太乙諸祠提舉鴻慶一宮未嘗主此地事從其實故不書康熙四十六年秋七月前翰林院檢討充 日講官知 起居注入直 南書房纂修明史一統志秀水朱彝尊記

朱竹垞尚書杜公疆理記

皇帝受寶命一十九年海波不揚金門廈門以次列戍於時總督福建軍務都御史臣啓聖上言今投誠之衆率前遷徙界外之民勸歸農則無田可給勢將復去爲盜莫若以界外田地按籍給還幷弛海禁收魚鹽之利給軍食疏下廷臣議僉持不可二十二年夏靖海將軍臣琅克彭湖島秋臺灣平捷書至 皇帝嘉悅解衣賜琅幷製詩褒美焉誕諏吉日告祀

孝陵冬十月戊寅　皇帝若曰海壖之弗靖權畫地
以民遷民之蕩析朕盡傷于心久矣茲海澨永清界
外田畝宜給還耕墾咨汝工部侍郎世鑑副都御史
呀思哈偕往江浙吏部侍郎臻內閣學士石柱偕往
閩粵欽哉其善體朕意定軍之制圖民之艱於是杜
公拜命出是月己丑發京師明年正月踰大庾嶺
皇帝申命進公工部尚書公乃諏日展界自欽州之
防城始遵海以東歷府七州三縣二十九衛六所一
十七巡檢司一十六臺城堡砦二十一給還民地二
萬八千一百九十二頃復業丁口三萬一千三百定
懸軍之營二十八而廣東之疆理復矣自福寧州西
分水關始遵海以東歷府四州一縣二十四衛四所
五巡檢司三關城鎮砦五十五給還民地二萬一千
一十八頃復業丁口四萬八百定懸軍之營二十三

珍倣宋版印

而福建之疆理復矣是役也公往還嶺海舟車之跋涉不啻三萬里蠻煙瘴雨毒霧之交侵蛇蛟之屢舞公與傔僕六七臥起油幕虎觸其藩不懾鬼嘯于林不驚僉謂公之大勇賁覵莫及行則射麋以爲粻縫蕉以被體安于惡衣食而不求溫飽忘一身之辛劬勞來安集俾垊反其宅商趁其墟苗秀于田水歸于壑牛宮豕圈雞栖鴨闌各得其所甫終歲告成于闕下公雖不自言功而功已蓋於南國矣當周盛時召康公以重臣克親民事詩人懷之曰昔先王受命有如召公日辟國百里其後穆公繼之詩人又詠之曰式辟四方徹我疆土于疆于理至于南海夫以二公奏績于先後者公以一人兼之宜爲　至尊注意而六卿掌其四也公既歸田考終特未邀易名之典彝尊公之里人也慮公巡視本末未上諸國史因追

憶聞于公者纚舉大綱作記焉

朱竹垞萬柳堂記

度隙地廣三十畝爲園京城東南隅聚土以爲山不必帖以石也捎溝以爲池不必甃以甎也短垣以繚之騎者可望卽其中境轉而益深園無雜樹迤邐下上皆柳故其堂曰萬柳之堂今文華殿大學士益都馮公取元野雲廉公讌游舊地以名之也古大臣秉國政往往治園囿於都下蓋身任天下之重則慮無不周慮周則勞勞則宜有以佚之緩其心葆其力以應事機之無窮非僅資游覽燕嬉之適而已方元之初廉公定隴蜀還進拜中書平章政事賜宅一區暇同盧趙諸君子出郊置酒所謂萬柳堂者故老相傳在今豐臺左右當其飲酣賦詩命歌者進驟雨新荷之曲風流儒雅百世之下猶想見之今公踵諧盛際

珍倣宋版印

謀謨內贊坐致太平其勳業與廉公等然廉公宣撫隴蜀荆南威望著于方隅而公澤洽天下廉公在廷日少公自翰苑登政府立朝且三十年廉公畏譏憂讒而公一德孚于上下所遇之隆有過于昔賢者要之勤學好士孜孜恆若不及則異代同揆宜其曠世有契于心也彝尊客山東時道經臨朐觀乎熏冶之源清泉白沙淪漣側坎之下叢竹百萬詢之則公別業循階以登徑之翳者當辟石之戴土者當剔亭之圮者當葺公輟不治顧專力于是則以冶源公所獨樂而京師與天下人同其樂也入其門門者勿禁升其堂堂焉者勿問庶幾物我俱忘者與堂成後適四方人士應召至京師公傾心下交貧者爲致館病饋以藥喪者賻以金一時抒情述德咸歌詩頌公難老又慮公舍斯堂而請歸里也爭賦咏公前期公樂之

而不去彝尊椎鄙無文獨未獲游公之門其爲斯堂記者譬猶山禽楚雀啁啾翠陰之交公之聽之未必不欣然悅于耳焉

姜湛園十二硯齋記

余至京師交汪舍人蛟門聞有所謂十二硯齋者輒欲一至其處舍人曰無有也硯者吾夢也而齋者吾所假於大司馬梁公之館以挈吾妻子與奴婢所朝夕而處者也自吾之來京師攜一硯粗理而不受墨其旁緣缺然吾挾貲以僦人之居則朝至而夕徙然而硯者吾之所癖好也嘗夢得之其數十二故以名吾齋聊以寄吾生平之趣而已余曰善哉子之所託也今夫泜泜而生者其所需於物者寧有涯耶膏澤取於天貨財取於地日用玩好耳目之養取於山川雲物鳥獸蟲魚草木之繁夥若是者何一非假之於

物者哉及其事去時移則向之所需泯然無一存焉已夫且與物而俱化而愚者妄信之以爲實然且執之以爲己有庸詎非大惑歟夫日中而行索夢於途之人指逆旅而號之曰吾廬也則人必溺然疑之而不知吾生之孰非夢而吾所居之孰非逆旅也不亦悲夫若知凡物之本非吾有吾皆得資之以爲吾用此其爲樂豈不大哉其處也仰而採於山俯而汲於泉煙雲足以資吾之懷抱琴書足以供吾之嘯傲其達也宮室帷帳以爲安黼黻旗旂以爲飾鐘鼓筦絃八音之備以爲樂肥甘以爲吾之飲食而輿臺以爲吾之使令彼其初皆非有與於我也而吾皆得而有之其得之以爲固然取之不知其爲誰予終身享之而不可以厭是尚不知吾身之爲吾有也而況凡物之自外至者乎故曰身者天地之委形也知身爲吾

之所本無與物之原未嘗爲吾有以無有遇無有則汜然而若辭充然而不居若是者以語于道則幾矣然則舍人疇昔之夜殆非夢也子之覡固在而子之齋固不待假而有也予以舍人爲知道（得莊生齊物之趣）

胡稚威蒲州府復涑姚二渠記

蒲晉之坤河帶如玦川在州域北汾南涑涑自唐都督薛萬徹導水夏縣至臨晉西委張澤入於河解之平陸泉出橫嶺澗合溪赴會流以盛隋都水姚暹渠引焉至蒲虞鄉縣澤首受亦西入于河然暹所引本北魏永豐舊渠而酈善長謂涑水西逕郇瑕又西南逕張揚城屬於陂則非萬徹暹所始營唯二渠源瀆山谷悍挾泥沙時時墆不循其理久益爲變暹徹所以條其攸歸必使之復去害致利以予其民宜著史書稱名勿絕至今渠自兩人後開塞幾變近廢不治

珍倣宋版印

瘉甚而張澤者卽舊長書涑所屬陂今以爲湖變其名五姓湖故豬渠郵以輸河洄三數十載鯁前時入河道凡二渠積閼流當就湖者或不能至若夏秋會甚風淮雨嘘漲鼓怒涑衝暹渠力併壯決敗解鹽池蕩盧稼駭撼郭邑因飈注湖莫有洩容游波踔騰四齧原陸蒲解之人用爲困河東兵備道喬公涖蒲三年政理孔成邦俗大和前寧武太守周侯用循賢移知蒲府事相與謀吾民幸保生聚樂安業今數縣坻庶釋咨畢恬猶若未者且解池繫國賦鉅唯水是病卻蓄底輯使無濫沈川瀆順性歲種時慶經務之要莫急且先乃召父老告以渠河與罷孰利咸曰苟導復之利世世於是討涑與暹渠左右夫家其田溉潤得及者率戶役焉其非蒲所治而統於河東爲解州以畀其守其在蒲縣四曰猗氏臨晉虞鄉永濟周侯

董其令分主之以爲禹治水施先下流湖渠同時乃畚乃鑁乃疏乃穿乾隆甲戌春正月水功是興逮四月成自解安邑屬蒲永濟三百餘里循渠樹防翼翼傑傑式砥式遏而邸家營者介虞鄉猗氏勢尤南庳異時涑横擣入里爲巨浸狂溜勇淘地益底深岸高下絶懸五六丈崩口不可塞合周侯謂此涑要害如軍陳攻守必爭險勝出俸錢買其傍田盡土實之奪其凶門卒杜服上爲其隄崇築加仞厚固彌鞏責官吏以時衞於是憒帖鬱宣潦縮其暴乎野者壤出其淪於墊者昔若食得饍茲委壑如紡土燥厥稗復於田耕塗懽里歌忘其恐懟方役之興公及周侯躬巡渠所勞其人勿怠日夕既訖偏酒肉賚賜慰遣焉今夫去疾病而復於壯者之爲復國地失而復克取有之之謂復城郭道路陂澤隄渠其既廢而治興焉之

珍做宋版印

謂復修其圮壞其患用其利猶起膏肓奮武烈均乎大庸予診斯謀美河東公功太守侯之勞烈同德協慮康享斯民視遲萬徹所爲尤有尚思揚其光嘉昭無休且告繼爲政者斯循之亦克保奠以終永厥緒毋隳

姚姬傳儀鄭堂記

六藝自周時儒者有說孔子作易傳左丘明傳春秋子夏傳禮喪服禮後有記儒者頗裒取其文其後禮或士而記存又雜以諸子所著書是爲禮記詩書皆口說然爾雅亦其傳之流也當孔子時弟子善言德行者固無幾而明於文章制度者其徒猶多及遭秦焚書漢始收輯文章制度舉疑莫能明然而儒者說之不可以已也漢儒家別派分各爲專門及末造鄭君康成總集其全綜貫繩合負閎洽之才通羣經之

滯義雖時有拘牽附會然大體精密出漢經師之上
又多存舊說不掩前長不覆己短觀鄭君之辭以推
其志豈非君子之徒篤於慕聖有孔氏之遺風者與
鄭君起青州弟子傳其學既大著迄魏王肅駮難鄭
義欲爭其名僞作古書曲傳私說學者由是習爲輕
薄流至南北朝世亂而學益壞自鄭王異術而風俗
人心之厚薄以分嗟夫世之說經者不蘄明聖學詔
天下而顧欲爲己名其必王肅之徒者與曲阜孔君
撝約博學工爲詞章天下方誦以爲善撝約顧不自
足作堂於其居名之曰儀鄭自庶幾於康成遺書告
余爲之記撝約之志可謂善矣昔者聖門顏閔無書
有書傳者或無名蓋古學者爲己而已以撝約之才
志學不怠又智足知古人之善不將去其華而取其
實擴其道而涵其藝究其業而遺其名豈特詞章無

珍倣宋版印

足矜哉。雖說經精善。猶未也。以孔子之裔傳孔子之學。世之望於撟約者益遠矣。雖古有賢如康成者。吾謂其猶未足以限吾撟約也。乾隆四十五年春二月。

桐城姚鼐記。

姚姬傳峴亭記

金陵四方皆有山。而其最高而近郭者。鍾山也。諸官舍悉在鍾山西南隅。而率蔽於牆室。雖如布政司署瞻園。最有盛名。而亦不能見鍾山焉。巡道署東北隅有廢地。昔棄土者聚之。成小阜。雜樹生焉。觀察歷城方公。一日試登阜。則鍾山翼然當其前。乃大喜。稍易治其巔。作小亭。暇則坐其上。寒暑陰霽。山林雲物。其狀萬變。皆爲茲亭所有。鍾山之勝。於茲郭若獨爲是亭設也。公乃取見山字合之。名曰峴亭。昔晉羊叔子督荊州時。於襄陽峴山登眺。感思今古。史旣載其言。

而後人爲立亭曰峴山亭以識慕思叔子之意夫後人之思叔子非叔子所能知也今方公在金陵數年勤治有聲爲吏民敬愛異日或以茲亭遂比於羊公峴山亭與此亦非公今日所能知也今所知者力不勞用不費而可以寄燕賞之情據地極小而冠一郭官舍之勝茲足以貽後人矣不可不識其所由作也

姚姬傳登泰山記

泰山之陽汶水西流其陰濟水東流陽谷皆入汶陰谷皆入濟當其南北分者古長城也最高日觀峯在長城南十五里余以乾隆三十九年十二月自京師乘風雪歷齊河長清穿泰山西北谷越長城之限至於泰安是月乙未與知府朱孝純子潁由南麓登四十五里道皆砌石爲磴其級七千有餘泰山正南面有三谷中谷繞泰安城下酈道元所謂環水也余始

珍倣宋版印

循以入道少半越中嶺復循西谷遂至其巔古時登山循東谷入道有天門東谷者古謂之天門谿水余所不至也今所經中嶺及山巔崖限當道者世皆謂之天門云道中迷霧冰滑磴幾不可登及既上蒼山負雪明燭天南望晚日照城郭汶水徂徠如畫而半山居霧若帶然戊申晦五鼓與子潁坐日觀亭待日出大風揚積雪擊面亭東自足下皆雲漫稍見雲中白若樗蒱數十立者山也極天雲一綫異色須臾成五采日上正赤如丹下有紅光動搖承之或曰此東海也回視日觀以西峯或得日或否絳皜駁色而皆若僂亭西有岱祠又有碧霞元君祠 皇帝行宮在碧霞元君祠東是日觀道中石刻自唐顯慶以來其遠古刻盡漫失僻不當道者皆不及往山多石少土石蒼黑色多平方少圜少雜樹多松生石罅皆平頂

冰雪無瀑水無鳥獸音迹至日觀數里內無樹而雪與人膝齊桐城姚鼐記典要凝括余以同治五年從曾文正公登岱觀日出讀此益服其狀物之妙

姚姬傳遊靈巖記

泰山北多巨巖而靈巖最著余以乾隆四十年正月四日自泰安來觀之其狀如壘石為城墉高千餘雉周若環而缺其南面南則重嶂蔽之重谿絡之自巖至谿地有尺寸平者皆種柏翳高塞深靈巖寺在柏中積雪林下初日澂徹寒光動寺壁寺後鑿巖為龕以居佛像度其高當巖之十九峭不可上橫出斜援乃登登則周望萬山殊鶩而詭趣帷張而軍行巖尻有泉　皇帝來巡名之曰甘露之泉僧出器酌以飲余回視寺左右立石多宋以來人刻字有墁入壁內者又有取石為砌者砌上有字曰政和云余初與朱

子頴約來靈巖値子頴有公事乃俾泰安人聶劍光偕余聶君指巖之北谷泝以東越一嶺則入於琨瑞之山蓋靈巖谷水西流合中川水入濟琨瑞山水西北流入濟皆泰山之北谷也世言佛圖澄之弟子竺僧朗居於琨瑞山而時爲人說其法於靈巖故琨瑞之谷曰朗公谷而靈巖有朗公石焉當苻堅之世竺僧朗在琨瑞大起殿舍樓閣甚壯其後頹廢至盡而靈巖自宋以來觀宇益興靈巖在長清縣東七十里西近大路來遊者日衆然至琨瑞山其巖谷幽邃乃益奇也余不及往書以告子頴子頴他日之來也循泰山西麓觀乎靈巖北至歷城復泝朗公谷東南以抵東長城嶺下緣泰山東麓以反乎泰安則山之四面盡矣張峽夜宿姚鼐記

姚姬傳寧國府重修北樓記

佳山水名絶著爲古今賢士君子所頌歎四海之內可百餘區雖其所以稱盛之故大體略同而其間各負絶異之境非人意度所至有必不可以相似之地儷而一之者此天地之文也君子因所身遇覽天地之至文以養神明之用是爲智而已若夫較量優劣之論則智者所不爲余素持是論往時丹徒王禹卿侍讀最取其說而稱之今夫江以南列郡之名樓鎮江有北固寧國有北樓其山勢皆自南入城陂陁再聳樓當城北而面南山此圖可傳言可著者也而其各有獨絶之異境非親覽不知圖與言不能具也此二樓皆在太守署內余嘗數至丹徒不識其太守不獲登北固幸識寧國太守魯君矣而余足迹未至宣城二地之勝故皆想慕而不見焉嘉慶十一年魯君爲守之三年治內謐安惜故北樓之頹敝命工飭之

既竣以書告鼐使爲之記余謂君賢明仁決善吏事而能文章可謂智者也又王侍讀弟子家於丹徒而臨宣州其成是樓也余雖未登而能用吾意以觀於其閒將以踰越謝元暉李太白之所舊得者非君而何爰書以爲之記君名銓乾隆庚戌科進士其樓之落成在嘉慶十一年月桐城姚鼐記

姚姬傳快雨堂記

心則通矣入於手則窒手則合矣反於神則離無所取於其前無所識於其後達之於不可迕無度而有度天機闔闢而吾不知其故禹卿之論書如是吾聞而善之禹卿之言又曰書之藝自東晉王羲之至今且千餘載其中可數者或數十年一人或數百年一人自明董尚書其昌死今無人焉非無爲書者勤於力者不能知精於知者不能至也禹卿作堂於所居

之北將爲之名一日得尚書書快雨堂舊扁喜甚乃懸之堂內而遺得喪忘寒暑窮晝夜爲書自娛於其閒或譽之或笑之禹卿不屑也今夫鳥觳而食成翼而飛無所於勸其天與之邪雖然俟其時而後化今禹卿之於尚書其書殆已至乎其尚有俟乎吾不知也爲之記以待世有識者論定焉

梅伯言吳淞口驗功記

太湖三萬六千頃以經流達於吳淞吳淞首枕太湖尾掉黃浦亙三百餘里入海源長流鋪非洪壯闊深不足以吐納靈湖綱絡神委明嘉靖初一治於官一濬於私後曠不修喉吻縮蓄浦溆差互茭葦怒生高卑平夷水旱皆困安化陶公巡撫江蘇以道光七年冬十二月奉　命淪疏時羣情獻疑或守卑論或求新功爰斟酌古今延覽地形以爲徙武康紵溪穿新

珍倣宋版印

渠言失之鑿廢吳江全邑以濬松江言失之縱遷沙村鑿千橋開白蜆徙湖委於青龍言失之擾而元時疏黃浦至新洋功施卑卑不利洩宣又失之率乃鳩工立程爬抉填淤鏟咋曲岸惟其寬深無改故渠巨阜連隴神移鬼推盤涖涓澮雲解天動不踰三月水工蕆事擇期驗功於吳淞口時當春和桃楊獻新水光納天積葑雲卷黿魚舒波望墟承歸千帆怒張如馬縱野農利普存歡謠載途公顏載愉詩紀其事和者千焉雍雍乎元臣之訏謨吉甫之清風也乃屬曾亮實事以紀則道光八年九月之十日也

管異之餓鄉記

管同字異之江南上元人道光乙酉舉人有異之詩文鈔存

餓鄉天下之窮處也其去中國不知幾何里其土蕩然自稻粱麥菽牛羊雞彘魚鼈瓜果一切生人之物無一有焉凡欲至者必先屏去食飲如導引辟穀者

然。始極苦不可耐。彊前行。多者不十日已可至。至則
割然開朗。如別有天地。省經營。絕思慮。不待奔走干
謁。而子女之呼號。妻妾之交謫。人世譏罵笑侮輕薄
揶揄之態。無至吾前者。憺然自適而已。然世以其始
至之難也。平居每萬方圖維以蘄勿至。不幸而幾至。
輒自悔爲人動。故非違世乖俗。廉恥禮義之士。不得
至是鄉。非彊忍堅定。守死善道之君子。雖至是鄉。輒
不幸中道而反。昔周之初。武王伐紂。伯夷叔齊恥食
其粟。由首陽山以去。至餓鄉。餓鄉之有人自是始。其
後春秋時。晉有靈輒。行三日。幾至之矣。終爲賊臣趙
盾所阻。反感盾恩。爲所用。而齊有餓民。卻黔敖嗟來
之食。翩然至是鄉。雖曾子歎其微而論者以爲賢。輒
遠矣。孔子之徒。顏曾爲大賢。原憲爲次。三子者。皆幾
至是鄉。而猶未達。及至戰國。於陵仲子。立意矯俗。希

爲是鄉人行三日卒廢然而反孟子譏之自戰國秦漢後教化不行風俗頹敗搢紳先生之屬以是鄉爲畏途相戒不入而凶年饑饉禍亂遞作王公貴人下逮田野士庶遭變故而誤入是鄉者往往而是梁武皇帝天子也趙武靈王漢趙幽王藩國王也條侯周亞夫將且相也鄧通上大夫也其人皆尊崇富厚志得意滿無意於是鄉而其終卒誤入焉豈非天哉豈非天哉然豈與夷齊以下立志自入者同乎哉語曰君子無入而不自得焉又曰求仁而得仁又何怨惟漢龔勝唐司空圖宋謝枋得之倫立志忠義先後至是鄉夷齊輩得之相視而笑稱莫逆交云嗚呼餓鄉何鄉也何其難至也若是予窮於世久矣將往遊焉考始末而爲之記摹擬醉鄉太似然格局較爲整飭

龔定盦說居庸關

居庸關者古之譚守者之言也龔子曰疑若可守然何以疑若可守然曰出昌平州山東西遠相望俄然而相輳相赴以至相蹙居庸實其閉如因兩山以為之門故曰疑若可守然關凡四重南口者下關也為之城城南門至北門一里出北門十五里曰中關又為之城城南門至北門一里出北門又十五里曰上關又為之城城南門至北門一里出北門又十五里曰八達嶺又為之城城南門至北門一里蓋自南口之南門至於八達嶺之北門凡四十八里關之首尾具制如是故曰疑若可守然下關最下中關高倍之八達嶺之俛南口也如窺井形然故曰疑若可守然自入南口城甃有天竺字蒙古字上關之北門大書曰居庸關景泰二年修八達嶺之北門大書曰北門鎖鑰景泰三年建自入南口流水齧吾馬蹏涉之瑽

珍倣宋版印

然嗚弄之則忽涌忽洑而盡態迹之則至乎八達嶺而窮八達嶺者古隰餘水之源也自入南口木多文杏蘋婆棠梨皆怒華自入南口或容十騎或容兩騎或容一騎蒙古自北來鞭槖駝與余摩肩行時時槖駝衝余騎顛余亦撾蒙古帽墮於槖駝前蒙古大笑余乃私歎曰若蒙古古者建置居庸關之所以然非以若耶余江左士也使余生趙宋世目尚不得覩燕趙安得與反毳者相撾戲乎萬山閒生我 聖清中外一家之世豈不傲古人哉蒙古來者是歲克西克騰蘇尼特皆入京詣理藩院交馬云自入南口多霧若小雨過中關見稅亭焉問其吏曰今法网寬大稅有漏乎曰大筐小筐大偷槖駝小偷羊余歎曰信若是是有閒道矣自入南口四山之陂陀之隙有護邊牆數十處問其民皆言是明時脩微稅吏言吾固知

有閒道出沒於此護邊牆之間承平之世漏稅而已設生昔之世與凡守關以爲險之世有不大駭北兵自天而降者哉降自八達嶺地遂平又五里曰坌道

吳南屏新修呂仙亭記

岳州城南呂仙之亭當南津港口古所稱灉湖者水反入爲灉城東南諸山之水自南津西北趨湖湖水趣則東南入山盡十餘里皆湖也故山水之勝亭兼得之由亭中以望凡岳陽樓所見無弗同者而青蒼秀映之狀幽賞者又宜之至於爲月夜泛舟之遊無風波卒然之恐惟亭下可也唐張說爲岳州刺史與賓僚遊燕多在南樓及灉湖上寺見其詩中南樓即岳陽也寺今尚存而亭踞其左阜稍前相去裁數百步寺之勝已移於亭矣然岳陽樓之居城近自唐以來名賢學士皆登而賦詩其上播於古今盛矣亭之

與後於樓其去城且三里四方之客過郡旣登樓莫亭之問以此不若樓之有名天下而基高以敞亦複其上爲樓有連房容飲席及臥宿適於岳陽而遠市囂少雜遊亦處地之善也呂仙者世所傳洞賓仙人一號純陽子唐末人其蹤跡故事在岳州者頗多蓋嘗有三醉之詩故岳陽樓塑其仙像又有城南遇老樹精之語則此亭所爲作按范致明岳陽風土記城南白鶴山有呂仙亭亭之始自宋也後乃增大之云余自少時性樂放遠入郡多寓亭下近更兵亂亭燬矣道士李智亮募貲而復之智亮有才能樓加其層廣亦過舊亭廊旁廓歷歲克成以余之夙於此也求爲之記余惟神仙之事茫哉孰從而知之揚子雲曰仙者無以爲也有與無非問也秦漢之君以求仙荒遊卒無所遇唐士大夫喜餌金石多爲藥誤小說載

唐時仙者甚多皆妄陋無稱而純陽氏之名獨雅而著余觀張說岳州諸詩屢有言神仙者時未有純陽氏而岳之湖上固傳有仙人往來之語矣得非隱人高士出沒江湖閒人乃目之爲仙與抑湖上諸山磊磊浮波面若近而遠令人有海上蓬萊之思乎蓋仙者可以不學而意亦不能無之若山川奇異幽遠之鄉使出世之士俯仰其閒必將有恍惚從之者果有與無俱不足論也余昔在亭見老張道人者鍊形最久能以氣自動其兩耳後竟以老死而其徒方東谷者不學爲仙獨能飲酒余至則與之皆醉吾聞呂仙仙於酒者今智亮其爲仙耶爲酒耶余雖老不喜入城猶願得遊處亭下如往時也

曾滌生湖口縣楚軍水師昭忠祠記

咸豐八年七月國藩將有事於浙江道出湖口廣東

珍倣宋版印

惠潮嘉道彭君雪琴方庀局鳩工建昭忠祠於石鐘山祀楚軍水師之死事者告余具疏上聞八月疏入報可明年七月國藩將有事於四川再過湖口則祠工已畢祀營官蕭節愍公捷三以下若干人後楹祀勇丁若干人其東爲浣香別墅前曰聽濤眺雨之軒後曰芸芍齋齋後傅以小亭曰且閑亭亭下有小池度梁而南穿石洞東出曰梅塢迤西少陟山曰鎖江亭其西絕高曰觀音閣閣外曰魁星樓僧徒居之又西曰坡仙樓刻蘇氏石鐘山記其上憑高望遠吐納萬景一草一石煥然增新矣當楚軍水師之初立也造舟始於衡陽大戰始於湘潭其後克岳州下武昌大破田家鎮今福建提督楊君厚庵與雪琴暨諸君子喋血於狂風巨浪之中燔逆舟以萬計轉戰無前可謂至順其後官軍深入彭蠡之內賊乘水涸大塞

湖口。遏我舟使不得出。於是水師有外江內湖之分。內者守江西。外者援湖北。隱然若割肝膽而判爲楚越。終古不得合并。至咸豐七年九月。攻克湖口。兩軍復合。蓋相持三年之久。死傷數千人之多。僅乃舉之。方其戰爭之際。礮震肉飛。血瀑石壁。士飢將困。窘若拘囚。羣疑衆侮。積淚漲江。以求奪此一關而不可得。何其苦也。及夫祠成之後。祼薦鼓鐘。士女瞻拜。名花異卉。旖旎啾瑲。江色湖光。呼吸萬里。曠然若不復知兵革之未息者。又何樂也。時乎安樂。雖賢者不能作無事之顰蹙。時乎困苦。雖達者不能作違衆之驩欣。人心之喜戚。夫豈不以境哉。吾因是而思夫豪傑用兵。或微一生之力。擲千萬人之性命。以爭尺寸之土。不得則鬱鬱以死。死者寧皆憂斯民哉。亦將以境有所迫。而勢有所劫者然也。若夫喜戚一主於己。不遷於境雖處富貴賤貧死生成敗而不少移易非君子人者而能庶幾乎余昔久困彭蠡之內蓋幾幾不能自克感彭君新搆此祠有登臨覽觀之美粗爲發其凡焉

曾滌生修治金陵城垣缺口碑記

道光三十年廣西賊首洪秀全等作亂咸豐三年二月十日陷我金陵據爲僞都官軍圍攻八年不克十年閏三月師潰賊勢益張有衆三百萬擾亂十有六省同治元年五月浙江巡撫臣曾國荃率師進攻金陵三年六月十六日於鍾山之麓用地道克之是歲十月修治缺口工竣鑱石以識其處銘曰

窮天下力復此金湯苦哉將士來者勿忘

曾滌生金陵軍營官紳昭忠祠記

嗚呼軍興以來死事者多矣而金陵尤爲忠義之所

萃云咸豐二年十二月賊陷武昌漢陽掠取巨舟萬數三年正月蔽江東下連陷九江安慶蕪湖各城遂破金陵據爲僞都城中官紳與駐防之軍民並及於難當是時　天子已命向榮爲　欽差大臣自湖北逐賊而東至則城陷已逾旬日又繼陷鎮江揚州兩府而都統琦善亦以　欽差大臣由河南進至揚州自是後廣西元從諸軍駐金陵者號爲江南大營北來新集諸軍駐揚州者號爲江北大營鎮江別屯一軍則金陵分兵駐之與揚州之師相爲掎角未幾揚州之賊分支北竄河南直隸金陵之賊分支西竄江西湖北而鎮江之賊破我營壘別有粵人爲亂攻陷上海其冬北軍克復揚州儀徵羣賊移據瓜洲四年督師琦公卒托明阿接統北軍五年江蘇巡撫吉爾杭阿克復上海移師圍攻鎮江六年春南路賊陷寧

國北路賊復陷揚州託明阿罷職德興阿接統北軍旋克揚州其夏巡撫吉公戰沒於高資金陵大營亦陷督師向公退守丹陽已而病卒　朝廷命和春爲欽差大臣而命張國樑爲總統七年冬南軍克復鎮江北軍同日克瓜洲八年南軍築長圍以困金陵之賊北軍大挫於浦口賊陷江浦天長儀徵揚州六合張國樑北援揚州克之九年德興阿劾罷江北不復置帥以江南大帥兼轄十年正月張國樑克九洑洲二月皖南羣賊攻陷杭州江南遣張玉良援杭克之三月賊破建平東壩溧陽羣萃金陵攻陷大營我師潰奔常州蘇州繼陷是後馮子材等堅守鎮江都興阿等堅守揚州數年無恙蓋自咸豐癸丑以迄庚申耳目衆著之事大略如此其餘南軍攻取旁近郡縣若太平蕪湖丹陽溧水溧陽高淳句容屢克屢陷

不常其得失或北援揚州江浦警報朝聞南師夕渡而城外賊壘濱江要隘亦無月不事攻戰擲千百性命以爭尺寸之土當時中外盛稱江南勁旅聲威出北軍上遠甚諸路告急金陵往往分兵四出援勦其致敗亦終以此始至之秋卽遣虎嵩林馳援上海旣又遣和春赴援廬州寧國失守則遣鄧紹良自浙援之數年鄧君戰亡又遣鄭魁士繼之賊圍衢州則遣周天受等援浙賊入延建又濟師以援閩近者數百里遠者二三千里孤軍轉鬭累月不歸餽餉乖時忍飢赴敵膏塗原野莫相收卹而金陵之賊見我軍遠征者多居守者少營壘空虛炊煙日減晝夜謀所以覆我者咸豐六年大營失陷正坐壘闊兵單之故最後十年之役則長圍已成汛地愈廣我軍分兵救浙不能遽返而自浙回竄之賊皖南江北之賊十道並

珍倣宋版印

進乃一發而不可禦將士方冀合圍之後犁穴擒渠策勳有期不意倉皇潰敗有如沙飛河決蕩析南奔死士不可勝數其僅有存者張玉良收集餘燼以攻嘉興以守杭州至明年杭城再陷而金陵大營八萬人者蕩然無復留遺矣當諸將屯駐秣陵向公榮張公國樑最負重望其餘智者竭謀勇者殫力亦豈不切齒圖功思得當以報國事會未至窮天下之力而無如何彼六七僞王者各挾數十萬之衆代興迭盛橫行一時而上游沿江千里亦足轉輸盜糧及賊勢將衰諸酋次第僵斃而廣封騃豎至百餘王之多權分而勢益散長江既清賊糧漸匱厥後楚軍圍金陵兩載而告克非前者果拙而後者果工也時未可爲則聖哲亦終無成時可爲則事半而功倍也皆天也既克三載同治六年之冬乃建昭中忠祠於蓮花第五

橋祀先後死事者同堂而異室其中一室祀三年二
月江寧初陷時守城殉難之員其東一室祀三年至
十年城外大營傷亡之員其西一室祀城內及江寧
七屬紳士而外郡紳士死於此者亦與焉又東一室
祀金陵將領出援各路死於寧國及浙江等處者又
西一室祀鎮江及揚州死事之員鎮江本金陵所分
之軍揚州亦與金陵一體其後又歸南軍兼轄故也
工既竣粗爲記其梗概至於歷年戰爭良將猛士之
勞攻牢保危之策將具於　國史茲不復備述云　跌宕

似子長深厚似孟堅繁而能潔質而不俚唐宋大家無此境也

曾滌生金陵湘軍陸師昭忠祠記

同治三年六月既望大軍克復金陵國藩至自安慶
犒勞士卒見吾弟國荃面顏焦萃諸將枯瘠神色非
人蓋盛暑攻戰晝夜暴露城下半月而未息余既驚

痛而撫慰之乃徧行營壘周視所開地道覽戰爭之遺蹟彭君毓橋劉君連捷蕭君孚泗朱君南桂相與前導而指示曰某所某將盡命處也某所賊困我之地也諸君所不備述吾弟又太息而縷述之弟之言曰自吾圍此城壯士多以攻堅而死賊於城外環築堅壘數十大者略與城埒攢以小營障以長塢甃石如鐵掘塹如川牢不可拔我軍以元年五月之初始克江甯鎮三汊河大勝關各壘二年五月李臣典等克雨花臺及南門各壘劉連捷等會同水師克九洑洲中關下關各壘其江東橋之壘則陳湜等於八月克之上方門高橋門七甕橋土山方山各壘則蕭慶衍蕭孚泗等於九月克之是時朱南桂亦克博望鎮趙三元等亦克中和橋秣陵關至十月克解溪隆都湖墅而東南剗削略盡三年正月彭毓橋黃潤昌等

乃克鍾山高壘賊所署爲天保城者也每破一壘將士須臾隕命率常數百人回首有餘慟焉其穿地道以圖大城者凡南門一穴朝陽至鍾阜門三十三穴篝火而入地崖崩而窟塞則縱横聚葬於其中賊或穿隧以迎我薰以毒煙灌以沸湯則趫者倖脫而慤者就殲最後神策門之役城陷矣而功不成龍膊之役功成矣而死傷亦多於是歎攻堅之難而逝者之可憫也毓橘之言曰我軍薄雨花臺未幾疾疫大行兄病而弟染朝笑而夕僵十幕而五不常爨一夫暴斃數人送葬比其反而半殕於途近縣之藥既罄乃巨艦連檣徵藥於皖鄂諸省當是時也羣醫旁午而僞王李秀成等大至援賊三十萬圍我營者數重我軍力疾禦之一夕築小壘無數障糧道以屬之江賊益番休迭進螘傅環攻累箱實土以作櫓楯挾西洋

開花礮自空下擊子落則石裂鐵飛多掘地道屢陷營壁凡苦守四十五日至冬初而圍解軍士物故殆五千人會有天幸九帥獨免於病目不交睫者月餘而勤劬如故雖鎗傷輔頰血漬重襟猶能裹創巡營用是轉危而爲安靖毅公則病後過勞竟以不起九帥者軍中舊呼國荃之稱靖毅者吾季弟貞幹謚也連捷之言曰李酋解圍去後率衆渡江連陷江浦和州舍山巢縣皆我軍新取之城得而復失九帥乃分兵守西梁山遣連捷與彭毓橘輩救援江北既解石澗埠之圍破運漕桐城閘之賊遂偕水師連收四城江北大定劇賊益衰然我衆死者亦不可勝數也南桂之言曰方金陵官軍圍困之際同時鮑超之軍亦困於甯國水師亦困於金柱關金柱關者水陽江及羣湖所自出蕪湖之藩衞也九帥乃分兵守東梁山

而遣南桂與朱洪章羅洪元輩力扼此關夾河而與之上下亂流而相攻卯而戰酉而不休水營捷陸營或挫一夕數起一餐屢輟凡七閱月而事稍定百里內外白骨相望時聞私祭夜泣之聲天下之至慘也於是國荃與諸將並進稱曰此軍經營安慶翦伐沿江諸城凋喪尚少獨至金陵而死於攻死於守死於疾疫死於北援巢和南援蕪湖太平乃籌計而不能終今存者幸荷 國恩封賞進秩而沒者抱憾無窮雞鳴山下有賊造府第一區若奏建昭忠祠春秋致祭庶以慰忠魂而塞吾悲耳國藩具疏上聞 制曰可黃君潤昌爰董其事取有冊可稽者造神主一萬一千六百三十有奇無冊者姑闕焉甫歷三載楹棟枉橈牆宇紋陊同治六年省中僚友集議廓而新之基局固護籩豆有嚴國藩乃追敘所聞於諸君者而

珍倣宋版印

系以詩章。用備樂歌。詩曰。

人無貴賤。夭壽賢愚。終歸於死。萬古同塗。死而得所。身殄魂愉。六朝舊京。逆豎所都。濯征十載。莫竟天誅。嗟我湘人。銳師東討。非祕非奇。忠義是寶。下誓同袍。上盟有昊。昊天藐藐。成務實難。祚我百順。阨我千艱。狂寇所噬。刈人如菅。沴厲乘之。積骴若山。偉哉多士。夷險一節。萬死靡他。心堅屈鐵。鑒彼巧偷。守玆貞拙。縷血所藏。后土長埶。卒收名城。獲醜捦王。寵賁冥漠。千禩馨香。新廟孔赫。彝斝將將。　天子之錫。烈士之光。

曾滌生金陵楚軍水師昭忠祠記

咸豐九年今侍郎彭公玉麟。建水師昭忠祠於湖口。既刻石敘述戰事。又屬余爲之記。維時湖口以下長江千里。皆賊地也。其明年。金陵官軍潰敗。蘇浙淪陷。

國藩奉　命總制兩江。乃議設淮揚水師一軍。以黃君翼升統之。又二年。議設太湖水師一軍。以李君朝斌統之。厥後兩君者。皆沿江遵海。以達於蘇松常州諸內河。而上游吳楚之交。惟彭公與總督楊公岳斌之師。羅列如故。咸豐十一年。克復安慶。同治元年。下蕪湖金柱關。及東西梁山。二年。克九洑洲。三年。遂克金陵。而蘇州省會。及所屬郡縣。以次廓清。水師皆有力焉。余憫死事者之多。於是又奏建昭忠祠於金陵。以妥將士之靈。蓋自湖口而下。賊中無復大隊礟船。與我角逐水上。然我衆臨敵。授命者往往不絕。若乃高城巨壘。千礟狙伏。陸軍進攻。水師和之。一堞未攀。駢尸山積。或連朝環擊。卒不能下。或創殘滿目。僅收一柵。甚者。如九洑洲之役。攻剿三四日。凋耗二千人。唱凱於公庭。歛泣於私舍。又或支河小港。扼守要隘。

珍倣宋版印

賊以短兵鎗彈迫我舟師前者屢衄後者堅拒終不得少移尺寸又或倉卒赴援內洋行師如福山之役輕舟顛簸於海濤颶風之中須臾沈溺以數百計此皆耳目昭著其餘邂逅捐軀夷傷而不振者不可勝數也今東南大定已逾五年長江別立經制水師將士新故更代優游無事欲問數年前戰爭之迹已罕能言其狀者況更溯十載以前若楊公之縱横江上出入鋒鏑以摧方張之寇彭公之芒鞵徒步以赴江西之急又孰能道其彷彿安樂之時不復好聞危苦之言人情大抵然與君子之存心也不敢造次忘艱苦之境尤不敢狃於所習自謂無虞禮俗政教邦有常典前賢猶因時適變不相沿襲況乎用兵之道隨地形賊勢而變焉者也豈有可泥之法不儆之制今之水師蓋因粵賊之勢立一時之法幸底於成耳異

日時易勢殊寇亂或興若必狃於前事謂可平粵賊者即可概平天下無窮之變此非智者所敢任也惟夫忠臣謀國百折不回勇士赴敵視死如歸斯則常勝之理萬古不變耳其他器械財用選卒校技凡可得而變革者正賴後賢相時制宜因應無方彌縫前世之失俾日新而月盛又烏取夫顓己守常姝姝焉自悅其故迹終古而不化哉今　朝廷開方略之館戰功將著於信史不復備述麤述殉難者之慘使來者怵然起敬又因推論兵家之變化無常用破吾黨自是之見庶久而知所儆畏云

曾滌生湘鄉昭忠祠記

咸豐二年十月粵賊圍攻湖南省城既解嚴巡撫張公亮基檄調湘鄉團丁千人至長沙備防守羅忠節公澤南王壯武公鑫等以諸生率千人者以往維時

珍倣宋版印

國藩方以母憂歸里奉　命治團練於長沙因奏言團練保衛鄉里法當由本團醵金養之不食於官緩急終不可恃不若募團丁爲官勇糧餉取諸公家請就現調之千人略仿戚元敬氏成法束伍練技以備不時之衞由是吾邑團卒號曰湘勇三年春平土寇於衡山破逆黨於桂東其夏粵賊圍江西省城國藩募湘勇二千楚勇千人羅忠節公輩率之東援初戰失利營官謝邦翰易良幹等殉難湘勇之越境勦賊將領之力戰捐軀實始於此余聞而悼之議立忠義祠於縣城祀湘人與於南昌之難者其冬余奉　命籌備舟師乃募湘勇水陸萬人明年率之東討岳州之役陸兵敗挫雖旋有湘潭之捷而湘士中殪既而整軍再出羅公暨李忠武公續賓率湘勇以從於是大雋於岳州克武漢下蘄黃破田家鎮復江西弋陽

信州甯州。又以其閒由江還鄂。掃蕩枝縣。再克武昌省會。咸豐五六年閒。羅李湘勇之名震天下。而王壯武公與劉武烈公騰鴻。蕭壯果公啓江。暨巡撫蔣公益澧。皆提湘勇。征戰湖北江西廣西廣東等省。所在有聲。然羅公王公劉公。遂以六七年閒。先後徂謝。而將士傷亡者滋益多。前所議建之忠義祠規制隘庳。不足以嚴典祀。咸豐八年秋。國藩乃與李公具疏會奏請立昭忠祠於湘鄉。令有司春秋致祭。 天子許之。吾邑軍士。沒有餘榮已。未幾而舒城三河之難作。李公殉節。部下死者殆六千人。國藩私憂以謂湘中士氣。恐不復振。其後李公之弟勇毅公續宜重輯部曲。轉戰皖北。張忠毅公運蘭。及唐總戎義訓。輩之師轉戰皖南。而吾弟國荃遂以湘士克復安慶金陵兩省。蔣公暨楊公昌濬。亦用湘人平浙江。伐福建。張忠

珍倣宋版印

毅公亦戰沒於閩東南數省莫不有湘軍之旌旗中外皆歎異焉其西北諸道則提督劉君松山追逐捻匪於河南山東直隸征叛回於陝西甘肅而按察使陳君湜防守山西其西南諸道則蕭壯果公率師入蜀而巡撫劉公蓉屢平蜀寇總督劉公嶽昭暨諸湘軍又自蜀而南入黔西入滇一縣之人征伐徧於十八行省近古未嘗有也當其負羽遠征乖離骨肉或苦戰而授命或邂逅而戕生殘骸暴於荒原凶問遲而不審老母寡婦望祭宵哭可謂極人世之至悲然而前者覆亡後者繼往蹈百死而不辭困阨無所遇而不悔者何哉豈皆迫於生事逐風塵而不返與亦由前此死義數君子者為之倡忠誠所感氣機鼓動而不能自已也君子之道莫大乎以忠誠為天下倡世之亂也上下縱於亡等之欲姦偽相吞變詐相角

自圖其安而予人以至危畏難避害曾不肯捐絲粟之力以拯天下得忠誠者起而矯之克己而愛人去僞而崇拙躬履諸艱而不責人以同患浩然捐生如遠游之還鄉而無所顧悸由是衆人效其所爲亦皆以苟活爲羞以避事爲恥嗚呼吾鄉數君子所以鼓舞羣倫歷九州而戡大亂非拙且誠者之效與亦豈始事時所及料哉今海宇麤安昭忠祠落成有年而邑中壯士效命疆埸者尚不乏人能常葆此拙且誠者出而濟世入而表里羣材之興也不可量矣又豈僅以武節彪炳寰區也乎

曾滌生江甯府學記

同治四年今相國合肥李公鴻章改建江甯府學作孔子廟於冶城山正殿門廡規制麤備六年國藩重至金陵明年菏澤馬公新貽繼督兩江賡續成之鑿

珍倣宋版印

泮池建崇聖祠尊經閣及學官之廨宇八年七月工竣董其役者爲候補道桂嵩慶暨知縣廖綸參將葉圻旣敕旣周初終無懈治城山顛楊吳宋元皆爲道觀明曰朝天宮蓋道士祀老子之所也道家者流其初但尚清靜無爲其後乃稱上通天帝自漢初不能革秦時諸畤而渭陽五帝之廟甘泉泰一之壇帝皆親往郊見由是聖王祀天之大典不掌於天子之祠官而方士奪而領之道家稱天侵亂禮經實始於此其他鍊丹燒汞采藥飛昇符籙禁呪徵召百神捕使鬼物諸異術大率依託天帝故其徒所居之宮名曰朝天亦猶稱上清紫極之類也嘉慶道光中宮觀猶盛黃冠數百人連房櫛比鼓舞旺庶咸豐三年粵賊洪秀全等盜據金陵竊泰西諸國緒餘燔燒諸廟羣祀在典與不在典一切毀棄獨有事於其所謂天者

每食必祝道士及浮屠弟子并見摧滅金陵文物之
邦淪爲豺豕窟宅三綱九法掃地盡矣原夫方士稱
天以侵禮官乃老子所不及料迨粵賊稱天以恫羣
神而毒四海則又道士輩所不及料也　聖皇震怒
分遣將帥誅殛凶渠削平諸路而金陵亦以時戡定
乃得就道家舊區廓起宏規崇祀　至聖暨先賢先
儒將欲黜邪慝而反經果操何道哉夫亦曰隆禮而
已矣先王之制禮也人人納於軌範之中自其弱齒
已立制防灑掃沃盥有常儀羹食肴胾有定位緌纓
紳佩有恆度既長則教之冠禮以責成人之道教之
昏禮以明厚別之義教之喪祭以篤終而報本其出
而應世則有士相見以講讓朝覲以勸忠其在職則
有三物以興賢八政以防淫其深遠者則教之樂舞
以養和順之氣備文武之容教之大學以達於本末

終始之序。治國平天下之術。教之中庸。以盡性而達天。故其材之成。則足以輔世長民。其次亦循循繩矩。三代之士。無或敢遁於奇衺者。人無不出於學。學無不衷於禮也。老子之初。固亦精於禮經。孔子告曾子子夏。述老聃言禮之說。至矣。其後惡末世之苛細。逐華而悖本。斲自然之和。於是矯枉過正。至譏禮者忠信之薄。而亂之首。蓋亦有所激而云然耳。聖人非不知浮文末節。無當於精義。特以禮之本於太一。起於微眇者。不能盡人而語之。則莫若就民生日用之常事。爲之制。修焉而爲教。習焉而成俗。俗之既成。則聖人雖沒。而魯中諸儒。猶肄鄉飲大射禮於冢旁。至數百年不絕。又烏有窈冥誕妄之說。淆亂民聽者乎。吾觀江甯士大夫。材智雖有短長。而皆不屑詭隨。以徇物。其於清靜無爲之旨。帝天禱祀之事。固已峻拒而不惑孟子言無禮無學賊民斯興今兵革已息學校新立更相與講明此義上以佐　聖朝匡直之教下以闢異端而迪吉士蓋廩廩乎企嚮聖賢之域豈僅人文彬蔚鳴盛東南已哉

曾滌生靈谷龍神廟碑記

龍於古不列祀典國有大水智者不禜或有旱暵圭璧祈禳亦不及之漢世儒者以龍能興雲致雨乃別四時方色爲象土偶繪繢有禱輒應其後五龍九龍之堂浸作祀事興矣　國家褒崇龍祀祭式祝號一準王儀自京師黑龍潭暨各行省皆立廟虔奉甘澤時降人蒙其庥金陵省治之東有泉曰八功德水出於鍾山之陽靈谷之寺舊有龍神祠屢獲嘉應洎兵興祠燬壇宇蕩然無存同治六年自春徂夏數月不雨禜禱之術既窮國藩乃與布政使李君宗羲督糧

珍倣宋版印

道王君大經臨巡道龐君際雲先後求諸靈谷之神。四祈而四效。旋叩而立應。最後甘霖滂沛。圻壤膏流。槁苗勃興。嘉蔬蓊蔚。陂澤旁匯。魚鼈讙泳。歲仍有秋。民用康樂。於是乃相與重構斯廟以報賽而妥靈。棼橑堅致。黝堊無華。取足嚴裸獻之儀。酌質文之衷而已。蓋金陵自六代以來。號爲名都。梵宇琳宮。震耀今古。勳戚甲第。湧殿飛甍。往往數千百年遺構尚存。獨至粵賊洪楊之亂。掃地剗除。無復一椽片瓦之留遺。即靈谷寺屢興屢廢。亦無似此次之澌盡者。今龍神廟巋立基緒。而全寺之踵修。名蹟之興復。不知更待何年。易稱龍爲乾德。萬物資始。厥施甚普。自今以往。意者百工雲興。日新月盛。將盡還承平之舊乎。斯固守土之吏所寤寐誠求者也。

左季高飲和池記

輪挹河流上西城傍堞迆行東入節園園西北阜壘
石崚嶒高逾仞疑積石也阜下摶泥沙煅石爲灰劑
爲三池款之靜極明生黃變爲碧如湘波然繞澄清
閣供烹餁汲飲灌漑暇遊其上謀目謀耳者應接靡
暇樹石其髮膚風其態度月其色或作響如球鐘或
涓涓如笙磬則其聲也禱曰河伯丐我多矣其有以
漑吾人民池溢北出少東迆而南繞瑞穀亭如經三
受降城曲折銀夏閒也又南趨隆阜下如出壺口過
龍門而面二華渠中石起上立數石則底柱然遵射
堂東而南清流汩汩注大池中命曰飲和與古之大
陸何以異也用工萬九千餘皆親軍力未役一民也
用錢五百餘緡使者之俸餘也彌月畢工役之征繕
之暇未廢事也呼民取飲則缾罍瓢勺罌盎之屬皐
具乏者或以織柳之器來或手匊而飲老者弱者盲

者跛者羣熙熙然知惠之逮我也記此此落之凡有事於此者條其銜名碑陰歲在元黓涒灘月紀屠維作噩

鄭子尹巢經巢記

非居盛文之邦或游迹遍名會或膺朝省碩官其人自負學好事而雄於財又親戚僚友子弟力爲羅摘貴鬻轉鈔無不如志不能名藏書家也余幼喜汎窺見人家稍異者必盡首末稍長讀四庫總目念雖不得本猶必盡見之裏足牂牁叢山之中家赤貧不給饘粥名聞不到令尉相過從不出閭里書師齊秦吳越晉楚之都又無葭莩之因可藉攄蓄念也凍餒迫逐時有所去去即家人待以食歸而顧擔負色喜也解包乃皆所購陳爛相視爽然而余常衣不完食不飽對妻孥脉槁寒栗象亦每默焉自悔然性終不可

改易迄今二十餘年矣。計得書萬餘卷。漢魏後金石文字。暨宋元來名人真迹。又近千卷。雖不能名藏家。亦多矣。其得之之難。爲何如哉。玉川子欲拾遺經巢之空虛。誠貴之也。以余得之之難。其視玉川之貴之。又當何如。儻寓夷牢水上。若羈禽無定棲。因以巢經巢名所寄之室。嗟乎。書猶財也。當其無。百方期有之。有而僅攝緘固鐍。不爲己用。則反不若不有不爲累。或用而僅罄之居服飲博。淫蕩無益。亦未見爲能用也。聚書而不讀。與讀之而不善者。何以異。是夫聚而不讀。猶不失爲守財之俗子。至讀之不善。斯敗家辱宗之尤矣。致足於外。而不求足於內。則是外物者。又安見其可貴哉。昔陸務觀爲書巢。入其中不辨奧窔。而卒以浮文誕詞名。至記南園。爲世詬病。下民侮予。或亦其不善讀書之招也。可無懼乎。

珍倣宋版印

鄭子尹梅峧記

峧卽所謂側掌而襠臍者也南於墓徑可百步高與臍等而掌末適直墓門山蓋得此乃環合而雄深其中始圓窊可田可池無則枯短直露舉不足觀也初土人鏟腰爲田庚子秋余得之始復舊相其勢若植巨木則婉秀爲所奪且前山之雲委而波屬者皆蔽矣乃種梅焉至今四年於是峧之上乃無非梅者梅之初也府君蓄盆梅一修踰尺大如指千葉而白花一日先孺人撫而言曰凡物皆有全量使夭閼不盡其性者皆人爲害之也因出植籬間越年其條大發又越年行樹下而冠已無礙余因雨水前削枝之近土者半夾以石深擁之期年發擁其根者三而得一或二焉乃斫而樹之樹者又如是分之因是堯灣寓宅多有梅其祖樹當丁酉六月花一枝是秋余舉於

鄉及庚子先孺人棄養遂不花明年乃枯以死木之可感也如是今此岐之或喬或稚者皆其子孫也憶余在十年前結草亭於寓東大棗下左右植梅五六株劃前之田爲方池中蒔蓮而上萱柳每春夏葉茂枝撑相交一亭皆綠先孺人或坐梅下紡綿績麻或行梅邊摘花弄孫子及秋霽冬晴則又架竹槎枒閒曝衣襦乾旨蓄徐徐然來往其際亭之外皆圃中植者患防菜則以余酷護也時余出稍芟之家人閒舉以爲笑至今皆移來此其某株爲所倚而撫者某枝爲所芟者某槎枒爲所架竹者宛宛皆能記識而據岐北望纍然一邱音容莫復徒使茲岐爲瑤林爲雪海過焉者嘖嘖道山中之勝能無悲乎詳述之以見諸梅之能盡其性者皆出自先孺人手也岐者寓陟瞻之意屺岐同字義蓋依毛詩云云按予尹望山堂記云望山堂予午山

珍倣宋版印

舊名也。其義莫可根詰。山谿與隱秀。抱以二臂。右者宛宛乎若垂腕側掌而擸其臍也。太孺人墓於臍。記之首句義如此。

郭筠僊王先生祠堂記

郭嵩燾。字筠仙。湖南湘陰人。道光丁未進士。官至兵部侍郎。有養知齋集。

自有宋濂溪周子。倡明道學。程子朱子。繼起修明之。於是聖賢修己治人之大法。粲然昭著於天下。學者知所宗仰。然六七百年來。老師大儒。纘承弗絕。終無有卓然能繼五子之業者。吾楚幸得周子開之先。而自南宋迄今兩廡之祀。相望於學。獨吾楚無之。意必有其人焉。而承學之士。無能講明而推大之。使其道沛然施顯於世。若吾船山王先生者。豈非其人哉。先生生明之季。下逮 國朝。抗節不仕。躬涉亂離。易簡以知險阻。通德達情。既誠以明。而其學一出於剛嚴。閎深肅括。紀綱秩然。尤心契橫渠張子之書。治易與禮發明先聖微旨多諸儒所不逮於四子書研析尤精蓋先生平窮極佛老之蘊知其與吾道所以異同於陸王學術之辨尤致嚴焉其所得於聖賢之精一皆其踐履體驗之餘自然而愜於人心至其辨覈名物研求訓詁於　國朝諸儒所謂樸學者皆若有以導其源而固先生之緒餘也先生所著書存者六十八種都三百四十七卷書佚者又十三種始刻之衡陽者五種善化賀耦畊先生刻之貴陽又二種新化鄧湘皋先生刻之湘潭別爲二十種旋毀於兵湘鄉曾沅浦宮保再刻之武昌合五十八種二百八十二卷凡歷二百餘年而其書始大顯鄧先生始謀建祠衡　之故居不果行竊嘗以爲有宋諸儒之崇祀類由門弟子私祀於所講學地及所涖仕之州邑既久而彌光先生伏處窮山無友朋之討論無門弟子

之推崇。潛德闇行。慨然以斯道自任。無所求知於人。
其書晚出。天下之士。皆知貴之。吾楚或不能舉其名。
蓋其遇視有宋諸儒爲尤艱。而心尤隱矣。同治庚午。
嵩燾掌教城南書院。始言之中丞劉公。爲建祠南軒
祠之旁。而成君果道羅君世焜實先後董其役。將使
吾楚之士。知有先生之學。求其書讀之。以推知諸儒
得失。而於斯道盛衰之由。國家治亂之故。皆能默契
於心。又將有人焉。光大先生之業。以上溯五子之傳。
確然有以知先生之學。非元明以後諸儒所及也。儻
亦先生之遺意也與。氣盛辭雅。

劉霞仙繹禮堂記

物生而後有倫。倫立而後有法。法修而後有教。詩書
禮樂。皆聖人因倫物之粲殊。立法度以垂教者也。予
讀儀禮郊廟邦國之大。居處服食之微。鬼神祭祀之

幽莫不明著等威彰示節文使各有所遵循而不踰其矩以是知聖王綱紀天下所以範民心思耳目而納之軌物意義深矣士之生其時者有動作威儀之則以閑其外有道德仁義之訓以養其中其君子被服雍容敬慎以成其德其小人亦謹守法度而恥納於邪故成康之治稱爲至盛則禮教之浸淫於人心積久以成風俗豈一朝夕之故歟東周以降上多失德之君下無名世之佐人紀紊而禮意寖微然其時朝聘會同以及戰陳干戈之際猶必誦說先王陳典禮以決得失勝負之數至於執玉高卑俯仰之容或愆其度君子猶以觀德厚薄而休咎之徵亦果應之則知聖王所以定志凝命養人心之和平至五六百年之後敬怠斂肆尚警動於不自覺傳所謂範圍天地之化而不過曲成萬物而不遺何其神也漢承秦

燔書之後禮經殘缺諸儒掇拾煨燼存什一於千百微言幾於絕矣雖有願治之主慨然復古之思然文獻無徵抑無以備制作之德卽其勦襲前聞緣飾經術亦數陳而義失末合而本離唐宋以來得失之數略可覩矣由是政治隆替特隨世運推移遞升遞降無與維持於不敝者治術所以趨於苟簡民俗所以卽於澆漓曾不百年盛衰異視亦理勢之必然者歟昔之君子蓋有憂之網羅舊文列爲經傳以著古昔哲王治天下之大經大法將以儀型四方綱維萬事後有王者取而讀之由幹以達枝窮源而竟委則古人所以制治保邦化民成俗之意可坐而得堯舜禹湯文武周公之盛治可端拱而致也卽或聖伏神徂曠絕千祀然日月經天江河緯地乾坤未毀固將百世俟之予生也晚不及躬與斯文之盛少承庭訓篤

好禮書遭時多艱濫竊祿位馳驅鞅掌不遑安居然
抱此區區未嘗一日或釋近獲歸休竊窺墜緒迢迢
千古獨契予懷於是始作繹禮之堂取周官儀禮經
傳及杜君卿氏之通典江慎修氏之禮書綱目秦蕙
田氏之五禮通攷陳諸几案朝夕紬繹而詠歌之上
窺往聖制作之原下較百代修廢之迹奧旨宏綱曠
然心會以爲善讀者抉其精微綜其條貫則以進退
百王權衡萬變而莫淆予鑒卽後世事變紛歧文質
異尚因革損益不主故常然大綱之昭垂莫易曠百
世而可知也世世有魁儒碩德篤學嗜古欲崇德而廣
業必於此會其歸新學小生詳其品節服而習之優
游矩矱之途淪浹肌膚之會亦將由之以弗畔焉余
之樂此而不厭也舍此欲奚適乎當春融和萬景畢
會天穹然其上地隤然其下山川草木鳥獸森殖蕃

滋其文粲然其序秩然於以仰思聖王肇修人紀經世宰物之意先民有作庶幾日暮遇之至若較馬鄭之異同探名物之繁賾嗜奇綴瑣以資證附則近世小儒有好之者非予志之所存也

汪梅村張楚寶君子居記

余自知駑下不敢軼志於干祿韋昔賢量己守分之訓性愛竹苫屋宇仄隘從友人乞文竹三四竿明年老竹茁筍筍先後次第各森森具淩雲氣不依坿於物物亦無攀援之者以爲介節幽韻用自怡懌合肥張子從余游坐竹下譚藝亹亹無與於道也然張子幸有賢父兄知其染余深爲築書堂冶城山陰瑯玕數萬竿一碧數十百頃張子與其友檢書講藝於其中涼飆徐來戛戛作聲與歗詠若贈答余適往游裴回不能去張子匄余記之余取淇澳之詩名之曰君

子居且謂之曰昔王陽明居龍場龍場多竹陽明作茆亭其閒日與其徒講學不輟翛然若忘身世者名其亭爲君子亭且自爲文以記之其後勳德爛然照今古而或以爲先生講學自此起也且余聞之切磋琢磨君子之學也非勁直無以自立不虛其心何以受天下之善不靜其氣何以研萬彙之蕃變不疏其節目何以網羅一世之英傑而集思廣益道不閉窮達願張子勉之以無負賢父兄之期望無若余之頑鈍斯可矣此先生自道所學有序有物文品潔淨精微棻竹懿詩之流亞也

孫琴西桍楷花館記

咸豐五年七月二十有一日　天子移蹕圓明園於是駕在大內五年矣兩書房翰林直廬在澄懷園者多漏敝其可居者諸君或先之於是黃縣相國析其居之西偏以居予所謂食筍之齋也屋南向才三楹

珍倣宋版印

其東南小屋數間南牆下細竹三五十竿疎風纖珊青出於垣當塗黃尚書鉞之所種也尚書之居此以種竹故遂命之曰食筍齋已而歙程侍郎恩澤壽陽祁相國嶲藻常熟翁尚書心存相繼居之又西入一門有屋南北向各三楹牆復於池而芟薔拒戶其南室之西南阿桷亦陊矣剃其草崇其垣陊者補之於是以妻子居北室其南以爲退休讀書之所而食筍齋設坐以待客猶相國之舊也澄懷園本國初貴臣索某之墅　世宗時以賜內廷翰林園之周二里而近而小山環其外其中帶以曲池山蓋鑿池時舂土之所爲也園之西南溝扇子湖之水以注於園中而其源蓋自玉泉之山故水清而甘園之爲廬凡七而皆臨於池之上予之居水獨前後匯故同居園中者與予皆隔水相望自予居出門而右度石橋並山以

北循池行二百四十有五步以至於園之西門出門而左亦並山稍東而北度石橋循池行二百五十七步以至於園之東門池之中多芙蕖多芰慈姑鯉魚大者二三尺其山多樗多柳多柏多高榆多赤棘子居之南山有柏四柳一而榆最大鶻營其顛其北山有杻二柳二柏一樗一楮一而榆之大如南山杻最小其大者纔逾丈然程侍郎獨喜之嘗爲之著賦或曰侍郎時杻特大今其存蓋枿云而北室之庭有棠棣丁香合歡之花杻亦謂之檍亦謂之橿亦謂之杍楷而俗謂之牛筋木以侍郎之爲賦也故予遂以名其居謂之曰杍楷之館而予友王戶部錫振復爲之書以表之故予遂爲之記絕似歸熙甫

楊性農常德府署題名記

楊彝珍字性農湖南武陵人道光庚戌進士有移芝室集

郡之有守也新故相仍前後相禪如流水之相續於大川其治行在人耳目褒譏閒錯胥不得以力取且免如其政臨古絕尤上計最遷擢不以限民未能忘德譜其治蹟之班班者刻石樹之五達歷殊世久遠猶能誦說其人不衰若墨而虐其民民發怒如水火訕者唾者訐者不謀而起俾不得終其任去裁轉轂閒輒草土木卒遂不能舉其姓氏有志之君子審乎此其亦可以決所去從也見姣者於市急欲歸而修容遇蒙不潔者則掩鼻而去之若浼夫移是情而用之其美惡之在昔人者雖上下相望於數百年之久皆可於己考鏡其得失是又能自得師之一道也長白葆芝之岑太守兩守吾郡盜逋姦萑民譽翕然茲修復郡署署舊有題名記昉有明洪武初至嘉靖而止太守廣其意續而增之匪特章往也風來也將以出

入省覽見某也有聲施畀來人某也獨無述於後世勤勤乎自反自克於二者之閒必求充其忿好之心以旣於實而後已孔子曰見賢思齊焉見不賢而內自省也非卽此意與益歎太守之過人遠矣是爲記

閻季蓉石門縣學田記（閻正衡字季蓉湖南石門人生員官訓導）

有明一代之制惟學校最爲純備自漢唐以來未有能先焉者也太祖陟自側陋察天下之變階於秀民之失職故建制藝以造士使人壹其耳目心思於四子五經之書而事雜言龐者不得與也尊學官之選優其廩餼高其遷除遇之以賢人長者之儀而使不敢自棄於道德廉恥之外故方其盛時冠帶薦笏之徒爭自濯磨魁節碩行標映海內及其衰也朝雖崇任姦回而直言强諫之君子更仆遞起其窮而在下者柄持清議排譏宵醜當是時廷杖之慘酷緹騎之

驕橫。日陷衣冠於塗炭之中。而不能少貶。東林復社之日。其流風遺烈。可謂懋哉。不幸社屋鼎遷。淪胥以盡。而感憤激發於君國之難者。陷膺穴脰。視死如歸。至不可選紀。蓋自東漢節義之隆。未能與比並焉。嗚呼。豈非教澤之懿。有以愜人之深。而牢結不可解於衷者與。

國初斟酌明制。而益損之。其程額也寬。其著令也嚴。使士植身黌序之林。即不敢僩然自肆於繩檢之外。可謂矯枉而得其正矣。然爲學官者。爵輕而餼寡。出則趨拜承迎於牧守之前。而內或妻子饘粥之不給。士之傑然有意於自立者。常不樂爲。而姑取庸冗罷駑者。以充位焉。其生徒進謁於門牆。擁臯比。畫簿籍。斷斷然較量錙銖毫末之閒。以苟同於商賈。後雖欲誘勵而督勸之。其勢無由。士出於貧約傭筆墨所入。僅足自活。而又罄其半以贍學師。其力有所不暇故遊手失業者涸焉無所依往往涵列於市井刀筆之儔以自汚其行有司操三尺法南面盛氣以折辱之垢首蒲伏冥不知怍無他上之所以待士與士之所以自待均出於禮義廉恥之外雖峻文苛罰以懲動之而亦無能矯革也吾楚自軍興以來髦傑朋起　聖上廣厲學官之路增置弟子員士既沐浴於膏澤而邦之縉紳髦老亦願斥其橐囊之羸以資學官之養而佐生徒之窶艱者吾邑當荒遼僻絕之地遲積至今始克有成予既嘉其有以助　國家長育之方而培師儒廉介之誼因爲序著學校盛衰之本末以誌人才消長之由使採風者有所覽觀焉

遒勁似半山

王鼎丞山右救災記

踰太行而西南界中條北薄邊塞襟汾帶河皆古冀

州地堯舜之舊都叔虞文襄之餘烈於是乎在其民
好深思遠慮崇節儉善居積風俗之醇著自往昔
聖清有天下沿明制設行省於太原而以巡撫專治
之統州郡十有九連城百數歲輸賦稅鹽課銀三百
八十萬有奇而大同平定遼潞澤東踞太行之脊首
尾相屬幾二千里皆依山傍麓羊腸峻坂矗立霄漢
巉崖刻陗古樹糾錯迴谿幽壑宛潬雲橈迤北則甯
朔代忻山益高地益寒霜雪層積百卉旱凋穹石浮
沙難施耕耨獨太原平陽以南地稍平衍沃壤隩區
居之十四五焉冀土既多磽瘠居民樸質忠信奉公
惟謹偶值歉歲未敢以災上聞中歲所入不足自贍
逐末者日益衆不憚風濤之險山海之隔貿遷服賈
輕去其鄉而大農因地擇賦他省催科或課至八九
分於山右則必取盈自咸同以來邊陲多事京營兵

餉臺站支銷以及本省留防之軍西征諸營之協餉率責望於山右罄帑藏所蓄不能遍償或至誚讓相加帥斯土者內迫部議外懼邊功之隳於垂成補苴遷就苟免於過斯已矣其不暇計及度支之虛竭民力之拮据者亦勢使然也　今上之二年秋九月宮保威毅伯曾公由東河總督移撫晉疆越明年夏五月履任視事於時亢癘爲災已歷二載隴畝龜坼萬樹赤立炎風熇日燎原爇野小民無所得食掘草茹根析骸而爨溝壑塡委里舍無煙百里之內不聞雞犬聲但見荒墟落月照耀白骨烏鳶飛鳴而啄食公具疏馳驛詣　闕言狀朝士駭異以爲山右頻年豐稔不虞驟至於此　天子軫念民依凡公陳奏　優詔報可乃發東南漕米數十萬石帑銀數十萬兩以賑之公度饑黎且五六百萬衆　國家費用不貲民

珍倣宋版印

猶無以徧及乃手書告貸東南各省其言至痛楚不忍卒讀聞者皆感慨泣下爭醵廉俸解囊橐惟恐後時下至傭夫販婦殊方異俗皆若疾痛陷溺之在其身不期而相赴銖金寸帛思效毫末之助於是銀米輻輳饋餉絡繹饑黎全活無算公猶懼民氣太傷瘡痍難遽復前後疏陳數大端曰蠲免錢糧曰籌借籽種曰清釐荒地曰併丁於地曰均減差徭曰裁併冗車　上嘉納之四年五月天大雨七月又雨中外大悅咸慶三晉之民出水火而登袵席而頌公之經營荒政感孚至遠其功德近古所罕覯也當公之用兵東南霆摧電激所向披靡雖古韓白無以過及大功既成渠魁就殲　天子肅籩告　廟班爵酬庸於是功高毀積謗議稍稍興起矣今公一出而值百年未有之災救億萬垂斃之命薄海內外頌聲洋溢以視

世之拘文守劍自詡爲龔黃者其設施爲何如也昔諸葛武侯韜略冠一時而陳壽譏爲短於治軍今公之治民察吏超出尋常萬萬而世但豔其武功悠悠之論其不足以知大賢也久矣是爲記磊落崟巇文品雅潔其頌曾忠襄公處尤彰特識

王晉卿重修子雲亭記

往者武昌張廉卿桐城吳摯甫盛稱司馬長卿揚子雲爲漢代忠正之士且爲文昌言以辨其誣世之儒者多疑之文章之難知久矣以班孟堅之才之美其分合史記往往不達子長之旨封禪書所以刺時政也故不列於禮書而孟堅乃改封禪以爲郊祀夫郊祀果非禮乎陶元亮痛晉室之士故詩多假事隱辭以抒其忠憤而能詩如杜子美乃譏其責子爲不達道嗚呼若二公者其於文章之事幾可以無憾而識

譏乃至淺戾如此況其又下焉者耶司馬長卿果以封禪爲盛德爲文以獻諛取妍於上則不當於死後始上之故樹柟嘗獨以此爲尸諫之書法言稱漢公之懿過於阿衡夫稱之曰漢公而以阿衡況其勢位孟子所謂無伊尹之志則篡也今試語人曰爾勝於盜賊强於虎狼則人必不以爲褒諛之詞而以爲詈譏之語子雲既爲文以美新矣而曰劇秦以爲美是何異以勝强於盜賊虎狼之譽人哉古之善爲文者譎言而隱辭美事而誅意屈原宋玉枚乘之徒其所以諫其君而致其身者莫不皆然然世之灼知其意者蓋千百中不獲其一二焉善哉班氏之言曰相如封禪靡而不典揚雄美新典而亡實誠以二子者譎言隱辭美事以誅其意後世乃以爲實然據爲典要豈非所謂大謬而不然者哉以伊尹之聖而五就湯

五就桀微子之去箕子之收比干之死而孔子皆以
爲仁管仲之事桓也雖賢若子路不能無疑而卒死
衞國之難聖人不責子路之死而獨許高柴之智若
揚子雲者惜乎不得聖人之論定然其書具在夫固
有曠然俟之百世而不惑者樹枏自服官西蜀即訪
求司馬長卿暨揚子雲氏之故墟遺迹而成都縣署
東南隅有子雲亭者率卑狹觕樸不足爲享賢昭敬
之所吾友扶堂由蒲江知縣調補成都之二年吏民
浹和羣墜提舉化朽剋蠹有瑩無疵乃慨然以衙署
陋敗斬材伐石重治而新之凡八閱月堂楹改規既
宏且固十月之初又易向之所謂子雲亭者增高二
十四尺闊幾尺攀登其巔可以覽全城之勝工成之
日諏吉妥神用昭祀享衆賓翼翼舉觴歌詩僉曰祉
哉君之於子雲氏可謂烈矣賓退之後乃屬樹枏述

其構之顚末刻之石並昭辨其志爲後世之不知子雲者發其覆焉扶堂名鳳全荆州駐防鑲紅旗人今四川所首稱賢吏者也發微闡幽意誼深美

續古文辭類纂卷二十五

珍做宋版邦

箴銘類

曾滌生五箴 幷序

少不自立荏苒遂洎今茲蓋古人學成之年而吾碌碌尚如斯也不其戚矣繼是以往人事日紛德慧日損下流之赴抑又可知夫疢疾所以益智逸豫所以亡身僕以中才而履安順將欲刻苦而自振拔諒哉其難之歟作五箴以自創云

立志箴

煌煌先哲彼不猶人藐焉小子亦父母之身聰明福祿予我者厚哉棄天而佚是及凶災積悔累千其終也已往者不可追請從今始荷道以躬輿之以言一息尚存永矢弗諼

居敬箴

天地定位・二五胚胎・鼎焉作配・實曰三才・儼恪齋明・
以凝女命・女之不莊・伐生戕性・誰人可慢・何事可弛・
弛事者無成・慢人者反爾・縱彼不反・亦長吾驕・人則
下女・天罰昭昭・

主靜箴

齋宿日觀・天雞一鳴・萬籟俱息・但聞鐘聲・後有毒蛇・
前有猛虎・神定不懾・誰敢予侮・豈伊避人・日對三軍・
我慮則一・彼紛不紛・馳騖半生・曾不自主・今其老矣・
殆擾擾以終古・

謹言箴

巧語悅人・自擾其身・閒言送日・亦攪女神・解人不誇・
誇者不解・道聽塗說・智笑愚駭・駭者終明・謂女賈欺・
笑者鄙女・雖矢猶疑・尤悔既叢・銘以自攻・銘而復蹈・
嗟女既耄・

珍倣宋版印

有恆箴

自吾識字百歷及茲二十有八載則無一知曩者所忻閱時而鄙故者旣拋新者旋徙德業之不常曰爲物遷爾之再食曾未聞或愆黍黍之增久乃盈斗天君司命敢告馬走

曾滌生忮求詩

善莫大於恕德莫凶於妒妒者妾婦行瑣瑣奚比數己拙忌人能己塞忌人遇己若無事功忌人得成務己若無黨援忌人得多助勢位苟相敵畏偪又相惡己無好聞望忌人文名著己無賢子孫忌人後嗣裕爭名日夜奔爭利東西騖但期一身榮不惜他人汙聞災或欣幸聞禍或悅豫問渠何以然不自知其故爾室神來格高明鬼所顧天道常好還嫉人還自誤幽明叢詬忌乖氣相迴互重者裁汝躬輕亦減汝祚

我今告後生。悚然大覺悟。終身讓人道。曾不失寸步。
終身祝人善。曾不損尺布。消除嫉妒心。普天霑甘露。
家家獲吉祥。我亦無恐怖。右不忮

知足天地寬。貪得宇宙隘。豈無過人姿。多欲爲患害。
在約每思豐。居困常求泰。富求千乘車。貴求萬釘帶。
未得求速償。既得求勿壞。芬馨比椒蘭。磐固方泰岱。
求榮不知饜。志亢神愈忲。歲燠有時寒。日明有時晦。
時來多善緣。運去生災怪。諸福不可期。百殃紛來會。
片言動招尤。舉足便有礙。戚戚抱殷憂。精爽日凋瘵。
矯首望八荒。乾坤一何大。安榮無遽欣。患難無遽憝。
君看十人中。八九無倚賴。人窮多過我。我窮猶可耐。
而況處夷塗。奚事生嗟愾。於世少所求。俯仰有餘快。
俟命堪終古。曾不願乎外。右不求此公晚年閱歷見道之言。其於聖賢知命樂天之旨。深契而有得。詞意淵美。直與衛武公抑戒。張子東西銘相配。不當目爲泛泛箴銘之語已也。

珍倣宋版印

汪容甫亳州渦水隄銘 汪中字容甫江南江都人嘉慶中拔貢生有述學內外篇

乾隆四十三年河決儀封考城由渦以注於淮亳州首受其水田廬城郭蕩焉踰年水宿不去於時儀徵江恂待罪是土乃集其僚佐士庶謀曰州之域西至於鹿邑東至於蒙城渦貫其中若帶然自城以外爲保八十有一而在渦南者五十有二是其地於三垂爲大且州治在焉渦之北方殫爲河恃渦以洩之是不可防也今立隄於渦陰水循隄而東西南之田可得而食則皆曰善二月之吉天地和調日中而永土墳而剛時以興事可以經遠版榦畚築艾獵慮其事大下小上敬仲作其功地防理孫匠人因其勢游波寬緩待詔陳其策監於成憲則罔有愆役不踰時是曰如志其廣四丈外綱半之以其綱爲之崇東自支家林至李家灣西自草寺至河礓溜隨水委宛長千

五百八十丈越月水復至僅漫及隄之半南境大穫舉州食之不能盡於是亳人曠然知隄之利也年穀順成衆飽而嬉坊與水庸是祝是饗營室昏正乃圖後功自河疆溜爲隄西抵楊家橋接於鹿邑長五千三百九十丈盡亳之竟與渦爲緣廣與崇皆視前隄富衞其居貧利其食是故任力而不勞施財而不費後雖有水患亳勿與知焉惟　天子惠保庶民恤然若將不及自河始災出入二載所振貸以萬計封疆之吏奉宣　德意無敢不共而恂展布其四體大懼隕越以速官刑當水之始至輒假便宜發粟與帑以急民命大府矜容日有賞譽東隄既成據以入告勤民能事之褒章於　王言明年　省方南國蒙　恩召見曾不浹月連擢右職遂忝方面無望之福愧於非據既將去是州遂爲文紀其功日財用基址以告

亳之民與後之守是土者而系之以銘其辭曰

河水洋洋溢於南土哀我殫人逃死何所集於中澤離彼曠野閔茲鴻雁厥匪兕虎爰爲大防以固吾圉百堵既興式歌且舞父誡兄勉應我鼛鼓抱若弓輪磬折參伍明神相之於渦之浦是涸是淤長我禾黍官不失職厥爲民母歲埤增之柏楊是樹民得其饒以生以聚用刻此銘俾紹厥後

李次青昭顯真人廟鐘銘

皇帝即阼之十年太歲重光協洽夏六月大旱百川且竭羣籲於昭顯真人上下奠瘞以明潔越四日大雨萬民斯悅迺謀荅神庥百其辭弗愜卜建廟曰吉民用和協未五月廟成翼翼業業迺召鳧氏作大鏞考休烈不窕不摦弇侈應法銘之曰

其萬億年永琍用若金甌之网缺

高陶堂石鐘山銘

高心夔字碧湄號陶堂江西湖口人咸豐己未進士江蘇知縣有遺文

湖口負山爲縣阻臨大江石鐘山踞其北隅下與城屬自明季城圮更二百餘年莫之繕完莫知石鐘山之爲險者大軍既克九江今太子少保兩江總督曾公再起視師論奏湖口重鎮宜城以授今兵部侍郎彭公而檄知縣事候補知府岑君蓮乙縣人按察使銜記名道屈君蟠監植因民之材徵力士之能者遂經始咸豐九年己未四月期而城成洎庚申十一月池甯賊馳四百里襲湖口與祁門援兵爭道山口市樓櫓麤繕人吏疑沮內江水師副將丁君義方勒兵入保會大風彭公乘舢板從黃石磯來省城守時守兵當攻者十一然賊固已氣沮宵遁矣一城之蔽厝江湖於堂奧捷應彰彰且彭公之來也大江昏冥巨

湏廢山岳船中人大恐彭公意氣益銳卒存此城難矣天塹之險專於水師開通東道實始湖口經營湖口莫盛於彭公高心夔歎之曰偉夫諸君子之勤也地勢下江海而秀高陵谿者善容翹者善舉凡有氣以充之有督師諸君子以興有是役湖口之險以具是故一城而已而利在國家吾聞丁巳九月八日彭公帥內江礮船拔梅家洲明日水陸大舉克石鐘山山洲翼江而壘賊殊死阻禦四年矣游擊蕭君捷三之殉師屯吳城彭公代將崎嶇拊循併命以規長江之利東攻卽首湖口豈不以險哉今民耕者還其疆祭者循其壟歌謳之聲與茲山無極矣彭公宴游之頃臨乎江城抑猶拊衿傷懷吁嚱慷慨思所以居成功勸來者光輔我　聖清僉曰宜爲之銘其在工宣力者別有書銘曰

帝憂南紀畀斧元戎有醜逋誅穢我土邦元戎莅斯賁燿　皇武沃熸以江菀枯以雨蔪蔪維巖棲阻於天疇翦夷斯侍郎桓桓燔山撿撤天壁匪高奪江飛援騫舟於濤惸嫠之存忠信之繫孰躬況瘁而聞不至川陵委輸阜成方垣昔勞而遑今胥而安匈潯掖鄙含荆歎吳巍萬斯仞攸詹畢圖旎旎長麾侍郎其東河海旁潤歌舞予同　皇威既宣有建無改作固於民敬勖良宰

頌贊類

楊性農蕩平粵寇頌 幷序

聖清奄宅率土日月出沒霜露所被靡無不提封版籍地廣物豐萌生釁蘖苞於五管負險懷惡煽爲左言反易天常愚引庸品久則附著稍衆屬宰牧非才曲加含貸未嚴所督流衍愈滋漸肆鴟張殺掠人吏

珍倣宋版印

敢拒大順數挫。王師遂乘勢席捲。踰湘灘。擾江漢。陷吳會。轉渡河而北。以窺畿輔。會伏莽之戎。乘虛覬隙。相因並起。中原千里。鞠爲戎墟。兵甲紛紜。十年不解。 顯皇帝以反側未戢。天討有稽。 馮几彌留。猶殷南顧。 皇帝紹休聖緒。祇承 兩宮皇太后懿旨。特任元臣。俾總師干。以張撻伐。其軍行進止。舉不制於中。憑 國寵靈。次第收奪失土。乘而踣之。覆其穴巢。殲刈醜虜。殆千億計。其餘猶復逋死。假息經時。閱歲卒訖。王誅中外咸歡。 一人有懌。乃告 廟飲至。播降 恩言曰。猷惟予二三同德。率我有衆徂征。顯有丕績。予惟爾嘉。錫爾圭。授爾鉞。往卽於大藩。爾尚圖功攸終。其有休於奕世。又曰。猷昔府實無餘。乃榷乃算。越我小民。罔不供。厥惟艱哉。朕其恫。繼自今四方若無虞。其已民。乃蘇。又曰。猷越茲寇。劉我民。民罔

寘厥居尚安輯之哉無任汙萊給耒與牛助之耕俾
終厥畝舊有繁賦其省之竊念兇豎怙亂已彌一紀
皇帝嗣纂洪圖卽底康靖眇古論功江漢常武之
業遜茲何遠猶復時勤　清問察民疾苦務崇寬大
蠲煩苛以與民休息期於乂而安之凡海內圓首方
足無不含和吐氣卽遐方疏屬殊鄰絕黨之域亦當
企踵向化如曩時用固我丕丕基於有永臣愚不自
揆竊欲導揚休美昭之無窮謹拜手稽首而作頌曰
清曆景命　重熙其光遐覆無外　帝紘高張雨風
長養爰苞蕃稂背其亭毒肆猘而狂釁發邕管禍延
湘漢每搗其虛勝以不戰乃將干城軍容始變中宵
石隕天幾不旦有杞有梓貢於楚墟如拔彼茅載連
其茹朝則提戈夕猶緡書賊褫其魄望風而逋駕彼
艨艟虜矢如雨未竭鼓音流血及股飛笴縱燎張其

珍倣宋版印

一炬。若爝飛蓬。燼無遺孑。四出侵暴。守有完闉。維特維防。百夫其身。左蛇右豕。中峙孤軍。援絶力窮。風雲爲昏。維貔生羆。穴有江東。憑負天塹。據倚金墉。頓兵其下。十萬環攻。曠以日時。師老無功。疇克視師。乃命台衡。錫之弓矢。令其專征。莫敢或伐。落彼驕榮。有集維彥。咸遂其能。桓桓節度。功成反手。旋復金閶。直指鍾阜。乃角其前。乃掎其後。大膊石頭。進逼牛首。長圍式築。飛走悉窮。嗟彼枯魚。泣於釜中。夜墮天狗。其聲隆隆。占言破虜。遂成大功。猶有遺類。負越之隅。聿擾耕牧。莫之或濡。伐彼槁乾。如摧朽枯。靡有越逸。復滋邊虞。謀無遺諝。舉操勝算。雖出羣策。實由　宸斷。仰承　文母。下弼奭旦。猗與　委裘。竟夷大難。道映先天。亂撥崇朝。於爍其師。　聖武孔昭。天步克清。氛祲曰消。威加有截。彼荒其條。

宦莘齋瀛海名人頌并敘

宦懋庸字伯銘號莘齋貴州遵義人著有莘齋文鈔

夫識高於往者道契乎神法變於古者思窮乎聖若夫人雖别於華夷域無區乎中外論性以合天而契設教以前民爲用斯亦義乘時爲消長道與運而通變苟非至人其孰能與於斯乎夫虞夏殷周遞代而嬗伊文周孔形道爲上遐哉邈乎華夏信莫及矣若夫秦漢遞降異人代出以云制器亦有專門故平子始地動之儀元室神刻漏之器諸葛創木牛之製公輸後飛鳶之好莫不騁厥奇思闢其意匠雖雲蒸霞蔚羽儀上國而以非一王之所尚故歷久而傳失維茲含髮戴齒而靈性攸同飲血茹毛而食色不異式肇東來之法因嬗西方之美歷代英君誼辟遂得因而驅策而乃鞭褫黑海虎視歐羅其究也陋羲和之失官補考工而成紀家御列子之風戸鑽燧人之火

化羽毛齒革而底於富强列地水火風而謂之四行大無外之規模宏方寸之容納何嘗不縱橫而講盟會佳兵而爭雄長斯亦古今之至變而中外之筦樞也閱嘗鉤稽舌人之説景行疇人之傳述來觀往布指知寸既循名而核實皆有稽而可徵爰作斯頌以景厥隆云爾

大地運行無偏無頗崛生上哲翼彼歐羅雲蒸霞蔚鬱爲羽儀武功文治稽古則過匪曰實過賢哲孔多首彼得羅歐北英奇初學大雄繼入舟師荷蘭潛迹戰瑞勝之波羅冰雪烏拉松榆闢境窮髮四部羈縻索倫立石介別華夷水陸形勝百世之基巍巍繼起曰拿破崙霸圖肇興海上連橫業承路易好武佳兵滅荷廢西取葡連英弁意割普小大並侵伐俄之役天厭厥凶全軍飢凍大潰而東盟維也納易橫而縱

流之荒島・勞而鮮功・爲笑千載・有始罔終・維華盛頓
英所自出・少長孤寒・母教而立・資兼文武・杜門卻迹
苦英苛政・思所變易・血戰八載・美乃成國・遠宗揖遜
堯終舜及・功成身退・讓於有德・任人立政・版圖式廓
威廉第一・德之令辟・忍辱負重・合日南北・白首舉兵
任俾麥克・果虜强鄰・巖疆是復・五世令終・克享天祿
畢司馬克・賢哉相君・深沈大度・獨茲一人・大恢土宇
網羅虎臣・弱法强普・保茲令名・毛奇觥觥・用兵若神
粉版自堊・介畫縱橫・目無彼虜・胸有甲兵・出其緒餘
凌吳躐孫・專門之學・邁茲古人・殘破之局・誰實尸之
曰地亞士・效弈置棋・諾諾諤諤・前事之師・不幸而中
厥智乃奇・游說列國・顛而克持・民政卒變・雪恥有基
盈庭浮夸・於國奚裨・論久而定・力破羣疑・垂裳端拱
尸祝亦宜・維多利亞・女中之賢・通商上國・海上爭先

珍倣宋版印

駛驅輪船・利盡東南・持盈保泰・匪禮勿愆・全有印度・
涅白磨堅・君德巍巍・巾幗爛焉・荷蘭虎哥米利惠頓
實創公法・萬國合弁・曰性曰例・輕重斯稱・維繫昇平
大局弗慭・匪徒清議・實事則盡・守而弗渝・例重於性
曰富拉頓・始造輪舟・曰塞明噸・斯泳斯游・水火二力
節宣其流・萬里杭海・心與目謀・聖人可作・不廢厥猷
詎云刳木・亦既方舟・德輝庇斯・美國之彥・亦既行水
毋乃廢旱・山峒煤空・洪鑪鐵煽・輪車之利・行遠斯見
權利是收・富强基擅・繡壤綺交・鱗塍脈貫・瞬息千里
實極其便・可崙好奇・乘舟西邁・加勒海灣・廣漠斯在
巢處穴居・近於寒帶・大破天荒・易素而繪・繼厥蹤者
爲墨瓦南・再得大地・曰新荷蘭・五洲之名・於是列焉
榛狉之俗・穢墟是探・闢莽除穢・賴茲後賢・冰寒於水
青出於藍・澳大利亞・別有一天・維利碼竇・泰西之英・

亦有同志。謂南懷仁。浮海東來。學擅天文。七分六日。
朔虛氣盈。貞元啓運。佐世名臣。絕學千古。貽茲令名。
氣機之用。創自高斯。卞和被刖。數則屢奇。吳斯得侯。
出獄繼之。至塞法利。因心是師。牛國民者。變通其機。
至於瓦得。童年而嘻。句股畫地。人笑其迂。卒通微妙。
賢聖是希。乾溼二電。曰堆曰池。始意大利。嘎喇法尼。
有佛爾塔。理推其餘。但氏葛氏。厥事益治。萬里之遠。
瞬息文移。普利天下。神化攸宜。出幽入寞。鬼神通之。
思慮所及。奇而不奇。始化學者。曰韋而司。類分萬物。
原質是稽。質點相引。愛力推移。惟蒲陸山。繼之而治。
專論生長。補闕拾遺。曰布里克。曰里必格。辨其顆粒。
加之大熱。或遇空氣。化散元質。分界既定。大含細入。
亘古未聞。媲於聖哲。矯矯諸彥。命世之英。各宣猷爲。
克盡乃心。功無與二。世不虛生。折衷樽俎。流播藝林。

況茲華夏冠冕羣倫頑廉懦立高山景行曲終奏雅旗常勒銘筆力遒勁頗類半山按英國名將公爵威靈登一千八百十五年生擒拿破崙第一於比利時之倭得魯至今華表巍然威名不在毛奇下法國名人賴賽樸司首倡開挖蘇衣士河以避阿非利加大浿山海道之險糜費八千萬金磅鑿之七年卒裂亞細亞阿非利加爲兩洲功在地球此二人皆應補頌

梅伯言楊忠武公贊

在嘉慶初川民跳呼井絡南山是穴是郛天兵四臨北合南逋公以宿威首執楚俘提兵陝略斬虺搜狐死士百人愛同肌膚攻堅截流壓賊如雛遂專閫鉞以訖天誅滑賊逃死以城自恃張其螯網距我星壘公揚天雷土崩岳磓聚其梟狠萬肉一灰屢奏膚功忠謹不回 帝重公器封疆可寄武人制軍漢臣破例公督陝甘子亦開府 恩榮巍巍不亢以俯元臣來朝 天子歎嗟念其勤功與其耄皤稽首歸里

帝錫繁祉形在紫光美謚加禮哀榮冠倫可謂終始百戰如公以牖下終凡百有位視此精忠

梅伯言陸母林孺人像贊

常州陸祁孫先生有賢母曰林孺人既卒除喪惟先生思慕之不忘設像於室事亡若存以像之設不能得於古也乃錄其德行焯焯者數十事示年家子梅曾亮命爲之贊且敘其不可已之情事曰像之設蓋起於周秦之閒婦人有像自西漢始像之興其當尸之廢乎或曰是其於先人稍不類則恐天下之人適有類乎此也是未明乎尸之說也夫實有是人而非吾先人者尸也而吾心猶有可以先人之之理若天下人適有類乎像者理也無是形也而吾心先人之豈反不得爲先人乎嗚呼禮有殺於古而隆於今者今爲厚從其厚可也於禮婦人無主今有主晉以後

未有非之者也。父在母厭尊。今無厭尊。唐以後未有非之者也。彼情之所失者厚。而名之所託者尊。故非之者予惡名而不敢辭。君子曰。先王之禮。情不勝義。後世之禮。義不勝情。義不勝情者。私也。私而值乎親。則君子之求致其情者。所樂因也。獨像也歟哉。贊曰。

閩縣孤生。林太孺人。嬪於恭城君。常州陸門。恭城君之斂。命服莫安。曰從今職。母僭舊官。祁祁守禮。駭浪始砥。夫棺在舟。濡足不起。愛子惟一。折萎弗惜。曰榮辱於先公。莫斯爲亟。令子者何。祁孫先生。文章滿家。媲於東京。舉於庚申。官於合肥。嗚呼孝子。今誰子答。不子能答。像亦罔知。子曰有知。我母之儀。

莫子偲王節母贊

莫友芝。字子偲。號郘亭。貴州獨山州人。道光辛卯舉人。徵用知縣。有郘亭遺文。

王太夫人方氏。子懷侍郎茂蔭之祖母也。年十七歸歙王封翁某封翁遠賈于潞河五年不能歸而卒太夫人年二十八耳逮事祖姑十年事姑三十年撫子婚取有孫而子婦卒又撫孫及就傅數十年極事畜勞瘁情理當太封翁初卒翁之昆弟會族人書二百金券付以資撫孤迨子將冠即還其券平居足不出戶行不履人跡食不茹人餘湯餅之屬不與人共釜爨人咸笑其迂與嫂氏親愛惟見于堂不入其室至五六十猶然外家中落當家計窘促時則力夜作易升斗以遺父母姊妹四人不能自給者必量力資之六十時給帑建坊曰吾數十年飲冰茹蘗初不知有此類事唯念念懼稍有差失他日不得爲神耳茂蔭官戶曹歸省誡之曰吾始望汝輩讀書識義理念不及此今天相我家汝宜恪恭盡職無躁進無營財賄吾願汝毋忝先人不願汝躋顯位致多金也卒年八

十四。贊曰。

貞媛懷清。冰蘖在躬。其潔白艱苦。蓋罔或不同。唯太夫人。禮意性得。別嫌明微。動契聖則。孝于姑祖姑育子翼孫。一瑣悉篤摯。若未大遠於人。不食殘餘。不踐履迹。濡餅不共釜。親嫂不入室。人皆怪其迂。而守死不忒。棹楔有旌。太夫人有言。吾苦節歷世。初無此類知聞。惟懼稍差失。異日不得爲神。猗古至行。忠孝貞烈。匪迂曷堅。堅乃獨絕。獨絕之精誠。如神明。然人而思爲神。而胡不完。有孫名卿。許國貞專。爲國柱石臣。

庶答太母艱。

辭賦類

張皋文游黃山賦

黃山者。靈圉之閒館。有方之鬱林。夫其奇瓌詭麗。超絕列嶽。蓋象崑崙閬風。方丈蓬萊。又其幽局宮別。杳冥卉旭凝霜仍雪閟自太始舉世罕能登陟是以容成宅其陽浮邱棲其顛軒皇鍊其鼎玉女流其函鸞鶴翔其林芝英挺其阜予與桐城王灼濱麓客遊茲邦因往探焉故復巖覽誕略朱遂冥尋然於高則窮蓮花之崇於奇則盡雲海之怪亦足以極茲山之絕覲方傒永解纓絡結廬神隩故聊託篇翰以誌勝懷左思曰登高能賦者頌其所見也其所未覩蓋闕如也

迫區中之隘陋兮藐寥霩而神攄行周覽乎八極兮騎騂騩以踰躅崑崙荒忽莫可搖集兮奄息氾濫舒節乎三天子之都朝吾濟夫容溪兮規容成之高臺鬱巖巖之嵔䃬兮拂穹嶐而上迴連岑吁其坱圠兮徑曼羨以延屬經崇駊騀以撇天兮歷陁罷陀以頹谷霞嬰雲汨般以澹蕩兮嵷嵤紆滴紛以相逐時固

珍倣宋版印

未臻乎黃山也。忽丹嶂之岑嶙兮。類羣峭以霞起。浮纖削而菶敷兮。勢振颷而不已。心炯炯而上假兮。目眇眇而無倚。何風引而欻去兮。慶不可乎彌揆。夕信從於招提兮。浴神溢之湯湯。陰火熵薄於巖幽兮。伯僑無忌奔以回皇。疏煩想於游蒙兮。霍然飆除。詟然雲揚。乘淩兢而絕太陰兮。與真緈乎相將。橫窈窕以互折兮。俠飛泉以高邁。聞幻景之恍惚兮。有空相之僊廬。旋室窔窱以㛣娟兮。柍桭黶翳而相扶。應真卓錫以遙佇兮。狀頹䫌而睢盱。羌尋眗而無見兮。悵天閟之不我舒。厲磊砢而百轉兮。穿巔岃以上征。雲霏霏而襲予兮。石氣黯黕而愈清。岑崟雜遝以差錯兮。衝蔥從隱倚追以縱橫。堂防絕限嵑以艭路兮。愕眙怵奐梁以搶攘。入鬼室之懿濞幽杳兮。出雲窗之窐寥窈冥。搏谽谺之膠盩枝梧兮。尋光景之晻曖鑑暝。稍

定氣而回眺兮。矗天都之巍巍。下嶙峋而刻削兮上
洪紛而錯崔嵬。翹撇烈孤以獨舉兮。屬重陽而下迤。
形精濭遠若不知其所柢兮。盪空青而無依。縝澤絡
繹而以騰湊兮。龍鱗霞駮煒以林離。天扉石室儼以
高隮兮。亢烏騰乎將吾止之。獨橋首而不可即兮。心
徊徊而不怡。仰穿溟涬兮上出彷徨。傾臺兀兀兮俛
視崢嶸。震慄徙倚兮一升。極目天表兮洋洋。蓮華敷
萼以右起兮。翼天都而雙標。爭奇角詭兀不相讓兮。
崚嶒嵬崴据以夭橋。紅采翠氣交曳而並颺兮。蒙合
欲嶔半散以招搖。披桃花而屬夫容兮。前雲門而概
逍遙。往往高松負石以成質兮。壁走樛枝以還會。東
西蜿蜒徙靡而卻負兮。蛟螭蜿蟉相詭而異態。沐疏
仡之霜雪兮。醎禪通之沆瀣。猿狖仰眴而不能搴兮。
離朱目眩而不能紀。流視羣碎。靡何纍纍。高低混茫。

珍倣宋版印

嶷積參差鬱撓天地茫茫霏霏似驚潮之鴻涌於海門兮如螘垤之冢列於庭階也於是賑奇選崇望蓮華之顛而造焉降巑岏而陟槷刖兮回兀婁而踐巇齾風磴運裛以穿洝兮石齒盱駴以碭突逡巡二分以側足兮目眩轉而莌忽詘轄折枝熊經以卻立兮浸淫啞呀攀以中必雖荊忌之僄佼疾迅兮猶廩廩而氣失爾乃石扇顏砡兮掩杳玲瓏曾宇覆複兮宛潭交通參差蔽虧兮壹陰壹陽枝撐刻削兮神樞而鬼工淹回旋而詰屈兮邈乾坤其若蒙欻矇涌而上出排閶闔之蕩蕩軼遊氛於鴻濛凌虛無而獨立兮貫倒影而高厲倚瑤光而部衆神兮捎豐隆而扶屏翳馮蔑蒙而下矚兮汨修隮於一氣崪屼鑽列瑣碎而不可詰兮宕冥冥其容裔攬九海而撫八紘兮吾乃今日窺天地之所際蹋吾下夫崔巍兮降雲梯之

嵺嵺逶迤累折以規轉兮阬隤稽而若顛顛得底平而

出天壁兮乃馮冢而極巔圍羣象於寸眸兮駢衍振

陳宮以巋頹擇菌蘭之卅六兮跱元君於雲閒郤睨

巨鼇兮嶔淫熀潒潒兮奪精僊之人兮威甤紛何爲

乎揚靈總圭笏兮相翔吹參差兮杳冥潏湟陸離班

以屯塞兮振耀曶蠻瀾以煌熒四顧堨扎莘莘縰縰

怪物神鬼紛羅交馳巨鼇沒吻以釾釾兮卻贔屭而

躨跜狻猊玥琰以奮亹兮作首目之耏耏巨靈高掌

於雲外兮勢爪踼乎華衰女娥幼眇以流睇兮被長

佩之甤綏百怪欺猥以噩對兮儼瞵瞲而睽睢羣岳

岳以嶷嶷兮隨顧盼以駱駃卒駭悚以驚魂兮中怊

悵而意迷

曾嶄窪窔日夜出雲滃沛茀鬱烟烟熅熅

紛飄起而屬天兮汩混會而渾庬爾乃輕飈作起宕

拂四表淫揚驚奔泮渙騷擾紛紜邅迴以下降兮絪

珍倣宋版印

繆周盩轇以旁繞穹窿糾撓皇以回薄兮紆鬱漫衍
敷以綿邈圓宇廓以清瀓兮柔祇濫其漫漫匼帀湏
洞千里而無極兮州禪大瀛倒灌而外環於是紛汝
惝怳洋洋洴洴隃陁曳巘闠闤旋窕濞洶洶其交會
兮滂濆澹而紛屯嶄巖桀峗怒起而涌出兮吸濞潚
率迫隘而復還鯨迴鯤擊若光而若滅兮變化夭蟜
穋以龍翰倏蟰蝹像揚光以出入兮忽若鮫人水婓
飄麗以眇曼三山滉瀁嶔在水下兮渺不知其所遷
崒中起而突植兮又象碣石之孤鶱涽眩譎幻儵忽
而萬變兮單不可乎究原於是目駴意蕩志懼神疑
忽兮改容微波不揚輕塵不飛直際天極浩乎瀰瀰
沈沈溶溶鱗鱗離離嘻嘻兮旭旭天闇兮洞開翠爲
幓兮朱爲旗金爲闕兮銀爲臺仙車九葩兮紫蓋委
麗鮮扁卉翕兮紛緼輝光炫耀兮陸離暢飀然而與

神俱兮廓蕩蕩而高馳曳寫霧而遵逝兮厭浥襟之英英披蕪蘼之幡纚兮宿嶼嶇之松聲幽人為我揮琴兮（儀徵江鈺字麗田隱居山中）過素女於太清山鳥更唱而赴曲兮流仙樂之泠泠紛吾窮此遐覽兮與無友而為期揖松僑而儷游兮載羨門而與之歸逝散髮以消搖兮遺氛氣乎獨來乘日月之精照兮綴雲虹之采雜左格澤之炎精兮右屬卿雲乎崦嵫蒼虯驂鸞赳螟以相待兮世硃赤醴煜爛以凝滋餐六氣以呼吸兮羞五采之璠枝庶遠遊之輶轝兮聊發軔乎自茲

張皋文黃山賦

余既作游黃山賦或恨其闕略非昔者居方物別圖經沐浴崇陴羣類庶聚之意也乃復擿采梗概為之賦云

丹陽之南巒障之中有黟山焉是曰三天子之都上

珍倣宋版印

絡斗紀下樓衡巫外則率山崔嵬於近作嶂陪以大鏞屬以匡盧廬江出其西漸江出其東千源萬溪經營淡澹各走相詭宛潭黯黮回錡隘巘迫觸軺轙逆防孫理梢窘出窖勢若矢激不可迫覽雷出電追轉石異聲闉沛汨淚泙龍鏗訇漻繆谽谺礚礚悲鳴鐘鏞穆羽將瑲代更蕩瀸渫堨纖潛不藏文錦鱗礫瑩瑩煌煌若此者數百千處然後潨闢會流交注羣輸湓湓潼潼上合彭蠡下達曲江爾其大勢則岈岭嵖崇糾纏崛崎積沓匼帀陰陽蔽虧夫容菡萏倚天無茄形精互輝灼若朝霞其曾高則上出閶闔平睨寒門頫視一氣空如下天其窮陰則湎洏憀悷昧不見太陽乃有因提之雪循蜚之霜其石則蹝踔刻削岵絫增積摶總別追重疊弁益將顛復稽附磈躡蹠縱橫虩盱震心讋魄黝質斑采炫燿龍鱗隨物成象百

怪千端。若有鬼神。突怒淩厲。罩不知其所原。增巖重岫。懿曖窈冥。環橑複笮。脇施瓏玲。陽光迤輝。疑自地燭。不見天形。或乃須竈金鼎。威蕤玢靈。匡牀方几。羅於其庭。霞文碧篆。守以六丁。爾乃覽其支絡。周其宮別。於前則雲門豁閉。兀峙高闕。夫容桃花。紫石丹沙。疊障擲盎。青鸞石人。儦儦茷茷。爰有溫泉。是之自出。天都巍巍。巋然特雄。蓮華右起。爭隆匹崇。紅杳交錯。洪紛馮戎。羣峯來朝。若環紫宮。其上則有仙扉石室。醴泉之池。日精月魄。藏華發奇。其左則天柱屼屼。探珠參差。軒轅上昇。仙樂天衣。青鐔白鵝。岭嶙嶢嶷。九龍懸泉。消搖之溪。堪嵓溶洗。千態萬狀。澄奠百尺。輝黛沈颸。列如繇星。揮布茳望。於中乃有錦鱗揚鬐。石班無雄。鰗魚兒啼。其石則有飛龍雲際。容成浮邱。石牀布水。聖泉飛來。松林采石。紫雲翠微。霍鮮互別。翻

珍倣宋版印

翔相追。其谷則乖龍老蛟。蜿蜷淵處。千瀑亂入。冬夏潎雨。鴻扶延延。雲轉雷聚。丹臺中填。是曰天海。鬱攬衆皺。棽棽粲粲。冢冢彫厥嶄。陴貢其隍。絡繹臬杌。藹空流光。艷霞欲焱。髦紛前。翠彩濯濩般爚旁。

於後則仙都嵒嶤。師子疊奮。丹霞石琴。屬以始信。叢石筍植。緣卒而起。筍篸嵮岶。傑池未已。爾乃其木則有木蓮。九照。神州無偕。檀杻蓊柏。海桐辛夷。楓楛檉椰。樅桂黃楊。枒杈交柯。魁瘣紛揚。馮陵藩京。鬱鬱蓴蓴。上矗重陽。喬羽聶炕。旁卻日月。中稽風聲。欇槻叫囂。無時晏甯。頹根陰幹。出火自照。輝煇熒熒。其下乃有白虎蒼豹。素蜼元熊。山閭一角。醜鹿人从。倏來報往。驚噑羣訌。玃父喜顧。獋子猿公。蒼髯修顏。接幹迴叢。透脫牢落。夭掉無窮。其上乃有雙鶼獨鶴。列仙之乘。碧雞流離。雍雍嬰嬰。頻伽之鳥。引曲赴節。若調乎簧笙。

其松

則枝梧節族膚石鬣雲蛟螭倒投之而鰭鱗仰矚撇
烈不見柢根奇瓌易貌視之無窮察之無端其下乃
有琥珀威喜伏靈石脂蘊精閟采僊靈是資草則鋪
於披靡軋岉蔚薱蘼蕪突蘳葋蒻薜荔珊瑚翠雲龍
修雲霧春芳隱隆秋馥霍濩蕙花散縈翕習蔓茗青
碧翠紫菲菲菁菁炤燿煌扈不可紀名粵有大藥黃
連山精餘糧大苦茱芐回芸赤砂石乳紫芝九莖石
藍之花千年一榮神農未知俞跗未更若乃黃柑丹
杏桃栗杜樨枇杷棠梨若榴木蘭梫子楙梅鏄芳裂
芬林禽崖密松肪出焉爾乃其懸磴突駭揭孽側足
庾蔞犯崒坌踏确礐仰冠傾陵俛距窈邈震震慄慄
萬端異類氣盡汗駭怳怳魂隊進不敢征退不得喙
悠忽怊悵目不敢睞蚑息扶服熊經鳥眄然後得屆
焉若其淩鴻濛貫倒景憩湎泫息滓溟浮恍惚超虛

珍倣宋版印

無爛昭昭神靈居沆瀣涌瓊英尭偓佺厮征欻扈豐
融聚轂公樂呼吸士雙於是天雨新霽蔚薈朝隮曀
𩴮坱圠滂洋四施襄混懷隧馮窔陵夷東混扶桑日
之所出南潰炎風西淹總極北沍積冰漫漫汨汨風
至波起天地岌業狀若浮海說於碣石沄沄積陵化
爲魚黿黴鯨奔鯢禂蔌繽翻土囊鬱勃萬響怒叫驚
禽悲獸跖魂哀嘯轔轔隱隱不知處所瀕聆忽荒皆
在水下翔陽震盪涌波憑與浮彩下爛絢耀上升天
紀地緯萑扈煌熒九光十彩轉互代更蓬萊閬風昆
侖曾城琪樹建木珊瑚琳瑨戴勝虎齒維陽流形芒
芒無端隨望而生絪縕元黃憺將會穌憑蒙龍晛天
緯靈之霏霏鎮高邁橫淩九坑杳天外於胥樂兮發
蒙蓋弘麗溫雅揚子雲後千八百年無此作矣

張皐文鄧石如篆勢賦

倉籀既悠蟲鳥茫晦秦斯改文小篆是紀大書刻山
封石頌德摛華絢豔後藝是則佐隸趨簡迺及分勢
六書載淆八體亦廢二漢綿延厥緒弗恢金刻石鐘
莫究莫追般般石鼓發於陳倉疇曰體謡庶有憲章
在唐李監載紹厥武我聞其書蟲蝕鳥步傳刻世貿
厥真亦抎嬰姿婧姸維僞斯仍鍾張之法代傳代工
曾是曩文弗軌弗蹤猗與鄧生好古能述振茲墜風
供此藻筆俗學紛緼辭之廓如古人不見誰毀誰譽
聞諸蔡邕篆勢有賦旁涉僞作緣絲凝露用範用閑
竚思詳觀敷摧彬粲永光藻翰其詞曰
霒兮風回欻兮電追棽兮梢雲之冒松栟溽兮百川
之隘堆圯滃兮逆折黯閉而東歸清思下烝迅神上
落經緯中彌觚芒用作突植立以離偶乃翕趨而俛
遻窈窈冥冥若首若驚若應龍將鯢以須震霆幡幡

珍倣宋版印

慘慘若陽若陰似柔柎賈縈不可見風或衡運規旋
或孤出介入或來而忽往或闢而不翕或主組黻佩
或瓦碎冰渻縱橫絪縕絡繹繽紛遠而望之若異類
崪噩並出顚首目之縱莘卽而察之若慈母字子裴
回遷轉煦嫗而相分何分銖之足算豈金鐵之作擬
振藝林之絶塵追軼軌於秦始嗟作者之難覯信知
道之實希舉梗概而略論願執簡而同歸

張皋文七十家賦鈔序

凡賦七十家二百六篇通人碩士先代所傳奇辭奧
旨備於此矣其離章斷句闕佚不屬者與其文不稱
辭者皆不與是論曰賦烏乎統曰統乎志志烏乎歸
曰歸乎正夫民有感於心有概於事有達於性有鬱
於情故有不得已者而假於言言象也象必有所寓
其在物之變化天之漻漻地之嚻嚻日出月入一幽

一昭。山川之崔蜀杳伏。畏佳林木。振硪谿谷。風雲霧霿。霆震寒暑。雨則爲雲。霜則爲露。生殺之代。新而嬗故。鳥獸與魚。草木之華。蟲走蜡趨。陵變谷易。震動薄蝕。人事老少。生死傾植。禮樂戰鬬。號令之紀。悲愁勞苦。忠臣孝子。羈士寡婦。愉佚愕駭。有動於中。久而不去。然後形而爲言。於是錯綜其辭。回牾其理。鏗鎗其音。以求理其志。其在六經。則爲詩。詩之義六。曰風。曰賦。曰比。曰興。曰雅。曰頌。六者之體。主於一。而用其五。故風有雅頌焉。七月是也。雅有頌焉。有風焉。烝民崧高是也。周澤衰。禮樂缺。詩終三百。文學之統熄。古聖人之美言。規矩之奧趣。鬱而不發。則有趙人荀卿楚人屈原。引辭表旨。譬物連類。述三王之道。以譏切當世。振塵滓之澤。發芳香之鬯。不謀同偁。並名爲賦。故知賦者。詩之體也。其後藻麗之士。祖述憲章。厥製益繁然其能之者爲之愉暢輸寫盡其物和其志變而不失其宗其淫宕佚放者爲之則流遁忘反壞亂而不可紀譎而不觚盡而不斁肆而不衍比物而不醜其志潔其物芳其道杳冥而有常此屈平之爲也與風雅爲節渙乎若翔風之運輕𧞤灑乎若元泉之出乎蓬萊而注渤澥及其徒宋玉景差爲之其質也華然其文也縱而後反雖然其與物椎拍宛轉泠汰其義轂轢於物芴芴乎古之徒也剛志決理輐斷以爲紀內而不汙表而不著則荀卿之爲也其原出於禮經樸而飾不斷而節及孔臧司馬遷爲之章約句制奡不可理其辭深而旨文確乎其不頗者也其趣不兩其於物無彊若枝葉之坿其根本則賈誼之爲也其原出於屈平斷以正誼不由其曼其氣則引費而不可執循有樞執有廬頡滑而不可居開決宧突而

與萬物都其終也芴莫而神明爲之橐則司馬相如之爲也其原出於宋玉揚雄恢之脇入竅出緣督以及節其超軼絶塵而莫之控也其波駭石咢而沒乎其無垠也張衡盱盱塊若有餘上與造物爲友而下不遺埃墟雖然其神也充其精也苶及王延壽張融爲之傑格拮摋鉤孑菆鋙而俶佹可覩其於宗也無蜺也平敞通洞博厚而中大而無瓠孫而無弧指事類情必偶其徒則班固之爲也其原出於相如而要之使夷昌之使明及左思爲之博而不沈贍而不華連犿焉而不可止言無端厓儻倪以爲質以天下爲郛廓入其中者眩震而謬悠之則阮籍之爲也其原出於莊周雖然其辭也悲其韻也迫而憂患之辭也塗澤律切夸敷紛悅則曹植之爲也其端自宋玉而栟其角摧其牙離其本而抑其末浮華之學者相與

珍倣宋版印

尸之率以變古捐捐乎改繩墨易規矩則佞之徒也不揖於同不獨於異其來也首首其往也曳曳動靜與適而不爲固植則陸機潘岳之爲也其原出於張衡曹植矯矯乎振時之儁也以情爲裏以物爲襮鑱雕雲風琢削支鄂其懷永而不可忘也至乎其氣煊乎其華則謝莊鮑昭之爲也江淹爲最賢其原出於屈平九歌其掩抑沈怨泠泠輕輕其縱脫浮宕而歸大常鮑昭江淹其體則非也其意則是也逐物而不反駘蕩而駁舛俗者之囿而古是抗其言滑滑而不背於塗奧則庾信之爲也其規步矱驟則揚雄班固之所引銜而控轡惜乎拘於時而不能騁然其志達其思哀其體之變則窮矣後之作者概乎其未之聞也

汪容甫廣陵對

乾隆五十二年正月中謁大興朱侍郎於錢塘侍郎謂中曰余先世籍蕭山本會稽地今適奉使于此嘗覽朱育對濮陽興語憙其該洽度後之人不能也吾子咨于故實而多識前言往行亦可以廣陵之事諗余乎對曰中幼而失怙未更父兄之訓長游四方又有昏瞀之疾故書雅記十不窺一何足以酬明問抑聞不知而言不知知而不言不忠二者中之所不敢出也昔者黃帝迎日推筴分天以爲十有二次南斗牽牛是爲星紀七政會焉布算者於是乎託始而後歲月日時咸得其序揚州之域是其分野自漢以來或治歷陽或治壽春或治建業而廣陵卒專其名其占應之昆侖之山實維西極河出其北江出其南自麗江至于高闕其距八千里萬折而東夾廣陵以入于海而邗溝貫之江河於是乎合焉于辰爲維首于

珍倣宋版印

水爲歸墟故廣陵者天地之所以成始而成終也竊嘗求之人事稽其善敗之迹比于矇誦其庶幾乎夫秦滅六國楚最無辜當陳王首事而死楚地之衆未有所屬其有矯命項氏引兵渡江以爭天下遂戰鉅鹿西屠咸陽則召平首建大謀以報秦仇也漢室傾危董卓干紀百城拊心莫敢先發其有區區郡吏無爵于朝而義感邦君結盟討辠升壇慷慨必死爲期則臧洪說張超起兵糾合牧守以誅賊臣也祖約蘇峻稱兵犯闕幼主幽厄京師塗炭其有固守孤壘大誓三軍力過賊衝以保東土西師乘之遂殄狂寇則郗鑒董率義旅犄角上游以匡晉室也桓元負雄豪之名藉累世之資挾荊州之衆乘晉道中衰本末俱弱易姓受命人無異心其有手梟逆徒協謀京口既克建康偏師獨進凶族盡夷乘輿反正祀晉配天不

失舊物則劉毅舉州兵以平桓氏光復大業也侯景反噬二宮在難諸鎮不務徇君父之急而日尋干戈甚者望風請命委身賊手其有居圍城之中無謀人軍師之責而倡義勤王有死無二則祖皓來嶷龔斬董紹先馳檄討景爲梁忠臣也武氏淫虐人倫道盡臨朝稱制唐祚將傾其有控引江淮奉辭討賊功雖不成其所披洩亦足伸大義於天下則徐敬業舉兵匡復殺身亡宗以酬國恩也且夫武氏之立勣實贊之敬業旣心在王室又以蓋前人之愆忠孝存焉待郎曰敬業不直趨洛陽而覬金陵王氣固忠臣與中曰兵者凶器當唐全盛之時武氏積威所劫海內莫不聽命敬業舉烏合之衆起而與之抗故欲掃定江表厚集其力先爲不可勝以待敵之可勝發謀之始義形于色握兵日淺未有不臣之迹安可逆料其心

珍做宋版印

而備責之哉春秋賢反經禮毋測未至推斯義也雖與日月爭光可也侍郎曰否願卒聞之曰藝祖擢自行閒典兵宿衞受周厚恩幸主少國疑倒戈自立其有前代懿親不樂身事二姓繕兵守竟城孤援絕舉族徇之則李重進以淮南拒命握節而死下見世宗也宋世積衰元兵南伐勢若摧枯列郡土崩不降則潰其有孤城介立血戰經年洎行在失守三宮北遷而焚詔斬使勇氣彌厲忠盛于張巡守堅于墨翟則李庭芝乘城百戰國士與士也當明季世流寇滔天南都草刱姦人在朝方鎮擅命國勢殆哉不可爲矣其有上匡閣主下撫驕將內攬羣策督師開禮賢館士多歸之外抗

天兵鞠躬盡力死而後已則史可法效命封疆終爲社稷臣也故以廣陵一城之地天下無事則鸞海爲鹽使萬民食其業上輸少府以寬農畝之力及

川渠所轉百貨通焉利盡四海一旦有變進則翼戴
天子立桓文之功退則保據州土力圖興復不幸天
長喪亂知勇俱困猶復與民守之效死勿去以明爲
人臣之義歷十有八姓二千餘年而士城降子不出
于其閒由是言之廣陵何負於天下哉侍郎曰卓哉
言乎若陳郡袁氏世有死節之臣矜其門地不與人
伍今聞吾子之言天下百郡洵無若廣陵者後之過
者式其城焉可也抑聞之危事不可以爲安死事不
可以爲生則無爲貴知矣此數君子者劉毅材武故
有戰功郗公名德雍容而已自祖晧以下敗士接踵
意川土平曠非用武之地與其民脆弱不可以即戎
與若其建名立義類多守土之臣又虞翻所謂外來
之君非其土人者也子其有以語我中曰蔡澤有言
人之立功豈不期于成全邪身與名俱全者上也名

珍倣宋版印

可法而身死者其次也名在僇辱而身全者下也必
若所言求之前代功成名遂抑有人焉孫策用兵彷
彿項羽旣定江東威震海內舉十倍之衆叩城請戰
陳登出奇制勝再破其軍由是畫江以守吳雖西略
而北不益地尺寸則匡琦之戰爲之也金人乘百戰
百勝之勢挾齊南下其鋒不可當韓世忠要之半塗
多所俘馘諸將用命同時奏功戰勝之威民氣百倍
由是開府山陽屹爲重鎭而淮東久不被兵則大儀
之戰爲之也李全聯京東以爲餌通蒙古以爲窟屢
賊帥臣厚索稟賜乍服乍叛十有六年朝廷姑息有
似養虎旣連陷州縣進薄三城太淸之禍近在旦夕
趙葵建議討賊身肩其事輕兵迭出所向有功由是
長鯨授首餘寇悉平迅掃淮壖復爲王土敵國寢謀
宗社再安則新塘之戰爲之也三者保竟卻敵之功

至壯也非地不利人不勇也苻堅强盛禹迹所奄九州有其七傾國南侵目無晉矣謝元以北府之兵選鋒陷陳使數十萬之衆應時崩摧秦因以亡由是再復洛陽進軍臨鄴國威中振尊謚曰武則淝水之戰爲之也開皇始議平陳賀若弼獻其十策已而潛師濟江據其要害直抵近郊于時建康甲士尚十餘萬人魯達忠勇人有死心而弼力戰摧鋒破其銳卒禽其驍將由是陳諸軍皆潰新林之師鼓行而進江左以平則白土岡之戰爲之也朱温雄踞大梁并吞諸鎮悉其精兵猛將三道臨淮當是時淮南不守錢氏馬氏必不能自立温之兵力極于嶺海地廣財富則難圖也楊行密朱瑾決計攻瑕梟其上將偏敗衆攜長驅逐北由是保據江淮奉唐正朔闢土傳世終梁之士不能得志于吳則清口之戰爲之也夫晉之與

秦吳之與梁皆非敵也然舉一國之命決機于兩陳之閒小則兵敗將死大則國士若是矣又況南北區分垂三百年一戰而天下合于一以此行師其孰能禦之詩曰武王載旆有虔秉鉞如火烈烈則莫我敢曷廣陵有焉

若夫異人閒出邦家之光前之所陳固猶未盡爲其事之不繫於廣陵也則請備言之桓靈之際常侍擅朝朝野切齒劉瑜以宗室明經身侍禁闥協心陳竇議誅宦官仰觀天文俾其速斷謀之具違并隕其族而漢業亦衰同姓之臣與國升降屈平之志也王敦專制朝政有無君之心戴淵忠諒盡心翼衞及戎車犯順石頭失守雖偪凶威抗辭不撓主辱臣死卒蒙其難正色立朝人莫敢過而致難于其君孔父之義也武氏始以色升浸成驕橫來濟諫之上官儀謀廢之納君於善繼之以死比干之仁也龐

勛既陷武甯泗爲巡屬又當長淮之衝在所必爭辛讜出萬死不顧一生之計冒圍求救往反十二是時賊兵北及泰山南至橫江主帥既戕官軍屢衄而肘腋之下一城獨完苦身愁思以憂社稷申包胥之哭也黃巢豨突京師僭稱大號乘輿播于遐裔羣盜蠭起跨州連郡唐之政令不復行于四方當此之時天命去矣王鐸連十道之兵總九伐之任承制封拜以繫海內之心王師既奮賊遂走死而唐祚之復延者且三十年二相干位諸侯宗周共和之政也宋氏武功不競西夏跳梁宇內騷然當扆旰食張方平建議赦其辠而與之更始由是元昊請臣而中國之民得以休息及熙甯用兵再進苦口謀臣不忠遂成靈州永樂之禍而神宗以此飲恨而終王者務德而無勤民於遠祭公謀父之諫也故廣陵自周以前越在荒

珍倣宋版印

服。其時人士。未聞於上國。秦漢而下。始有可紀。然當三代盛時。忠臣烈士之行事。所震燿于天壤者。先民有作。舉足以當之。此亦才之至盛已至若政事法理。經緯乎民生。文學道藝。立言不朽。里閭耆德孝子貞婦。一至之行。蓋以千百計。非國家之所以廢興存亡者。則皆略之。考其事迹則如彼。語其人才則如此。維桑與梓。必恭敬止。故君子尤樂道焉。夫子詳之。侍郎曰。善乎子之張廣陵也。辭富而事覈。可謂有徵矣。古者誦訓之官。掌道方志。以詔觀事。王巡狩則夾王車。故曰山川能說。可以爲大夫。吾子其選也。朱育之對。何足以當之。中謝不敏。退而發篋。謹錄爲是篇。

董方立西嶽華山神廟賦 并序

董祐誠。字方立。一字蘭石。江蘇陽湖人。嘉慶戊寅舉人。有蘭石齋駢體文。

華山者。招拒之下都。顥紀之時囿。以雲陽扃陰。犂察

萬物雲飛雨灑氾布上下靈示焄蒿權輿生民故有
能會其羣神姚嫣覲其西后夏經嬰以珪璧周禮祀
以兵舞其廟制爲奕萌柢有漢世歷千祀饗格弗隳
蓋以憲章元穆奠軌星宿終始四九金德之統余憑
軾西征謁禮其下見夫層構崱屴幽宮旭卉目眙神
詭震澹永日爰託篇翰爲之賦云
伊大化之埏埴息一無於二氣圜精運而上覆方祇
摶而下墜寓神臯於弇州配少陰以執契鬱華嶽之
靈圉秩西宅而司厲於時白藏受謝神該效律萬物
芸黃其華黝黯其實乃崇明禋報本反始百儀百瑜
或縣或庪書有望秩之典禮有生犢之祀盛致美之
敬恭疏爽基以卜時爾其畛域則參井之交兩戒是
經旗斿散其華鉞質寓其靈封狠敦圉而睒睗朱鳥
頡頏而砰磍東有崤函重險黃巷之隘詰屈偪仄穹

珍倣宋版印

隆堂防出坎入窞一陰一陽西則廣邍高陸邈迿洞
達八期九逵方軌轇轕駊騀輕鶩醳勞輜轢南則崇
山巖嶙結霓隱天重甗累鬲曲岪宛蟺率⿰山巠屬英謠
摟詭連掔爾上戳句胡矗援巨蹠盤踽矍踼紛戲夫
容菡萏韡韡猗猗日月繫其房的枋北斗而爲茄北
則洪水湯湯太白所都滓渭嚼洛異源同輸礇錯礉
礐疏薄墳壚溫汾潦潏規轉萬趨擊厓蹈堆濾湏澎
淳孫紓厥躍雷訇火沸灝溔沖瀜驫駴濆濞踸踔寸
郤奔溜踵至濛濛黕黕天滿無外爾乃審曲面勢構
極甄三遐阹博冒萬象一含故觀其郛郭之制則亭
亭茗茗隱隱轔轔岸峉崰嶷嶕嶢嶙峋睥睨窋比嶭
華洪紛菑蚤肉而不齵慎牙拖而成輪增盤層高靡
邈澶涴蠡旋蝸縣倨角作銑霅然風折宛爾雲轉上
則角樓崔嵬垝坫積冓二四八六環己共戊疊累重

盆舛互駢填上下刻陗東西掍延陽烏運於清宸見
脢羽之翾翾平眺俯矚無地有天如闓風之干北辰
鼓鐘之衞帝館也乃憲紫宮太室匡衞十二以爲祕
宮承龍心於明堂帶壁壘於上墉高閎有閌闇以祝
融五門並啓蹇產鞠崇熛闕中企流火凝冬闢素閤
於皋稽巒青陽於谷風門臺訬以岑嵑躐重陽而踞
峙承駁赧於上榮飂焱悠以紅翠五鳳秋其振翰遡
霄霏以容裔檽星金城複閣重闈飾以大朱堊以石
脂鬱乎若翬飛鳥跂霍繹而紛泊又若鱗葺齒次堛
㙲而參差於是陰陽壹壼墍羲璘回旋龍訛豹渝旟揭
旐翮樽樽習習連拳而爲正殿挈貳抗梁以濯濩欃
槍奔霤而爓娫元龜礎柱而顥屭神鹿揩節而觩脅
栟栭紛糾交閱積沓莘莘總總周盩磼磖若意密而
體疏終支附而膚合駮遺風以下追蹤岑累而相聶

珍倣宋版印

陰蠵衙衙樛流負阿明月承吻宵窊倒華髹棨綷梲
反蔕荂葩閬以菨藻雜以茭葭離實春井翕翠秋波
重屋四注綿以樚梠浮柱承欒綈纚縷縷螭垂薾纅
四極炕罟眼窻軿轢屈巳交午絡庋簷與方連錯鉤
互於寠藪爰有牝戊牡甑蓋戴傑池繡燭黼粲六章
流離登天光於朏明曳冤延而孕奇建木四照秀華
金支琅玕璘媥翡翠威蕤珠被齊光熉黃紛披夗軒
孔翯倏眒回馳闥爾爾散臍成朝蜺瑰珍詭狀惟意
所移放悉須搖從望而迷排飛闥以仰瞰心愕怡而
彿憒神泛滇於宋廇怵偲偲而荸隧復奄留於棼橑
魂稠巀以掣曳攀疏櫺以跂蚑窋窕杳其無際降旅
庭以常羊又坱圠以靡既離朱瞭而眴昧都盧儇而
駢蹎
爾乃顥靈正位方元敘倫崇金天之穆皇象泰
壹之威神龍衮遂延昭明三辰弁瑤光於綦會組約

約於衿袴緁旆騷殺而裔雨葩瑤梦麗而莽雲威震
震以㷍㷍赫戲欲其若存五精帥摧八神拱侍句芒
龍棄禺彊蛇珥蓐收典鉞紅光所司禺兒祛衣以斐
逬方皇犇野而睢睽師師遻遻二八連臂豐霳鼓車
以夾坐馮夷從風而爲衞於後乃有温房涼館閉宮
邃圍鐻金綴碱疏蘭架宇蒼琅設門羃以珠舞玉女
婧倪而遞代金妃要眇而參伍大帝之靈于焉與處
遂乃曾臺巘豫以旁延石磴崞隗以上屬嵫嶐迫側
岨粲䫜珏獷爪谺牙㝅鈲覆鍑重足累蹠罽銅扶服
跟刖首剝跪崿觚巇阽灑馮崒欲詘駴悖沮汗滲漉
喘絕復𣀦蜦卻蟹仄拾級而登者蓋以百計迺貫倒
景絕大鴻超野馬浮蠛蠓舒息輾節拗乎萬壽之宮
神岳嶈嶈爛熠真靈鹹會巃函天綷杳冥日夜出雲
光景煒熒千變百殊晷刻歧形或雲霵戢牢落匹溢駱

珍倣宋版印

驛徽奔象逸半散邈遏太行恆山浮混碣石或糾屈
櫛密蚪結鸖立左招右索摧嵯翕集專專默默似有
於邑或份郁氤費昦炎扈煌赫戲叛換羽旄殷芒還
照濛汜啓明銑光或神昧鬼杳霾曀黤曖造象太極
赤萌表裏胚胎殷胣汨若下海或猗儺旎爐綽約脩
嫮乍首乍背明睞徵睔忽如有思曲障回裾或犳鐍
噴勃頫艴惛惚土囊崩車渭欝颬飇賁星霣芒魚路
浪騰然後沖漠瀞深收華閟曜歸神元始藏象大幬
希夷須洞嫗母萬竅其左右則飛閣流丹中庋仙經
碧簡赤文守以六丁五千三洞洞元上清兆朕太元
延康赤明神策百二華蓋黃庭盅虛非馬亢倉無名
金虎白龍參同元英先乾蘊氣後坤返形真誥秘符
煥乎層城迺有馬明修羊叔卿子先葛越壺公洞明
自然西河歌而嚾咺仲甫飛而蹁躚韓衆駕鹿以子

蜺茅濛駇龍而蜿僤元方贇髮而遨嬉毛女纖纚而
騰騫寶列仙之攸宇總無上於諸天於是降隥道步
中唐泛眺四周帀巡回皇乃有氿泉涓澮清泠紆餘
亙望神之虹梁象雲漢之荷衢翔陽浴其東界全樞
湏於西隅觸磧成沼過窳爲渠晶沙雪離鏡萍星鋪
頒首頳尾讙聲喚喁外有神荼鬱壘之殿朱索芰葦
魌頭四目甲作淩遽黃父閃倏聖母梏耕父糧靈保
儛歌赫拉蠱殃若乃豐碑穹崇樂石之府與夫御香
祭器省牲易服之所耽耽翼翼鷊饗祚主式禮苾芬
蠹萃振古揚摧庶彙明共羣生茳端渾竟不可殫名
木則松柟樅檜貞朮守宮鼠梓虎目白桵赤桐森蕁
槼樛輪囷離奇翳檝喬檄扶疏瘣魁敧懦栲杈梢擢
茈虒刺天垂陰閟地沍陽作鱗句羽之而聶炕藪中
扇風調竽笙簧軼茂鄧林齊蔚榑桑結根太始稟元

珍倣宋版印

攝提歷蔀揚華闚統翹支邁奇齡於九頭何周秦與漢隨爰有陰火兔伏遊氣成絲琥珀威喜神菌華芝燭燿乎其下鳥則舞鶴二八獨鵠雙鶬烏鷃白鷳旦鸐晨鸇颾沓湛淡奄薄繽翻暮有鵜鶚鷖雛狂鷗肥鵂鬼車十翼奇鶬九頭魋伏鼉行怪歌哀謳聱耴乎其上竹則綠簿篔簹周以楯闌扑根桼節春筍冬筠密上稽露疏中閟雲櫹槮郄曲阡眠檀欒單體纖肌冰爽霞鮮笂目空寶同稱異源草則蓒蓒氾濩離靡莌茂帛帛布布異卉舛淩糅攢縈亂葉習翠菲青蓷扈般爚幡纚精瑩采純緣陂爛錦被町噓芬披鬱馝馞薰馨藥則黃精赤芩蘄母文無細辛大苦薯蕷茈胡千年之苓九節之蒲蠲痟辟癘泄暑調寒桐君俞跗舌爽未單果則三色之李五沃之桃紫灰燕支緋碧緗縹來禽日結文杏沙棠猴查燕梅擘甘罅芳若榴

别房而攄丹嘉柿迸蜜而飛霜百物蠢育形性慌芒蓋天地爲廣大也惟玆山秩其成絪緼元黃將受厥明負反景於西海傾六幕而函精歇緒荒末開顧隆期值九六而遵晦應五百而光飛是以商秩漢祠視三而弁七唐宗感生而震夙明帝夢遊而悚慄秦璧返而新墟終胡縊而莽漆肸明爽於嘉兆邈元會而若一於赫 大清凝命開禎粵若 聖祖下武配京當龍飛之六七握神矩而時巡致殷薦以精嚴儼上赫而下明謨睿慮而摛藻紀隆祥於天慶登格皇穹榮鏡萬靈故師牧敷其光奕葉闡其業嘉瑞阜殷而廟皃有赫也遂作頌曰巖巖崇居格嵑峗兮緸宛窅篠靜闇遼兮緼豫周張神晻靄兮蒙籠混成回元氣兮咲肸豐融麗萬世兮瑰瑋幾軼皋文而上之

龔定盦燕昭王求僊臺賦

珍倣宋版印

燕昭王登虖西郊之臺。郭隗侍前。劇辛侍後。望氣之徒。咸在左右。淫雨久極。黚黚汩汩。泥泥沒沒。萬民歷額。燥風枯人。大川生塵。晦晦蠢蠢。渴我萬民。重以三門六衢。上輦菌車。下不通清渠。百腥塞填。七竅不得以暫舒。萬民鼽苶。於是王乃凭筵而望之。有氣自東南隅來者。冉冉兮若青雲之始翔。藹藹兮若初日之未央。始凝睇於山隅。繼纏結乎城罔。僾星辰。招鸞翟。卽之溫溫。吸之英英。外澤淳氣。中含幽光。胡觸手而盤拏。忽値吐其耀芒。手攬之而纏緜。乃颺去其無方。王使下臺求之。三返而無見也。於是燕國之徒。搢紳大夫。西秦南楚韓魏趙之上卿客儒。感斯氣也。盎然而和。惽然而靈。眩者遇之而明。瞽者遇之而精。朝不嗛者遇之而飽。夕醉者觸之而醒。燕王神思屏然。穆若有聞。以屬大夫。上大夫樂毅起對曰。斯殆仙者氛

歟臣聞有道之國至德之君則是氣從而降之蓋山
川所以福祥吾君與謀休光玉體之令問者於是乎
聞之昭王色喜羣臣上壽起賀上大夫穀乃重曰斯
氣也浩蕩兮無極淒迷兮不識胎乎無始之鄉釀乎
自然之域巫易招之不能降馮相禳之不能息接晤
之而如真求𢑱焉而無質善能入城市而變化兮又
委隨乎邑國瞥兮若海鳥之轢秋雲宛兮若女手之
弄白雪抱之兮若冬雷之不可親思之兮若春女之
不忍別徒欲求之羣代馬而影迷亂燕蘭而香失願
王嬋媛其心令聞孔嘉葅鮓道德藥餌雲霞澹二帝
之制作兮思三皇之所華儼王之神娗王之聰明以
引王之真斯氣必且復見乃擊磬而歌曰王國之福
四方是則王國之和四方攸歌使王夜擁燕女不若
斯氣之翔媚於宇使王晝夢召公不如斯氣之鬱淵

珍倣宋版印

於宮王曰善遂率羣臣致齋更其宮曰齋靈之宮名
其臺曰求僊之臺

龔定盦戒將歸文

予幼遘厥心疾兮背吉祥而誓馳下上無所泊於天
淵兮結靈光而內回民奠予于衆所食兮予窈眇以
吟呻殺類草於旁秋兮斥吟華於上春予幽幽以自
娉兮非衆磨之能穴恥列炬之平然兮非孤光之所
逼塞萬歧之恆由兮乃谽然而怒出精炯炯其獨寤
兮物溫溫其燭櫨拂清輝而不御兮嫌太陰之尚墮
乎形忽皇皇其悲無依兮客迭索而無贈娟衆心以
爲才兮亦聊棲而强定久浮浮而變化兮羌卽事而
成逕入屛處而自探兮乃大哀而士命嗟微塵之不
九竅兮驅匠灝而宅之造亭亭之高宮兮接玉女於
雲涯蘇予息之奄奄兮未成象而目眙諒空蒙之不

我搆兮陳文言以遨嬉舍芳香而誰御兮復澄照以
長辭恣毀桀以譽堯兮冀萬福之登來駮制作於三
皇兮予又勇乎瑕疵矗孤義之俯天兮無譬喻以詞
之散餘愎而之形骸兮乃瞵睨而側頸絶千載而蘇
一笑兮亦斛淚之所孕萬常不得安居兮再元黃之
紜紜諒鬼雄之弊濁兮終結[illegible]而徒勤嗇靈怨之沈
沈兮倏予到乎名言之外轉圜常而大觀兮曾不立
乎一義玉女乃召予高雲兮音琅琅其詔予汝奚隆
于狂慧兮非出離之所塗館汝以寒春之宮兮從無
愁之攸居汝東游見毒龍兮龍族曾不醉汝乎酒西
見宛宛之弱妃兮又嬌獰而誶汝義何孤而非繫兮
情何子之非儔予東見童蒙兮顧威孔神膋百淬之
美心兮祭以媚天西見夆雙兮曰禍福在予貢繚戾
之凄清兮亦伺人而闇投其佐戉律兮分神化軀棲

珍倣宋版印

人睫兮據人斟尸神笑逆兮肝靈怒悅神明之一霿兮夜秋秋而亂語何智可摧兮何思能降龍夔夔以怒心兮電偟偟以收風玉氷氷兮无愁愁思不可以久淫汗淫淫兮既雨戕思林兮伐智樹放聰輪兮黜明御歸來乎歸來乎泊兮吾以寤重曰心疾之搆光景聚兮屏營寂忽无適主兮百愁往來召羣苦兮匪智匪道逢玉女兮久遊不歸慈所牽兮空首稽首禮則真兮而今而往得所門兮而將誰與遊而何歸之休而甯汎汎以湛浮逌爾靡有言兮

鄭子尹隸對

客問曰邑之隸橫恣有年矣今一二賢令長力思摧其鋒以懲其前而卒未之悛者何也曰子不觀家之獰犬乎我之蓄彼責以防賊脫或子來爲彼所齧彼討必杖已縱而匿番椒甘稍親爲子屑謂何不防罪

反在客期期彼來必卽寸磔子去彼來屈伏潛藏禦
人終夜狺狺狂狂及日對之怒歸渺茫畜隸者何以
異於是也客曰妻悍出屋牛瘦易牧子奚爲哉必是
之蓄曰斯犬也以言足食不若羊彘以言可玩不若
狸狌雞鳧之娛意惟是狡獪兼其猛厲捧首晝眠喙
常拄地微聞足聲倏起聃逝漆夜驚賊啓戶膽縮羣
嗾不前彼猭四逐尚有餘力爪地撲撲子欲易之必
取馴伏則蓄犬奚爲歟且吾嘗觀其噬人亦非無因
友如君輩衣冠至門屢招方來童子代閽彼方起敬
妥尾圈豚三黨舊姻歲時來賓入門甫嘵聞呼卽遵
徐伏客畔候骨舐脣戾頸媚睨亦知爲親若夫竈視
蛇行施施覻覻自門及堂喜彼無聲忽眷摸腳血流
於脛又有頻來鄰子狎之帖耳謂彼可恃誤蹴其尾
彼眅而起啀焉一齧衣裂踝穿忍淚爲喜由此言之

犬亦何罪之有。雖然有教之犬。夜司其職。無教之犬。晝齩過客。焉得不責怪其主人也。客笑而起曰。吾以爲必任其咨睢也。主人亦有責乎。然則爲主人奚若。曰。繩之則曲卷。餓之則乞憐。逐之則藩籬無衞。肆之則咆咻齗噬。而衆人詛怨。夫國猶家也。子試思子之於家。欲牆雖卑而無踰。戶雖閉而不攖。於蓄犬之馴暴。其有關乎。其無關乎。清心寡欲。中鮮居積。四洞八空。破銅爛鐵。則無所恃。犬雖猛何益。檢及塒廁。一夕數起。兒書女織。聲不絕耳。則無幾勞犬備員而已。然後提犬之耳。告以至誠。不受揮叱。責在必行。彼於畜類。善知人心。不見夫戲犬者乎。猴冠而騎。逐鉦應麾。喝首入鐶。卽徐磨而中規。奇技淫巧。且唯以隨。安見犬之不可以正教也。客倦而臥。隱几長嘆。曰亦盡矣。君子自反。惟士爲然。子身之不瑕。而口多擇言。顧善論犬哉。送窮乞巧之倫。

王壬秋謝哈密瓜賦幷序　王闓運。字壬秋。湖南湘潭人。咸豐丁巳補行壬子乙卯鄉試舉人。有湘綺樓駢體文。

哈密瓜貢自西域。登於　玉筵。非近貴大臣莫得受賜。其名震於本朝。通於四海。文人詠頌。以得嘗爲幸。誇其鄉里者。蓋不可紀。余以公車留於京師。從故大學士第中與分半蔕。又山東巡撫見餉一枚。深求其味。玩其香色。至五六日旬時矣。既歸鄉井。因暑盛削瓜。追思其事。恐後之迷者。隨俗而稱。方今天下多事。夷狄侵陵。若道不由庚。此瓜將蒙竊嘉號。遂作賦謝之。其詞曰。

漢武皇帝。既席盛業。功德渤沸。冠於禹湯。乃作上林苑。三百餘里。珍木瓌果。載籍之所不述者。駢闐排闥。萬樹一行。辛有南越之桂。苦有蜀蒟之醬。甘有王母之桃酸有蒲桃之漿五味淫溢滌酲解涼方朔不得竊欒大不敢嘗乃以夏日避暑建章使大官進冰尚食副瓜絺巾既撤玉盤方舉帝色有不懌召上林丞榜之一百趣召博望求於西域役死者數萬得瓜一石橐佗負載千里一息至於御前蔕尚未黑水若浮匏刀若畫雪香散四坐味已入咽甜若嚼霜爽而無屑寒若照膽鏡肝肺瀝瀝煩翳氛靜其品第一羣臣見者皆呼萬歲議功立名因帝寵嘉越來自西以謚此瓜三千年後徧於四遐有東有南望塵奔爬中國聖地長養精華燉煌故邦產無餘粗逮我 神清受命化覆無外漢之絕徼曾不出砌於是驪山博士論瓜之黨有逃於發機者游於夷中好爲游說稱道瓜美以風夷類椎髻高鼻深目醜種習 皇帝之仁義棄弓戟而荷鋤耒率其婦子種壅耘溉以博士狃於

温谷欲救其敗故瓜熟必十月然後入內名從主人
號曰哈密如野獻芹口慘鼻蟄而　皇帝受之以柔
遠國時賜近臣示來遠物而已爾其爲狀則猥瑣宛
轉擁⿰亻⿸厂重卷曲隨墮似敗絮重贅多肉皮則不堅不柔非
青非綠以爲黃⿰鬲瓜又不可熟⿰孰瓜則甜比敗蜜厥氣生
腥榨之無擬舍之不冰黏滯輭⿱習足狀譬膠餳圃中南
瓜正爲可兄曾不自恥而貢於京則有膏粱餘子食
無正味問其地產而轉自相貴乞分十一　爰祭爰餽
或田舍諸生宦若侏儒榮其得賜懷持歸家反復壘
傳曾不敢咀黑腐敗壞猶欲爲菹又安敢毀譽乎夫
名賈高族依託附屬沙漠朽壞敗土磽确藤蔓牽引
鉤帶樛葛習慣僻陋倔起阡陌罷牛儢馬籠挂繩絡
車仄擔蹐因緣而進者家家以爲隨珠人人志其魚
目或葉底瘠萎糞土未除髦酋上疏薦登御廚他國

珍倣宋版印

劣種微感地氣同車而進不踁而至而狂穉昏蒙輕薄之士望風承旨探頭側耳搖脣嚼齒尻高足痺目未及見舌未得舐手未及捫口說其美使老圃迷惑婦子咨嗟栝樓入土匏瓜渡河東陵故侯匑敢疵瑕瓜乎瓜乎不亦過乎若一旦 天子彈五弦之琴求解愠除渴之用玉盌金刀以待苞貢則此瓜將永屏塞外爲田夫所羞種泣而自責愧而入甕

李悉伯荅僕誚文

李慈銘字悉伯浙江會稽人光緒庚辰進士戶部郎中有湖塘林館駢體文

先生客居作文守歲呼僕淪研僕倚屏睡先生叱之僕起而誶官窮至此官文是祟誰使官幼識字不忒哦詩上口聽經能背誰使官長作文無害鏤膺周秦胝手漢魏不今是逢而古爲媚思翾踶若癡意迷若醉官今已壯所得者累官之西家佻今息子傎倒杖杖

乳臭青紫。官之東鄰。烏獻家兒。丹鼓布算。猗贏埒貲。
官有薄田。歲豐以蔘。三載不治。責稅荒草。官應詔科。
字必俗矯。六上不收。三十髮皓。官既世贅。皆娍卽休。
以專而塋。以首而邱。〻云胡是歆。而仕之求。〻云胡是衒。
而都之游。鷹春則鳩。橘淮而枳。謂官此來。當殊厥趾。
詎今匿景。畏晝於市。結舌四坐。俛頤百氏。刺毛巳鞹。
徑艾絕軌。上車祕書。平頭綠韝。而我於官。互更裼裘。
五陵驕卒。錦障大馬。而我於官。薄笨駸駕。官窮至此。
官猶有家。樂和舊坊。面城背涯。堂庋織具。門停釣車。
養親課稻。娛賓治花。官今墨尿。進退何擇。局瘯蹉資。
以至今夕。而猶文爲。文將奚適。官固耐窮。我請自絕。
先生聞言。輾然而笑。謂僕且退。爾無我嬲。我心太虛。
白雲在天。爾嶄速改。請以來年。因濡筆以爲之文曰。
吾拙吾力。吾默吾識。吾飢吾寒。匪吾文是。職乃天之

珍倣宋版印

所以全吾眞而養吾逸。

哀祭類

汪若文鍾廣漢哀辭并序

檇李鍾淵映廣漢年二十。餘囊所著書數千言。來遊京師。介其友葉生元禮。凡三至吾廬。既相見數與予辨論六經諸史之原流。詩歌古文辭之利病。與自唐以來諸大家之門庭曲折。口哆目張。洋洋纚纚。夜漏逾四十刻。而猶不止。予欲傲之以所不能知。而廣漢性甚敏。識甚高。俛仰前古。蓋其不知者無幾也。使稍抑其盛氣。而加深思焉。則進於古人也不難。顧別之旬日。而元禮來告廣漢已暴卒矣。夫士死曰不祿。短折亦曰不祿。今廣漢兼此二者。其可哀也。嗚呼。豈造物者故畀之以才。而又不欲其成且立邪。豈豐於此必嗇於彼。固有嘿焉司其進退予奪者邪。豈亦聽人

之自生自死自壽自夭於其閒雖造物不能有其權
邪洵乎其可哀也已或謂廣漢血不華色又其面豐
上銳下以相法言之皆不壽此則非予所得而測也
姑爲辭曰
文木雖美遇匠則斵楂梨果蓏實盛則削是而所是
非而所非氣壯且銳持此安歸故曰毋以物傷生毋
以身殉名已乎廣漢其亦知之邪使其有知又將誰
尤

姚姬傳祭朱竹君學士文

嗚呼海內萬士於中有君其氣超然不可輩羣余始
畏焉曰師非友辱君下交以爲吾偶自處京師君日
從語執拒相諍卒承諧許或歲或月以事閒之清辭
洒態靡不可思余與君訣乙未之春有言握手期我
古人君之屬文如江河匯不擇所流蕩無外內猋怒

濤驚復於恬靡小沚澄潭亦可以喜世皆知君文士之碩莫見君心堅如金石不爲勢趨不爲利眯吃口澀辭遇義大啓嗚呼今日士氣之衰天留一人庶卒振之七年江濱日思君面已矣及今終不可見嗚呼尚饗

張皋文祭金先生文

嗚呼六經同歸其指在禮誰與明之北海鄭氏經唐涉宋大論日蕪天鑒　大清篤生巨儒乾隆之初婺源江公刊榛兌途灑流就東厥其繼者休甯之戴先生起歙並徽聯佩戴君宏通衆流並泳志修年短厥緒未竟先生精研思約理積掉頭庌廡壺奧獨闢既啓其室遂周其藩桴宋格櫺既固既完箋禮九篇以鄭正鄭惟其匡捄是謂篤信一義之發邇於睫眸先生不言千載其幽較其所成於戴蓋多婺源之傳岱

珍倣宋版印

華比哉古人著書感發不遇先生不然頤志養素早年獻賦入贊機衡對策鑾坡聲震　殿廷　帝嘉其文冠之上第再命持衡慎簡俊乂翩然高蹈有邈若飛不事之功其成則巍杜門養痾二十一年既定禮堂其人未傳景行實行高山惟仰昊天弗遺後學誰放伊蒙寡昧一言獲褒春風所噓不遺薪蕘三年在門莫窺美富既困馳驅乃始自咎獨持緒論以當衆岐端策恐騄瞻途識夷丙辰之春再謁几席先生欣然曰子可益則理其穢則瀹其清恢之拓之以崇以閎閔其飢寒恤其生事割宅以居推食以食歲在己未孟春北征先生餞之肴核既盈酒酣執手曰學實難豈不知道繡其帨鞶前賢後生氣求聲應弗章弗傳孰美孰盛挹河知源測景知光今我老矣非子曷望疇昔之歲殷勤與書問子所學今則何如勉子舊

聞。告我新得使我暮年快覩奇特惶恐再拜負慙此言。匪敢怠荒乃爲俗牽逝將歸來返我矩矱庶幾籍湜果不畔去恭聞易簀命簡作椷寫不成章筆絕意嗛。嗚呼微言遂絕於茲哭寢此日傷心曩時具存者書莫繼者事命我以意曷敢以二尚羈塵鞅罔遂駿奔軨紼不親奠斝弗存南望一慟告茲哀衷言有弗宣哀其可窮先生之靈其曷不鑒未知後死斯言勿玷。嗚呼哀哉。

梅伯言祭陳石士先生文

嗚呼我公名德世師區蓋莫罄言伸其私我初見公綦局之側謂爲達尊長揖自攝公字先君曰吾昔友隨園賦詩二客一叟庚申同舉別面反久㒓然年丈造門致恭自此視我與猶子同深友疏客譽我愭愭人或貌應公言愈深慟欲起尼口不可禁於時辛巳

壬午之閒。我初入都。羇路顛顛。推轂於泥。期居人先。
蹎踁莫振。拜公南旋。公淚承睫。我悲在顏。依斗望京。
別者四年。弔禍商文。字過萬千。主試江南。撤棘過舍。
拊竹摩松。問屋所價。謂終結鄰。同臘共蜡。跳踉童甥。
索扇乘暇。憐其幼聰。書語褒借。歡留五日。朝盤暮卮。
東田之下。潮溝之西。逐蓋追輪。詰曲城陴。留書滿囊。
汗走童奚。戊子之秋。闈中提學。書告期會。十月望朔。
緩舟詠途。金山之焦。僧帽對著。閣榜松寮。屋腳插江。
開簾捲濤。萬馬過枕。海神上潮。圍樓大擲。葉黃於瓢。
波水四伏。山聲刁調。惠山捨舟。泉石岨岨。杏山朱魚。
遊目分寫。別徑過市。名園暗通。怪花神叢。穿透陰蒙。
慫我騎危。坐笑不從。囊棊提局。命擇幽敞。酬答累公。
我得恣覽。胥門別歸。闈書隨至。外孫遠來。繼者愛壻。
於我廬旅。久不自它。豈我致然。公誠不訛。時遭母憂。

劬勦莫伏。厚恤孤凶。非意所望。再見京師。壬辰之冬。意滿莫敘。歲除悤悤。使浙三載。返益貌豐。文酒從讌。冀無終窮。公疾始作。言笑坦坦。自意無他。屬我勿返。執手於榻。爲計深遠。越日再見。言詞苦危。曰我爲文。子知我師。孰宜去留。筆專子持。苟念生平。當嚴勿欺。我笑慰言。此則早計。後今廿年。事當見畀。我言則然。我悲難制。公手持我。踦閭揮涕。子忍乾愁。不我救甚。公竟永逝。嗚呼哀哉。我歸實難。不歸何依。摶摶之天。博博之土。骨肉以外。恩自公數。我今之來。凡百靡就。豈專毒予。見公入柩。銜恩述哀。惟其靈佑。尚饗。

吳南屏梅伯言先生誄辭

爲古文詞之學。於今日。或曰當有所授受。蓋近代數明崑山歸太僕。我 朝桐城方侍郎。於諸家爲得文體之正。侍郎之後。有劉教諭姚郎中。名傳侍郎之學。

皆桐城人故世言古文有桐城宗派之目而上元梅郎中伯言又稱得法於姚氏余曩在京師見時學治古文者必趨梅先生以求歸方之所傳而余頗亦好事顧心竊鄙薄時賢以爲文必古於詞則自我求之古人而已奚近時宗派之云果若是是文之大阨也而余聞從梅先生語獨有以發余意又讀其文數十篇知先生於文自得於古人而尋聲相逐者或未之識也余自是益求之古書自道光甲辰又九年咸豐壬子余復入都則梅先生已去官歸金陵而粵寇之亂大作明年金陵陷聞先生得出丁巳余寓長沙孫侍讀子餘告余曰梅先生以前二歲卒矣余於先生才數面而與先生遊京師者稱先生語未嘗不及余余窮老於世今且避徙無所而先生亦可謂不得志以死者其才俊偉明達固非但文人而趣寄尤高以

進士不欲爲縣令更求爲貲郎及補官老矣而歸又逢世之亂可傷也乃爲之誄曰

才何以兮不施名何爲兮人馳獨爲文章之人兮世安賴而有斯嗚呼哀哉伯言父其文之好耶其志之皦耶其又以逢天之忌而卒於顚倒者耶

胡詠芝祭李迪庵文胡林翼字詠芝湖南益陽人道光丙申進士官至湖北巡撫加太子太保諡文忠有遺集

烏乎我公一代純忠仁者之勇儒將之雄公生之始惟嶽降靈正氣爲骨厚德爲形曰忠曰孝積之百年積久而光篤生名賢生有奇骨敦厚如勃肝膽沈雄口舌木訥樸如新息晚成大器誠如涑水腳踏實地公處於鄉幽潛不彰曾公倡義乃起戎行惟羅惟謝與公頡頏率其子弟赴難豫章初戰不利謝公先士臨淮代將西平視師吉水廬陵延望公麾公麾旣至

所向披靡遂由衡桂至於巴陵旣定湖湘進克鄂城
縱橫掃蕩三千餘里半壁山巔十萬賊壘公所部兵
五百人耳前鋒始交勝負莫測公師躍入十盪十決
岸赭江紅飛毛灑血采石順昌詎足擬此湘軍之雄
自公伊始公乃不矜粥粥無能言簡意重淵默雷聲
山不言高海不言深潯陽渡江馬首遂東弋陽大戰
信州奏功義甯轉鬭來援於鄂余時困尼氣羸力薄
鼓聲不鳴賊氛甚惡公來生我生我楚人倚公爲命
以至於今百戰奇勳芒刃不頓萬賊嬰城凍蠅自困
乃建長圍以斷賊饟妖祲夜落將星無光丙辰三月
羅公云亡哀疏入告　天子改容誰堪大任授公元
戎以我卒伍隸公麾幢軍謀鉅細一秉於公公賤權
謀接士以誠公審賞罰制事惟明萬幕無譁六轡不
驚軍律暇整莫與之京困獸猶鬭羣梟來援公所經

珍倣宋版印

綸動中機先既決長渠遂取城闉以定江漢以復蘄春時方饑饉野無青草五月無糧一飯不飽公軍於潯强寇在門人或囂爭公軍無言人之欲食誰不如我公往撫之如腹自果人之欲衣無衣則寒公往煦之如纊自温匪法所制惟德之純賤貨尚義君子之軍軍勞不恤我心獨悲畺吏無狀使我士飢嗟我有位無卽於荒毋營私槖以裹行糧黽勉同心貧也何傷狐嘯於城兔藏於窟湓口之氛六年莫遏蓋抱獨勞奇謀自靖渠塹十重湖連千頃鐵騎雲屯戈船夜警天陸四張檻獸莫騁賊在彭湖狼狽相需一夫當關如虎負嵎公有奇計潛師夜趨聲言宿松返旆石鐘將軍天人莫測其蹤賊在蘄黃蟻附鴟張批亢搗虛以救潯陽公兵渡江肆應不遑軍興九年額兵虛設無正無奇不缺則折譬之解紛勢禁形格孰拊其

背執搤其吭彭湖之戰惟公知方賊陣如蛇縈左拂
右賊性如犬利進鈍走惟公兄弟角前掎後蘄黃之
役功乃不朽百道并攻萬雷齊發江流沸騰山城迸
裂公麾先登一鼓殄滅執訊獲醜焚巢掃穴九江之
功於今爲烈惟　帝念功車服以庸毋掣其肘專奏
九重毋撓其權大官是崇哀此皖民汝往孳之兵
怯賊狂汝往治之公拜稽首受　命不辭公性至孝
望雲思親書飛雁帛淚墮綸巾公讀家書誨言肫如
義先君國恩後庭闈王事多難無念爾私公聞有命
感泣歔欷公之專征一軍四分眷念江楚公心獨仁
固知兵少不忍惜身固知賊多不敢違　君四城既
下道無留者急援廬州何其速也狂賊十萬乘我於
危血戰千里力盡而疲我聞其時星隕如雷愁雲四
合毒霧爲霾胡天不弔罹此閔凶　帝曰吁嗟王臣

匪躬億萬斯民巷哭相從嗟我棘人毋喪返里負土未成大變突起出山非禮在山非義涓埃無補金革無辟始聞公死死將信將疑中夜傍徨若忘若遺公豈死耶吾人何依斯人不出吾誰與歸疇昔之夜大風披帷天容慘淡沙石亂飛我公至止冠帶巍巍笑言既洽顏色若怡握手勞苦歔欷若平生忽忽自驚疑公已薨欲言未言悲不自勝公曰否否我豈其死討賊之事在吾與子餘音在耳荒雞初鳴蹶然坐起憂心怦怦雖死猶生公之忠魂魂兮歸來活此黎民與公共命靦顏尚存釃酒爲奠灑淚爲詞英靈如在尚其鑒茲尚饗此文載湖南文徵

曾滌生祭湯海秋文

赫赫湯君倏焉已陳一呷之藥椓我天民豈不有命藥則何辠死而死耳知君不悔道光初載君貢京朝

狂名一鼓萬口囂囂春官名揭如纛斯標奇文驟布
句驚字梟羣兒苦誦自暝達朝上公好士維汪與曹
大風嘘口吹女羽毛舐筆樞府有銛如刀儕輩力逐
一虎衆猱曹司一終稍遷御史一鳴驚天墮落泥滓
坎坎郎官復歸其始羣雀款門昨鼂之市窮鬼噴沫
婢歎奴恥維君不羞復乃不求天脫桎梏放此詩囚
伐肝蕩脾與命爲仇被髮四顧有棘在喉匪屈匪阮
嘐可與投忽焉狂走東下江南秦淮夜醉笙吹喃喃
是時淮海戰鼓殷酣猘夷所躪肉阜血潭出入賊中
百憂內惔寅歲還朝左抱嬌娥示我百篇兒女兵戈
三更大叫君泗余哦忽瞠兩眸曰余乃頗瀝膽相要
斧門揞鎖嗟余不媚動與時左非君謬尋誰云逮我
王城海大塵霧滔滔惟余諧子有隙輒遭聯車酒肆
袒肩載號賁魚大啜宇內兩饕授我浮邱九十其訓

珍倣宋版印

韓悍莊誇孫卿之醞鏖義鬬文百合逾遒奮俯視符充
其言猶糞我時譏評君曾不慍我行西川來歸君迓
一語不能君乃狂罵我實無辜詎敢相下骨肉寇讎
朋遊所訝見豕負塗或張之弧羣疑之積衆瘠生膚
君不能釋我不肯輸一日參商萬古長訣吾實負心
其又何說凡今之人善調其舌君則不然喙剛如鐵
鋒棱所值人誰女容直者棄好巧者興戎昔余痛諫
君嘉我忠曾是不禁而丁我躬傷心往事淚墮如縻
以君毅魄豈曰無知鬼神森列吾言敢欺酹子一滴
庶攄我悲

曾滌生母弟溫甫哀詞

咸豐五年十月賊目僞翼王石達開引其黨自湖北通城竄入江西別有廣東匪徒曰周培春葛耀明闗志江者自湖南茶陵州竄入與石逆相聚於新昌縣

周培春等投歸石逆部下願爲前驅石逆授之僞職將軍總制軍師旅帥之類兩逆黨者合併爲一江西亂民從之如歸贛水以西望風瓦解十一月初十日攻陷瑞州府明日陷臨江晦日袁州繼陷遂圍吉安明年正月二十五日陷之余檄副將周鳳山率九江之師入援二月十八日軍敗於樟樹鎮而撫州建昌兩府以是月之季相踵淪沒國藩躬率水陸諸軍自湖口入援而南康又沒於賊矣九江自爲賊踞如故凡江西土地棄之賊中者爲府八爲州若縣若廳五十有奇天動地岌人心惶惶訛言一夕數驚或奔走奪門相踐死楚軍困於江西道閉不得通鄉書則募死士蠟丸隱語乞援於楚賊亦益布金錢購民閒捕索楚人致密書者殺而榜諸衢前後死者百輩無得脫免吾弟國華溫甫自湘中間關走武昌乞師以拯

江西於是與劉騰鴻峙衡吳坤修竹莊普承堯欽堂率五千人以行而巡撫胡公奏請以溫甫統領軍事出入賊地盛暑鏖兵凡攻克咸甯蒲圻崇陽通城新昌上高六縣以六月三十日銳師翔於瑞州由是江西湖南始得通問而溫甫亦積勞致疾矣七月十六日棹小舟舁疾至南昌兄弟相見深夜悄悄喜極而悲涕泣如雨弟疾寖劇治之多方不效至九月乃痊復還瑞州營次瑞州故有南北兩城蜀水貫其中劉騰鴻軍其南溫甫與普承堯軍其西北賊於東隅通外援市易如故七年正月予率吳坤修之師自奉新至東路始合長圍掘塹周三十里溫甫則大喜吾攻此城久不舉今茲事其集乎不幸遭先君子大故兄弟匍匐奔喪入里門宗族鄉黨爭來相弔亦頗相慶慰國藩得拔其不肖之軀復有生還之一日溫甫力

也温甫既出出嗣叔父以咸豐八年二月降服期滿復出抵李君續賓迪菴軍中李君與温甫爲婚姻益相與講求戎政晨夕諮議是時九江新破强悍深根之寇一掃刮絕李君威名聞天下又克麻城蹴黃安喋血皖中連下太湖潛山桐城舒城四縣席全盛之勢人人自以無前師鋭甚温甫獨以爲常勝之家氣將竭矣難可深恃時時與李君深語悚切以警其下亦以書告予盱上竟以十月十日軍敗從李君殉難廬江之三河鎭嗚呼痛哉曩吾弟以新集之師千里赴援摧江西十萬之賊而無所頓今以皖北百勝之軍萃良將勁卒四海所仰望者而壹覆之而吾弟適丁其厄豈所謂命耶常勝之不足深恃吾弟之智既及之矣而不肎退師以圖全營壘以十三夜被陷而吾弟與李君以初十之夕併命同殉又不肎少待以圖

珍倣宋版印

脫免豈所謂知命者耶遂綴詞哭之詞曰
鑛鑛我祖山立絕倫有蓄不施篤生哲人我君爲長
魯國一儒仲父早世有季不孤恭維先德稼穡詩書
小子無狀席此慶餘粲粲諸弟雁行以隨吾詩有云
午君最奇挾藝千人百不一售彼麤穢者乃居吾右
抑塞不伸發狂大叫雜以嘲詼萬花齊笑世不吾與
吾不世許自謂吾虎世棄如鼠相舛相背逝將去女
一朝奮發仗劍東行提師五千往從阿兄何堅不破
何勁不摧躍入章門無害無災壎篪鼓角號令風雷
昊天不弔鮮民銜哀見星西奔三子歸來弟後季父
降服以禮匝歲告闋靡念苞杞出陪戎幄匪辛伊李
旣克潯陽雄師北邁剗潛剷桐羣舒是嘬豈謂一蹶
震驚兩戒李旣山頹弟乃梁壞覆我湘人君子六千
命耶數耶何辜於天我奉簡書馳驅嶺嶠江北江南

夢魂環繞卯慟抵昏酉悲達曉莽莽舒廬羣凶所窟積骸成岳孰辨弟骨骨不可收魂不可招崢嶸廢壘雪漬風飄生也何雄死也何苦我實負弟茹恨終古

原注予於道光甲辰寄諸弟詩有云辰君平正午君奇屈指老沅真白眉辰君謂弟澄侯生庚辰歲午君謂溫甫生壬午歲老沅卽沅甫也

左季高祭胡文忠公文

維咸豐十一年良月宜祭之辰太常寺卿左宗棠謹以豕一羊一酒醴之儀致祭於光祿大夫太子太保兵部侍郎巡撫湖北提督軍務胡公詠芝尊兄大人之靈而長言以申其哀曰我生於湘公產於黔歲在壬申夏日冬時詹事文學讀書麓山兩家生子舉酒相歡我甫逾冠獲舉於鄉見公京師猶躓文場縱言闊步氣豪萬夫我詞公譽公步我趨羣兒睨眎詫爲迂怪我剛而褊公通且介諧謔雜遝不忘箴言庭誥

相勉。道義是敦。公官翰林。我蟄鄉里。中閒契闊。蓋數稘耳。公守黔中。我居晉鄉。歲比不登。盎無餘糧。使來自黔。械金貺我。欣欣度臘。返券舉火。光豐之交。盜起蒼黃。紅巾白梃。踰嶺下湘。我治軍書。入居湘幕。公帥湘人。建牙於鄂。六七年閒。湘固鄂完。我司其隱。公任其難。江漢滔滔。用武之國。公總上游。以規皖北。前羅後李。楚之良也。公帥以聽。位高心下。曾侯訦訦。當世所宗。公與上下。如雲與龍。養士致民。恤農通商。斂此大惠。施於一方。我方憂讒。圖隱京門。晤公英山。尊酒相溫。公憫我遭。俛焉若盡。憂蘊於中。義形於色。我反慰公。何遽至此。天信吾道。猶來無止。流連經時。辭公返湘。有 命自天。襄事戎行。載旆東徂。數挫賊氛。公聞則喜。謂我能軍。我嘗戲公。吾豈妄耶。憂虞方殷。謬語相夸。安慶既下。黃州隨之。桐舒疊克。復徽與池。賊萃吳越。猶癰斂口。協力並規。庶殲羣醜。何圖我公積勞成瘵。中興可期。長城遽壞。書來訣我。勞者思憩。君等勉旃。吾從此逝。啓函涕零。亟致良藥。蒼頭馳齎。七日至鄂。使還告我。詳訊寢食。公臥射堂。屏退婦稚。血盡嗽急。膚削骨峙。頻聞吉語。笑僅見齒。 鼎湖龍去。攀號不遂。以首觸牀。有泣無淚。嗚呼公乎。而竟已矣。彭殤淵蹠。均之一死。況公名業。震今爍古。絳灌無文。隨陸無武。勞臣斯癉。歿乃暫逸。委形觀化。袪煩已疾。君子曰終。得正斯可。以此哀公。公應笑我。悠悠我思。不甯惟是。交公弱年。哭公暮齒。自公云亡。無與爲善。孰拯我窮。孰救我褊。我憂何訴。我喜何告。我苦何憐。我死何弔。追維疇昔。歷三十年。一言一笑。愈思愈姸。公之嗣子。我外孫夫。今我於外。罔恤其孤。公之先塋。屢思改卜。執紼未能。莫相負築。遺文無多。可以餉蠹。

章疏瑣瑣關係　國故當以暇時爲之校刪上之史館藏之名山我當力戰罔敢定居以終公志以實公譽儻遂生還梓洞柳莊當展公墓兼省福郎（謂公嗣子）靈輀西返不獲走送陳詞酹酒聊以志慟有酒如池有淚如絲盡此一哀公其鑒茲

鄭子尹祭舅氏黎雪樓先生文

嗚呼釋氏論人四大合成當其散時無影無因雖則云然是氣非理氣則有終理則無止孔曾顏孟周程邵張惟其理存至今不亡維我舅氏我知不朽沒後思之愈覺寡耦生順沒寧乘化以遊今日高堂明日山邱我未及死情曷能已痛念靈輀啓期在邇雪中謀食負病而行孰知更病幾不能生以舅之故拌命馳歸骨立如柴吾亦自危幸撫公棺是天我憐所謂理者止如此焉吉日至矣公何踟躕薄酹于前鑒我

病軀。師弟一生。舅甥一世。便此永隔。悠悠天地。嗚呼哀哉。

汪梅村招魂

歲在噩吾。日躔天黿。汝沒既周。始召汝魂。曰魂兮歸來。無上天些。閶闔詄蕩。瀕齊煙些。魂上征兮將益卑視世緣些。魂兮歸來。無入地些。上下四遊。無定位些。魂兮木強。不能絜楹。如人意些。魂兮歸來。無徂東些。鯷人夷亶。妖妄同些。魂惡術數。不能爲叢些。魂兮歸來。無適南些。錦繡珠翠。愚夫酣些。魂甘淡泊。必厭其貪些。魂兮歸來。無西征些。王母印度。怪隱營些。魂距釋道。守正不行些。魂兮歸來。無北轍些。元冰寒門。六月雪些。魂無見聞。祇益其拙些。魂兮歸來。無適山些。羊腸猿徑。鳥道攀些。魂不驚時。趨往逾艱些。魂兮歸來。潛九淵些。曹娥叔雄。導汝前些。魂知孝父。二女比

珍倣宋版印

肩些。魂兮歸來宜依死母些。剛毅木訥質自守些。時

巧佞給懲厥心而棘口些。魂兮歸來宜入城些。婉娩

汝妹祝汝無生些。魂往從之怡素行些。食草相讓鹿

呦鳴些。汝僉耐貧茹荼蓼而適情些。椒漿紙錢麥飯

盛些。相憐絕望泣同吞聲些。魂兮歸來夢依吾些。汝

守吾訓自殺其軀些。懲羹吹齏若吾愚些。惡泰持盈

黽勉有無些。憤時嫉邪如焚濡些。閉戶自精圖史娛

些。膏粱文繡之不義防炭塗些。執爨滌濯縫紉俱些。

持勤補拙事爭趨些。吾以此賢汝世或殊些。魂兮歸

來聽吾言些。汝生一而死十死非冤些。汝早孀兮死

之原些。成禮半月無子孫些。黃巾赤眉遭時屯些。威

姑持門無田園些。老父尚志囿籬樊些。母氏劬勞羅

郭鐇些。母族斬焉鮮弟昆些。硯田筆耒弗飽弗溫些。

失愛後母涼無恩些。方柄圜鑿莫繫援些。惟娟爲姒

慼夙敦此〻艱夷旦夕篪與壎此〻求汝之生草無根此〻
豈汝之辜戴覆盆此〻天帝方醉兀昏昏此〻守禮而殃
不足論此〻天策鶉首地天翻此〻泉台廣博活無垠此〻
汝祖汝妣于彼存此〻有妹有弟敘卑尊此〻重曰徐壒
之原高以崔徐壒之潭湍以回魂兮思父江之隈往
告汝妹偕以來嶔崟碕礒峯四圍芟骫靃靡草木腓
汝父竄伏生理微其米則珠羹則薇天荆地棘毒霧
霏霜寒翼短莫能飛銷鑠瘀傷士德機余壽弗將汝
安依衣苔帶藻停亦稀紀季之義叔可歸顛沛瘧疾
寒苦饑夕强排遣晝戲欷果再逢修蛇封豨致命遂
志蘆之碕涼飯一盂汝少嘰教汝朴弗覺汝磯淒淒
漇漇衣履瀸來可追既往不譏鳳仙木犀菊苗肥借
書在几畫作屏孔曰志憂顏庶幾魂兮歸來是耶非

附殉烈兩女傳長女淑莊字子敬次女淑蘋字子平
幼皆從余學於四子書外授以詩毛氏春秋傳左氏

珍倣宋版印

禮小戴記劉中壘列女傳司馬公通鑑及加減乘除
術皆能略涉大義而長女於左氏傳次女於九九尤
深長女最好學尤者史傳余家藏書二萬六千餘卷
於七略略備詞章外恣其涉獵女寢饋其中至忘櫛
沐次女不逮也然諸女皆事余孝惟余言則聽自余
毋蘇太孺人暨其母先後去世家無婢媼浣濯炊爨
縫紝之事皆暨其三妹分司之嘗佐余補李延壽南
北史志表及通鑑地理攷正今地形攷草本長女筆
也余續取後歲謀食江淮閒往來書疏會計率次女
主之諸女儉素能寒苦操作不事婦女塗澤惡習不
信飾巫釋道鬼神無徵之言不知倒佞巧詐浮薄之
行皆余之言也長女適上元庠生吳榮曾芰舟未踰
月吳游鄰下明年卒於鄰女奉姑守志楊秀清之亂
女欲投水死其姑止之乃奉姑出亡匿淳化鎮東徐
墓村事姑不敢失禮咸豐六年五月十八日向帥營
爲賊攻破女聞亂卒投水死次女字范氏未嫁遭楊
逆亂累自經繩絕不死遂偕繼母居故卧陰溼地兩
足盡瘇身木僵猶匍匐行五里至長女所要與致命
歸遂僵臥不食死時咸豐三年九月十日也論曰方
城破時次女以其弟弃疾才五月宗祀所繫力勸其
繼母不死舉程嬰公孫杵臼事時余爲道州賊擄置
城外生死未知也及余歸結里人爲老民女保抱其
弟甚至賊婦蒙姓者强其後母誦僞咒不從將笞之
女怡然請代賊婦笞之五十而笞他婦不持咒者百
時弃疾尚存也弃疾殤女遂死長女之姑鄒賢明人
也嘗謂室人云姊女累求自盡吾憐而尼之曰設遇
非禮吾與若偕亡無獨死也姊者金陵婦人相親重
詞也而卒死於戲余無子首邱無日死無恨恨兩女

藁葬不能省視爾長女瘞徐壋村塘側次女瘞城內虎踞關山全貞堂後門外封而不樹皆賊境內也

汪梅村祭曾文正公文 有序

維同治十一年二月戊午兩江總督湘鄉侯相薨於位士民哀悼若喪私親樊然述德歌相俱廢某等不佞辱爲知愛廁諸賓友之末以謂公之碩德偉烈著於史氏其文章緒論者俊皆能記纂獨其前後論建胥本以人事君之忠非身受其闓澤者不能言之翔實無遺也因本見聞所及而坿於騶虞之誼云

元黃滲黷入柱檠只精氣沕穆賴日星只岱渤高深壤涓盈只位職何在在舉能只皋夔啟沃元凱升只勳華敹聖繇壽成只讚禮講德御邇英只先後前武陳遺則只禹湯躋敬正四國只閎綱細目備繩墨只求賢審官輔至德只經筵駱越谿峝播羶腥只沿湘達江踞邑城只蝬蟲潰敗天方酲只說士至衆屠欃槍

珍倣宋版印

平只（平賊）綢繆桑土先民程只（善後）紅女春蠶（蠶桑）農春耕只（勸農）黍稷稻粱荒不驚只（穀米）煢嫠秉穗完其貞只（士族）四民忘士惠淵渟只（文武）驩虞肅典型只惟勵仄陋贊

帝廷只滌蕩其汚穢還逮泰清只搜儲翹秀廣無界只百寶騰躍露光怪只筆舌曉譊等颺拜只（摺奏）擾畜六夷圖王會只（通商）三司百城荷冠蓋只（保舉）芻茭餉糈善計會只（糧臺）發蹤指嗾決勝敗只（營務）繒賠豪杰建旌旆只（營官）闢弓矯矢課殿最只（武月課）質成讞信嚴申誡只（發審）牆壁宮寮勘所居只（保甲）八校討捕探丸戒只（城門）律學討論吏無害只（吏治）良冶灌辟精器械只（軍械）召徠輸墨合中外只（洋礮）鉤觚舟車算刀貝只（釐金）疏鑿圖阜濬溝澮只（開河）杞梓瓴甓逮廄廥只（工料）祠宇市廛後官廨只（工程）杵石箍土若圖繪只（琉璃窰）補苴創制成大快只疇祉戩孴卦占泰只武功崔巍啓文昌只戴弁

執豆朝上庠只。文廟。翬羽鼉鼓、儛而張只。雅樂。纁帛璧玉、聘俊良只。院長。持衡較藝、采蘭芷只。書院。爲求老屋及大航只。求遺書。剛柔經史、闢書倉只。借書。宋元槧刊、精以詳只。書局。表彰忠烈、姓氏芳只。發凡起例、網在綱只。忠義。登崇儁乂、及老蒼只。宋楠栟櫚、梲棟梁只。樗散如某備列行只。大匠所顧、獻明堂只。鼇足東斷、復何望只。亂曰。漻乎慄。卹然失悲。憂窮蹙合。萬室嬰。失母兮。士之殊。俗辭親。暱。民謂蒼穹兮。胡不仁。甫離膚栗。涉青春。奪我乳哺。存其身。揮涕西望。湘水濱。烏乎哀哉。尚饗

張廉卿祭胡文忠公文

嗚呼。惟公之生。淵岳孕精。渥洼神馬。自天來下。不識靮羈。聊淚九野。歷塊一蹶。漻乎來歸。鳴玉和鸞。中於天機。始迹黔徼。擾畜蠻夷。雞豚稌黍。易我猿狌。功施譽流。霆震風揮。爰躋監貳。洊膺封圻。江流東瀉。羣兇

珍倣宋版印

披猖。帝假一臂。搤賊之亢。西睨悍慄。屢眴而傾。貙貐豺狼。百萬噤聲。堅城老窟。賊所根柢。高步蹴之。一剷千里。皖鄂連壤。莽莽相屬。昔也如燔。今也如沐。任將選吏。治兵治民。爾賢爾能。我弟我昆。弊政昏俗。牢關深根。手抉其扃。萬目一新。如寐斯覺。覩日在晨。公昔莅茲。楚人實倚。聞公之喪。愕焉失恃。臨沒遺憾。逋寇未殪。疏薦忠賢。碁布重地。禱茲來者。嗣我之志。憂國之藎。死生罔替。藐焉小子。曩辱公知。送喪不及。有淚如縻。瞻望遠道。馳辭抒悲。尚饗。

張廉卿祭曾文正公文

烏乎。昳自嬴劉。芒芒百代。光岳之精。銷鑠散壞。絜往校今。百靡一逮。姚姒子姬。邈乎甯再。孰謂並世。欻遌我公。謝羣冠倫。奮起湘中。遂度千載。蹈古比隆。維公楙學。三代與期。六經百家。窮源汎涯。導達漢宋。藩決

塗夷於天地人靡隩不窺炳爲文章遷雄諾唯維公
經務洞治之機曰惟五禮哲王之遺及兵與食國之
大謀古稽而合今施而宜千聖之心仰而思之公之
得人爲天下憂文武鉅公麾纛旂旄峩冠大帶耆彥
酋酋旁逮羣碎壹足褒者若金競躍容於一冶公益
龕亂再造九區忠誠纘緒雲龍廾扶手提萬衆擺蕩
匈渠南揜楊越北極女水西指昆侖東至於海六寓
褰開天海清泚老涕孺嬉絕蘇厄起凡公樹立橫被
八埏紛千萬億橫目之民怙公若父嚴公若神豈謂
我公睇若浮雲獨居深隤莫眄其津衆之所駴公之
所咍公跂莫至晨皋暮伊亹亹其邁戰戰其危贊元
消沴潛運密移天眷　聖清庶其予回孰謂我功我
其敢知孰謂我罪我其敢辭公乎卓越亶惟在斯徽
烈之多迺適公糠粃人之不諒〻云公逶迤吁嗟近古疇

珍倣宋版印

則躋茲如何奄忽天實罔極　九重震悼萬姓雨泣
矧我小子靡所比似薄陋滯拙世之所棄辱荷公知
區區文字譬海納川我乃涓澮暇日請謁公屢色喜
評搉古今往往移晷矜我誨我礲我砥翼我壽我
畀我無已我屬別公昔冬之季孰云幾日遂隔萬世
天下之慟一身之私哀來無端涕隕如縻公乎有知
其稔予悲嗚乎哀哉尚饗

王壬秋弔朱生文 幷序

同治四年春三月望王闓運於真定逆旅逢同縣舉人朱君之靈因以所攜之酒酌奠其靈而爲詞弔之曰

悠悠天地有生有名孰見其得但見其爭嗟余六載再旅於京今逢朱子昔弔唐生惟子之里乃余舊鄉後先同舉齒輩齊行生不相識死不相傷何心邂逅

相見道旁見子云何惟僕惟馬一一羸負棺搖搖於野
風吹綠楊霝雨大灑回此曠懷潸然涕下惟此乙丑
南士赴期或困於漢或躓於淮惟余與子不顧而馳
我生而返子死而歸歸歟歸歟名身孰親聞子之來
杭海通津父子離別以病託人亦窮於藥亦徧於神
藥不醫死神豈通問遲速之期子又奚咨無恤無親
於友於殯無畏不歸余送子櫬余情好悲獨往無聊
爰與之子爰莫爰朝雖未相識髣髴而要河之瀰瀰
江又滔滔慈親倚閭靡靡怛咤寡婦在帷情念新嫁
人苟有心魂斯無化曷其奈何永襲長夜歛子一尊
告子一言生不如死富不如貧貴不如賤古有達人
往來虛無以究其根烏乎哀哉

珍倣宋版印

敘記類上

汪苕文書沈通明事

淮安沈通明字克赤嘗爲前明總兵官任俠輕財好從中原士大夫游士大夫皆稱之數與賊戰有功順治二年先是有巡撫田仰者素習通明之爲人加禮遇焉至是見明將亡遂屬其家通明而身自浮海去通明匿仰妻子他所會　王師渡淮購仰妻子急蹤迹至通明家且并捕通明是時通明已散遣所部杜門久矣捕者凡十餘輩合謀圍其居通明走入寢室飲酒數斗裂束帛縛其愛妾負之背而牽騎手弓矢以出大呼曰若輩亦知沈將軍邪遂注矢擬捕者皆逡巡引卻通明疾馳與愛妾俱得脫僦居蘇州變姓名賣卜以自活未幾愛妾死意不自聊入靈巖山祝

髮爲浮屠已復棄浮屠服北訪故人於鄧州通明故魁壘丈夫也美須髯以飲酒自豪又善度曲每醉輒歌呼鄧州市上閧以曼聲雜之酸楚動聽一市皆以爲狂而彭公子籛其州人也素有聲望於江淮間方罷巡撫家居獨聞而異之偵知通明所在徒步往與之語通明默不應已詢知爲彭巡撫乃大喜吐實公捉其手曰君狀貌稍異必將有物色之者非我其孰爲魯朱家邪引與俱歸公亦豪於酒日夜與通明縱飲甚歡居久之遇赦始得出通明少以勇力聞嘗與賊戰賊射之洞腹通明急拔矢裂甲裳裹其創往逐射者竟殺其人而還由是一軍皆壯之今且年八十餘矣膂力雖少衰而飲酒不減少時任俠自喜亦如故也始居蘇州變姓名曰申宗耿及爲浮屠又名元弁劉吏部公勇曾有序贈之至比諸前宋姚平仲龍

珍倣宋版印

伯康云夫明季戰爭之際四方奇才輩出如予所紀乙邦才江天一及通明之屬率倜儻非常之器意氣幹略橫從百出此皆予之所及聞也其他流落湮沒爲予所不及聞而不得載筆以紀者又不知幾何人然而卒無補於明之士者何與當此之時或有其人而不用或用之而不盡至於廟堂枋事之臣非淫邪朋比卽闒茸委瑣懷祿耽寵之流當其有事不獨掣若人之肘也必從而加媒孽焉及一旦僨決潰裂撓手無策則槩誣天下以乏才嗚呼其眞乏才也邪詩有之誰秉國成不自爲政此予所以歎也

胡稚威王大夫述

甲辰二月予自杭以舟而東有上虞人求載者狀甚遽叩之乃對曰吾大夫王君卒次歸喪京師吾將從邑人祖焉語終蹙然于是詢之曰子之君亦奚政之

惠于若士平訟息乎獄罄乎刑不施乎盜賊徙去乎利興而害剔而教化徧洽乎則默然晒遲然應曰否否然則子之情如喪親愛而不能已其若何曰吾大夫爲治訟卽不息而聽以平獄卽不罄無濫且有恤也刑不得不施而愼又從其省者盜賊或閒發擒于庭治而諭勸之時時悛吏胥不得奸武猾不得暴催科無有迫當事無有惑是盡心於民彼利之予而害之去教之行而化之及果令一人責耶吾固好遊今天下割省大小十五嘗以至焉郡百數十州邑幾二千守長廉惠未數聞其貪黷殘鄙接壤聯境符出一孔求吾大夫之政以賢于盜祿血國豈不謂遠哉如必子之所云古吏之良也于今其奚獲焉予聞而喟然夫三代而上非賢且仁者無以涖官故其政均而民不知所頌三代之下所以爲治者旣衰若兩漢循

珍倣宋版印

吏猶多以養民導俗爲務後世益媮選舉術乖託要重者雖玷位無罪詔賂者而牟賊曰才是以民誹不服具瞻而嘻若王大夫于虞非有異施家感人說己懼若來者之難似然孟子曰飢者易爲食渴者易爲飲其信然乎吁

胡稚威書李晉福

李晉福者事景州諸生趙遵譜爲僮崇禎中 大兵入塞破畿南郡縣略地至景州晉福方隨遵譜行野外倉卒被擄去家人未知也去數日晉福潛自兵中還言狀遵譜家皆痛哭旋呼晉福已不知所之意其亡去也後三歲遵譜忽自歸家人且歡且愕以問遵譜皆晉福所爲晉福初以被擄告其家即從遵譜出塞外備歷危苦遵譜初見俘時本乘馬馬爲人奪與晉福徒跣行居塞外久之有騎過遵譜識爲己馬直

奪之騎者怒拔刀砍遵譜仆地流血幾死晉福負歸土舍中求藥裹創僅乃獲愈遵譜性惷負氣不能爲人下晉福戒曰若此且速禍當忍俟之脫可得歸縱不然猶幸免爲人戮而尚欲如家居態乎兩人在兵中日益習其弁校試問晉福晉福詭言遵譜吾弟也兵中嘗呼遵譜有所役使晉福輒曰彼小弱不任爲代遵譜役兵中既多喜晉福者後稍弛其防晉福乘閒乃遣遵譜亡歸竟得至家遵譜歸一年晉福亦逃入塞見遵譜持相泣也遵譜於當時無晉福者擄死久矣晉福崎嶇不顧患難死士以從遵譜卒能全而脫之而己亦免焉彼所謂古烈丈夫之風者耶

梅伯言書李林孫事

郲縣陳伯瑜任俠士也嘗於巡撫某公座大言曰某某處教匪當起時乾隆六十年矣天下乂安坐中皆

搢紳先生大吏官屬也大譁以為妖人嗾某公卽座上執之伯瑜曰執我易易耳若何者而釋無何川楚賊果起官吏皆驚禮為上客時賊衆已蔓延然未入河南界河南路四通輕徙鳥舉不可制當事者尤是為憂而浸淫聞賊自襄城來文武吏皆他出守禦獨布政使馬慧裕提空名守城實無兵用伯瑜計得襄城李林孫以五百人破賊襄城時賊已大至臨水欲渡聞伯瑜以二百五十人閱兵也戲觀之未及戰而後陳囂林孫以二百五十人出其背賊前後相紛挐殺傷過當乃遁去林孫已破賊襄城其鄉兵聲聞梁楚閒林嵐乞其兵守盧氏賊帥張潮兒來攻衆號十萬可二三萬嵐卒不滿二千莫敢進嵐謝其衆曰公等皆林孫人徒死無益指大樹曰我官也死是閒耳衆怒曰誰無面目者致公為此言今日戰有不勝賊

而生者撞大石破腦死嵐拜衆亦拜遂戰賊幾殲賊
走且詬曰我識若我識若林嵐者河南省試用知縣
後爲安徽省同知有蓋方泌者爲陝西商州州同亦
善使鄉民常敗言笑如平常衆怒曰見人父兄子弟
死反笑爲固不可解也方泌曰賊小勝驕矣我報父
兄子弟仇戰必勝珍寶盡有之我故樂而笑也衆氣
振復戰乃大勝方泌至前戰地呼士者而哭曰好男
子不見吾殺賊而死也因伏地哭不能已衆皆哭汪
士鐸曰吾往來梁楚閒問所聞李林孫者見之襄城
逆旅中年六十餘矣而溫厚長者士鐸與言言形勢
王相、用兵奇正之道皆不省曰大豪傑無他得人心
耳

梅伯言書楊氏婢

楊氏之寡妾以貧故不安於室嫁有日矣未嫁前一

夕呼其婢不應者三怒曰汝我婢也何敢如是婢叱曰我楊氏婢耳汝今誰家婦者曰我婢我婢妾方持翦刀落於地起環走房中至天曙呼其婢曰汝今竟何如吾復爲爾主矣婢叩頭泣妾亦泣竟謝媒妁不行後將嫁其婢婢曰人以我一言故忍死至今我亦終不去楊氏門亦不嫁妾之夫楊勤恪公錫紱子也

雋永

吳南屏書謝御史

謝御史者吾楚湘鄉謝薌泉先生也當乾隆末宰相和珅用事權熖張有寵奴常乘珅車以出人避之莫敢詰先生爲御史巡城遇之怒命卒曳下奴笞之奴曰汝敢笞我我乘我主車汝敢笞我先生益大怒痛笞奴遂焚燒其車曰此車豈復堪宰相坐耶九衢中人聚觀讙呼曰此真好御史矣和珅恨之假他事削

其籍以歸先生文章名一時喜山水乃遍遊江浙所
至人士爭奉節屐迎飲酒賦詩名益高天下之人皆
傳稱燒車謝御史和珅誅復官部郎以卒及道光癸
巳之歲河南裕州知州謝興嶢以卓異薦入都裕州
御史之子由翰林改官者也引見時唱陳名貫畢
皇上問曰汝湖南人作京語何也興嶢對言臣父謝
振定歷官翰林御史臣生長京師 上忽悟曰爾乃
燒和珅車謝御史之子耶因褒獎興嶢家世勉以職
事明日 上語閣臣朕少時聞謝御史燒車事心壯
之昨見其子來甚喜未幾 命擢興嶢敘州府知府
方裕州入見時吾鄉人士在京師者盛傳 天語以
爲謝氏父子之至榮也又幸薌泉先生之生於其鄉
而以相誇耀也敏樹得知其本末如此云敏樹又記
在都時有郎官當推御史者語次因舉薌泉先生之

事郎官謂曰薌泉負學問文章又彼時清議尚重故去官而名益高身且便今我等人材既弗如而時所重者獨官祿耳御史言事輕則友朋笑重則恐觸罪一朝跌足誰肯相顧盼耶且家口數十安所賴耶余無以進之嗟夫昔之士風人情猶之今也以裕州今日家世之榮孰不欣羨而願其有是孰知當薌泉先生罷官時同朝行輩中必有相侮笑者譏毀者畏罪累而不敢附和者其家人居室必不如在官之樂者且使先生官不罷其進取抑未可量一遭斥逐終以不振獨氣節重江湖間耳然則先生之燒車之時亦可謂計慮之不詳盡者耶

鄭子尹遷居紀事

道光二十六年□月九日昧爽奉先府君之魂帛先孺人之神主從祖曾高三世之主自堯灣寓宅遷於

望山堂珍斬衰苴經杖率一妻一男三女各服其服從以次安而畢乃哭於門外之次哭吾父也而因哭吾母哭吾父母也而因哭吾祖曾哭吾父母祖曾而因自哭吾身蓋痛吾母之借居終世而不及見斯堂也痛吾父之及見構架而又不能待數月入居之也痛吾祖曾自後之子孫遂長爲斯里人而其墳墓遂棄之兩日程外也痛吾身飢寒困苦之餘始僅依先人墓下奠四仲享獻之居而行年四十已衰苶如六七十歲人而凡畜吾子贍吾弟收吾諸從使永保有斯堂者知復能盡遂吾志否也哭無常聲繼之以血匠者曰入宅吉事也而如此若非宜者嗚呼吾能無痛哉吾又奚知吉與不吉哉書之榜於堂以紀來居之始

薛叔耘書桐城程忠烈公遺事 并序

珍倣宋版印

贈太子太保記名提督忠烈程公學啓發迹在安慶授命在嘉興而其下蘇州一役功最高雖三尺童子聞其名莫不敬悚余嘗病官書載公戰功雖具而公之雄略偉節有未詳者謹再摭拾所聞以俟作史者采擇云

公幼不喜讀書亦不事生產然倜儻有大志粵賊陷桐城聞其名購求不得乃執其父以招之其父貽以密書曰忠孝不兩全汝可爲我一出伺賊之瑕得當以報國亦大丈夫事也公乃出詣賊而父得釋僞英王陳玉成奇愛之稍任以兵事俾屬僞將葉芸來守安慶芸來倚如左右手娶以女甥高氏今尚書威毅伯曾公之圍安慶也陳玉成自江南大舉來援累爲楚軍諸將所折挫圍益急芸來分其悍黨授公俾出駐城外爲犄角公私忖圖賊數年迄未得閒今其時

矣遂以其衆降官軍日呼賊黨出降賊窘且愠膊公
妻子於城上公率降衆導官軍晝夜環攻未匝月而
城拔賊衆殲焉曾文正公自祁門來公進謁文正奇
之使將千人而未大用也會今大學士肅毅伯合肥
李公以道員率師赴援上海乃命公屬李公東下李
公既巡撫江蘇僅有上海彈丸地賊糾黨數十萬來
攻李公督諸軍大創之又至又大創之凡三卻悍賊
而公之功爲最多賊自是不敢窺上海公領偏師進
克旁縣十數李公察公才可獨當一面漸令增募其
衆至七八千人使洋將戈登以常勝軍三千人與俱
進逼蘇州公批亢蹈危力爭要害稍翦城外賊壘僞
忠王李秀成自金陵聞警赴救累戰皆敗當是時李
公遣諸軍由常熟趨無錫以斷賊常州之援秀成以
謂無錫道不通則蘇城危乃大會諸酋與我軍鏖戰

無錫境上喪其衆十萬復遁入蘇城拒守適李公由滬至蘇督軍破婁門外石壘長城燬賊營略盡公亦盡奪蠡口黃埭滸墅關諸隘水陸軍三面傅城賊衆兇懼是時秀成之黨惟僞慕王譚紹洸所部皆粵賊每戰猶致死自僞納王郜雲官以下皆有貳志副將鄭國魁與雲官有舊雲官密致款於國魁爲介紹於公公與國魁及戈登以單舸會雲官等於洋澄湖賊黨謀殺公雲官苦止之公與雲官等約爲兄弟俾斬秀成紹洸以獻諸酋不忍於秀成請圖紹洸公與諸酋指天誓曰自今以往富貴相保匿悃不告必死於礮諸酋亦指天誓曰自今以往反正輸誠有渝此盟必死於兵誓畢各歸其軍既而秀成察雲官等戰不力覺有變自度力不能制而上游官軍攻金陵甚急秀成迫欲赴援乃以守城事屬紹洸執手泣別曰好

爲之。無幾相見。遂率死黨及其孥賄。乘舟宵。走官軍以西洋炸礮攻城。賊益不支。越三日。紹洸召雲官等焚香設誓。雲官使其從者刺殺紹洸。遂據紹洸僞府。夜開齊門迎降。公令鄭國魁以二營入城。時同治二年十月丁卯也。明日。賊獻紹洸首。公親入城撫視。精壯猶逾十萬。降酋列名者八人。曰僞納王郜雲官。僞比王伍貴文。僞康王汪安均。僞甯王周文佳。僞天將范啓發。張大洲。汪懷武。汪有爲。方歃血誓死生。乞公請於李公。求授總兵副將等官。署其衆爲二十營。仍屯閶門胥門盤門齊門。雲官猶未薙髮。公欲無許。恐有變。乃姑許之。而密白李公。請誅之。李公謂殺降不祥。恐嘉興常州賊黨聞之。堅守不下。公固爭之。曰。今賊衆能戰者十倍於我。粟支五年。即令憑城拒守。我軍攻之。非數年不下。徒多殺士卒。與脅從之民。無爲

珍倣宋版印

也。僇八人而全數百萬生靈之命。不亦可乎。人責鬼譴。某自當之。公不從某言。請公自爲之。某不敢與聞軍事矣。李公曰。既若此。任汝爲之。毋僨吾事。公乃復入城。與雲官等要約。以李公命盡許所請。勸令出城行參謁禮。明日。日方中。李公臨公營。雲官等詣營。請李公受謁。公分軍守婁門。且陰遣營遮其歸路。李公見八人者。慰勞周至。漸引其從者宴於外。肅八人者設宴帳中。稱有公事。遽歸大營。俄而礮聲舉。營門閉。婁門軍亦舉礮應之。八人者相視色動。回顧從者。皆不在旁。欲出不得。忽聞大呼殺賊。蒼頭卒百餘人挺矛直入。八人者驚起。止之曰。願見撫軍。惟命是聽。卒遽前斫之。皆死。八人者將死。皆頓足曰。乃爲程某所賣。公自婁門馳入雲官爲府。以雲官之令召賊酋桀黠者數百人。皆誅之。俾賊衆盡繳軍器。賊衆皆慴伏聽命。明日。李公整部入城。傳令誅止其魁。籍其老弱及丁壯願歸農者。資遣歸鄉里。能戰者編入營伍。得其貲財積粟以贍軍。蘇城大定。李公由是遣軍分道攻拔常州嘉興。以壓上下游之賊。賊備多力分。而杭州金陵相繼恢復。論者謂不克蘇州。則金陵杭州不能遽拔。微公設計招降。則蘇城不下。下蘇城而羣酋不誅。則後事未可知。而淮軍亦不能盡銳出征。迭摧堅城也。夫始約而終背之。其事譎而不正。無以服羣酋之心。然公亦若願當其禍而設誓者。公所謂不有其躬以狥功名者邪。卒之大局轉旋。生民蒙福。公之成功甚偉。而忠孝之忱。亦於是盡矣。公之進薄嘉興也。涉自浮橋。麾衆登城。死傷甚衆。城上發礮飛鉛貫公左腦。暈絕舁歸營。部下將士奮攻入城。遂殲賊衆而公創甚。歸蘇。 温詔詢公傷狀。賞賚稠疊。李公曰夕往問候及將出視師公猶爲李公籌軍事流涕執別創漸合留敗骨爲梗醫言不可去公自拔之血涌不止傷腦及喉舌不能食飲遂以同治三年三月庚戌卒將卒之數日口中唸吚皆蘇城降酋事時奮拳作格鬭狀忽瞋目叱曰汝等敢從我乎或曰公平日意之所注疾革神瞀以至此也公廉於財馭軍紀律嚴所過肅然目不甚知書而行軍披覽地圖指撝不爽銖寸或以事怒將吏旋覺其誤立起自責往謝不敏故得人死力每遇敵登高望之卽知其彊弱堅瑕偏正分合隨宜應之臨機果斷赴敵迅疾每爭一隘必斷賊援師絕糧道動中窾要其將略殆天授也戈登初與公爲昆弟交每戰必偕及誅降酋戈登誓公誓不相見聞其卒乃哭之乞於李公以公督戰時二長旂攜歸國爲念其爲遠人推服如此 蕭敬孚云此篇詳敘下蘇

城事。而克安慶事次之。以其為公奇績所在。亦即平定粵賊全局所繫也。近見各書。於此事或不甚詳。或雖詳而未能挈其綱領。無以感發人意。及讀此篇。吾無閒然。始知偉人偉事。必有偉筆以達之。乃可傳之不朽。

薛叔耘敘曾文正公幕府賓僚

昔曾文正公奮艱屯之會。躬文武之略。陶鑄羣英。大奠區宇。振頹起衰。豪彥從風。遺澤餘韻。流衍數世。非獨其規恢之宏闊也。蓋其致力延攬。廣包兼容。持之有恆。而御之有本。以是知人之鑒。為世所宗。而幕府賓僚。尤極一時之盛云。竊計公督師開府。前後二十年。凡從公治軍書。涉危難。遇事贊畫者。閎偉則太子太傅大學士肅毅伯合肥李公。禮部侍郎出使英吉利總理各國事務大臣長沙郭公嵩燾筠仙。（郭公原籍。因避家諱。改書其郡。下從此例。）兵部侍郎巡撫陝西長沙劉公蓉霞軒。雲南按察使平江李元度次青。明練則四品卿銜內

珍倣宋版印

閣侍讀長沙郭崑燾意城候補道長沙何應祺鏡海武岡鄧輔綸彌之歙程桓生尚齋主事甘晉子大直隸清河道溧陽陳鼐作梅河南河北道奉新許振禕仙屏四品卿銜吏部員外郞嘉興錢應溥子密候補道長洲蔣嘉棫蒓卿定遠淩煥曉嵐淵雅則知和州直隸州長沙方翊元子白江蘇按察使中江李鴻裔眉生四品卿銜刑部主事歙柯鉞筱泉候補道黟程鴻詔伯旉候選知府陽湖方駿謨元徵江蘇知縣溆浦向師棣伯常出使日本記名道遵義黎庶昌蒓齋知冀州直隸州桐城吳汝綸摯甫右二十二人李公功最高公之志業李公實繼之郭公劉公與公交最深所議皆天下大計凡以他事從公遊迨入幕或驟致大用或甫入旋出散之四方者雄略則太子太保大學士恪靖侯長沙左公兵部尚書衡陽彭公玉麟

雪琴前布倫托海辦事大臣漢軍李雲麟雨蒼權福建布政使護巡撫事益陽周開錫壽珊候補直隸州贈太常寺卿雲騎尉長沙羅萱伯宜安徽布政使權巡撫事新建吳坤修竹莊甘肅甘涼道合肥李鶴章季荃碩德則兵部尚書總督兩江開縣李公宗羲雨亭兵部尚書總督湖廣合肥李公瀚章筱泉前兵部侍郎總督東河河道南昌梅啓照筱巖前兵部侍郎巡撫安徽衡陽唐訓方義渠都察院左副都御史吳川陳蘭彬荔秋兵部侍郎巡撫山東桂陽陳士杰俊臣光祿寺少卿江夏王家璧孝鳳清才則太僕寺卿瑞安孫衣言琴西監察御史烏程周學濬縵雲前知建昌府江陰何栻蓮舫候補直隸州湖口高心夔碧湄雋辯則候選道陽湖周騰虎韜甫前湖南布政使劍州李榕申甫兵部侍郎巡撫廣東望江倪文蔚

珍倣宋版印

豹岑。前山西冀甯道東湖王定安鼎丞右二十二人。
左公彭公功最高。李雲麟聞公下士。徒步數千里從
公。皆才氣邁衆。練習兵事。而受知於公最先。凡以宿
學客戎幕。從容諷議。往來不常。或招致書局。並不責
以公事者。古文則瀏陽縣學教諭巴陵吳敏樹南屏。
前翰林院編修南豐吳嘉賓子序。候選內閣中書武
昌張裕釗廉卿。閎覽則前翰林院編修德清俞樾蔭
甫。芷江縣學訓導長沙羅汝懷研生。諸生新城陳學
受藝叔。知永甯縣當塗夏燮謙甫。江蘇知縣獨山莫
友芝子偲。舉人衡陽王闓運紉秋。秀水楊象濟利叔。
刑部郎中長沙曹耀湘鏡初。出使俄羅斯參贊道員
武進劉翰清開生。知易州直隸州陽湖趙烈文惠甫。
樸學則海甯州訓導嘉興錢泰吉警石。知棗强縣桐
城方忠誠存之。候補郎中海甯李善蘭壬叔。舉人江

甯汪士鐸梅村候選道石棣陳艾虎臣諸生南匯張文虎嘯山德清戴望子高儀徵劉毓崧北山其子壽曾恭甫海甯唐仁壽端甫寶應成蓉鏡芙卿候選知府金匱華蘅芳若汀候選縣丞無錫徐壽雪村右二十六人吳敏樹羅汝懷吳嘉賓名輩最先敏樹與張裕釗之文所詣皆精莫友芝俞樾王闓運李善蘭方宗誠張文虎戴望皆才高學博著述斐然可觀凡刑名錢穀鹽法河工及中外通商諸大端或以專家成名下逮一藝一能各效所長者幹濟則蘇松太兵備道南海馮焌光竹儒徐州兵備道歙程國熙敬之候選主事海甯陳方坦小浦候選教諭宜興任伊棣香候選知縣江甯孫文川澄之勤樸則前兩淮鹽運使涇洪汝奎琴西候選直隸州漢陽劉世墀彤階候補道瀏陽李興銳勉林候補知府衡陽王香倬子雲敏

贍則監察御史武昌何源鏡芝江西知縣忠州李士棻芋仙候補同知宣城屠楷晉卿候補知府富順蕭世本廉甫右十有三人皆能襄理庶務劇繁應瑣雖其用之巨細不同亦各有所挾以表見於世凡福成所嘗與共事及溯所聞而未相覿或一再晤語而未共事者都八十三人其碌碌無所稱者不盡錄古者州郡以上得自辟從事參軍記室之屬故英儁之興半由幕職唐汾陽王郭子儀精選幕僚當時將相多出其門降及晚近舍實用而崇科第復爲壹切條例以束縛賢豪而登進之塗隘矣惟公遭值世變一以賢才爲夷難定傾之具其取之也如大匠之門自文梓楩柟以至竹頭木屑之屬無不儲其成之也始之以規矩繩墨繼之以斧斤錐鑿終之以磋磨文飾其用之也則楹棟榱梲棖闑扂楔位置悉中度程人人

各如其意去斯所以能迴乾軸而變風氣也昔公嘗
以兵事餉事吏事文事四端訓勉僚屬實已囊括世
務無所不該幕僚雖專司文事然獨克攬其全譬之
導水幕府則衆流之匯也譬之力穡幕府則播種之
區也故其得才尤盛即偶居幕府出而膺兵事餉事
吏事之責者罔不起爲時棟聲績隆然夫人必有𠑽
乎天下之才之識之量然後能用天下才任天下事
福成居公幕僅八年於未及同遊者知之不詳然於
公知人之明與育才之心麤有所睹矣謹詮次公賓
僚姓名并敘其爵里著於篇而於所未知者則姑闕
焉原注伯兄撫屏云此篇脫胎漢書公孫宏傳贊品
評確當布置精嚴驟視之若不過撮敘人姓名爵
里細玩之乃絕有關繫之文
之事亦絕有關繫之文

珍倣宋版印

敘記類下

湘軍志曾軍篇

此書不著作者名氏蓋湘潭舉人王闓運筆也文質事覈不虛美不曲諱其是非頗存咸同朝之真深合子長敘事意理近世良史也大體皆善今錄五篇

軍興而養兵之利害盡著諸帥臣則稍稍召募而江忠源以楚勇顯然兵妒勇益甚所屯則私鬭戰敗固不救反陷之咸豐二年冬湖北大營患潮勇橫恣罷遣之歸乃益道掠公奸良民婦徵市所至焚殺愚民以爲官兵不如寇則姦人倡僞議謀通賊及結盟拜會相挻起矣曾國藩既奉　命幫辦巡撫團練是時湘鄉先立練局請主其事辭母憂不出且自言行軍用兵不素習已而武昌陷湖南大震始至長沙與巡撫張亮基治守禦且上奏曰團練之難難於捐貲湖南行伍空虛以練兵爲要務自軍興以來二年有餘

糜餉不爲不多調集大兵不爲不衆而往往見賊逃潰未聞有鏖戰者所用兵器皆大礮鳥槍遠遠轟擊未聞有短兵交鋒者其故何哉由兵未練習無膽無藝故也今欲改弦更張於省城立一大團擇鄉民壯健樸實者招募來省練一人收一人之益練一月有一月之效又曰湖南會匪自粵逆入楚大半附之而去然猶有串子紅黑邊錢香會成羣嘯聚如東南衡永郴桂西南寶慶靖州萬山叢薄爲卵育之區有司亦深知其不可遏特不欲其禍自我而發相與掩飾彌縫苟且一日之安積數十年應殺不殺之人而任其橫行今鄉里無賴之民囂然而不靖彼見夫命盗首犯常消搖於法外也見夫粵匪倡獗而莫制也遂以爲法律不足憑官長不足畏若非嚴刑峻法無以折其不逞之志臣欲純用重典以鋤强暴即良民有

珍倣宋版印

安生之日臣身雖得殘忍嚴酷之名所不敢辭今之急務在使通省無不破之案而盡除大小各會匪則滌瑕蕩穢可期也有會經搶掠拜會結盟者請即用巡撫令旗恭請　王命立行正法內姦既清外寇雖至無能爲已於是立三等之法重者斬次杖斃小鞭責釋之而已不以煩府縣獄又手書告勸鄉人士者老雖幼賤身自下之必與鈞禮有所布告皆通啓自名每牒府縣招致賢俊牧令雖怙舊習然親見大人尊官與鄉民諸生爲等夷亦稍稍悟悔官民否隔頗詢地方利病山野材智之士感其誠雖或不往見人人皆以曾公可與言事湖南欣欣鄉治矣國藩以十二月壬辰治軍事三年正月丙午朔丁未寇棄武昌下犯安徽江甯湖南不受兵乃益招募教練兼令營兵防城者月六日合操撫標中軍參將塔齊布日閱

所部軍訓練有法諸州縣亦時稟承國藩言所與除有上言胥隸貪恣輒捕治斬之其行館即訊者經三月殺五十餘人文法吏大譁張亮基移督湖廣未幾移撫山東署湖南巡撫潘鐸引疾去駱秉章復來以國藩所行異於羅繞典及諸團練大臣心誹之然見其所奏輒得 褒答受 主知未有以難也二月常甯土寇起以劉長佑將楚勇五百人湘勇三百人往未至其縣團丁討定之陽山寇窺宜章大庾寇入桂東殺汛官以張榮組將七百人往衡山土寇起三月劉長佑破平之永興安仁茶陵時有寇發輒聞而兵隨至姦軌破散五月洪寇分黨圍南昌江忠源往援因乞師湖南以羅澤南將湘勇千二百六月辛卯起行道醴陵忠源弟忠淑將楚勇千壬辰起行道瀏陽署鹽道夏廷樾將營兵六百人湘勇七百丁酉起行

珍倣宋版印

道醴陵援軍之行也國藩念營將積微不可用純用書生爲營官率皆生員文童以忠誠相期奬然未經行陳故以楚勇百戰者偕楚勇尚剽銳營制疏略乃命千總張登科領湘勇二十人爲前哨戒忠淑登科曰哨探必百里至瑞州待湘軍而行忠淑狃其家軍稱勁旅心笑曾公怯驅而前中途譌言寇至譁而潰走姦民譟驚之棄軍械餉銀退保義甯留十餘日乃進七月壬申湘軍至南昌則戰城下書生爭奮搏寇寇陽退鈔其後軍敗營官附生謝邦翰童生羅鎮南易良幹羅信東戰死澤南收衆入城於是國藩聞之以爲湘勇果可用雖敗敢深入官兵不如也江忠源初至九江奏請增兵國藩與書曰今日之極可傷恨者在兵敗不相救而已蓋調發之初徵兵一千而抽選數營或數十營卒與卒已不相習統領之將又非

平日本管之官。遂乖然不能以相入。至於兵與勇遇。尤相嫌恨。桂東之役。三廳兵尋殺湘勇於市。江西之行。鎮筸兵殺湘勇於三江口。傷重者十餘人。以今日營伍之習氣。與調遣之成法。雖聖者不能使之一心。足下前奏調雲貴湖廣兵六千。募勇三千。合爲一萬。自成一軍。夫六千之兵。必有一二鎮將統之。其勢不能相下。而將弁中又多卑庸無足與語者。鄙意欲練鄉勇萬人。概求吾黨質直曉軍事之君子。將之以忠義之氣。而輔之以訓練之勤。相激相劘。而後可以言戰也。忠源未及用。而江西楚勇以索賞復潰。健銳者皆棄去。江軍遂弱。九月。敗於田家鎮。是時湘營制。營三百六十人。中營羅澤南將之。左營王珍將之。右營鄒壽璋將之。塔齊布將兵勇成二營。周鳳山儲玫躬。各將二營。曾國葆將一營。國藩仍欲充廣至六千人。

珍倣宋版印

合忠源所將成一萬爲義師而已居湖南有寇乃佐巡撫治兵故多與軍民政事長沙協副將清德自以爲將官不統於文吏雖巡撫例不問營操而塔齊布諂曾國藩壞營制提督鮑起豹者昏庸自喜聞清德言則揚言盛夏操兵虐軍士且提督見駐省城我不傳操敢再妄爲者軍棍從事塔齊布沮懼不敢出司道羣官皆竊喜以謂可懲多事矣提標兵固輕侮練勇倚提督益驕適湘勇試火槍傷營兵長夫因發怒吹角執旗列隊攻湘勇城上軍皆踰堞出城中驚譁國藩爲鞭試槍者以謝乃已俄而辰勇與永順兵私鬬辰勇者塔齊布所教練也提標兵益傲怒復吹角列隊討辰勇於是國藩念內鬬無已時且不治軍卽吏民益輕　朝使無以治姦軌移牒提督名捕主者提督亦怒譟曰今如命縛詣轅門標兵洶洶滿街國

藩欲斬所縛者以徇慮變猶豫未有所決營兵既日
夜游聚城中文武官閉門不肯誰何乃猖狂公圍國
藩公館門公館者巡撫射圃也巡撫以爲不與己公
事國藩度營兵不敢決入方治事刀矛競入刺欽差
隨丁幾傷國藩乃叩巡撫垣門巡撫陽驚反謝遣所
縛者縱諸亂兵不問司道以下公言曾公過操切以
有此變國藩客皆憤怒以爲當上聞國藩歎曰時事
方亟臣子既不能弭大亂何敢以己事瀆君父吾甯
避之耳即日移屯衡州已而湖北事亟總督吳文鎔
故國藩坐主專倚援湖南奏調湘軍有 詔令曾國
藩赴援駱秉章供支其軍巡撫亦以寇棘故手書謝
國藩且召之同守省城王珍時將湘勇聞援鄂自請
增募合三千人先往十月武昌寇去江忠源擢安徽
巡撫兵少不能進侍郎宋晉請發湘軍援安徽時新

珍倣宋版印

募壯勇分擊土寇未嘗休息合會軍餉之絀器械旗服樸陋又方議水軍造戰筏守湘初無意勤遠而鄂皖羽檄日至月三四奉　詔促出師乃議遣王珍珍既得請餉省城不復啓國藩後又罷行國藩議合併湘勇爲十營汰珍軍珍大怨望國藩初本倚珍爲大將既以軍新集技器麤脆遠出遇寇憂必敗而珍頗易言兵度其才氣終不能爲下乃聽珍別將十二月江忠源死廬州四年正月總督吳文鎔敗死黃州國藩知時事愈危勢不得出十全於是改營制以五百人爲一營其非湘鄉人各領鄉軍者隨所統爲小營凡陸軍五千餘人爲十三營水師五千人爲十營戰船二百四十坐船二百三十器用工匠米炭雜具及員弁丁夫水陸萬七千人建旗東下留羅澤南屯衡州鎮土寇　文宗以國藩一人兼統水陸軍心憂之

特詔貴州提督佈克慎自黃州還赴其水營詔總督
台湧會其師時寇已圍武昌台湧方居德安而寇黨
分犯通城崇陽入湘陰趣甯鄉巡撫先遣王珍會曾
軍俱下寇沿洞庭者皆退走陸路游奕自如二月庚
辰遣儲玫躬拒寇甯鄉雨雪步進欲與寇爭城壬午
未至縣十許里縣故無城垣寇已據治所官走免衆
議止待後軍玫躬奮曰自軍興寇破城百數皆待其
休息或飽掠棄去耳今舍營兵起義勇柰何聞警咨
趄即部分其五百人分三道向甯鄉寇方散掠遂乘
攻之市中寇各求門出走玫躬止營郊外休士會食
而躬率十餘人行衢巷撫難民寇先出者不知官軍
至方還縣見街中橫屍大驚復出東門乃反遇玫躬
相擠塞門玫躬遽前搏寇寇前後刺之玫躬及十八
人盡死寇不知主將死奔相告此來者以數百人敗

珍倣宋版印

數千衆今止營待後軍不可當也即夜引去合蒲圻寇衆俱去湖南境內解嚴省城湘潭初聞寇破甯鄉大懼及聞寇去知由玟躬一戰道路交頌儲石友云甯鄉人見其戰者尤感念即日爲立祠蓋自此湘軍重赴援人人稍知榮戰死矣國藩前軍至岳州王珍先屯岳州城見寇退議進兵崇通寇大上三月寇先由蒲圻犯岳州乙巳敗王珍於羊樓丙午塔齊布復通城其日王珍退守岳州鄒壽璋屯城中謂珍曰城空無食不可守也珍不聽戊申寇至壽璋率所部退保南津會水師而別將還保城城空軍士一日不得食王珍縋城走衆亂國藩遣礮船迎師免者千餘人潰死大半俱走保長沙寇衆乘之遂據靖港距省城六十里再犯甯鄉敗湘勇三營營官伍宏鑑戰死塔齊布自崇陽還奉檄援甯鄉會寒雨行三日未至甲

子寇陷湘潭是日國藩下檄塔齊布改援湘潭使者以爲軍在甯鄉行半日遇之乃在中途距湘潭反近塔齊布亦未知湘潭已破喜於憑城保大縣以自固四月己巳朔軍長驅趨湘潭將入城乃知寇先在勢不得退寇聞有官軍至亦卽發兵拒戰迫相遇塔齊布不得退則馳陷陳軍士皆出薄戰寇自起與官軍未嘗短兵接相顧愕欲退其後隊望四山多負仗者以爲官軍大至則先走因相蹂官軍譟呼觀者皆譟呼遂大破之追至城乃還立營其日長沙惴惴居賊中人自以爲必敗國藩集謀攻守皆曰入城坐困宜親督戰或議先靖港奪寇屯或曰靖港敗還城下死地矣宜悉兵攻湘潭不利保衡州卽省城陷可再振也水師十營官皆至推彭玉麟決所鄉定鄉湘潭五營先發約明日國藩帥五營繼之夜半長沙鄉團來

珍倣宋版印

請師。曰。靖港寇屯中數百人。不虞我。可驅而走也。團丁特欲藉旗鼓以威賊。已作浮橋濟師。機不可失。聞者皆踴躍。國藩亦憂湘潭久踞。思牽之。改令攻靖港。庚午平旦至。水急風利。礮船逕逼寇屯。寇礮發。船退不得上。纜而行。寇出小隊斫纜者。水師遂大亂。陸軍至者。合團丁攻寇。寇出。團丁遽反奔。官軍亦退。爭浮橋。橋以門扉牀版。人多橋壞。死者百餘人。國藩親仗劍督退者。立令旗岸上。曰。過旗者斬。士皆繞從旗旁過。遂大奔。國藩憤。自投水中。章壽麟負之還船。日午。還至城下。而湘潭大捷報至。先所遣水師距湘潭十里。聞陸軍戰勝。鳴角發礮。直上搭齊布軍。三日三勝。壬申。寇散走。水師盡燒所掠船。寇大敗走。靖港遂俱走。還岳州。湘潭既復。國藩以軍不精練。悉汰所部。留五千餘人。因留長沙。造船增調。羅澤南李孟羣陳輝

龍將水陸軍圖再舉上奏自劾而駱秉章及提督鮑
起豹自上其功　文宗詰責提督即日奪官　詔塔
齊布以副將署湖南提督方事之急也布政使徐有
壬遶室走達旦明日與按察使會詳巡撫請罷遣曾
軍語倨妄甚巡撫語有壬且待之及克湘潭國藩猶
待罪俄而得　温詔且超用塔齊布文武官大慙沮
有壬詣國藩頓首謝城中防兵聞代大將皆驚服以
爲　天子明見萬里塔齊布受提督印則徧賞提標
兵得軍功六品牌者三千人使人人知新提督無修
怨之心標兵大讙平寇功由此起五月甲寅岳州屯
寇陷常德六月己巳寇陷湖北省城時方治水軍未
能救也塔齊布屯湘陰新牆待水軍庚辰俱進攻岳
州甲申水軍渡湖丙戌焚寇舟七月戊戌朔寇空岳
州城東北屯城陵磯倚江水陸相犄角癸卯國藩舟

發長沙壬子至岳州癸丑水師三營敗績語在水軍篇乙卯塔齊布挑戰禽斬寇帥曾天養戊午寇攻羅澤南營出戰大破之澤南初合軍未嘗出攻寇寇以爲怯塔齊布數激挑澤南澤南愈益閉壘至是開壁大戰遂以勇略著聞名亞塔齊布及今並稱焉閏月戊辰朔城陵磯寇遯走荊州將軍官文等遣軍將會水師於螺山塔齊布羅澤南東攻崇陽己丑陸軍破寇屯於羊樓洞八月己亥復崇陽己酉國藩進屯金口辛亥澤南等進屯紙坊癸丑會於金口澤南請沿江東岸攻花園寇屯至大破之塔齊布伏兵洪山要寇路水師順流燒寇舟於鹽關漢關鮎魚套丁巳皆破之戊午燒寇舟於漢口盡破之己未寇棄武昌漢陽遯走署總督楊霈方屯德安一日而聞捷六日捷

上聞九月辛未國藩奏至京師　文宗大說詔國藩

署湖北巡撫戊寅又　詔國藩督軍解署任以前已
奪官　加賞兵部侍郎銜且以下長江克金陵爲褒
勉當是時湘軍銳甚而武漢空虛楊霈度不可居又
貪因人功自請合兵分三道己當北岸攻蘄廣濟塔
齊布等率湘鄂陸軍趣南岸攻大冶羅澤南率湘軍
攻興國所至寇破散國藩督水軍舍蘄不攻順流直
進期會於田家鎮　詔戒以孤軍深入南北軍强弱
不相當寇將併於江北又　詔江西巡撫以黃州寇
必據九江湖口相蛾聚當先設防楊霈陳啓邁不能
奉行國藩急於破寇帥軍自進田鎮者張亮基江忠
源敗地也鎮當江北諸山峻峙江南大山曰半壁三
面斗絶山下富池口江水南趨繞山折而東故舟行
依田鎮以避湍三年官軍失半壁山而敗至是寇踞
山作五屯引湖溝之北自田鎮至蘄四十里沿岸築

城鐵索纜江自半壁山屬之田鎮以遏舟師衆號十萬十月己亥塔齊布東攻富池口羅澤南西攻半壁山方作浮橋通兩軍寇出千餘阻谿我不得橋寇以舟渡數千人列南岸山左舟中寇數千人登陸列南岸山右山上五屯盡出衆可二萬我軍懼有逃者三人李續賓馳追斬以徇澤南戒衆分四隊令曰待令而後戰先動者斬寇三進三退澤南鼓之突將斬寇大旗將二人衆奔乘之寇反走阨於山自顛死者無算北岸來寇奔舟舟亂相推排覆溺十餘舟我軍登舟寇輒自投江操舟者股栗不知有維楫於是擲火盡燔之遂奪半壁山縋崖斷鐵纜六寇既失山因作大筏傍岸以固鐵纜江中橫大筏三盡鉤小船節節相牢連斷其一節明日復合用彭玉麟計分四隊椎燒其大鎖寇遂崩潰語在水軍篇田鎮既破斬城寇

亦退走廣濟塔齊布等渡江辛酉寇逆戰破之復東攻黃梅寇連敗大懼悉驍悍謀死拒分屯小池口大河埔孔壠驛及黃梅城北相首尾每屯分四五營十一月丙寅朔攻大河埔及城北屯皆破之復黃梅癸未寇自孔壠來逆戰破走之於濯港己丑進攻孔壠燒其屯水師乘勝薄九江軍城下與寇聲相聞寇併力踞湖口城與九江相犄角我軍屢勝貪戰冒礮九犯鋒刃以相誇塔齊布以大將頻獨身陷陳受石傷水軍恆度寇壘閒礮九墮倉中可掃莫有退志塔齊布既屯九江南門日仰攻士死傷相繼羅澤南攻湖口苦戰不能克夜夜自戒備至不能寐聞者爲之寒心 文宗尤以爲憂屢 詔楊霈陳啓邁飭臬司都統副將領軍者及安徽諸軍併歸調遣湖北江西兵旣不足用安徽軍亦無由會合湘軍已深入方日謀

珍倣宋版印

所以勝。十二月。丙午。水軍三營。越湖口攻姑塘。寇出小舟。燒其坐營。遂陷鄱陽湖。不能還。湖口寇反渡江。復踞小池口。周鳳山往爭敗績。己未。寇出小舟燒國藩坐船。水師遂潰。五年正月。丙寅朔。己巳。楊霈軍退漢口。於是安徽九江沿邊寇盡。上分三道。東陷黃梅廣濟。追楊霈至漢口。中道自小池口。沿江陷黃蘄。復分黨從富池渡江。西陷興國通城崇陽咸甯通山。且掠江西武甯。率遣數百人。或千人。所至脅衆。至漢口者。後楊霈二日。至黃州者。後霈四日。故霈不敢入省城。走保德安。湖北巡撫陶恩培。故湖南按察使。嘗閑衡州城拒程矞采。又請奪曾國藩軍者也。至是恃總督在外。不議守備。城中兵才二千人。徵兵半途聞警皆潰去。相驚以寇至。湖北江西方千里。旬日騷然矣。始寇之起。所行無留難。其踞省府。脅取民財穀而已。

行道掠人夫不用則遣還未嘗增衆及屢敗乃結土
寇屯城鎮頗收拔悍鷙者而石達開陳玉成用事寇
乃盛於此時矣湘軍萬餘人水陸分爲四李孟羣等
水師回援武昌塔齊布留攻九江羅澤南入江西國
藩收蕭捷三等水師三營屯南康澤南奔命往來復
弋陽克廣信收景德攻義甯雖戰勝攻取非東南所
以安危之大故不具載塔齊布以五千人留屯議者
以爲頓兵無所用武而　廷議多言不可解圍光祿
卿王茂蔭奏尤切　詔亦命留攻相持半年九江湖
口兩城寇懾伏終不敢犯大營七月乙酉塔齊布薨
於軍周鳳山代將十一月寇陷臨江瑞州移師去未
幾而敗語在江西篇塔齊布之爲將雜用兵勇皆得
其死力雖號姦猾者隸其部下勇毅恆先人每出戰
部曲從者度非驍勁敵十人已上輒鞭之使還嘗獨

珍倣宋版印

拒追寇全軍還營而已一騎陷寇地投宿民舍老嫗涕泣上食爲匿馬稻秸中明日按轡徐還軍中服其神勇老師堅城卒以憤死鳳山以貲級領衆自是所部弱矣湖北三陷死三巡撫故胡林翼傾身以結士倡勇敢務權略而鄂軍興

湘軍志曾軍後篇

咸豐九年秋江西湖南寇漸平湖北巡撫胡林翼方治軍儲餉以平寇爲己任而寇帥石達開由貴州窺四川湖北餉倚川鹽四川又饒富獨未被兵議者皆以防蜀爲言且以曾國藩久治軍無疆寄爲未竟其用林翼頻說官文合奏請　詔國藩援蜀冀　朝命授以總督　詔唯令督軍無後命林翼又議客軍孤縣愈悲非計安徽寇合捻寇蔓廬壽將爲楚患乃改議留國藩合謀皖分三道各萬人都興阿楊載福循江

攻安慶。國藩出太湖取桐城。林翼自英山鄉舒六袁
甲三時屯臨淮。聞之。以爲今楚軍大舉。而安徽兵弱。
將驅寇北犯。宜由光山北遶蒙城。具奏以聞。詔官
文國藩林翼詳計萬全。謀定而後動。國藩上議曰。竊號
之賊與流賊異。今之洪秀全踞金陵。陳玉成踞安慶。
私立正朔。僞稱侯王。竊號之賊也。石達開由浙而閩。
而江西。湖南。廣西。貴州。流賊類也。龔張諸捻分合無
定。亦流賊也。流賊當豫防以待其至。堅守以挫其銳。
竊號者。當翦除枝葉。攻所必救。自洪楊內亂。凶燄久
衰。徒以陳玉成往來江北。勾結羣捻。故皖北糜爛日
廣。江南賊糧不絕。臣等以爲廓清諸路。必先攻金陵。
攻金陵必先屯滁和。取滁和必先圍安慶。誠能圍安
慶。攻廬州。略取旁縣。使其備多力分。何敢北竄哉。且
不特不敢北而已。並不敢東顧江浦六合。蓋竊號之

賊未有不竭死力以護其本根者也中原腹地莫要於皖固不敢謂石達開必無入蜀之虞而就大局論緩急臣自宜回軍援皖以速蘇民困十一月國藩移屯宿松是時蕭啓江援四川張運蘭還湖南獨朱品隆唐義訓易開俊張岳齡等從而湖北大將都興阿養疾荆州李續宜告歸湘鄉多隆阿鮑超新貴重皆樂爲林翼用憚國藩嚴國藩亦不樂二將皆推林翼節度悉湖北軍圍攻太湖十二月多隆阿又撤太湖圍屯小池拒援寇援寇號十萬潛山太湖寇踞城者號數萬軍事危險多隆阿意氣自如國藩憂之乃悉發己親軍圍太湖語在湖北篇十年正月壬辰湖北軍大破寇遂克太湖潛山二月寇陷杭州三月杭州寇退李續宜至宿松定議分三道圖安慶乃遣朱品隆等進屯集賢關多隆阿進規桐城而續宜爲後援

以助二軍閏三月曾國荃來領安慶軍江南大營軍
潰四月蘇州陷　詔加國藩兵部尚書銜署兩江總
督胡林翼喜國藩得大用與書曰兵事當布遠勢忌
近謀公言南岸分兵一由池州取蕪湖一由祁門出
徽甯一專守廣信防江西此皆內軍也取餉江西而
淮議釐捐以錢漕歸巡撫愚又以爲隘矣以湖南北
爲兵之本以江西爲籌餉之本待三省協防而後謀
吳非一年不能夫吳越人之毀譽怨望雖不必問而
吾等悲憫之懷與吳越人仰望之苦最難爲情也吳
督之任以包攣把持恢廓宏遠爲用鹽漕得人何事
不濟不患貧也蘇常失守以後督撫監司或死或未
死或已補或未補進賢退不肖此其時矣今宜起兩
軍一出杭州一出揚淮先調屯守之平江軍五千馳
入杭州拯其急而取其財而令次青募五千人繼進

珍倣宋版印

拘守廣信無當也杭州失駐衢州杭州存進湖州此平吳之先著已霞仙季高當各募六千人爲皖南揚州之用或爲江西之用爲隨征之用少荃可治淮上之師合水陸萬五六千人而以多都將馬隊幼丹宜奏爲西藩二李或甯藩或蘇藩則兵餉一家矣大局安危視公放膽否耳近者葉督兩廣而不知廣西爲何人所轄何督兩江而割皖南割皖北幷割江北矣福爲皖撫而割南岸棄以予浙江又割淮北棄以予袁公其日蹙百里宜也徽甯猶完布置粗定當鼓行而前與懷桐之師會於當塗然後湖州軍出於蘇常揚州之馬飲於江浦林翼雖孱弱不覺其言之汗漫也急脈緩受大題小作則恐或不濟國藩得書壯之然其再出也行兵持重必無後顧而後動謹官守和衆心以懲補前失不能用其議將進甯國猶惡其險

乃移駐祁門乞鮑超全軍以行而自將朱品隆張運蘭合萬一千人五月戊申渡江六月癸酉至祁門檄李元度募軍三千左宗棠已奉 詔襄辦則令領五千人鮑超方還夔而張運蘭在郴俱期八月會兵丙戌 詔國藩補兩江總督授爲欽差大臣時曾國荃留圍安慶與多隆阿李續宜皆爲湖北軍袁甲三屯淮上自爲一軍巴棟阿爲鎮江軍李若珠爲揚州水軍王夢齡署漕督爲清淮軍薛煥署總督爲上海軍張玉良收潰軍退杭州猶稱江南大營軍周天受屯甯國張芾屯徽州爲二軍江長貴將杭州軍米興朝防廣德皆王有齡主之爲浙江軍皆各專奏不相咨稟寇踞蘇州則東犯松江西陷金壇南破嘉興杭軍退敗而高淳寇復南出廣德池州寇東掠旌德涇蘇杭人皆謂國藩宜援杭湖論者或以爲輕騎至淮揚

珍倣宋版印

則不制於寇而業已至祁門則又以爲宜急據甯國當前敵遣左宗棠等攻廣德指南陵合陳大富軍與楊載福水軍相連待安慶克而合師國藩歎曰夫言之甚易行之甚難今進無所往勝無所益何爲而輕舉乎八月 召張芾還以國藩兼督皖南軍令周天受聽調遣戊辰甯國陷天受死壬申以李元度爲皖南道將三千人屯徽州張芾軍萬人分防諸隘實不任戰守軍餉久乏倉卒遣散以索餉雜居城中國藩先議守徽使朱品隆覘地形品隆言非精兵二萬不能守而元度前守貴溪有功自許能守之國藩又以元度新軍不能野戰故浙江請援不赴俾馮城以自固元度至三日土寇散軍結連甯國寇而旌德寇遶績溪闌入叢山關元度急請援大營時鮑超假歸無統將張運蘭方攻旌德前後爲寇所結乃以散軍四

營往至則寇已大至四營潰還走休甯徽州城中軍皆大奔元度遂南走開化癸未徽州陷前皖南道福咸死之國藩急檄運蘭還而促鮑超赴軍自太平南還屯漁亭寇益西趨陷休甯將攻祁門大營軍中大震凡前言祁門可屯者皆更請國藩亟去國藩度寇必東南窺空虛乃咨左宗棠率新軍屯樂平寇果分陷淳安嚴州九月庚申鮑超張運蘭合攻休甯寇敗之十月己卯南陵寇破黟嶺防軍陷黟縣城庚辰運蘭分軍拒戰不利鮑超遣宋國永往攻寇寇棄城屯盧村辛巳增軍大戰破走之十月廣東西新寇俱出江西前後趨建昌河口陷德興婺源池州寇攻建德敗屯將普承堯十一月連陷彭澤都昌鄱陽浮梁以左軍屯景德唐義訓自祁門救建德水軍守湖口鮑超還助左軍寇復敗徽防嶺內軍入黟分黨掠玉山

休甯寇出攻漁亭環祁門無安土屯軍皆斂兵自守十一年正月左鮑軍合拒寇於鄱建界敗之遂收建德左軍獨攻寇婺源前軍陷伏中戰不利乘夜引還鮑超渡江援安慶圍軍二月移建德屯將陳大富軍合左軍屯景德寇從鄱陽東侵左宗棠禦之金魚橋未戰寇襲景德破之大富赴水死大富前孤屯南陵有重名自拔出頻移屯未嘗令當敵至景德十日而死皖浙諸軍將如大富者已號能戰然其戰守猶不及張運蘭等故寇恆避湘軍祁門介寇中寇去大營二十里輒引去豈盡虛聲哉習戰不習戰之異也國藩之駐軍祁門本倚江西糧臺景德鎮轉運水軍礮船護餉以爲萬全至是前討盡虛左軍退樂平國藩親屯軍合三萬人糧運三十日不至衆乃爭言取徽州可自立又言可取餉浙江先是休甯寇無故而宵

遯張運蘭久屯休甯城寇亦不復來故疑徽州寇弱
易攻三月庚寅國藩自將祁門軍進至休甯徵黟防
軍會師癸巳進攻徽州大雨軍械多散失甲午還休
甯戊戌復進庚子寇夜出驚我軍軍八營潰辛丑遣
軍各還所屯國藩留休甯誓死守時左軍破寇樂平
寇益遣黟歙黨往尋戰癸卯寇悉衆攻樂平城左宗
棠亦悉衆出城擊之無部分唯視來寇隊分軍短兵
接寇大敗遂走廣信趨浙江去甲申國藩留軍屯祁
門自將親軍五百人出駐東流於是婁雲慶唐義訓
防漁亭張運蘭守休甯朱品隆在祁門左軍往來廣
饒鮑超軍專赴急禦巨寇裁自救不復論進取而寇
每縱橫馳突動行千里北則自英山出破蘄黃遂北
踞德安南則攻建昌撫州陷吉安瑞州西出義甯擾
崇通東則越衢州陷龍游湯溪踞金華掠遂昌至義

珍倣宋版印

烏破處州卒莫知其所爲議者以爲謀解安慶圍或又以寇無略特乘虛縱掠以爲戲要宜急破安慶攻金陵如國藩初議五月戊子鮑超至安慶攻赤岡寇屯力戰破之禽寇將劉瑲林磔城下以示城寇瑲林陷蘇常爲前鋒自恃其勇欲以孤壘遏官軍既伏誅曾國荃軍勢自倍鮑超移攻宿松因援瑞州是日徽州寇襲陷黟縣梗漁亭休甯軍壬辰朱品隆等合攻黟寇寇退走丁酉追寇嶺外庚子徽州寇棄城走得寇聚米供二月軍食左宗棠移屯婺源甫至汀州寇出德興迎戰敗之七月丙申多隆阿桐城圍軍大破援寇於挂車多隆阿與鮑超皆湘軍大將寇與戰必悍黨多隆阿亦自持威重不喜人節度不求人自助亦不輕助人故寇大上江西湖北一月陷二十餘城鮑超疲奔命則以李續宜軍游擊李續宜者名尤重於

多隆阿鮑超及行軍忽南忽北殊不遇寇更奏調援
蜀將劉嶽昭自助而浙江亦奏起李元度將軍援浙
由平江出崇通寇乃東南走於是寇帥陳玉成合羣
寇屯挂車謀覆多隆阿軍多隆阿擊走之寇退屯石
牌絕其運道議者復請徵鮑軍多隆阿笑曰吾運道
不易絕比吾軍糧未盡賊已走矣庚戌鮑超追瑞州
寇至豐城壬子寇走撫州八月丁巳朔曾國荃克安
慶當石牌之被寇也寇分黨襲國荃屯後攻戰六晝
夜屯堅不可入程學啓復攻城外寇破三石壘國荃
弟貞幹作屯菱湖合水軍絕寇糧陳玉成屢敗不得
進乃相率遯走安慶既復　文宗崩胡林翼薨　穆
宗立以彭玉麟爲安徽巡撫移前撫李續宜撫湖北
皆辭　詔還續宜安徽己未多隆阿克桐城庚申鮑
超至撫州寇走貴溪辛酉超奉檄救江北遂還軍是

珍倣宋版印

日水軍克池州丙寅鮑超至南昌聞安慶復復還撫州寇復得廣東新寇合大衆將西丙子鮑超軍至貴溪寇東走追奔六十里平寇壘七十進復鉛山多隆阿移桐城軍驅寇宿松黃梅廣濟蘄李續宜收黃州劉嶽昭收隨嶽昭軍遂西九月曾國荃進攻無爲克之戊申克運漕鎮甲寅爭東關克之國藩移駐安慶多隆阿將二萬人收舒城廬江進攻廬州李續宜部將蔣凝學等將萬人屯六安霍山左軍屯婺源張運蘭等屯徽州李元度新軍出廣信寇悉赴浙江而皖北寇聚保廬州國藩軍分守安慶樅陽廬江無爲及運漕鎮東關不足乃令曾國荃益募軍六千謀進取而左宗棠議大舉援浙鮑超朱品隆等合軍進攻甯國凡五道並進軍勢沛然矣　天子新卽位羣臣爭上書言事多推湘楚軍功以爲偏裨皆可督撫因益

重國藩頗訾論江西浙江江蘇巡撫　詔國藩兼制
浙江巡撫提督以下統江浙四省唯都興阿袁甲三
不隸部中國藩皇恐三奏辭不聽始議援浙以江西
湘軍將屈蟠王德榜毀起及水軍孫昌國徽防將張
運蘭悉統於左宗棠而以廣信漕糧奏令宗棠徵收
餉軍又分河口景德婺源三局釐稅益之於是苗沛
霖攻破壽州脅巡撫以要權遂踞霍邱懷遠以窺鳳
潁十一月杭州陷寇分犯徽州張運蘭先以疾歸其
弟運桂領軍城守朱品隆唐義訓還軍赴援品隆義
訓常合屯不相能及俱出軍隙益甚品隆至城下寇
來戰軍將不支義訓案兵不相救國藩聞之大怒遣
讓義訓曰湘軍之所以無敵者彼此相顧也湘軍將
雖有讎臨陳未嘗不相援故有晨參商而夕赴救者
私怨情也公事義也爾獨不聞知乎朱鎮危急三促

珍倣宋版印

出軍而不肯應是亂湘軍之制而湘軍由此敗壞也
不急改者將誰容汝吾行軍十年視將士如子弟至
於執軍法以誅敗類必有餘矣又下檄品隆問狀義
訓品隆慚懼相悔謝同上書謝請自今輯睦於是一
月七捷徽州圍解國藩以軍勢已振　朝廷鄉用專
而浙江全省地被寇江蘇士大夫朝夕請師乃奏薦
左宗棠李鴻章蔣益澧李桓各授巡撫布政使又請
命大臣督己軍餉　朝命副都御史晏端書專開
稅局於廣州沈葆楨前屢　召不出至是超擢江西
巡撫乃起視事而湖南巡撫毛鴻賓亦國藩舊交故
吏及湖北嚴樹森貴州韓超皆胡林翼所薦用駱秉
章督四川劉蓉以諸生徑用為布政使李續宜劉長
佑則本起湘軍於是西至四川東至海皆用湘軍將
帥則皆倚國藩為重略如胡林翼書所言包攬把持

者東南爭鶩於功名矣同治元年二月曾國荃新軍至安慶左宗棠軍入浙收開化三月上海具輪船至安慶來迎師以李鴻章率湘軍將及新募舒桐軍往應之鮑超克青陽國荃克巢縣含山和州鮑超克石埭太平寇衆反正者萬人攻涇縣克之曾貞幹克繁昌南陵張運蘭克旌德國荃合水軍進攻沿江諸寇屯丁卯多隆阿前軍將雷正綰等攻廬州城東南門石清吉等攻西門寇將陳玉成將援寇屯城東多隆阿攻其旁壘以致師玉成特勇悍率衆三千來鈔官軍正綰迎擊交綏寇退據城北浮橋城寇先聞多隆阿至皆兇懼惟倚援寇自壯及戰開北門出大衆謀合擊東門軍方出城玉成退則驚以爲敗亦北走玉成遽斷浮橋過城寇使阻水反拒城寇愈驚相蹂遶城散走石清吉等梯西南以登城內外寇爭走於是

珍倣宋版印

合蹙之斬賊數千計俘八百四十七拔民男女七千餘人廬州復陳玉成走壽州將乞援苗沛霖沛霖聞玉成敗恐襲奪己衆又畏多隆阿之乘己也反欲取陳玉成自效玉成至屯軍肥水南苗沛霖陽稱疾遣其黨伏謁迎入城具牛酒犒三千人者玉成入導至館而閉城阻其從者玉成初不疑旣登堂見几上陳梏鐐乃悟怒駡曰苗生反復我死行及爾乃自速誅邪沛霖遂囚玉成及從者二十人獻於潁州勝保營而招誘餘寇寇或降或散去當是時多隆阿之名懾憚羣寇壽潁弭伏江南聞風相驚動國藩飛書約會兵多隆阿素以文官不可親且己不識漢文而亦惡儒吏卽報國藩言軍事權宜專一以微示不與曾國荃同處國藩具言如先約一聽公指撝官文揣多隆阿終不欲東而四川德安諸餘寇俱入陝西先已奏

遣雷正綰赴援遂再奏令多隆阿自往陝撫及京朝官亦日言關中帝王都天下最要 朝命屬多隆阿命下官文益自喜當 上意決意遣之合軍江甯之謀不復聽矣國藩獨歎曰多公威名太盛寇知不敵則必入南山老林此所謂騏驥捕鼠者也與書官文言江南財賦比秦中何止十倍賊數衆多何止百倍曩者楚軍有大謀惟以書問往復不先恃奏取朝旨以相壓故國藩不奏爭而上議於左右宜且止西行以圖江南官文業建議不肯止多隆阿留五千人屯廬州而身將萬五千人入陝西 詔授爲欽差大臣後頻破寇竟死盩厔焉壬申曾國荃克太平癸酉合水軍克金柱關甲戌收蕪湖五月甲申進屯雨花臺自向榮和春以兵七萬屯守八年卒潰退國荃軍合水軍不滿二萬國藩以爲孤縣無益未可進國

珍倣宋版印

荃議曰諸軍士自應募起義人人以攻金陵爲志今不乘勢薄城下而還軍待寇則曠日持久非利也若舍金陵別攻甯國廣德或取頻彗則將士見謂置於閒地浪戰而意怠雖鮑張亦益厭攻戰將去公而歸耳逼城而屯亦足以致寇軍勢雖危顧不可求萬全國藩許之會左宗棠亦言宜薄城圍攻之勢乃定乙酉上海軍禦寇新橋大破之李鴻章之赴上海也其大將曰程學啓學啓先陷寇中安慶圍合歸誠曾貞榦約以內應爲效未及期夜率千餘衆叩貞榦壁門呼曰今事發與寇戰突圍至此追者即至矣吾所將皆精兵當入營助守不能釋兵公相信者開門納我不信急發礮擊我無兩敗也軍中大驚疑報貞榦貞榦屣履出視下令開門納其衆追寇俄而至亦遂還去學啓由此願效死貞榦卒則從鴻章是時上海結

英法二國軍復青浦嘉定攻松江號南路軍學啓劉
銘傳潘鼎新郭松林將湘淮人攻南滙號北路軍寇
悉衆攻敗外國軍再陷嘉定則併南路窺上海學啓
將千五百人屯新橋寇夜圍之數十重礮擊寇屍平
壕踐而登學啓乃開壁突擊寇駭卻鴻章自將來救
前後合勢寇大奔外國軍見其戰自以爲不如自此
上海湘淮軍始振六月甯國援寇分三屯與城寇各
踞一門鮑超先攻城西城西者城寇屯也城寇倚援
輕進超設伏鈔其後寇誤以爲援至則反鬭官軍合
擊大敗之追至城下寇退死守乙丑援寇發南北屯
衆攻官軍城寇出結陳與相應超分四軍擊之宋國
永攻南屯陷陳深入燒二壘寇退而北屯寇棄壘遽
奔城外寇盡奔城寇收衆入丙寅城寇復出東門犯
官軍未戰引退鮑超自追之寇不入遂東走超又東

珍倣宋版印

追數十里寇乃反鬬超引軍作圓陣包寇寇將單馬突圍走餘下馬步從遯去得馬千匹俘寇裨將三百死者千計乃還軍攻城城寇皆長跪莫敢拒戰遂復甯國而甯國縣寇將獻城贖其死遂先驅克廣德既復三城或諫超曰甯國城未破而公自追賊至六十里城寇若攻公營進有彊寇退失所據此危道也超笑曰吾但知兵勢不知兵書蓋超之戰專剽銳其持重堅忍不如多隆阿而終未嘗敗沒其軍在湘軍爲無紀律然亦能相維繫乃竟以功名終云七月袁甲三請疾　詔李續宜代其事時續宜方以母喪歸語具臨淮篇徽甯大疫兩花臺圍軍亦多疾病鮑超等不能軍國藩憂懼以爲軍行攻取方利而天災咎重由己德薄任過恐致傾覆請出朝臣督軍以分己責
　詔慰勉且以疾疫流行寇不能獨彊爲寬譬而彊

將賢吏相繼物故軍中至無炊煙乙未程學啓克青浦李鴻章遣軍浮海克餘姚八月丙子克慈谿自上海軍出浙江江浙兵氣皆振閏月蘇常寇來攻曾國荃軍多發西夷火器相燒擊復穴地襲屯壘連十晝夜不休九月浙江寇復來助攻國藩急徵援兵皆牽制不得赴國荃以三萬人居圍中城寇與援寇相環伺士卒傷死勞敝然罕搏戰率恃礮聲相震駭蓋寇將驕佚亦自重其死又烏合大衆不知選將比於初起時衰矣十月寇解去由九洑洲北渡敗李世忠防軍陷和含山巢其南走者合廣德寇西南掠績溪祁門徽甯安廬俱阻絕唯江上下恃水軍得相聯絡乃謀增陸軍徵貴州提督江忠義自廣西出江西視寇勢爲戰守以鮑超部將鄭陽和等隸李榕立爲新軍留李鴻章軍將張樹聲三千人助盧桐戰守召還李

續宜遣軍將成大吉蕭慶衍等攻巢和又益募五千人與曾國荃圍屯自此統衆過十萬而左李各將數萬合湖北江西湘軍幾三十萬自餘援軍分布黔桂秦齊者又數萬連兵不得罷國藩日夜憂危以進攻江甯爲非計乃自行圍案視焉二年正月國藩自安慶出巡諸軍屯是時曾國荃屯江甯城西南江北則楊岳斌將水軍屯烏江皆當前敵其南則羅逢元守太平屯金柱周萬倬吳坤修守蕪湖而彭玉麟將水軍屯濡須在江北溧水高淳寇時來窺太平蕪湖運漕東關寇反出濡須上與和含山巢寇相響應劉連捷毛有銘等屯石澗埠遏寇西南韋志俊守無爲城以通水軍其西廬江梁美材屯焉廬江北廬州石清吉守之舒城在廬州西南廬江西北蔣凝學守之舒城南桐城周寬世守之以南通安慶舒城西北六安

凝學分軍守之北防苗沛霖南通霍山爲湖北邊防蕪湖南則鮑超守甯國屯高阻山而劉松山屯城中易開俊守涇在超軍西南吳廷華守南陵在超軍西稍北在涇西北朱品隆先守旌德以救青陽故移守青陽在南陵西南又西則池州以瀕江近安慶無屯軍寇踞建平廣德甯國縣者西出陷旌德太平石埭南破績溪斷徽甯官軍徽州守將唐義訓恃左宗棠大軍爲聲援戊申朔寇圍涇壬子鮑超救涇入城屯軍癸丑出擊寇大破之追奔二十里甲寅超還屯二月國藩還安慶以曾國荃圍軍堅定水陸輯睦始罷退軍之議丁丑朔王可陞攻甯國寇燒其小淮窯屯鮑超分攻梅嶺廟埠屯皆破之寇犯休甯分掠建德西侵彭澤鄱陽東繞池州圍青陽和巢寇攻石澗官軍自己卯至癸未圍益急捻寇復南犯蘄水辛卯寇

珍倣宋版印

攻太平屯將朱洪章洪章戰敗南北岸同告急均檄鮑超赴援超疑所往乃先石澗未至寇解去掠無爲舒桐廬江六安而還上海軍浮海攻福山寇屯破之遂解常熟圍三月進克太倉左軍將劉典江西軍將王沐攻寇黟復其城四月劉連捷蕭慶衍等合鮑超軍收巢含山和曾國荃攻破江甯城南西寇壘九程學啓克崑山五月鮑超等進攻浦口寇棄屯遯走遂收江浦合水軍攻九洑洲四日破三隘奪洲屯語在水軍篇蕭慶衍留屯江浦上海軍攻江陰劉銘傳破寇屯二十七郭松林破寇屯三十五滕嗣武破寇屯十三六月程學啓克吳江苗沛霖陷壽州奏劾軍將蔣凝學及逗留成大吉等降責有差國藩以餉乏之辭總督 詔慰勉國藩李鴻章合奏請減蘇松太倉浮糧 詔酌中定額除故明積徵李鴻章分軍三道程

學啓由崑山進攻蘇州。李鴻章等由江陰進無錫。淮揚水軍輔之。太湖水軍將李朝斌由吳江進太湖。潘鼎新等。分屯松江上海。常勝軍屯崑山爲前軍。援徽池寇自二月出江西。中踞建德、鄱陽。閒左窺景德。右出東流湖口。江忠義未至。席寶田先出撫州。趨饒州。劉典自徽州來總諸軍。諸軍將段起、王德榜。王沐、韓進春、及寶田攻陶渡。寇屯大破之。丙子進春輕出遇伏敗退。寇復張。趨攻湖口。國藩先遣李榕屯湖口。及江忠義至壁堅山。李榕新軍拒寇不利。寇攻堅山。忠義出擊之。傷寇帥。壬辰浙軍將王文瑞復黟縣。庚子遣甯國防軍將何紹采及水軍礮船援臨淮。蔣凝學等防潁州、霍邱。七月丁未。湖口寇退走都昌、建德、彭澤、鄱陽。寇俱東北走。圍青陽。銅陵、甯國、涇皆被寇。屯將拒戰。各相持。八月。乙亥朔。劉銘傳攻江陰。寇內應

珍倣宋版印

官軍夜登城。燒門樓。餘寇突門走。復其城。丙戌。李榕援青陽。敗潰江甯圍軍。攻城南東西寇屯。頻破之。乃遣鮑超還援。而水軍將喻俊明。及國藩護軍將喻吉三。合江忠義、席寶田軍。先後至青陽。刻期攻寇。寇解圍走石埭。超軍至南陵。遂東攻建平。庚寅。程學啓攻蘇州。破東南寇屯四。無錫寇貨輪船自助。周壽昌燒其輪船。石埭太平寇。頻犯甯國。涇。敗去。乃詣朱品隆請獻二城及旌德以自贖。九月壬子。收三城。散遣歸誠人四萬。彭玉麟督水陸軍。攻太平。沿江諸寇屯。進薄高淳。高淳寇將請歸誠。十月乙亥。收高淳。鮑超、楊岳斌俱會師東壩。寇震恐。丙子。易開俊自涇。劉松山自甯國合軍。收甯國縣。東壩寇開屯迎官軍。辛巳。收東壩。壬午。連下建平、溧水。東壩既克。皖南、金陵、蘇、浙、軍勢相連。鮑超全軍屯守之。王可陞守溧水。李榕守建

平歸誠人洪容海守高淳青陽石埭太平旌德涇及
甯國府皆分軍屯守戊戌李鴻章復蘇州蘇州之合
圍也程學啓軍所至輒破寇壘城寇諸將權不相下
相猜貳因謀反正斬異議者開門納軍然不交兵猶
擁衆號十萬己亥出城者八寇將謁鴻章受二品冠
服乃謁學啓學啓先已置人於坐數其罪悉引出斬
之報鴻章鴻章大驚懼學啓入城諭衆衆皆聽命或
頗散走而先與寇將誓約者曰副將鄭國魁恨負約
涕泣不食臥三日鴻章亦頗咎學啓輕發且曰爲已
甚君亦降人也學啓大怒還營將引軍去其營員奔
告鴻章鴻章復過學啓陽論他事笑語甚歡事乃解
庚子安徽巡撫唐訓方收懷遠辛丑苗沛霖突蒙城
圍被斫死十一月李鶴章等復無錫進攻常州以應
江甯圍軍程學啓出太湖圍嘉興以應浙軍潘鼎新

珍倣宋版印

等軍。先入浙。收平湖海鹽。寇爭應官軍。所至輒下。遂收嘉善。曾國荃益募新軍。增圍師。圍城官軍。遂至五萬人。援寇還江甯城者。皆不敢出。左宗棠議。以爲當分軍攻廣德。國藩以寇勢猶盛。而江忠義新士懼軼蹂江西。持不許。李鴻章諸軍銳進。深入。宗棠復奏言嘉興常州可緩攻。 朝廷俱下其議三帥。卒各主己說。守其便宜焉。三年。正月戊申。甯國寇西南掠績溪。遣江北將毛有銘將六千人援徽州。浙軍將王開琳先還赴急。寇疾走舍徽州不攻。北犯湖口。南趨景德。別黨由浙入玉山。由閩入建昌。均期會撫州。徽州守將唐義訓不能禦。毛有銘未至。以戰事委江西。語在江西後篇。戊午。曾國荃攻鍾山寇屯。克之。時東壩屯重兵。太平防輕。移金柱屯軍助圍師。及江浦廬江守將。皆先率軍會城下。新募軍亦俱集。乃謀合圍寇之設守也。環城多爲石壘。尤重於北。既於鍾山作大城。號曰天保。又於山脊入城處作大城。號地保。官軍攻城西南不甚懼。至進屯明陵則出衆力爭之。向榮和春皆以此敗。二年。夏鮑超已作壘明陵前。會當移軍。自平壘而退。國荃圍攻幾二年。破寇壘以百數。終未及城北。及破鍾山壘。移軍屯守。更增築壘屯軍五六千。過北道。餘元武湖阻水爲圍。城寇糧運絕矣。丙寅。郭松林等克宜興。二月。癸酉。溧陽反正。寇走江陰。圍常熟。攻無錫。李鶴章還守無錫。郭松林援常熟。寇皆敗散。程學啓急攻嘉興。寇請降。學啓瞰城中知其詐。攻益力。陳士勇將何安泰。學啓親搏戰。薄城先登。槍子傷額。遂克之。學啓養傷蘇州。創已合。一日獨坐深念。有所忿。誤發創。口血溢。竟死。自學啓之歸誠。經百戰。每戰料勝敗。無所失。或知當敗。則戒諸將曰。公等

珍倣宋版印

皆不善敗吾當自餌賊某時敗某時期某所來援賊可退矣諸將素憚服其能謹如約則如所言至其突陳陷圍見者以爲神兵夷將戈登尤敬之及其死以所建旗歸詫海國推爲名將焉江蘇之戰始上海終嘉興功成而學啓死其名位亞於多隆阿矣辛巳廣德寇棄城走湖州自蘇杭江甯軍並進論者皆以廣德爲要害以官軍力不足不敢攻惴惴恆恐寇迸出及寇棄去乃知其無能爲始議鮑超進攻句容其時李世忠已獻還五河天長全椒來安六合滁州而鎭江軍將馮子材等亦頗出兵助攻句容丹陽江甯寇頻驅老弱女口出城以節食更於城中種麥刈草爲糧庚寅左宗棠克杭州三月壬寅鮑超克句容甲辰進攻金壇馮子材飛書請先攻丹陽乙卯解金壇圍伏兵茅山待追寇寇果出中伏返走追奔五十里寇

不入城城寇反出走丙辰克金壇乃還軍援江西是
時浙江寇走徽州號二十萬徽防將毛有銘出戰輒
敗寇深入江西前隊至宜黃崇仁南昌戒嚴四月庚
午李鴻章克常州壬申馮子材復丹陽　持詔楊岳
斌督軍江西尋授陝甘總督又　詔李鴻章移師合
攻江寗捻寇自河南犯麻城議遣王可陞屯無爲李
榕屯桐城未行寇復踞廣德趨徽州者日夜相繼楊
岳斌鮑超皆西援乃以江蘇軍將劉銘傳屯句容鄭
魁武屯東壩五月壬戌郭松林克長興於是江寗圍
軍以城破可計日而李鴻章當來會師恥借力鴻章
鴻章亦讓功託言盛暑不利火器延不至　朝命促
會師數急曾國荃憂憤日約將士穴地隧城期必破
而龍膊寇屯所謂地保城者不得則形勢終不便乃
日夜發礮攻之己巳奪其壘遂作礮臺其上穴其下

又環城列隊十餘道並攻積溼蘆沙草高等城以疑寇使多備六月甲申地道成乙酉曾國荃令圍軍百營皆嚴備別縣賞募敢死將士待城破先入於是李臣典等誓先登者九將日午地道火發城崩二十餘丈寇反然火藥下燒我軍朱洪章等乘城缺登張詩日等循城據北門彭毓橘據東門朱南桂羅逢元等皆梯而登寇散走或出城或還保子城夜半縱火燒城中因突圍出走黃潤昌等露立龍廣山袁大升等循城南遇逃寇要擊誅斬數百張定魁等追寇及之湖熟復俘斬數百人城寇多自焚或投池井洪秀全已前一月死其子洪福年十八九餘寇挾之走廣德洪福刻印姓名下列真王二文軍吏誤合二文為瑱奏 詔言洪福瑱者以此江甯既復羣寇出掠者皆瓦解國藩奏上諸將功以所俘寇將李秀成言洪福

已死於是浙江江西諸軍方欲張寇勢洪福又實不死李秀成者寇所倚渠首初議生致闕及後見俘寇皆跪拜秀成慮生變輒斬之羣言益讙爭指目曾國荃國荃自悲艱苦負時謗諸宿將如多隆阿楊岳斌彭玉麟鮑超等欲告去人輒疑與國荃不和且言江甯釐貨盡入軍中左宗棠沈葆楨每上奏多鐫譏江南軍會病疥因請疾歸鄉里散遣所部軍二萬五千人而克城功最受封爵者李臣典病卒蕭孚泗以喪歸大功雖成然軍氣憤鬱慘沮矣國藩本以憂懼治軍自幸平洪寇克江甯如初起兵時所望力言湘軍暮氣不可復用主用淮軍後以平捻寇然席寶田左宗棠仍募湘軍征苗回竟定塞外棱威天山烏覩所謂暮氣者耶自國藩始刱用鄉農代額軍招之則來麾之則去見湘軍者乃知軍利敝胡林翼左宗棠李

珍倣宋版印

鴻章皆由此起故各係其用兵之地而獨以國藩本
指爲曾軍前後篇
湘軍志湖北篇
寇與四年而湖北軍五潰楊霈之敗也實未見寇亂
民一呼而萬衆瓦解省城初才二千兵及城陷時城
內外防守軍萬二千見黃旗則爭縋城走外兵亦走
水師固不任城守事省城潰自保而已寇至城下用
縋城縋引而上城中唯巡撫陶恩培署按察使武昌
知府多山及僕從五六人恩培先赴水死多山然城
上大礮擊來寇礮不發拜祝之再然火煙出而無聲
發憤自剄死布政使胡林翼按察使李孟羣皆將兵
赴援屯城外副將王國才方馳入城城閉亦用縋城
縋以上至藩署羣盜方會飲重門開列火以爲燎國
才乃悟業已入因率親兵入暴斫之羣寇驚走且呼

街巷閒有出者輒爲官軍所斫俄頃而定城中居民
固未復業至是早盡逃國才惘惘不知所爲則登城
招水陸軍不見一人明日出城合林翼屯語激昂林
翼心怍焉俄而寇大至知其事者交詆國才奇功遂
傳言國才於道獲寇諜得口號呼門而入爲讒嫉者
所蔽惟及見國才者知其實焉咸豐五年三月乙丑
詔胡林翼署湖北巡撫林翼前知鎮遠黎平治盜
嚴三年冬以御史王發桂薦奉　詔赴湖北未至總
督吳文鎔敗死留湖南將黔勇三百人祿祿未有以
自見曾國藩征寇奏以自隨湖南巡撫駱秉章方倚
幕客左宗棠以決事宗棠故善林翼奏留防岳州捕
誅崇通姦民斬刈過當已而曾軍克田鎮合兵圍九
江林翼以湖北按察使領千人從攻湖口比於湘軍
爲最弱及寇上陷漢陽率千八百人還援守便宜不

珍倣宋版印

入省城于時布政使夏廷樾爲總督所劾免　詔補
林翼布政使及巡撫殉城死而林翼遂署巡撫當是
時江漢上下兩岸寇充斥巡撫號令不出三十里屯
金口倚水師自保增募二千六百人合王國才等軍
號六千而國才屯沌口皆恃荆湘餉給軍軍無見糧
寇亦易之不攻也楊霈者以結交得朝貴懽假防北
犯名屯德安號萬人糜餉自如四月楊霈退走德安
西安將軍扎拉芬來援戰死平林市西　詔奪霈官
以荆州將軍官文爲總督五月壬戌朔授都統西凌
阿欽差大臣攻德安官文泝漢至襄陽復乘礮船下
漢居潛江天門閒號北岸軍西凌阿久從僧格林沁
軍無統御才力不能援武漢惟水師屢克蔡店漢口
及漢陽寇屯軍去旋陷林翼念相持無已時八月壬
辰自將四千人渡江思合水師取漢陽不能進屯奓

山。戊戌。寇至。林翼督軍出。士卒要餉出怨言。强之戰。未交綏譟而大奔。林翼憤甚。索馬欲赴敵死。圉人見巡撫意色惡。反旋馬四五轉。向空野。乃鞭之。馬馳不能止。臨江。乃遇鮑超船。諸營官聞巡撫在。集潰卒。調王國才。合屯大軍山。辛丑。荊州運餉銀二三萬至。乃嚴汰疲羸。奏調羅澤南軍。令更增二千人。還攻武漢。於時水軍大將彭玉麟赴江西。李孟羣改陸軍。置副將楊載福爲水軍總統。屯嘉魚蒲圻。閱益選精銳。倡勇敢。其所用皆以披袷當礮石。爲樂巡撫禮下走卒。偵事早還。開營門自迎之。羅澤南之在江西也。日轉戰。其巡撫恭倨不恆。急則倚之。緩則厭之。曾國藩亦自以客寄。莫能爲之主。塔齊布薨。江西事益疲。澤南建議曰。武漢者。東南之樞紐也。形勢百倍於潯陽。今兩城久爲賊踞。而崇通羣盜出沒。江西湖南。緣邊騷。

珍倣宋版印

欲制九江之命。必由武漢而下。欲解武昌之圍。必由崇通而入。乃率所部及塔齊布部將彭三元等道義甯取通城。義甯崇通閒寇雖號數萬。衆皆烏合脅附。見湘軍輒敗走。九月乙丑復通城。甲戌復崇陽。林翼聞援軍深入。躬往迎導。衆議兵少不宜先進。林翼曰。以難事諉客兵非也。且廉恥安在。勝當戰。敗亦當戰。己卯。遣六營三千人鄉蒲圻。而援寇自武昌鄉義甯衆數萬。適遇官軍。軍敗。寇復進。敗湖南防軍於羊樓。澤南分兵爭羊樓。而躬屯崇陽。崇陽敗寇恃援復還屯壕頭。欲襲澤南軍。澤南遣彭三元李杏春往攻之。癸未。援寇自咸甯大至。三元等軍少。營陷。乙酉。德安寇棄城南趨。　詔奪西凌阿官。官文兼代之。官文先聞麥山敗。自沔陽還鍾祥。至是移屯德安。　詔詰責官文遷延。澤南失利。令籌援兵會林翼等三面攻寇。

丙戌澤南合軍拒寇於羊樓大破之十月癸巳蒲圻
寇至又破之癸卯林翼自嘉魚來勞師合澤南七營
軍共十三營西攻蒲圻寇聚三萬衆分五屯四柵作
浮橋據白羊水以通咸甯林翼用蒲圻舉人賀霽若
計出閒道由公安畈據城西北鐵山寇出不意盡失
其險辛亥澤南精兵攻城東林翼軍攻城西北且循
水防遏以牽寇援寇踞城壘堅不出士卒仰攻多傷
澤南令軍士積芻薪將燒其柵寇反以火器禦之火
發寇驚奔破其五壘其夜官軍馮山鳴鼓角以驚城
寇城寇遯走蒲圻復十一月庚申朔林翼澤南合兵
東攻咸甯庚午咸甯復辛未水師克金口甲戌林翼
等會水師於金口其日王國才進屯沌口乙酉澤南
五營進屯洪山林翼將四營屯省城南五里墩城寇
從高冠山望澤南築壘不出戰城外寇大壘八小壘

珍倣宋版印

二環四門見林翼軍至出拒戰澤南襲之破大壘一
小壘二李孟羣軍亦薄攻漢陽水師往來江漢南北
每戰必捷而官文前軍攻漢陽者與南岸軍相聲援
都興阿將馬隊護水師水師夜燒寇船未還都興阿
露立達旦羣帥和輯戰士始奮矣六年春正月江西
寇患愈亟陷七府城議者交章請調羅軍浙江湖南
巡撫皆以爲言　文宗以武漢功可期持不許言者
益衆　詔官文等通籌利害澤南念曾國藩艱危義
與同死生而垂成功不可棄日夜憂憤督戰益急自
正月至二月大勝數十小戰百數寇嬰城待援士卒
多傷官軍每戰輒薄城下寇陰穴城爲突門三月己
未寇開城迎九江援黨澤南率師要之寇奔城追之
突門開直衝澤南軍軍不能退澤南躬拒之三退三
進軍幾潰火槍鐵子中澤南左額血霑衣猶踞坐指

揮乃得收軍還乙丑創發卒於軍軍中哀泣江西湖
南聞之皆歎息失氣　詔以巡撫例贈卹而李續賓
領其衆續賓初建議分屯窯灣絕寇糧壘成自守之
與洪山屯相掎角既代澤南仍屯洪山以游兵巡窯
灣塘角閉寇守益固而江西請師日數至義甯寇復
犯崇通九江寇合興國大冶土寇自武昌縣進至葛
店謀襲巡撫大營林翼以江西待援分軍四千一百
人以劉騰鴻劉連捷等將之曾國華總其事國華國
藩弟也四月丁酉援軍遇寇蒲圻乙卯戰於羊樓丙
寅再戰皆破之劉騰鴻功最騰鴻自此名顯五月
詔責官文林翼遷延老師林翼上奏言臣頓兵城下
五月有餘日驅血肉之軀與礮石爲敵傷亡水陸軍
三千餘人羅澤南及都司周得魁等將弁百餘人李
續賓乘馬中礮墮地者數矣夫兵易募而將難求四

月以後乃禁約仰攻分兵咸蒲以取義甯四戰皆捷分水師以清下游直達九江臣自率五千人扼武昌南路李續賓領六千三百人扼城東路分劉北路水師六營下駐沙口水陸之賊援絕路窮下游九江與國陸賊萬餘分道來援冀可夾擊臣即豫撥三千餘人戰於百里之外且臣歷觀前史李左車之告韓信尚以頓兵城下情見勢絀爲戒戰易攻難自昔已然矣臣之才力何足言兵惟材有限而志無窮萬一變生他路禍出意外臣亦不敢退怯苟且自取羞辱

詔報曰歷述艱辛於事何益國體具在亦應寓慎重於其中蓋自是　文宗知林翼之爲帥果有異於盧揚江甯諸將而林翼亦益感激發舒始有志於天下非僅規營湖北而已五月唐訓方等敗九江援寇於葛店六月寇自樊口增召戰船復犯葛店以蔣益澧

總六營往逆戰破之追奔至樊口合水師燒其船入
武昌縣城遂渡江攻黃州十日不能克益灃聞援寇
踵至議回軍丁銳義爭之曰夫兵勢宜遠料敵有方
援賊之能已可見矣我屯黃州則百里義民有所歸
心賊之上犯有所牽制後路大營相爲聲援且能戰
不在近能守不在遠今若旋師賊必踵我踵我必戰
戰此可乎諸將皆以縣軍爲憂銳義乃獨上書陳兵
勢巡撫壯其議終以衆論檄軍還　詔果以撤軍爲
非云益灃與續賓皆澤南弟子續賓名望日重嘗論
事澤南前字益灃曰香泉欲何從益灃愠亦字續賓
曰迪庵乃欲相統耶及續賓代將益灃屯魯港寇大
攻之請援中軍續賓報曰力不能相救守走唯公意
益灃大沮即升瞭樓撤其梯唯置旗鼓下令軍中曰
賊勢盛吾死此矣諸軍欲走者自去衆驚愕相顧馮

珍倣宋版印

壘死守。寇攻一日引去。益澧於是告歸。不待報而行。七月。官文遣舒興阿舒保等。將馬隊四百人渡江。援寇旣上於青山魯港。閒增十二壘相持。十六日。水陸合擊破之。馬隊追奔至葛店。寇懾於馬。乃大奔。自是水陸馬步相輔。軍勢日盛。十月。襄陽土寇起。鎭道發兵討捕。敗績。以唐訓方舒保等往。隨州土寇起。以鮑超文明往。軍至。寇遯。湖北湘軍鋒銳甚。乃益募陸軍五千。水師十營。增長圍困武昌。十一月。丙子。寇開城遯走。其日。漢陽寇亦東走。丁丑。李續賓等分三道追寇。武昌縣。水師馬隊追寇黃州。江夏鄉民亦爭起要寇。戊寅。復武昌。己卯。復黃州。庚辰。復興國。水師復蘄州。民兵復蘄水。十二月。乙酉。復廣濟。壬辰。李續賓率湘軍及巡撫軍九千五百人。陳師九江城下。都興阿楊載福合鮑超陸軍六千人。屯北岸小池口。自塔齊布羅澤南去後正二年而圍復合胡林翼知平寇之要不在攻戰既克省城則奏蠲江夏等四十六州縣田糧以蘇民困復牙帖開鹽釐以裕軍儲又上奏曰自古用武之地荆襄爲南北關楗而武漢其咽喉也武漢有警則鄰疆震驚南服均阻控制無術昔周室征淮師出江漢晉武平吳久謀荆襄據扼長江惟鄂爲要四年之中武昌三陷漢陽四陷夫善鬭者必扼其吭善兵者必審其勢今於武漢設立重鎮則水陸東征之師恃武漢爲根本大營有據險之勢軍士無反顧之虞軍火米糧委輸不絕傷夷疾病休養得所是則平吳之策必先在保鄂明矣湖北之失在漢陽無備下游小挫賊遂長驅且東征之師孤軍下剿善戰者必傷久役者必疲傷病之人留於軍中不但誤戰亦且誤餉若以武漢之防兵更番迭代彌縫其闕

珍做宋版印

則士氣常新軍行必利請於省城設陸師八千人水師二千人日夜訓練本境亂民隨時征討則我常處其安而不處其危矣湖北牧令多不得人其已被擾者卅餘州縣元氣傷殘而良莠不分其未被擾者卅餘州縣官讎民而民且讎官夫吏治之不修兵禍之所由起也士氣之不振民心之所由變也凡下與上交接之事諉之幕友官與民交接之事諉之門丁夫州縣之所謂小事即百姓之大事也今日之所謂小賊即異日之大賊也五年大熟州縣乃或報災經臣駮斥在案六年大饑州縣轉不報災經臣駮斥在案以豐爲歉是病國計以歉爲豐是害民生臣恐湖北之民揭竿而起者不必粵寇之再至而將盜弄於潢池也地方吏治撫臣專責今欲嚴禁陋習與羣吏更始請　皇上敕下部臣暫勿拘臣以文法資格行之

數年或可改觀今或疑武漢兩城公私凋敝城周廿里設守爲難臣以爲蚡冒藍縷以啓山林衞文作都訓農通商是在行之以儉而訓之以勤耳苟此而不能守去之他而何益或又以爲武漢收復軍行貴速督撫將兵攻取爲急則前者收復已二次矣況今江西七府俱淪於賊四年之冬僅失九江旁軼横出可憂方大都與阿楊載福李續賓均已東下臣宜留鎭省城與督臣通籌全局整飭吏治　文宗嘉納焉方南北岸之分軍也督撫未相見將吏各有所統頗構同異官文以將軍受任拘於滿漢論者復爲林翼陳楊霈崇綸故事林翼歎曰師克在和此何時哉旣渡江見總督下令僚屬曰督撫相見前事氷釋敢再言北岸將吏長短者以造言論罪官文聞之大讙林翼又以鹽釐月三千金充督府公費兩人約爲兄弟故

軍政吏治皆林翼主稾官文畫行有言巡撫權重者一無所聽而巡撫亦謹事總督推美受過湖北富彊基於此七年春正月襄陽土寇陷房竹山保康與山遂陷宜昌奏奪統兵鎮道及四縣文武官增遣巴揚阿合唐訓方軍討捕二月曾國藩以父喪歸委軍事於福興文俊等　詔遣按察使李孟羣援廬州安徽羣寇窺羅田蘄州黃梅廣濟蘄水謀絕九江官軍孟羣將二千五百人道羅田擊英六霍山寇敗之遂克英山王國才屯黃梅進攻宿松移鮑超防黃梅四月李景湖等敗於羅田景湖戰死餘衆退保蘄小池口寇衆出攻官軍屯多隆阿大破之燒寇壘二十一五月襄陽寇平李續賓作長壕三十里塹九江城東南寇爭壕擊走之增募親軍千四百人閏五月羅田寇深入犯廣濟十里鋪南及武穴鮑超多隆阿等於十

里鋪作大壘羣寇於蘄東北望天畈作屯各相持伺隙蘄東北官軍將領邢高魁等凡十營堅勇不及超等林翼自出督師未至寇出蘄水官軍敗退屯巴河林翼至黃州汰衰羸選精銳圖再舉六月李孟羣之師潰於霍山廣濟寇出太白湖背攻官軍王國才移營失火被燒死李續賓渡江合攻湖寇屯破之多隆阿鮑超等攻寇於黃梅西破其壘四十八七月庚寅舒保等攻寇黃岡東敗之丁酉再戰於上巴河何紹彩李續宜唐訓方等分三隊寇先攻左軍紹彩力戰續宜草山卷旗鈔寇中紹彩軍不利將退顧見林翼立馬陳後軍士皆驚喜踴躍赴戰訓方等亦鼓譟乘寇大破之平壘四十四進軍蘄水遂追寇及廣濟西寇走宿松太湖八月癸亥遂克小池口林翼進至九江九月己卯朔還武昌丙戌李續賓北渡江揚言攻

珍倣宋版印

宿松。其夜更南渡。伏兵湖口北山。是時外江內湖水師阻于一江。楊載福彭玉麟密期會攻梅家洲。寇方依岸發礮拒水師。聞山後鼓角。旌旗蔽山下。則大潰。續賓夜半射火城中。寇大亂。空城走洲上。寇亦走。要擊盡斬之。丙申進攻彭澤。庚子寇遯走。復其城。水師克小孤。寇屯。於是林翼以統帥難其人。懼軍出境。而爲福濟和春勝保所牽綴。奏起復曾國藩。　詔林翼出境。林翼奏以清釐漕糧爲湖北大政。請留整理。語在籌餉篇。八年三月。六安寇陷麻城。舒保等將防兵屯商城。聞麻城防兵敗退還。增調鮑超何忠駿唐訓方等。四月壬子。李續賓地道攻九江城。克之。城寇被圍久。以數千人嬰城。種麥以爲食。其守愈暇。頻傷攻城軍。林翼駐武昌。增募新軍。更迭代歸。將士千里如家庭。援寇別道內犯。其屯防皆良將。能自立不牽綴圍軍圍軍反時往旁近助攻凡圍九江十五月寇壞散出城者水師扼之俘斬無遺論功李續賓第一續賓遂以能軍名天下戊午寇從光山犯陷黃安麻城官軍分應之丁卯續賓自將援黃安五月丙子黃安復戊寅夜麻城寇遯走壬戌蘄防將唐訓方丁銳義等破走太湖寇於界牌　詔以安徽寇事亟將合捻寇袁甲三勝保均號大帥兵力不足命續賓助勝保唐訓方助甲三俄而閩浙寇並起議者至請移和春往督師以續賓前援浙江布政使欲令赴本任倚以平寇七月廬州陷李孟羣敗潰乃定議以續賓全軍援廬州都興阿攻安慶起復曾國藩率江西湘軍援閩八月林翼以母喪歸都興阿李續賓合攻太湖丁巳克之進攻潛山癸酉克之乃分軍都興阿圍安慶續賓攻桐城九月己卯克之戊子進攻舒城寇遯走

珍倣宋版印

續賓進兵三十二日深入四五百里寇城壘望風潰破軍無留行而都興阿率鮑超等軍礙安慶不能進羣寇又新破江北大將德興阿陷六合殺翼長温紹原渡江陷溧水張國樑奔命勝保屯定遠日夕待援

朝廷憂皇專恃續賓軍或議曰今久行軍疲屢勝則驕克城留屯不足以爲聲援不留軍則後路空虛且阻塞必敗之道也宜還桐城合都軍攻安慶則水陸馬步相輔名將精卒咸萃於百里之內功必可成續賓以受　恩深名重恥退且念攻城非旬日期欲出奇壁廬州蹈寇瑕遂不用其計而發書湖北請益師續賓弟續宜將四千餘人屯黃岡唐訓方將二千人道英山援淮北未行林翼已持喪還葬官文得書笑曰李九所鄉無前今軍威已振何攻之不克豈少我哉徧示司道皆以續賓用兵如神無所用援續賓

雖請援亦不肯留軍示怯愞則進三河三河距廬州五十里寇築大城環以九壘十月甲辰續賓悉兵十三營先攻九壘大戰皆破平之俘斬七千官軍傷士過千人衆懼乃增調後軍未至寇帥陳玉成連江浦六合廬州衆又乞援捻寇招頴壽光州羣盜合十餘萬人日夜奔赴聲勢匈匈續賓遣輕兵迎擊於樊渡不利寇益進軍半潰辛亥合圍圍官軍三十重連營數十里將士狃勝聞敗先自亂續賓自搏戰不能進還營閉壘門七營已先陷寇來如牆續賓歎曰今敗矣令軍中曰見月照地而走軍皆束載而待月出續賓終恥於潰圍謀復固守軍已動遂大奔續賓馳督戰軍不復成列遂陷陳死曾國華何忠駿從之皆死國華從瑞州軍罷將赴部選官聞續賓能留學戰未半載而及於難續賓既死餘衆猶堅守丁銳義初領

義中營營潰銳義突陳入續賓大營集餘衆誓同死寇環攻三日夜水火俱盡營破銳義死軍士死者數百人自餘營官皆走免五千人盡潰潰者衝寇出與寇相擠行數里寇殊不覺連大衆易亂而難整如此云潰軍至桐城桐城防軍俱奔寇乘之前留防四城軍皆潰不旬日四城復陷都興阿等撤圍退屯宿松起復胡林翼仍巡撫湖北十一月鮑超多隆阿拒寇宿松東北大破之軍始振十二月壬寅朔林翼受印武昌己酉出駐黃州壬子奏卹三河桐城死事道員孫守信等及副將李存漢以下三百二十人劾營官敗軍者總兵以下八人其失律戴罪者懲責以差以糧臺餉軍遲深自責請戸部主事閻敬銘來主之戊申鮑超拒寇太湖北二郎河寇自此沮九年二月都興阿請疾以多隆阿當前敵將馬步軍五千立蔣凝

學爲大將合鮑超唐訓方軍萬五千李續宜屯黃州
軍六千依林翼大營寇帥陳玉成還江浦捻寇散掠
河南留太湖寇數萬相持不進是月李孟羣師潰廬
州西孟羣陷寇中自盡死孟羣初起有名略既獨將
頗貪多兵不問餉所出雖將萬人勢益孤弱軍中喜
用方術士有族女號仙姑辟五兵後戰死湖北人頗
神之及陷寇悲歌誓死尤爲江淮所哀思三月寇帥
石達開自江西犯湖南南界衆三十餘萬五月大發
水陸軍援湖南凡萬二千人齎糧千里不煩湘餉六
月援湘大將李續宜破寇寶慶解其城圍寇遂南走
援軍還八月多隆阿破寇石牌石牌當安慶西南寇
作大城與太湖相犄官軍攻城潛山安慶寇分道來
援馬隊要擊敗之冬十月大舉攻寇太湖增余際昌
等九營助戰守奪潛山之天堂奏移曾國藩屯宿松

珍倣宋版印

林翼移駐蘄南視師太湖十二月移駐英山安徽寇知官軍名將銳意東下則大懼安慶寇帥自出城乞援陳玉成合捻寇號十餘萬勢張甚都興阿養疾荆州多隆阿新貴重諸將不樂出其下李續宜稱母疾留湘鄉曾國藩弟國荃新克景德至黃州留之領軍不可亦南歸鮑超復求去而多隆阿稱疾唐訓方等陳說軍事各殊異林翼憂之廢寢食內計諸將獨多隆阿沈毅權宜出於一欲下檄令圍攻軍悉受其節制曾國藩懼軍事遂決裂力言其不可或又言天堂軍孤縣宜移屯林翼國藩一日一書相謀議久之不決與書多隆阿多隆阿輒不報林翼曰兵事喜一而惡二三屈我以申人今日是也天堂揹潛太背天險不可棄今地利已得破賊必矣徑上奏以所統軍悉統於多隆阿李續宜未至亦名隸之以風示鮑超諸

軍大驚。曾國藩得其咨文。憂疑屢日。多隆阿旣爲統帥。遂撤太湖圍。檄鮑超屯小池。當前敵。移蔣凝學軍爲超後援。己屯新倉。更在南。國藩林翼危之。業已聽多隆阿。乃遂增兵。寇循潛山西。太湖東。傍山三十里。連營百數。丙辰。遂攻鮑超營。丁巳。多隆阿率凝學攻寇營以救超。大戰。傷士七百餘人。破寇壘十三。己未。寇分番攻超。裨將蘇文彪、段福壁守營。礮丸中牀几。至傍壁食以避礮丸。六日夜。國藩盡發宿松屯兵九千人。以圍太湖。撤太湖圍軍唐訓方三千人。援小池。林翼益調麻城防兵。以千人益新倉。以二千五百人。合圍太湖。國藩林翼。又合兵二千人。防羅谿埠官軍後。甲子。多隆阿自督軍、護鮑超運道。乙丑晦。多隆阿以己軍入鮑超左軍屯。合蘇廷彪軍出休。諸軍裹創扶傷。勇氣百倍。十年。春正月。辛未。多隆阿令唐訓方移屯鮑蔣兩軍閒。以己右軍屯鮑超左軍營旁。而令蘇廷彪還屯。列隊拒寇。且曰。急作壘。右軍壘立成。訓方軍築壘甫四尺。寇已至。訓方苦戰。多隆阿堅壁不救。半日。訓方軍敗退屯新倉。林翼先遣金國琛將五千五百人。合余際昌軍爲九千人。出天堂謀夾擊。所謂山內之軍也。自除夕入山險。冒冰雪行十日。乙亥。至高橫領。望官軍寇屯。皆在目中。寇來攻。敗去。丁丑。多隆阿益千人屯小池。己卯。復益五百人。國藩益三千五百人屯新倉。兩三日。山內軍鳴角發礮。山外軍亦鳴角發礮應之。寇乘霧移屯近太湖。辛卯。多隆阿將五千人。鮑超三千人。唐訓方三千五百人。蔣凝學四千人。朱品隆三千五百人。列陳攻寇。小勝。壬辰。平旦。分三道。東攻小池。西攻羅山。中攻東堰。東堰者。寇屯也。而陳玉成精兵據羅山。既合戰。多隆阿併西中

軍自將攻山閒寇亦大出衆當之馬軍突而前寇少
卻小池寇分四道鈔官軍鮑超唐訓方合擊先敗之
遂合軍燒寇營東南風大急燎及山腰寇棄屯走二
十里軍械委積燒屯館柵壘數百俘寇三百人斬馘
以萬數其夜太湖寇遯走甲午潛山寇遯走於是論
功休士林翼曰潛山知縣葉兆蘭結民兵立五營爲
官軍轉運使天堂屯軍得自固功第一免論失守罪
幷超擢兩階奏獎安徽宿松等四縣民團二月分蕭
翰慶等六千人援浙江未至杭州陷閏三月江南大
軍潰退四月蘇州陷　詔曾國藩署兩江總督分鮑
超等兵萬人屯祁門起都興阿將江北軍分兵千人
李續宜曾國荃既至軍乃復進國荃領萬人圍安慶
多隆阿領萬人攻桐城續宜領萬人屯青草塥游擊
應援七月戊申多隆阿攻桐城西北不克寇倚桐城

珍倣宋版印

韋安慶又知官軍精銳在桐城設守甚固城西北求
雨領勢臨城寇作石壘環以二丈石壕與輒壘水堡
相輔己酉多隆阿躬率三千人出領後陽列騎兵攻
城夜半領後軍闇登寇憑壘自以官軍不能近雖據
領上無益未之備也多隆阿令二千人合築礮臺三
比曉臺成瞰寇城壘在目中寇驚以爲神功辛亥列
隊移礮置三臺於是石壘及城寇俱伏匿知困矣十
月甲戌寇援桐城號十萬多隆阿先屯挂車待之寇
帥陳玉成增壘不戰多隆阿曰賊始至而閉壁此欲
老我師也然以援城爲名而不能戰寇衆心不能知
其機而形勢已餒矣宜悉衆合擊之破其一屯餘衆
自走癸未建旗鼓率十八營分三隊薄攻之寇出戰
敗還屯多隆阿喜曰賊將走矣飛書告李續宜約夾
擊時寇勢猶盛癸未之戰斬八十人耳續宜軍屯新

安渡。寇又不出。丙戌。突攻續宜。多隆阿親往援之。寇復自退。丁亥。多隆阿謂續宜曰。賊易與。昨戰可知也。請與共殲之。戊子。分軍自挂車掠寇屯而北。續宜自新安渡掠屯而南。寇不能守。則出戰。兩軍奮擊之。俘千三百人。拔出難民萬四千。平壘館百四十。追奔二十餘里。玉成走廬州。李續宜回援。未至。乙丑。寇陷蘄水。丙寅。陷黃州。分圍麻城。掠黃安孝感。黃陂武昌大震。李續宜舒保等渡江拒之。寇上掠雲夢德安隨三月。寇分踞漢南。悉精銳趣蘄廣濟。還宿松。辛丑。寇至太湖。多隆阿遣軍嘗之。戰不利。衆曰。急發大軍拒之。多隆阿曰。賊新勝氣銳。其來不攻我而亟戰。以怒之。敗矣。令皆還保大營。寇亦疾趨入安慶。丙午。多隆阿移軍集賢關。壬子。諜言援寇復至挂車。還屯高河甲寅。寇自挂車列隊耀兵而退。多隆阿曰。此示假道。不

珍倣宋版印

欲戰也然彼畏我甚宜示弱以誘之設伏兩山隘戒之曰賊敗必過東東起大呼西起應之過西東亦如之勿遮道勿留行令突騎數百躡賊曰聞呼聲而進追不得過十里乙卯親率羸軍誘寇寇進則走寇分二隊以大衆攻大營以少半追敗者至新安渡伏發斷寇後退者還擊之寇潰而東東山伏鼓而呼西山應之東西呼聲動天地追騎馳至寇大敗爭走攻大營者亦收衆退皆走廬江胡林翼以李續宜軍弱奏增調駱秉章援蜀軍自安陸屯隨續宜屯灄口進攻德安四月陳玉成窺青草塥空虛以爲桐城軍不能遠戰復分三道來侵多隆阿分五隊拒破之 詔多隆阿以副都統幫辦官文軍務曾國藩自徽州移屯東流五月江西寇犯崇通西南邊屯軍潰遂陷興國林翼時疾病歐血强起還省城李續宜亦移屯城外

於是江南咸甯蒲圻崇陽通城大冶武昌皆陷湖南軍北援寇還江西六月丙戌晦寇自蘄出太湖七月庚寅東犯潛山連屯五十里以逼桐城多隆阿曰安慶寇危急今不急救而致死於我此所謂聲東擊西者也我能勝之則安慶自破何爲而使賊必戰卽稱疾三日不出寇來攻出擊者輒敗還丁酉寇乃引衆攻大營多隆阿自起擊之寇頻與多隆阿戰識其旗及戰鋒銳甚後者悔其輕進稍稍引退衆乃大奔猶屯高河相持安慶之圍也林翼計曰用兵之道全軍爲上得地次之今日戰功破賊爲大復城鎮爲下古之圍者必四面無敵又兵法十則圍之若我兵困於一隅賊必以老弱者居守而旁軼橫擾乘我於不及之地此危道也然不圍城則無以致賊而求戰故分三軍一軍圍兩軍戰寇知不可敗則閉道上犯李續

珍倣宋版印

宜信用失人偵候不明反張虛詞以惑續宜南北馳驅不見一寇寇旣得德安則以爲圍攻二軍搖乃南還哨馬繞太湖城以撼大營林翼居城中不動或諫曰湖北巡撫何爲而入鄰縣林翼曰帥府所在卽官守也此潛山太湖二城百戰得之吾居守一二年猶不患寇寇亦竟不至林翼旣還鎭陳玉成復自英山繞宿松攻太湖屯軍登城設守三日而寇退丁酉舒保等克德安八月丁巳朔曾國荃克安慶語在曾軍後篇胡林翼病益甚奏以李續宜自代戊辰　詔報可辛巳　詔曰安慶陷九載楚軍合圍胡林翼畫策督剿攻克堅城厥功甚偉加太子太保銜給騎都尉世職其日林翼薨多隆阿聞安慶克策桐城寇必走留軍收城自要寇宿松先一日至寇方從潛山西趨遇官軍驚走黃梅馬步追奔四百餘里廣濟蘄黃次

第盡復聞林翼之薨回屯挂車湖北平

湘軍志水師篇

咸豐二年冬湖北巡撫常大淳奏言寇水陸攻武昌船礮充斥聞湖南大軍有廣西礮船江南水師有廣艇礮船及中小號礮船請調集江上下游乃可制遏賊勢斷其糧運 詔徐廣縉等飭行時武備弛徒存水師名無船也徐廣縉奏有盧應翔以礮船戰於長沙長沙人未之聞及 詔問乃知云云陸建瀛防江有大小三版八槳船向榮奏遣張國樑率湖南礮船所謂湖南礮船者以民船載礮 詔徵登州水師船亦募商舟及寇破武昌東下連舟數千皆商舟也祥厚奏言江甯留船十以分防蕪湖梁山已足矣其不知水戰如此三年春九江陷向榮奏調外海戰船快蟹大巴百餘取海道至江南又調上海道吳健彰領拕

珍倣宋版印

習戰船，溫州總兵領頭莽等，船備水戰，而麟桂以練習船礮名，及李德麟吳全美之徒，稍有聞矣。五月，寇既北渡淮河，南圍南昌，御史黃經上書言兵勢，始請吳楚蜀疆臣，各造船練士，乘流攻寇，乃指名及湖南，其時道路阻塞，朝報不時至，　詔飭駱秉章，秉章以力所不及，又凡言官論列，例不行，未甚省也，曾國藩聞湖北之戰船，敗於田鎮，謀守湘，乃試連木筏載礮，橫湘水，十月，　詔國藩督練勇援武昌漢陽，始命率船礮赴下游，而國藩亦先於衡州治水軍，訪船制，皆不知其狀，筏成不可用，羽檄徵軍日數至，人人以逗留爲疑，乃歎曰，今寇往來陽邏，湖南北所費殆二十萬，彼縱橫江湖，非舟檝無與爭利，害且成師以出，當爲東征不歸之計，九江以上，千里如洗，奈何以倉卒召募之衆，執窳脆之器，徒步三千里，以當虎狼百萬

之疆寇乎水師守備成名標者頗能言船礮事國藩
亦自以意用商船改造爲長脣寬舷試發礮果不震
而資費無所出乃奏截留大營粵餉銀八萬與水軍
四千船二百其大自五百石及千餘石礮自二百斤
至三千斤又推五日競渡船意爲短橈長槳如蚿足
以人力勝風水奏徵右江道張敬修率戰船不果來
而同知褚汝航奉檄代敬修造長龍戰船於湘潭先
成名標於衡州造者曰快蟹三版閩越船制略備矣
然非有法直以意消息屢改乃成其軍亦募操舟人
爲之增設礮手其統將國藩自主之其裨將亦號營
哨官純用儒生農氓或陸營弁丁其經營尺寸輕重
之度數皆自慮度之而總督吳文鎔頗與同心時相
商定焉四年二月船成凡大小二百四十輜重礮船
百二十輜重民船百水軍五千分十營設糧臺舟中

珍倣宋版印

器物食用工匠畢備。合陸軍五千。發衡州浮湘東下。軍容甚壯。當是時。吳文鎔以促戰先出敗死。湖北水軍盡散。而寇入洞庭。步上犯甯鄉。及遇水軍下。寇遽退。湘陰岳州皆復。三月。寇復上岳州。防軍潰。賴礮船以免。丙午。大風壞船。漂損大半。戊申。以陸軍敗還長沙。整軍。寇遂上犯。屯靖港。及湘潭城敗。我軍當是時。寇若從湘潭上游。乘春水攻省城。及從靖港乘北風來攻。皆不過行二十刻。勢危急。我軍聞吹角及火光皆自驚。寇竟不來。四月己巳朔。塔齊布援湘潭戰勝報未至。軍中議曰。陸軍敗。皆潰死矣。宜及軍士心未散。率水軍進攻。水陸交爭。冀一當。於是議所鄉用水師。營官彭玉麟定計。全軍上攻湘潭。四營夜發。約明日。國藩帥四營繼之。比至湘潭十里。止偵者還言塔齊布已大勝。乃約水陸循城進攻。盡收所掠商船百。

貨闐委彭玉麟計軍士貪虜獲必懈乃悉縱火燒船
貨火延岸上光燭數十里寇先本在舟中者倉卒不
得走雖亦發礮相拒不能水戰傷溺者千計城寇失
計棄城走燒寇船之日國藩帥四營下攻寇靖港敗
還城中大震得湘潭水陸捷書乃大定五月寇陷常
德水軍船方艌巡哨小船莫能救然寇益不敢入湘
六月山東登州總兵陳輝龍自廣州來會師廣東游
擊沙鎮邦從廣西道員李孟羣自桂林來亦將水軍
水軍益盛庚辰發長沙甲午渡湖前隊營官褚汝航
夏鑾彭玉麟楊載福鄉導官何南青將二千人遇寇
湖中遂屯萬石湖丙申分五隊蘇勝將先鋒船趨南
津夏鑾繼之彭玉麟伏船君山楊載福伏船雷公湖
何南青建旗吹角列陳於後寇掠商舟載礮陳南津
持不進三版小船趨港中寇爭出三版陽卻誘之寇

珍倣宋版印

舟連檣上玉麟等鈔之商舟旋轉不利戰退則相撞
礙燒沈百餘舟奪舟三十四礮十三其夜南津及城
寇潛遯七月己亥屯南津庚子寇復上巨艑乘北風
以壓三版三版斜進擲火燒寇火煙蔽江寇斫其舟
工舟工愈亂遂敗去追奔七十五里奪寇大舟七十
六自是寇不復上壬寅攻之雷鼓臺寇依崖自保進
攻多傷會暮軍懼楊載福曰今退我船不滿百寇十
倍我敗矣非冒死出奇不得免躬乘三版衝寇屯直
下彭玉麟中礮傷竟燒寇後舟寇爭還救乃大亂載
福自此以勇略名與玉麟皆爲水軍名將而陸軍有
塔齊布羅澤南塔羅彭楊軍中無與爲比壬子陳輝
龍將後隊至南津聞彭楊等戰勝則以爲寇不足破
癸丑自將攻城陵磯湘軍頗疑南風下水難退輝龍
曰吾習水戰三十年諸君無以爲憂平日發礮遂行

廣東軍旌旗鮮明。刀矛如霜雪。洋裝銅礮。震山浦。諸
軍皆自失。以爲不及。褚汝航、夏鑾請同行。楊載福亦
乘小船往觀戰。沙鎮邦先進。寇舟拒戰。敗退。輝龍乘
舵罟大船。至中流。舟膠。寇伏舟齊出。鎮邦船已逼寇
屯。不得還。諸小船來救。輝龍水急風利。反吹俱下。寇
依岸過我軍。欲登陸。則逼寇發礮。恐傷前船。寇爭來
奪船。汝航、鑾、鎮邦赴水死。輝龍陷寇。軍覆。船礮盡喪。
寇乘舵罟還城陵磯。舵罟者。閩廣水師大艦也。國藩
初造船無之。輝龍至。乃造二舵罟。其一以獻。國藩其
一自乘之。既敗。水軍損失大半。然自此益知水戰利
害。閏七月戊辰朔。李孟羣再攻城陵磯。小利。而陸軍
大捷。己巳。楊載福等知寇將遯。出要其舟。寇皆乘小
舟下走。而鑾所得舵罟船。沉之江中。辛未。悉平寇兩
岸礮臺。撥螺山、倒口、六谿口。入黃蓋湖。還收嘉魚。復

蒲圻。遂會湖北軍。甲午。進屯金口。八月己亥。王明山下窺鹽關。寇水陸圍之。三版六。拒寇舟數十。突圍出傷兩人耳。甲辰。楊載福巡沌口。丙午。湖北陸軍攻漢陽關未戰。軍潰。李孟羣檥岸擊寇。陸軍得不敗。己酉國藩來視師。遂登小軍山。望武昌漢陽。寇屯寇來襲敗去。丁巳。燒鹽關寇船二百。沿江寇壘九。戊午。楊載福等衝寇屯攻塘角。遂至青山。寇礮擊之。三版人皆露立櫂船。徐進。有俯首避鉛丸者。衆目笑之。以爲大恥。水軍之初立也。謀避礮百方。皆弗良。至是。諸言避礮者盡絀。寇從城上望見。相顧失色。縋而逃者。日殺百數。不能止。明日。武昌寇棄城走。漢口漢陽寇皆乘夜具舟遯。武漢之復。不勞力由遡水軍。使寇震怖無策。故千里無留行焉。下江屯寇聞之。兇懼以水軍不可與爭鋒。則據江險。悉衆屯田鎮。九月丙子。前軍攻蘄州。寇馮城不敢出。陸軍後屯漳源。十月丙申朔。會陸軍於田鎮。寇壘連四十里。夾江爲五屯。據半壁山。鐵索纜江。連舟承其下。上作大筏。列礮橫中流。守以礮艦。其下游。寇舟五六千。率掠過商民船。以供運載。自江甯陷後。通江諸城鎮。無甯日。以此也。己亥。羅澤南等攻山。大破之。縋岸下斫江鎖。明日。鎖復續。國藩令曰。水軍牽於蘄城。蘄寇舟城相掎角。形勢不便。宜分船衝下游。得至半壁山。合陸軍而屯。破賊必矣。癸卯。彭玉麟楊載福。順流移屯蘄寇。戰艦不能追。唯發礮與岸上礮迭擊。哨官蕭世祥中礮死。軍士多傷。竟下。下十五里止。乙巳。蘄舟寇乘西風走保田鎮。丁未。進屯見峯。距癸卯屯十六里。田鎮九里。玉麟載福閱行入塔齊布軍。謀合攻。還分船爲四隊。戒曰。各有司。誤者斬。待令而後動。備鑪韛椎斧炭翦。於頭隊船。劉

珍倣宋版印

國斌孫昌凱領之昌凱故鐵工習冶鍛令專斷鐵鎖
戊申水陸軍大出玉麟戒昌凱曰毋發礮毋仰視直
趨鐵纜下彼筏上礮一發船乘流已下矣吾親爲公
拒寇舟遂將二隊出戰楊載福將三隊待鎖開留四
隊守屯以防寇鈔寇恃礮以爲船不能近纜及國斌
等直下玉麟繼進寇舟未及移環擊之燒二舟國斌
椎鎖下鉗鉗落筏空昌凱鼓鞴冶鎖鎖斷纜開筏上
寇潰走溺水被斫死者無算楊載福候纜開衝下下
游舟中寇愕不知何軍乃從篷上望之或有覺走者
舟連數十里走輒結而止載福直進至武穴乃回船
擲火燒而上玉麟燒而下於是東風起載福乘風玉
麟乘流天明合軍俱還寇舟燼岸上寇已夜走蘄寇
亦由陸遯走廣濟甲寅前軍至九江田鎮已破湘軍
水師名天下　文宗采其戰法手詔宣示江南北諸

水軍江南北水軍師艇船不諳戰續徵紅單拖罟船皆待風乃行所至淹留而江西亦造戰船頗用湖南船制以無將領輒敗退湖南在籍官丁善慶陳本欽唐際盛李槩等始捐資設船局而黃冕專製礮以應征軍言船礮者莫能及湖南焉然太鋒鋭深入要利卒以至敗寇距九江城於湖口梅家洲作堅屯二與城相鼎峙北屯小池拒陸軍辛酉李孟羣等攻城城北洲壘木設礮旁維大舟小艇環衞之孟羣先攻其大舟戰不利蘇勝鄭休中礮死李金梁船沈溺於江寇既見官軍水戰法亦并力於水戰多造小艇依大舟以出方冬風壯江水涌起戰船苦震簸寇又循岸射火燒船軍日夜危苦思番休而陸軍以克城在旦暮方日日言戰十一月戊寅塔齊布破孔龍寇屯己卯小池寇遯北岸既得遂圍九江寇悉衆保湖口彭

珍倣宋版印

玉麟等扼江與相持。丁亥。寇載火夜燒江外船。李孟羣列隊待之。火舟至鉤放溜中。終不得近。十二月辛丑。彭玉麟等攻湖口寇筏。破之。士死傷相積。寇亦殊死鬭其筏上作木樓。馮樓發礮。樓傾。或飛投江中泅而走。其堅悍若此。丙午。蕭捷三等以寇屯湖口梅洲堅實。慮其掠鄱湖內犯。通資糧。率輕船闖姑塘諸勇銳爭從之。既入。乃不見一寇。會暮。止屯。寇瞰大船勢孤。出小舟二十攻坐營。都司史久立戰死。寇小舟循官軍大船。閉拋火焚快蟹九長龍七諸軍三版大半入姑塘。無鬭志。乃夜還九江大營。時楊載福養病武穴。聞敗。還爭湖口不利。寇復北渡踞小池。己未。湖口陸軍亦退保九江。其夜。小池九江寇負小舟數十直犯國藩拖罟大船。國藩僅而免。水軍遂大亂。入姑塘者方益進至南康。聞坐營潰。退還。望湖口寇已作兩浮橋通岸往來捷三等乃遂取食吳城因襲都昌寇舟破之然無統將且輜重阻絕漂泊章鄱閒有船百二十人三千爲客兵而外江內湖水師分實始於此外江自己未夜潰俄而寇從廣濟追楊霈至漢口五年正月丙寅李孟羣以船五十還救武漢戊辰大風損船四十餘船不能軍乃令彭玉麟等泝江名援武昌而修船新隄國藩自是入陸軍未幾移屯南康就蕭捷三等取船江西立內湖水營而江西糧道鄧仁堃主製造二月寇陷武昌自是寇專力陸道故城陷不能救三月湖南益發新船百餘至金口彭玉麟募軍實之合舊水軍爲三千人與湖北巡撫胡林翼陸軍相輔四月王國才進攻漢陽將築屯寇前後鈔之玉麟望陸軍已被圍舍船登岸反鈔寇多斬獲寇乃散走六月楊載福自岳州增募船軍合先屯爲十營

內湖蕭捷三等增軍屯南康為八營楊載福既至金口則議攻寇武昌以李孟羣所部弱留孟羣將陸軍守金口而林翼及玉麟先入漢攻蔡店玉麟以小船入沌掠赤野湖東而北絕漢至湏口順流東還北破宗關石壘南攻漢陽寇岸發礮不得近遂北攻漢口寇舟乃出泝流上欲鈔我夾擊之奪其舟九出漢口攻寇浮橋燒寇舟三百凡三日寇不出楊載福自外江來會師同出江屯沙口沙口者武昌下游三十里至沌口六十里還沌口當從武昌漢陽城下過載福之出也寇無備而玉麟從漢口渡江距兩城遠故寇礮不甚相及既空屯沙口不能助攻戰乃議還衆議由漢入沌雖迂遠其避礮宜易載福慨之曰丈夫行何所避浮江下泝江上乃為快耳玉麟恥後之張帆先行寇先已密備覘我還路檥舟傍中流及城上

縣礮弁發諸軍但冒進不知誰生死礮丸飛鳴船倉羣子以斗計擊沈四船中礮死者三百人礮擊玉麟桅折不能進望見載福自呼之載福船瞬息已去成發翔三版過玉麟躍入得免知其事者皆不直載福而玉麟曰風急水溜呼固宜不聞載福先已不樂玉麟林翼親拜兩人和解之內湖水師既成而寇亦於九江造戰船悉仿官軍制四月自姑塘上犯敗官軍五月復戰敗之奪拖罟以歸拖罟者卽陳輝龍所造九江所失者也六月進攻湖口不利七月合陸軍攻湖口寇馮岸發礮蕭捷三中礮死八月乘流攻湖口南風急船駛陷寇壘下喪船二十一奏奪五營營官秦國祿等官而急召玉麟於是陸軍大將羅澤南援武昌而玉麟還領內湖軍李孟羣改統陸軍而楊載福領外江軍載福議以李孟羣舊部多不可用汰羸怯

十之五十一月外江軍合陸軍逼圍武昌時玉麟當
之南昌江路絶則道湖南趣陸行阻袁瑞寇四五百
里行旅相戒惟通寇者乃得達玉麟敝衣徒步往從
者數人行二三日皆懼不進欲上取贛則吉安亦陷
非從廣東閩浙不可至南昌玉麟謝去從者僞爲游
學乞食經寇關卡數十寇無覺者至南昌城門訶禁
之問其實報院司皆大驚怪軍中聞其至氣自倍自
十二月至六年二月外江軍數苦戰寇舟亦日益四
月移屯沙口楊載福念寇舟來則依岸而其上下皆
乘風船礮制法同官軍與我共長江恆避戰終不可
勝宜深入襲燒之則募軍士尤勇者駕千石大船實
硝黃蘆荻施火綫約曰待近賊而發發則登三版以
自救且急歸應募者三百人其夜載福設酒具五俎
之食饗三百人躬自行酒勉之曰成功歸者人犒百

金有官者超兩階白丁拔六品實職無負我既出人相語曰觀此往必死也有悔者或潛去或又自奮曰壯士死一言耳櫂帆遂行逼寇舟南岸觜屯火發皆自躍登三版或遲傷火及墮水者死哨官一傷勇丁四十餘皆鼓櫂還載福覩迎勞頒賞自是寇舟能戰者二百餘皆燼火藥衝寇空中墮江水及岸相積而前軍游擊乃直至黃州寇不復上旬日巡哨船掠巴河蘄州揚兵九江城下寇震駭援絕武昌漢陽坐困矣十一月林翼復大治戰船增軍至七千人合二十四營立船局沌口以時修艌其月武昌漢陽同日復乃移船局漢口載福遂同復武昌縣及黃蘄燒武穴龍坪小池諸寇舟奪大小戰船五十八十二月水陸軍圍九江內湖軍往來吉袁臨瑞建昌南康饒廣閒日有戰事以陸軍屢敗不得志然所在扼寇寇亦不

珍倣宋版印

能長驅江西亦自立水軍以劉于淳領之常屯樟樹爲省城西防七年二月國藩遭父喪奏言臣軍事以水師爲大楊載福所統十營彭玉麟所統八營合大小戰船五百礟二千請以署湖北提督楊載福爲總統惠潮嘉道彭玉麟爲協理　詔從所請五月湖口寇舟上犯外江軍出擊之乘風追過百里及還寇尾之別從扁擔夾出小舟要之軍敗哨官易景照等死者二十一人勇丁死者百四十八人喪船十八蓋水戰風水俱順則行急礟無準俱逆則膠滯不得進數以此敗非善戰者莫能操其機則順水取逆風逆水取順風將勇者勝焉閏五月寇從陸道上窺蘄黃分船守蘭溪巴河樊口陽邏沙口而大營屯官牌夾以攻小池八月小池拔九月始復攻湖口先是玉麟軍在江西歲餘無所得餉借領火藥亦靳之時內湖軍

屢攻石鐘梅洲寇屯不下聞外江軍至剋期遣諜告
九江圍軍合攻丁亥平旦玉麟率全軍分三隊出湖
截福臨江口發礮應之寇併力拒湖內軍城洲兩岸
礮丸如雨玉麟令三版先出大船繼之寇度船所經
直石鐘山下有石崖高下與三版相當卽輂巨礮崖
口一發中前船都司羅勝發獎玉麟令回船後者進
有死者復回船後者迭進傷死相繼莫敢退或諫曰
今驅士卒與飛火爭命非兵法也玉麟曰自水陸用
兵于此五年精銳忠勇之士斃命于此千數矣湖北
江西以此被屠戮者數十萬每一念之煎心且久困
若不破此險無生理今日固死日也義不令士卒獨
死亦不令怯者獨生矣鼓而進之寇厓下礮發火多
銅焦礮者震死船銜尾直下出江與外江合軍歡聲
動江水於是沿江寇舟失勢所在擲火燒之舟盡燔

珍倣宋版印

而官軍船爲鐵綱牽絓篙檝不利岸上寇復聚火槍擊水軍適會李續宜伏陸軍潛上湖口城背山揚旗鳴角下岸寇驚愕大潰三軍合屯其夜城寇破走洲上寇亦遯獲軍火子藥數十萬礮船八十餘悉解江西辛卯乘勝奪據小孤山乙未載福攻彭澤庚子克之前軍至望江望江寇遯壬寅復東流癸卯過安慶舍城不攻攻樅陽壘破之甲辰破大通壘丙午復銅陵下至峽口見官船旌旗偵者言此紅單船定海總兵李德麟所將也丁未載福往見李德麟紅單船人皆聚觀以爲此軍將從賊中來疑不可信李德麟因言方攻泥汊縣賞萬六千金攻七月堅不下明日載福令李成謀攻之櫂而進逼屯擲火屯中寇久懈殊不意有軍至皆長跪乞命獲礮百舟五米六屋及所俘寇盡以與紅單船回船而還是月初和春方奏言

泥汊戰勝狀至是湘軍攻克而江南大營不復言泥汊蓋諱之云十月戊寅朔載福還師丙午至湖口內湖軍先增二營爲十營分八營屯章贛留二營湖口丙申江西寇自鄱陽窺湖口援九江爲陸軍所敗還走池州前所復望江東流銅陵三城復陷八年四月壬子水陸軍攻克九江外江內湖軍要逃寇盡殲之詔楊載福專征外江軍移屯華陽鎮分防二營屯黃州彭玉麟駐湖口五月乙未起國藩督陸師援浙載福復克東流進屯黃石磯六月撫定建德寇復其城八月戊辰國藩載福奏祀陳亡將士三千餘人於石鐘山內湖軍合陸師克吉安江西始平九月辛巳合陸軍攻安慶十月辛亥三河軍潰寇大上我軍分屯自九江至武昌十二黃石屯軍如故九年寇別部犯湖南圍寶慶湖南北大震分遣蕭翰慶王明山等

珍做宋版印

四營入資水曾紹霖等二營防沅水左光培一營防澧水五月師行七月還江防九月寇將韋志俊以池州反正玉麟躬率內湖軍移駐黃石與楊載福合屯十月李成謀往撫池州寇衆叛攻韋志俊力戰擊走之收其衆萬人十一月徽甯寇來攻由陸登城池州陷拔餘衆還張谿十年三月浙江請援遣蕭翰慶孜將陸師三千合領歸誠人三千援杭州道甯國副都御史張芾奏止韋志俊軍杭州已陷新任巡撫王有齡以寇退復奏止翰慶等仍隨張芾收旌德石埭太平廣德已而浙事亟飛檄召翰慶而韋志俊遂率所部依水軍四月外江營官陳金鼇合江南水軍攻梟磯寇屯破之五月蕭翰慶遇寇湖州道戰死之餘衆入城助守江南大營潰蘇州陷以國藩署兩江總督國藩自宿松移駐祁門議立三路水師一淮揚一甯

國一太湖林翼則議立衢杭水軍而無甯國然皆不果行其後乃立淮揚太湖軍遂復江蘇列縣云韋志俊從水軍復攻池州不克還攻樅陽收之六月載福奏遣江南水軍將李德麟吳全美還守鎮江分軍屯大通於時徽甯繼陷陸軍自顧不暇安慶雖合圍而寇窺蘄黃國藩受命節制皖南軍而總兵周天受死甯國甯國餘民保南陵總兵陳大富血書求援不能救乃命水軍赴其急謀拔出城中軍民棄城不守載福念孤軍深入必俱危九月秋雨江漲躬率四營揚言攻蕪湖時寇方於南陵作壘斷北港以困城中蕪湖久無備偵水軍出度南陵不通舟即夜俱下赴蕪湖載福宿魯港半夜令曰視吾船所鄉而進先者斬旦令兩營屯港口已登三版令柁師曰往救南陵諸軍皆驚疑以統將先則繼進港左右寇小屯三四處

珍倣宋版印

愕出不意走保城下大壘壘寇大半赴蕪湖我擲火則皆出走載福叩城門呼大富曰今奉令拔城中居民可急裝入船令戰船軍皆步循隄退出民老弱先壯者後戰船軍後載福殿半日悉發逃寇走報蕪湖蕪湖衆還已暮矣寇呼譟來追載福獨持矛立隄上衆不敢逼比出港而蕪湖寇將舟至方與留防軍楊占鼇等相持見大隊船浮港下亦退走軍民萬餘人分載諸船還黃石大營給棚帳留二十五日十一月寇陷東流建德彭澤圍湖口分陷鄱陽都昌載福玉麟躬出戰守玉麟入湖口登陴兩立數日夜寇去遂分復五縣遷南陵軍民於東流浙江議立水軍奏調營官劉培元培元先歸湖南領水軍在衡永防寇不果往自是東南七省皆自有水師戰船多用湘軍將及製造皆仿湘軍焉十一年春寇復犯蘄黃遂及德

安頗窺彭澤大通閒瀕江地以防密輒退走玉麟又
自率軍至武漢因巡江防會陸軍克孝感三月國藩
移駐東流安慶圍已三年曾國荃將萬人濬前後壕
引江水浮戰船互相倚寇帥陳玉成尤患之乃於菱
湖北作屯以通集賢關且作浮橋通城載福率師攻
擾之陸軍將曾貞幹築壘湖口以遏寇寇來爭戰且
築寇亦更築阻遏水軍船從兩壘閒出士多傷四月
王明山等入石門湖合陸軍攻赤岡下游屯軍李朝
斌等頻攻魯港以牽寇援陳代友等入練潭與桐城
陸軍相應五月蔡國祥破菱湖寇屯李成謀攻無爲
青陽寇皆憑城不出七月玉麟會陸軍克孝感天門
應城黃州德安載福假歸八月丁巳朔安慶復寇先
越湖遯走故水師先登辛酉趙三元克池州上游蘄
黃次第平林翼薨 詔玉麟爲安徽巡撫九月丁巳

珍倣宋版印

王明山克銅陵無爲黃翼升新立淮揚軍輔李鴻章陸軍援蘇常道絕未得進仍合諸軍防江十一月丁未攻運漕鎭癸丑攻東關皆破之以陸軍少留屯不進玉麟奏言臣起自諸生居戰艦十年與水勇柁工馳逐風浪封疆大吏進退百僚深懼弗克勝任　詔敦促赴官再辭改水師提督明日又　詔曰彭玉麟有節制之任武職不足資統率著候補兵部侍郎載福避　御名改名岳斌以母病再請假　詔促令到防同治元年三月李成謀等合陸軍攻巢戰於銅城閘雍家鎭皆捷遂復巢城陸軍乘勝攻含山和克之蔡東祥別攻濡須克之李成謀成發翔蔡東祥等三軍遂合陸軍攻西梁山燒其鐵鎖寇不戰而走渡江攻魯港克之陸軍復南陵玉麟進駐銅陵四月壬申玉麟將外江內湖淮揚三軍十八營盛兵攻金柱關

陸兵因襲太平復其城夜攻金柱克之癸酉分遣王明山攻烏江李成謀成發翔取蕪湖黃翼升襲東梁山皆克之玉麟悉調上游水軍集濡須五月癸未玉麟督彭楚漢王吉喻俊明成發翔王明山從溧洲會陸軍攻江甯城西頭關破之寇倚洲作二壘玉麟分遣八營逼壘寇礮落船中乃遣軍持火登岸伏葦下入夜火起宿葦枯根延燒新壘燎一洲寇走出因襲燒其壘奪礮數百斬寇無算玉麟自乘三版至下關諸軍方收隊見小船紅旗直上詗之時昧旦初辨色王明山未起哨官廖德茂迎候言明山連夜戰初還坐船玉麟領之已而陸軍將來問克壘破關狀見玉麟在則怖懼不知所言廖德茂往報明山明山聞捷喜又謾駡曰諸蠢奴欲急滅長毛歸餓死耶德茂言統帥夜已至下關乃驚起往謁玉麟紅旗小船已去

珍倣宋版印

久矣故凡戰載福玉麟在或前或後水陸將士皆惴惴莫不盡其力初陸軍之進兩花臺也寇鈔後斷運道梗軍報不通軍中譁擾至是頭關破以水軍護糧由江路進陸軍心始定自和春潰後至此官軍始再至城下卒以合圍其先無水師故也癸巳黃翼升領淮揚軍越寇屯赴上海因奏翼升署江南提督長江五千餘里外江內湖軍分戍孫昌國等長屯江西猶隸於玉麟七月李鴻章奏言紅單船不足用淮揚軍皆長龍三版分船四十防三江口其餘入松江泖澱諸湖然於海面風沙性不諳蓋始有意於輪船矣八月淮揚軍拒吳淞寇敗之平七壘又攻澱湖北岸石壘破之奪舟二十徽甯寇負舟越東壩謀爭金柱舟蛾集固城南漪湖玉麟躬入湖拒之寇遶出花津岳斌往拒之九月乙卯戰關下郭明鼇中礮死戊辰七

營合陸軍攻花山。彭楚漢等先據上駟渡。絕浮橋。玉麟令曾泗美舍船助陸軍。俱進。金柱守將羅逢元。自後乘寇大戰破之。寇敗趨橋。遇楚漢列船。則大潰。辛未。破花津寇屯。戊寅。成發翔等戰石臼湖。奪寇舟四十。旋克灣沚。下游寇乃乘閒自浦口北渡。陷含山巢和。是時廬州新復。多隆阿不欲隸曾軍。因　詔書援陝。則北去。故廬桐空虛。玉麟屯濡須。而寇復踞運漕鎮。在其上游。岳斌防蕪湖。日奪東壩。寇來舟。十月。淮揚軍出青浦破寇舟於白鶴江。更立太湖軍十營。李朝斌為統將。黃翼升攻寇福山。大破之。初寇將駱國忠以常熟反正。寇起大眾圍常熟。官軍往援。隔太倉不得進。故合陸軍從福山入。與寇相持。十二月。玉麟克運漕鎮。旋收含山巢和。二年二月。淮揚軍進攻福山。七十餘日。擊破來寇。解常熟城圍。三月。分遣歐陽

珍倣宋版印

利見王東華合陸軍克太倉崑山吳江五月玉麟岳斌合陸軍大陳兵攻九洑洲過江浦寇望風奔潰收其城遂破浦口屯屯寇奔洲洲寇閉不納多投江及餓死者九洑洲爲江甯對岸重鎮寇築堅城以遏長江集戰艦環巨礮數十護之自寇據城向榮和春師至洲寇必全力走江北及甯國以誤我及曾國荃欲合圍而都興阿馮子才日言九洑危險朝議憂疑舍山之再陷也降人李世忠負敢戰名以三萬衆扼九洑不勝故洲上寇壘愈高堅旁列數十屯列舟緣洲亦自以爲牢固於是玉麟陳船上流分二隊南從秦淮向下關北遶永安洲向草鞵夾更列軍爲南北後應而岳斌自督戰以枯荻灌油燒屯舟因燒旁壘八襲燕子磯破之胡俊友中礮死洲寇不出明日岳斌遣陸軍伏叢莽中搦洲埂分船夾洲上下更列軍鄉

城中關拒援寇乃散遣三版遶洲伺隙則登寇分三隊發火槍傷死者數百人至夜玉麟令曰洲破乃還師否者傳餐而戰喻俊明成發翔王吉任星元更番夜攻或有乘暗得登洲者衆譟而登皆冒礮爭上踐屍而進人忘其死九洑洲竟破萬餘寇無一脫死者獲馬三百餘匹悉送陸軍中捷未上江北爭飛書相慶　詔問狀且訝其速克焉七月安徽巡撫唐訓方有事苗練以臨淮無水軍遣丁泗濱將船八十護糧運奏調淮揚軍　詔令岳斌自往國藩以長江事重大留岳斌李鴻章言蘇松之戰水師功爲多亦不能遣淮揚軍八月福建寇入江西窺湖口彭澤旋敗走遂掠池州圍青陽喻俊明往援又急檄江忠義陸軍出江西來援玉麟來視師圍解甯太寇連屯高淳溧水謀襲蕪湖陸軍弁攻新河莊玉麟躬攻水陽岳斌

珍做宋版印

來會師克滄溪鎮逼高淳降寇守將遂收固城鎮克東壩降建平溧水寇將解散萬計三年春　詔頻問國藩以楊岳斌彭玉麟宜分上下游或內外江以鎮撫湖北江西四月奏遣玉麟駐九江以上控湖北浙江巡撫左宗棠以岳斌爲未盡其用且密陳其才堪督撫癸巳　詔岳斌督帥江西兼防皖南未幾授陝甘總督岳斌之貴先玉麟及玉麟改提督　詔有統率文岳斌自恨非文官常見於詞色還江一奏事被
詔令由國藩轉上當時論者皆以岳斌功高勝玉麟遠甚歎息於文武積習諸文人又自恥持常談亦交訟岳斌稱其才德至是被顯命督師專征衆皆欣欣焉五月黃翼升還統外江軍內湖軍將孫昌國克貴溪岳斌至南昌陸軍大將鮑超已破江西寇無所爲則奏劾江西統將席寶田以違節度奪三階六月

乙酉·江甯平·戊戌· 詔論國藩功以剏立舟師爲首·
八月·進長江圖·岳斌督陸軍赴陝西·黃翼升爲水師
提督· 詔玉麟駐安慶·國藩奏今議立長江水師·當
周歷區畫·五年正月·甲子·國藩玉麟奏言·瀕江五省·
戰事大定·前募水勇·請改爲經制水兵·我朝綠營兵
丁五十餘萬·乾隆四十六年·議增缺額·大學士阿桂
上疏力爭之·臣國藩於咸豐元年·亦疏請裁兵五萬·
自洪楊倡亂·捻回繼變·皆倚勇丁以集事· 國家養
兵歲費二千萬·今直省勇丁合計三十萬以外·而經
制之兵·仍未能減·非長策也·大江水師船至一千餘
號·礮位二三千·利器不宜浪拋·勁旅不宜裁徹·奉薪
口糧·修補船礮經費·於長江酌留釐稅·量入爲出·計
提督一員·總兵五員·營官副參游二十四·哨官都守
千把外委七百七十四·兵數萬二千·兵餉雜費·月五

珍倣宋版印

萬有奇。自荊岳二州至崇明。五千餘里。立六標分汛。
計船七百七十四。營二十四。副將營戰船四十三。參
將營三十三。游擊營二十三。自提督至外委。各給坐
船。長龍設大礮六。三版大小礮各二。設火藥局於安
徽湖北二省城。設子彈局湖南省城。設船局漢陽吳
城草鞋夾。因奏事宜三十。營制二十四。六月。軍機大
臣會奏。依行。編章程六卷。入方略。垂示後世。頌之。天
下水師旣立。而國藩移督直隸。玉麟告歸。黃翼升爲
提督。七年。長江盜劫多有。軍士不習篙檝。時議疑本
奏裁兵。而更增兵。兵歲不用則罷。惰與舊時水師營
等。兵不可久。長江水師亦宜罷。其年國藩薨。詔徵
玉麟召見。補兵部左侍郎。詢長江事宜。復具疏三辭
侍郎。詔每歲一巡長江。於是黃翼升請病去。而李
成謀爲提督。玉麟所至。則江湖肅然改觀。作長江水

師剔弊百條上之著於令岳斌先已罷陝督亦被徵命巡江恆多引疾事專於玉麟歲有劾罰然舊部宿將皆衰老新補兵稀復知戰言輪船礮利者益多矣

湘軍志營制篇

軍興調發而將帥莫知營制被調者輒令綠營將官營出數十人多者二百人共成千人三千人之軍將士各不相習依例領軍械鍋帳鍬斧槍矛皆窳鈍不足用州縣發夫馱運載軍將拱手乘車馬入於公館其士卒或步擔一矛倚民家及旅店門居人惶怖唯恨其不去及遇寇作屯壘壁不及肩負販往來營門隘雜譁囂十軍而九有能者因宜約束自爲風氣諸將雖欲畫一率非所統無所行其禁令唯滿蒙軍稍整齊而驕橫貴倨言語不相曉其死士輒當奏報又

珍倣宋版印

各有貴將督撫莫能統尤不輕調發所發者多綠營額軍其弊如此民閒徒知其擾累莫肎憐其送死故征役者益怨恨讎掠於寇所不至之地而愚民避官迎賊之議起矣楚軍起於江忠源其時以三百人從烏蘭泰不能成營制後忠源官尊師衆第從先廓之而法制不改曾國藩旣請練軍長沙奮然以召募易行伍盡廢官兵使儒生領農民各自成營摻改規制今古章式無可放效獨戚繼光書號爲切時用多因所言變通行之未幾湘軍大效而王珍羅澤南胡林翼各撰其軍營制爲書珍自序甚矜詡所作謂不可使賊得然所言世俗之所知也琦善者不以能軍名與雷以諴俱屯揚州城下雷營終夜擊柝燎火治守備琦善營寂然闃靜無火光人聲他日以諴過營琦善微諷之曰公營中甚雄盛以諴不悟徐曰凡夜守

設火賊得窺我吾擊刁斗則不聞外聲此危道也李元度之戰士呼譟甚勇席寶田誦孟子書識之曰先生之號則不可軍中以呼殺爲號子故寶田云云由此觀之良史兵書所言雷李行之而不免訾於琦善席寶田軍事變化焉可言乎自湘軍衆盛人人知兵新募軍規制一日立就領軍者不必頒條教所謂楚鄂湘軍章程至今將帥皆無其書而淮軍本倣湘軍以興未一年盡改舊制更倣夷軍後之湘軍又更效之水軍之立尤困於思慮船一槳一版位置失宜輒絓礙不可行及後成功率取木輕料薄爲先寇平後無行陣之事乃更改大船制務於閎厚是故今之湘軍非昔也況其將帥昔愚而今驕昔懼而今侈昔戇拙而今諞柔雖復用儒生將農人則所謂儒者不儒而農者不農曾國藩之所爲咨嗟於暮氣者耶軍興

名將推塔齊布、劉騰鴻、李續賓、多隆阿。而郭嵩燾服羅澤南、左宗棠推王珍。珍、澤南弟子也。澤南士有續賓及珍。珍死則張運蘭宂闒沈默。卒以敗死。然則澤南殆可謂名帥。非但名將。要其言戰在續賓下遠甚。而續賓諸人存則勃焉。死則忽焉。舊部各將無豪髮之効。又況讀其書觀其迹者乎。本湘軍所以起爲救額兵之敝也。曾國藩首建義旗。終成大功。未嘗自以爲知兵。其所自負。獨在教練。至今湘軍尊上而知禮。畏法而愛民。猶可用也。觀將能否。但於列隊時號三吹。軍士肅肅。蠕綴而出。則勝負可見矣。是故兵法不可言。而營制不可誣也。

凡立營十人爲隊。八隊爲哨。隊哨有長。隊有斯養。隊十二人。其正制也。八隊之械。一五擡槍。二四六八刀矛。三七小槍。擡槍遲重則增二人。故百六人而成八隊統以哨長哨百七人置哨官領之四哨爲營親兵六隊隊長斯養如哨之制隊十二人六隊之械一三主礮二四六皆刀矛五爲小槍凡七十二人不置哨長合四哨四百二十八人皆統於營官故曰營五百人而哨營官不數其書記醫匠或有或無營官主之其費於公費取之營之用器哨隊備之其軍器立營時給之壞敝營官修之於公費取之唯鉛彈藥繩帳棚得以時領營官給十帳八夾二單哨官三帳一夾二單親兵隊二帳一夾一單哨隊二帳皆單凡營帳單者八十夾者十八輜重軍裝行糧長夫運之率百人而卅六夫營夫無過百八十亦無得闕不足行而索夫軍有司誅之其當行令三百五十人各備戰器百五十人督長夫護用器前有探馬後有押幫各從其營無有或錯其行率日三四十里黎明而發未

珍倣宋版印

晡而息。行所至爲壘。營官相其地。準之以繩。從而爲壕。壕丈五尺。復壕土爲牆。厚一丈。其崇八尺。牆壕容二丈。遠其餘土。隊爲一棚。棚有竈廁。廁有外內。外廁四之。內廁一之。火藥有窖。以堇塗之。塗皆孔之。其軍市設於繩牆壘外。其壘近市。則嚴其門禁。午夜籍之。出入無驗。譏而誅之。夜號之字。營官授之。守夜之卒。營五十人。寇近則百人。以更爲班。班十人。若二十人。哨長察之。五更咸興。朝暮練操。以聲警之。故行不可速。止不可懈。行速則病。止懈則散。軍雖强。久頓必荒。甯驅市人。勿將舊軍。屯兵待戰。是謂自亂。作壕之法。外內重設。外壕廣六尺。深八尺。內壕半之。環而溝之。必有橫涂。相距二丈。壘牆既成。去其外涂。留其內涂。作牆如城。其高七尺。子牆半之。牆厚六尺。左右二門。出入謹之。見敵則併力。無事則長夫之役也。步行率入刻而行十五里。寒日短而行易。暑日長其行難。以晝四十六刻。率之。行十六刻而三十里。其十六刻以築營壘。餘十二刻而後昏暮。則神暇形壯。可以待敵。故百里而趣利者蹶。此軍家之大忌也。

初。欲立水師。湘中不知戰船形制。依古法作筏載礮將以截流。又欲爲艨艟大艦。皆不能旋運。曾國藩令倣競渡舟。設短橈長槳。如蚿之足。又得廣東船式。作快蟹長龍三版三等船。未幾水師總兵自登州至。主作拖罟大船。一戰而敗。語在水軍篇。其後水軍益利。所至克捷。雖被礮傷死。船餘一二人。猶足勝寇。然後知水軍萬全過陸軍。而用法益得嚴。初議避礮。依近代兵書法。張魚網。溼絮牛皮籐牌。鉛丸輒洞中之。又編竹如細鱗。施絮革。人髮密覆之。鉛丸來勢益猛。及戰。而楊載福彭玉麟等倡勇敢。悉屏盾蓋。當礮衝而

珍倣宋版印

進於是礮失勢而士氣益勇故凡言畏礮者怯將也
不待接戰敗軍而廢之矣曾國藩以懼教士以慎行
軍用將則勝自將則敗楊岳斌鮑超以無懼爲勇以
戒慎爲怯自將則勝用將則敗論語曰臨事而懼帥
之言也記曰我戰則克將之言也爲將者功名成富
貴得則知懼矣知懼必敗水師爲甚彼不勝其懼故
也接流爭先小舟爲彊船有三等無三版不行船置
一哨官制其進退百船雖退一船可進其輜重則有
公船暴風掀波三版必摧則保於大舟大舟不可戰
也快蟹長龍以備指揮敗則棄之而以三版歸此江
湖水師之恆也戰於海中島夷之利耳中國無故而
與爭於海非所聞也水軍雖亦有刀盾槍矛無所用
精槳柁礮手指臂相使凡三版槳十人柁一人頭篙
一人礮手二人礮置船首尾旋而發之礮一發舟一

珍倣宋版印

頓則進愈疾矣亦或置腰礮為觀美臨敵無所用之長龍槳十六人櫓四人餘如三版之數快蟹槳二十八人櫓八人舵長一人頭桅各一人礮手六人凡快蟹長龍船各一三版船八而為一營營官領之蓋三百八十八人而成營其船人或稍增要本茲制作營之法相距欲疏小船依洲大舟橫流要避暴風無令相撞軍皆守船尤禁登岸其後長江水師章程編於方略大略準此其帆桅篙櫓槳礮隨時修制不可一限三版露載無篷版各施夾帳覆船軍士又私造長龍編為公船以食以居故軍容唯水師為壯而應對便辟多逸少勞亦始於水師云

湘軍成馬隊至湖北乃有之恆用北將束以湘營制而多隆阿以此顯初以三百七十八人為營四人為棚六棚為哨後討捻寇更改以三百二十二人為營

營五哨。人各給一馬。唯馬夫火棚夫無之。又有步隊十人。立什長。別爲一棚。以供雜役。營官長夫八。公長夫四十。營官一員。幫辦一員。先鋒官五員。哨官十員。給藍夾帳十四。白單帳三。每棚白單帳一。馬棚帳一。凡白單帳六十六。藍夾帳十三。馬棚七十二。長夫八棚。白單帳八。其馬初從口外買之。官價匹銀八兩。多病道斃。後或隨所至而買補焉。歲百馬病斃更易無過卅六。餘各令乘者補之。又別儲朋馬銀。月可百餘兩。以備買價。其銀出於雜費。營官掌之。凡營官一員。月給銀二百兩。不計官位異軍持起。亦不相統。或令受他將節制。輒不相能。非其所置莫能屬也。一營則哨官四員。日給銀三錢。月支銀卅六兩。哨長四員。日給銀二錢。月支二十四兩。什長卅二人。日給銀一錢六分。月支百五十三兩六錢。親兵七十二人。護勇二十人。日給銀一錢五分。月支四百十四兩。正勇三百卅六人。日給銀一錢四分。月支千四百十一兩二錢。火勇卌二人。日給銀一錢一分。月支百卅八兩六錢。長夫百八十人。日給銀一錢。月支五百卌兩。凡一營。月支口糧公費銀二千九百十七兩四錢。小盡之月。日給扣建。月給不扣。水師之制。依此爲準。頭篙柁工依哨長。艙長依什長。唯無長夫。而哨官倍之。故水軍一營。月支千九百十一兩二錢

馬隊依前制。營官一員。月給銀八十兩。哨官月給銀十兩八錢。先鋒官月給銀六兩。親兵馬兵。月給銀四兩八錢。步兵什長。如親兵之餉。步兵月給銀四兩五錢。火棚長夫。如步軍之制。凡馬月支麩豆銀二兩。每營。馬二百六十八匹。凡一營。月共支銀二千六百六十三兩八錢。

珍倣宋版印

凡統將得專置營官營各獻助公費月或百金或二百金至三千人又公加公費銀百兩夫價銀卅兩統五千者倍之統萬人者三之萬人則廿營營助百金并之則月三千金此湘將之廉者也楚軍之制於所統營各置司籍一人則軍闕未補者或竟闕者或除名者餉皆入於其將軍械修補之費不與焉故將五百人則歲入三千統萬人歲入六萬金猶廉將也唯多隆阿統萬人而身無珍裘靡葛之奉家無屋子無衣履其天人乎勤所事誠有所不暇也劉長佑軍士輒取足額席竇田爭之以爲徒自弱必不能戰所謂廉將者非嗇於用之足貴也然從湘軍之制則上下相維將卒親睦各護其長其將死其軍散其將存其軍完豈所謂以利爲義者耶而昧者徒取戰勝不用文儒則冒死之將汨廉捐恥日趨於亂

續古文辭類纂卷二十八

珍做宋版印

西元二〇二二年一月一日重製一版

續古文辭類纂　冊四（清黎庶昌輯）

平裝四冊基本定價參仟元正
（郵運匯費另加）

版權所有
不准翻印

發行人：張敏君
發行處：中華書局
臺北市內湖區舊宗路二段一八一巷八號五樓（5FL., No. 8, Lane 181, JIOU-TZUNG Rd., Sec 2, NEI HU, TAIPEI, 11494, TAIWAN)
客服電話：886-8797-8396
公司傳真：886-8797-8909
匯款帳戶：華南商業銀行西湖分行
179100026931
印刷：維中科技有限公司
海瑞印刷品有限公司

No. N3062-4

國家圖書館出版品預行編目(CIP)資料

續古文辭類纂/(清)黎庶昌輯. -- 重製一版. -- 臺北市 :
中華書局, 2022.01
冊 ; 公分
ISBN 978-986-5512-79-8(全套 : 平裝)

830 110021473